BASTEI
LÜBBE

Stefan Piasecki

BATTLE ISLE SAGA

Eine Welt im Aufbruch

Roman

BASTEI LÜBBE

BASTEI-LÜBBE-TASCHENBUCH
Band 13591

Erste Auflage:
März 1994

Deutsche Lizenzausgabe 1994
by Bastei-Verlag Gustav H. Lübbe
GmbH & Co., Bergisch Gladbach
Lektorat: Michael Schönenbröcher
Titelbild: Thorsten Knop
Satz: KCS GmbH,
Buchholz/Hamburg
Druck und Verarbeitung:
Brodard & Taupin, La Flèche,
Frankreich
Printed in France

ISBN 3-404-13591-1

Gewidmet meinen Eltern!

Mit besonderem Dank für Hilfe und Vorlektorat an Christoph Piasecki.

Vorwort

Eine Excerption aus der Dissertation des Nuntus Hoc, Ältere Universität zu Bokhara.

Die Geschichte der drullischen Zivilisation wurde verheiligt, geschmäht, sogar verdreht und entgegen den Tatsachen für den jeweiligen Zweck verwandt.

Will man die mannigfaltigen Veränderungen unserer Gesellschaft verstehen, muß man unvoreingenommen unsere Geschichte und die unserer Ahnen verfolgen.

Als gesichert gilt, daß die drullische Zivilisation ihren Ursprung in der Gegend von Bendhar fand, neuesten Forschungsergebnissen nach etwa vor 3800 Jahren. Es wird vermutet, daß Einsegler, von einer Art, deren Reste man mit einigem Glück noch heute finden kann, erste Siedler von einer der anderen Inseln Chromos' brachten. Welche Insel das gewesen sein könnte, darüber streiten sich noch am heutigen Tage die Gelehrten. Gerade die Kriege der Altvorderenzeit, auf die ich noch zu sprechen kommen werde, haben mit ihrer unglaublichen Brutalität und Zerstörungskraft viele Zeugnisse der ältesten Geschichte Chromos' vom Antlitz des Planeten getilgt. So sind Informationen über das Leben vor 3800 a. Z. (alter Zeit) nur den höchst zweifelhaften Ergebnissen neuerer Computersimulationen zu verdanken.

Eigentlich können lediglich zwei dieser Simulationen einen Anspruch auf Seriosität geltend machen, da die anderen aufgrund noch fantastischerer Ergebnisse vom wissenschaftlichen Standpunkt gesehen als absolut obsolet gelten dürften.

Während die Mandar-Studie des Leiters der staatlichen

Universität Gurm, Professor Ham Mandar, einen Ursprung in den Weiten des Weltraums annimmt (was von allen Leitern der diversen interplanetarischen Forschungsinstitute strikt abgelehnt wird), geht die Studie des Prof. Dek Liss von einem Ursprung in den Weiten des Ozeans aus. Unter den anerkannten Meereswissenschaftlern ist auch diese Studie weitestgehend umstritten.

Als gesichert scheint lediglich, daß unsere Ahnen um das Jahr 3800 a. Z. am vermuteten Ort an Land gingen und seßhaft wurden.

Unter Zuhilfenahme archäologischer Funde ist es leider nur sehr bruchstückhaft möglich, die weitere Entwicklung des drullischen Volkes zu dokumentieren. Es sei mir gestattet, darum mit den in der Rede Gladius' des Älteren hinterlassenen Informationen fortzufahren. Folgt man dieser Rede, erscheint eine rasche Verbreitung unserer Rasse als plausibel.

Gladius' Rede ist gleichbedeutend mit der neuen Zeitrechnung (n. Z.). Die Ereignisse, auf die Gladius sich damals bezog, lagen nach eigenem Bekunden ungefähr einhundert Jahre zurück. Während dieses in der Geschichtsschreibung fehlenden Zeitraumes von 3700 Jahren müssen unsere Vorfahren also große Teile Chromos' sich untertan gemacht haben. Folgen wir den Worten Gladius', so sah die Welt im Jahr 100 a. Z. etwa folgendermaßen aus:

Nahezu alle Kontinente waren besiedelt, die ansässigen Völker untertan gemacht worden. Überhaupt scheint es lediglich zwei weitere wichtige Völker gegeben zu haben, die Kais im Norden und ›die aussterbende Rasse des Eisvolkes‹ im Süden. Da das Eisvolk noch heute besteht, muß Gladius triftige Gründe dafür gehabt haben, von einem Aussterben zu sprechen. Ob diese Gründe darauf zurückgehen, daß dieses Volk sich in irgendeiner Weise an den von ihm angesprochenen Kriegen beteiligt hat, bleibt wie viele andere Punkte im Dunkel der Geschichte verborgen.

Die Staatsform des drullischen Imperiums muß die einer noch frühen Republik gewesen sein. So spricht Gladius im ersten Teil seiner Rede von zwölf Imperatoren, die sich wahrscheinlich einmal im Jahr am Sommersitz (der Regierung?) in Beldahr trafen. Von mehreren Seiten gesichert ist wiederum die Tatsache, daß ein nicht bekannter Imperator durch ein Attentat die Macht an sich zu reißen gedachte. Dieser Plan schlug jedoch fehl, da den Überlieferungen zufolge sämtliche Imperatoren bei eben diesem Anschlag ums Leben kamen.

Die Folge war ein Bürgerkrieg, angezettelt von den verschiedenen Stammesfürsten und Stadtoberen, der erst endete, als sich der aus acht Mitgliedern bestehende Rat der Weisen gründete und mit seiner im Geheimen aufgestellten Armee die Macht an sich riß und abermals zentrierte. Die weit in drullisches Gebiet vorgedrungenen Kais wurden der Überlieferung zufolge in den Norden verbannt und der anscheinend ›weithin verwüstete Osten wieder urbar gemacht und besiedelt‹.

Wie eingangs erwähnt, wird das Jahr dieser Rede das Jahr 0 n. Z. genannt. Die damalige Situation stellte sich folgendermaßen dar:

Die Kontinente sind verödet, die Technik, Infrastruktur und die Wirtschaft verfallen. Da der Rat der Weisen es vermocht hatte, verschiedene Techniken zu retten, war schon im Jahr 50 n. Z. die Wirtschaft wieder in der Lage, der Bevölkerung Arbeit und ein geordnetes Leben zu schenken. Wichtig an dieser Jahreszahl ist die Tatsache, daß der Rat die Anwendung alter Kriegstechnik unter Androhung der Todesstrafe verbot und außerdem die Entwicklung von Technik zur ›geistlosen Ablenkung‹ untersagte.

Das Jahr 70 n. Z. brachte dann weitere Verbesserungen auf dem Weg zur Normalisierung.

»Der Weltenrat löste den Kontinentalen Senat (wie der Rat der Weisen auch genannt wurde – *Anm. d. Verf.*) in seiner Regierungsführung ab. In diesen Rat wurden nach Volksentscheid die zwanzig Lenker unseres Planeten gewählt. Er bestand so lange, bis das Volk mit sechzig Prozent Stimmabgabe ihn wieder abwählte und einen neuen bestimmte.«

Wenn manche im Hinblick auf das Jahr 70 n. Z. von einem Schicksalsjahr sprechen, dann doch wohl eher in bezug auf die konträr zu den gesellschaftlichen Veränderungen sich entwickelnden Erweiterungen der militärischen Macht. So nahm man die Ausrottung der Kais in Angriff (durch den Völkerkundler Bern Ew im Jahr 183 n. Z. revidiert. Er fand eine sich neuerdings wieder entwickelnde Zivilisationsform der Kais im Norden. Hauptstadt ist übrigens die erst rund fünfzig Jahre alte Stadt Kai-Ryo) und beschloß, eine Verteidigungsarmee aus Robotern zu bilden, eingedenk der großen Verluste an drullischem Leben in den letzten Kriegen.

Dies aber ließ das alte Verbot, Kriegswissen zu verwenden, zur Farce werden. Die Gründung und Organisation der ›Planetarischen Verteidigungsarmee‹ (PVA) war, entgegen der sonstigen Geschwindigkeit zur Umsetzung von Beschlüssen und Technik, überraschend schnell gelungen. Drullische Operatoren konnten mittels einer MilOp-Konsole sicher in ihrem Befehlsbunker verborgen ihre Armeen in den Krieg führen, ohne eigenes Leben zu gefährden.

Schnell wurde klar, daß sich die zum Kampf entwickelten Roboter bestens für alltägliche Arbeiten eigneten. Die Drullier brauchten bald nicht mehr oder nur wenig körperliche Arbeit zu verrichten. Wenn der Historiker Thom

Jak von der nun anbrechenden ›Brot-und-Spiele‹-Epoche spricht, verdeutlicht das die Auswirkungen dieser Entscheidungen auf das gesellschaftliche Leben. Über das Jahr 123 n. Z. berichtet er:

»Das Volk ist durch eine perfektionierte Propagandamaschinerie des Rates vollkommen an das System angepaßt. Das staatliche Holo-Sendezentrum verbreitete rund um die Uhr ausschließlich profane Unterhaltung (die Beschlüsse des Jahres 50 n. Z. ignorierend – *Anm. d. Verf.*). Sämtliche Publikationen wurden gleichgeschaltet und auf die Bedürfnisse der Rassen ausgerichtet. In den Städten waren Feste und orgiastische Gelage ganz im Sinne des Systems.«

Jak beschreibt weiter, wie die Mitglieder des Rates sich weigerten zu sterben und sich mit Hilfe von Computern, denen sie Leben einhauchten, immer erbarmungsloser an die Macht klammerten. Dies war der Zeitpunkt der Erschaffung des ROOM, eines gigantischen Wissensspeichers, der nicht nur das Wissen, sondern auch die Persönlichkeiten der überalterten Ratsmitglieder speicherte.

Das Jahr 135 n. Z. brachte uns den folgenschwersten Irrtum unserer technisierten Intelligenz. Dynatix K. I. stellte seinen ersten Titan-Chip vor, ein Superchip, der künstliche Intelligenz und Persönlichkeit ungeheurer Leistungsfähigkeit verband. Der Siegeszug der Dynatix-Chips kannte kein Ende. Fabrikation und Kontrollfunktionen gingen nach einem nur einjährigen Probelauf vollständig in die Kontrolle des Titan-Chips über. ›Freund‹ Titan-Net wachte nun über das Volk und versorgte es mit ›Brot und Spielen‹.

Ein fehlgeschlagener Putsch beschleunigte nur die Entwicklung einer computergesteuerten Armee. Am 24. 67. 145 n. Z. wurde in der nördlichen Hemisphäre der 15 000 qm große Titan-Net-Komplex eingeweiht, der im folgenden eine unputschbare Armee kontrollieren sollte. Aufgrund seiner gigantischen Fähigkeiten hatte Titan-Net nach nur wenigen Jahren ein hochtechnisiertes Verteidigungsnetz aufgebaut, das den gesamten Kontinentenraum überwachte. Kritiker meinten auch damals schon, daß Titan-Nets Funktion weniger die eines Beschützers als eher die eines Bewachers war. Das Fehlen ihrer Namen zeugt von der kurzen Lebensdauer ihrer Theorien.

Eine Untergrundorganisation hatte es sich zum Ziel gemacht, das drullische Volk von Titan-Net zu ›befreien‹, indem es in einer geheimen und zu spät entdeckten Aktion einen Virus in das System einspeiste. Die Folge war eine nicht vorhersehbare Mutation der Titan-Net-Persönlichkeit und ein Ausfall bestimmter Systemfunktionen.

Techniker schalteten daraufhin den Komplex ab und durchforsteten den Speicher, ohne jedoch fündig zu werden. Titan-Nets neue Persönlichkeit wertete diesen Eingriff und seine Machtlosigkeit dagegen als feindlichen Akt und erschuf sich ein erstes Zeichen von interaktiver Intelligenz: das Feindbild. Titan-Net implantierte sich selbst das Trauma des Verratenen, des Manipuliertwerdens von seinen eigenen Schöpfern. Titan-Net begann nun, die ihm unterstellten PVA-Einheiten gegen die Drulls einzusetzen. Unglaubliche Massaker waren die Folge.

An diesem Punkt unserer leidvollen Geschichte wurde der Name Torns, eines noch jungen Bezirkskommandanten, zu dem eines glanzvollen, aber ständig umstrittenen Kriegers, der in der Verwirrung des losbrechenden Krieges den letzten Versuch startete, das wieder auseinanderbrechende Volk der Drulls zu einen und zu befreien.

Torns Name ist bis heute nicht vergessen. Trotz seines wechselvollen (und sehr interessanten) Lebens liegen große Teile seines Werdegangs noch heute im dunkeln.

Zwar findet man in zahlreichen Publikationen relativ häufig Textstellen, die Bezug nehmen auf Torn, dies jedoch nur allzu oberflächlich, und eine wirklich vollständige Biographie dieses Feldherrn sucht man, wie es scheint, bislang vergebens.

So schien es problematisch, diese Darstellungen im historischen Rahmen inhaltlich und historisch korrekt zu vollziehen. Viel zu sehr ist man angewiesen auf – möglicherweise politisch vage – Darstellungen ungenannter Autoren. Schilderungen der, im Falle Torns, gegnerischen Seite können nicht anders wirken als wegweisend; an ihnen die historische Plausibilität beweisen zu wollen, scheint kompliziert.

Aus diesen Gründen ziemt es angeraten, sich auf den Fortgang des Lebens Torns von dem Punkt an zu konzentrieren, wo er auf der westlich von unserem Hauptkontinent gelegenen Inselgruppe begann, den Truppen Titan-Nets schweren Schaden zuzufügen. Dem besseren Verständnis halber sei bemerkt, daß diese Inselgruppe unter Historikern seitdem als die ›Battle Isles‹ bekannt ist.

Torn war bei seiner ersten Unternehmung sehr erfolgreich. In raschem Vormarsch hatte er die Titan-Net-Festungen Enk und Hemis genommen und stand kurz vor der letzten und größten Festung Lilion, als der Gegner ihm ein Friedensangebot unterbreitete, das ihn praktisch zum Alleinherrscher über die Inseln gemacht hätte. Auf Drängen der Drulls schlug er dieses jedoch aus. Die unklaren Machtverhältnisse ließen ihn, wie Hunderte von Jahren zuvor üblich, den Weg eines Stammesfürsten, eines Warlords, einschlagen.

Waren die Drullier anfangs auch begeistert von seinem Heldenmut, wandte sich jedoch bald das Blatt des Erfolgs. Die von ihm erhobenen sehr hohen Steuern, die gewaltsame Eintreibung dieser und seine militärische Härte ließen ihn so unbeliebt werden, daß es ihm nur recht kam, daß Titan-Net seine Hand wieder verstärkt nach Süden hin ausstreckte. So wurde es ihm möglich, nach zweieinhalb Jahren die Hauptinsel Berndal erhobenen Hauptes wieder zu verlassen und zur Befreiung des Südens zu schreiten, bevor er tatsächlich von den Berndal-Drulls vertrieben wurde.

Bei Ghurt, später Ghai, kam es zu einer Schlacht mit mechanischen Einheiten, die Torn zwar für sich entscheiden konnte, die ihm allerdings so schwere eigene Verluste zufügte, daß er vorerst seine Feldzüge aufgeben mußte. Ein Historiker, der drullische Edelmann Hom-Bur, beschreibt dies folgendermaßen: ›Indessen obsiegten des Warlords Kriegslust und sein Streben, die erste Rolle zu spielen, (. . .) und führten dazu, daß er mit Schande Berndal und Ghurt räumen mußte, nachdem er Tausende und Abertausende seiner Streiter in all den Schlachten verloren hatte.‹ (*Ausl. d. Verf.*)

Nun mag man annehmen, daß Hom-Bur hier mit einer Art Schadenfreude den Auszug Torns aus Ghurt bemerkte und möglicherweise übertrieb, doch findet auch Trarch ähnliche Worte, wenn er schreibt, daß der steigende Titan-Net-Einfluß in der Gegend um Ghurt ein ›wohlklingender Vorwand‹ war und sich Torn in Wahrheit nicht mehr in der Lage sah, Berndal zu regieren.

Also verließ er 147 n. Z. mit 8000 Mann Infanterie und 500 Demon zu Schiff Ghurt, um nach Epsor, seiner Heimatstadt im Südosten unseres Kontinentes, zurückzukehren. Dort plante er seine Kräfte zu sammeln und das Unternehmen, alle drullischen Völker zu vereinen, neu zu beginnen.

Auf den Battle Isles hinterließ er anfangs noch Besatzungen (auf Berndal, in Enk und Hemis, die er aber schon im Jahre 148 n. Z. ebenfalls abziehen mußte).

Hom-Bur berichtet über den offensichtlichen Hintergrund dessen in seinen Worten:

»So ging Torn seiner Hoffnungen verlustig, nachdem er einen Zeitraum von zwei Jahren auf die dortigen Kriege verwendet und starke Einbußen an seiner Macht erlitten, aber Kraft und Mut trotz seiner Niederlage unerschüttert bewahrt und dazu den Ruf erworben hatte, an Kriegserfahrung, persönlicher Tapferkeit und Wagemut bei weitem der erste unter den Warlords seiner Zeit zu sein, aber was er durch seine Taten erwarb, durch seine neuen Pläne wieder zu verlieren, weil er durch das Verlangen nach dem, was er noch nicht hatte, nichts von dem, was er hatte, in Sicherheit zu bringen bedacht war.«

Für Titan-Net war damit der Weg frei geworden, in das entstandene Machtvakuum einzudringen.

Torns großes Ziel war noch immer Adonia, ein fruchtbares Land an der Grenze zum Kernland Titan-Nets. 149 n. Z. gelang es ihm mit Hilfe der aus der Gegend um Ghurt abgezogenen Truppen, den donischen Herrscher Natas für kurze Zeit aus Adonien zu vertreiben. Natas stand seit langem im Verdacht, mit Titan-Net zu kollaborieren.

Auch hier blieb, wie so oft, das Glück auf seiner Seite. Nachdem er mehrere Städte erobert hatte, waren zweitausend Soldaten zu ihm übergelaufen, was seinen Tatendrang nur noch verstärkte.

»Da er aber viele Städte in die Hand bekam und zweitausend Soldaten zu ihm übergingen, spannte er seine Hoffnungen höher . . .« (Trarch)

In einer Schlucht griff er die adonische Kleinstadt Agin an, in der sich Natas verschanzt hatte. Dieser floh daraufhin und behielt lediglich einige Seestädte in seiner Hand.

Jedoch drohte Gefahr von sicherlich nicht erwarteter Seite. Die Besatzung, die Torn in der von ihm eroberten Stadt Agin zurückließ, unterdrückte die Bevölkerung und schändete ihre Heiligtümer. Dies brachte Torn einen unglaublich schlechten Ruf bei den Doniern ein.

Und wieder ließ Torn seine Probleme ungelöst zurück, als ihn ein drullischer Adeliger um Hilfe bat, dessen Frau unglücklicherweise mit dem König von Anthil, der Hauptstadt des Landstriches von Anthilien, ein Verhältnis hatte. Nur allzu bereitwillig stellte er abermals ein Heer, bestehend aus ›25 000 Fußsoldaten, 2000 Demon und 24 Panzereinheiten‹ auf und eilte, dem betrogenen Adeligen zu Hilfe zu kommen.

Die Größe des Heeres spricht allerdings eher dafür, daß Torn nicht nur Anthil für den Adeligen, sondern im Gegenteil ganz Anthilien für sich erobern wollte. Besorgte Gesandte des bedrohten Landes ließ er wissen, daß er lediglich die Städte von der Herrschaft des Königs befreien wolle, begann aber bald schon Raubzüge durch anthilisches Land und begründete sein Verhalten den aufgebrachten Gesandten gegenüber mit den Worten: ›Aber wir wissen doch, daß auch ihr Anthilier anderen nicht vorhersagt, was ihr zu tun vorhabt.‹

Bald stand Torn demnach vor Anthil, fand die Stadt aber ohne Warlord vor.

Der nachfolgende Kampf war hart und dauerte mehrere Tage, ohne daß von einer Seite eine Entscheidung erzwungen werden konnte. Als dann wenig später ein Feldherr des Natas und der König von Anthil an der Spitze von zweitausend Soldaten eintrafen, wuchsen kurzzeitig zwar Torns Ehrgeiz und Kampfeswille, trotzdem ließ er auch wieder bereitwillig von Anthil ab, um sich in einen neuen Konflikt zu stürzen.

Die rachsüchtigen anthilischen Drulls hatten allerdings Torns Weg ausfindig gemacht und lauerten ihm an vielen Stellen auf.

Vor Ragos angekommen, fand Torn schon Natas mit seinem Heer auf den Hügeln vor der Stadt.

In der darauffolgenden Nacht ließ sich Torn ein Stadttor öffnen und schaffte es mit seinen Demon, einige Vororte zu besetzen. Die Einwohner wurden jedoch auf die Eindringlinge aufmerksam und schickten Boten zu Natas.

Dieser entsandte seine Feldherren an der Spitze eines starken Hilfskorps gegen Torn.

Diese griffen die noch vor der Stadt stehende Infanterie an. Torn selbst kam in der Stadt nur schwer voran, da die vor ihm ziehenden Demon trotz Nachtsichtgeräten in der Dunkelheit und Enge der Straßen orientierungslos waren. Aufgrund der sich ergebenden Verwirrung warteten alle Parteien bis zum nächsten Tag mit der Fortführung der Kampfhandlungen.

Als es nun hell wurde, erblickte Torn die Ausmaße der gegnerischen Armeen in der Stadt, beschloß daraufhin den Rückzug und schickte eine Botschaft, daß man für die Panzer die Mauern einreißen solle. Die wartenden Katais verstanden die Nachricht jedoch falsch und eilten mit ihren besten Kämpfern dem Warlord zu Hilfe. Durch das folgende Gedränge waren weder Kampf noch Rückzug möglich.

In letzter Verzweiflung trieb Torn seine Einheiten gegen die Feinde und geriet in einen Kampf. In diesem Moment schlugen Geschosse in die Stadt ein, von plötzlich am Himmel aufgetauchten Fliegern Titan-Nets abgefeuert. Dieses Ereignis einte die kämpfenden Parteien und erinnerte sie an ihren gemeinsamen Feind.

Für Torn jedoch war es zu spät. Eines der Geschosse schlug inmitten des Platzes ein und ließ Steine und Trümmer wie Granaten umherfliegen. Durch einen Treffer ohnmächtig geworden fiel er und starb kurz darauf.

Die zeitgenössische drullische Literatur ist sich auch heute, ein halbes Jahrhundert später, in einer grundsätzlichen Beurteilung der Figur des Torn nicht einig. Sicherlich war er nicht viel besser als einer der Warlords aus grauer Vorzeit, und doch hatte er es verstanden, zumindest Teile des drullischen Volkes in einer überaus schweren Zeit zu einen. Wenn er sich auch in wenig von den anderen Führern wie zum Beispiel Natas unterschied, so ist doch festzuhalten, daß nur von Torn überliefert ist, daß er auch in dieser Zeit an den Zusammenhalt der Drulls glaubte.

Aber während er, wenn auch glücklos, über die Inseln und Kontinente Chromos' zog und zumindest vorgab, für ein einiges drullisches Reich zu streiten, so ist doch von anderen mehr oder weniger glaubhaft überliefert, daß sich manche nicht scheuten, Bündnisse auch mit Titan-Net einzugehen, wenn dies nur dem eigenen Machterhalt zuträglich war.

Bedeutend war Torn jedoch auch wegen der von ihm ausgehenden Neuerungen in der Heerführung, die mittlerweile zu Grundsätzen der drullischen Streitkräfte wurden.

Zwar gab es schon in früheren Zeiten die Rangbezeichnungen Soldat, Neokatai, Katai, Hauptkatai, Nuntai, Benuntai, General und, als höchsten Rang, den des Land. Torn aber führte einige sehr wichtige Verbesserungen ein. War die Truppe früher ein zwar hierarchischer, aber dennoch ziemlich loser Kampfverband, so stammt die folgende Aufgabenverteilung aus seinem Umkreis:

Die kleinste Heereseinheit ist die der Kampfgruppe, bestehend aus sechs Soldaten und geführt von einem

Neokatai. Sechs dieser Kampfgruppen werden wiederum von einem Katai geführt und bilden eine Kampfeinheit. Direkter Vorgesetzter des Katais ist der Hauptkatai, der zwar grundsätzlich ebenfalls Führer einer Kampfeinheit ist, darüber hinaus aber eine Zusatzausbildung zum Leiten eines Frontabschnittes oder Zuges besitzt. Ein Zug besteht aus einer Kampfeinheit und zwei Einheiten gepanzerter Fahrzeuge.

Wichtiger ist da schon der Rang des Nuntai, der den grundsätzlich hinter der Front befindlichen Befehlsstand leitet. Der Nuntai hat Befehlsgewalt über bis zu sechs Züge und leitet die militärische und logistische Komponente eines Abschnitts.

Die Zwischenstufe des Dakatai, dessen Verantwortungsgebiet sich früher zwischen denen des Nuntais und des Benuntais befunden hatte, wurde nach Kompetenzproblemen kurzfristig wieder abgeschafft. Aus Organisationsgründen sind zwar noch einige Dakatais anzutreffen, diese führen aber mittlerweile die Aufgaben der Benuntais aus. Es ist zu erwarten, daß mit der Zeit dieser Rang ohnehin Geschichte wird.

Hauptverantwortlich und Ranghöchster vor Ort ist der Benuntai. Er koordiniert die militärische und logistische Komponente von bis zu drei Frontabschnitten. Der Benuntai hält außerdem die Verbindung zum Generalstab.

Soldaten im Generalsrang sind ausführende Organe der militärischen Hauptstelle und verantwortlich für die einzelnen ›Benuns‹, eine Art Bereichsleitung, aus der der Rang Benuntai abgeleitet wurde. Nach Pyrhs Definition besteht ein Generalstab grundsätzlich aus zwei Generalen und drei Benuntais, die im Kriegsfalle jeweils vor Ort die Kontrolle über die Benuns haben.

Letztendlich kennzeichnet der Rang des ›Land‹ Mitglieder des Drullischen Verteidigungsrates, der aus sechs Mitgliedern jeder Waffengattung besteht, aber in jedem Fall den Weisungen der militärischen Komponente des ROOM Rechnung zu tragen hat.

Die hier behandelte Figur Torns ist in der langen Geschichte der Drulls nicht unbedingt die wichtigste. Augenscheinlich ist jedoch, daß wir gerade heute, in einer der schwersten Zeiten unserer Zivilisation, wo Titan-Net alle seine Truppen sammelt, um seine Niederlage bei der ›Operation Wettlauf‹ auszugleichen, wo Partisanen und Rebellengruppen die Grenzen unseres leidenden Landes verletzten und wir von einem endgültigen und friedenbringenden Sieg so weit entfernt sind wie selten zuvor, einen Führer wie Torn bräuchten. Einen Führer, ganz gleich welchen Wesens oder welcher Herkunft, der uns aus dem Dunkel holte und ins Licht stieße.

Titan-Net steht im Norden, vom Eisvolk im Süden ist keine Hilfe zu erwarten, und von den Kais – wie viele es sind, ist von Bern Ew nie übermittelt worden – können wir nach unserer leidvollen Vergangenheit nur hoffen, daß sie stillhalten. Wir Drulls und Chromos haben in unserer Vergangenheit gewiß schwere Stunden erlebt. Doch fällt es mir schwer, an schwerere Stunden als die gegenwärtigen zu glauben. Gerüchten, wir erhielten Hilfe aus fremden Welten, kann ich als Wissenschaftler keinen Glauben schenken.

Nuntus Hoc, den 25. 75. 199 n. Z.

Genehmigt und zugelassen durch die Wissenschaftliche Erfassungsstelle des ROOM Bokhara, Ältere Universität zu Bokhara.

1

Brit Darburg fror. Eine Mischung aus Müdigkeit und Angespanntheit hatte sich in ihrem Körper festgesetzt. Vor ihr ragte eine feuchte, schlammige Wand in die Höhe, und sie wußte, wenn sie sich aufrichtete, würde ihr Blick auf eine graue Masse Wald fallen, der sich nur etwa fünfzig Meter vor ihnen erstreckte. Links und rechts von ihr saßen oder standen Hunderte weiterer Männer und Frauen, alle in den metallisch-grauen Kampfanzügen der drullischen Armee.

Ein Mann stolperte heran und drängte sich wortlos an ihr vorbei. Sie kannte ihn flüchtig, eigentlich nur vom Sehen. Sie erinnerte sich daran, wie er seinen Bruder verabschiedet hatte, gestern abend, kurz bevor die Offensivtruppen sich in Bewegung setzten.

Zitternd stand sie auf. Sie mußte versuchen, durch einige Schritte die Kälte aus ihren Gliedern zu vertreiben. Prompt nieste sie und verfluchte sogleich alles, was sie hierhergeführt hatte.

Der Wald vor ihnen war dunkel. Die ersten Streifen des neuen Tages begannen sich am Himmel abzuzeichnen, doch noch war es nicht soweit. Brit war gierig nach Wärme, doch sie wünschte, daß der neue Tag nie anbrechen möge. Auch er würde nichts bringen außer Leid, Zerstörung und schlechten Nachrichten.

Sie erreichte einen Mann, sichtlich jünger als sie, der mit einem Nachtsichtgerät in den Wald starrte.

»Morgen, Len. Kannst du was erkennen?«

Len sagte nichts. Er schüttelte nur den Kopf. Brit stellte sich neben ihn und blickte ebenfalls in den Wald.

Seit gut einer Stunde mußten schon wieder die Vögel singen, doch kein Laut war zu hören. Möglicherweise waren ihre Ohren noch taub vom Gefechtslärm der Nacht. »Was meinst du, wann kommen sie wieder?«

Len blickte starr geradeaus. Brit ging weiter.

Der Wald vor ihnen war einige hundert Meter breit. Dahinter folgte eine etwa ebenso breite Ebene, unbewachsen und ungeschützt bis auf einige der zähen Heidebüsche. Erst dann kamen die Erhebungen, nicht einmal richtige Hügel, wegen denen sie hier waren.

Seit einigen Tagen schon waren die drullischen Stellungen in der Gegend von schwerer Artillerie beschossen und damit stark unter Druck gesetzt worden. Die oberste Heeresleitung hatte Fernaufklärer geschickt, die den Standort der Artillerie hinter genau diesen Hügeln ausgemacht hatten. Während die Artillerie sich eingeschossen hatte, war die Stimmung in den drullischen Stellungen immer schlechter geworden. Beinahe jeder rechnete für die nähere Zukunft mit einer Offensive des Gegners. Doch die war ausgeblieben. So hatte man im lokalen Hauptquartier vermutet, daß Titan-Net möglicherweise noch nicht genügend Truppen zusammengezogen hatte, um eine Offensive erfolgreich starten zu können.

Demnach wäre es nur eine Frage der Zeit gewesen, bis die ohnehin geschwächten eigenen Stellungen von starken Verbänden Titan-Nets überrannt worden wären.

Also wurden während des gesamten vergangenen Tages die verbliebenen schwereren Einheiten der Drulls zusammengezogen und ausgerüstet für eine Offensive, die zum Ziel hatte, in einem Überraschungsangriff die Hügel zu erobern und die Artillerie zu zerstören. Wenn sie es schafften, die Ebene zu durchqueren, hatten sie ihr Ziel beinahe erreicht. Es war bekannt, daß selbst die schwere Artillerie Titan-Nets sich mit der Bekämpfung von Nahzielen seit jeher schwergetan hatte.

Nahezu die ganze Nacht hindurch waren die Explosionen zu hören gewesen. Die zuckenden Lichtblitze und die Flammen der brennenden Einheiten zu beiden Seiten waren schemenhaft durch die Bäume zu sehen gewesen.

Brit machte sich nichts vor. Im Grunde machte sich niemand etwas vor. Es war ganz klar zu hören gewesen, daß die Kampfhandlungen unmittelbar hinter dem Wald begonnen hatten. Stundenlang ging die Schlacht, bis sich der Lärm etwas entfernte und sie hofften, der Durchbruch wäre geschafft.

Doch dann war dieses überaus tiefe Donnern mit dem nachfolgenden schrillen Pfeifton ertönt. Jetzt war klar, daß die Geschützstellungen auf der anderen Seite nicht zerstört worden waren. Im Gegenteil griffen sie nun ebenfalls in die Kämpfe ein.

Für all das gab es nur eine Erklärung. Titan-Net war bei einer eigenen Offensive in der letzten Nacht überrascht worden. Die beiden Truppen mußten sich am oder unmittelbar hinter dem Waldrand getroffen haben. Dem Lärm nach zu urteilen, mußte dabei der Gegner sogar für einige Zeit zurückgeschlagen worden sein, bis die Artillerie eingegriffen hatte.

Mit Sicherheit waren die Geschütze zuerst auf die Gräben hier, vor dem Wald, programmiert worden. Aufgrund einiger erbeuteter Waffensysteme dieses Typs in früheren Schlachten wußten sie, daß es einige Zeit dauern konnte, bis ein einmal justiertes Ziel durch neue Koordinaten ersetzt werden konnte.

Abermals schaute Brit zum Wald. Wo wären sie wohl jetzt, wenn sie nichts von der Offensive bemerkt hätten? Mit Sicherheit hätte sich die Artillerie schnellstens eingeschossen. Die wenigen Offensivkräfte, die die Drulls noch besaßen und in der Nacht eingesetzt hatten, waren für die Verteidigung in ihrer Mehrzahl zu träge. Blieben also sie und ihre Kameraden, bewaffnet mit leichten Tankabwehrwaffen und Stoner-Gewehren.

Nun, sie und die anderen, die geblieben waren, lebten. Aber was sollte noch kommen? Die Stellung hier, im Abschnitt Nord-7, war unmöglich zu halten. Nachschub gab es ebenfalls nicht, und wenn sie sich zurückzögen, hätten Titan-Nets Truppen eine ideale Lücke, durch die sie stoßen und die gesamte Front nach beiden Seiten hin aufrollen könnten.

Sie ging einige weitere Schritte und zwängte sich an einer eingegrabenen Scorpion-Einheit vorbei, deren Bug weit in den Gang des Grabens reichte. Aus ihrem Inneren vernahm sie durch die geöffneten Luftschächte das leise Summen der Waffensysteme und hörte Fetzen eines Funkgesprächs. Sie zwang sich, nicht zuzuhören. Weitere Hiobsbotschaften hatte sie beileibe nicht nötig.

In Abständen von etwa fünfzig Metern waren gleich bei der Einrichtung dieser Stellung mehrere dieser leichten Panzer eingegraben worden. Lediglich die beweglichen und gut getarnten Geschütztürme ragten aus dem Morast und richteten sich gegen den Waldrand.

Nicht mehr lange, und die erste der beiden Sonnen Chromos' würde aufgehen. Normalerweise herrschte zu dieser Tageszeit geschäftiges Treiben, wurden die Informationen der Nacht weiter- und die Befehle des Tages ausgegeben. Wären in dieser Nacht Patrouillentrupps ausgeschickt worden, so würden auch sie jetzt zurückerwartet.

Brit setzte sich auf den Turm des Scorpion und versuchte, das Tarnnetz zwischen sich und den Stahl zu bekommen. Es half nichts; das Metall strahlte noch die Kälte der Nacht ab und ließ sie wieder frösteln.

Gedankenversunken beobachtete sie die kleinen Wölkchen, die ihr Atem beim Verlassen des Mundes für kurze Zeit durch die Luft schweben ließ. Wenn sie sich darauf konzentrierte, meinte sie, noch den scharfen Geruch geborstenen Metalls riechen zu können, der des Nachts herübergeweht war; sie konnte sich aber auch irren.

Etwas anderes machte sie ekeln. Wann hatte sie sich zum letzten Mal gewaschen? Sie erinnerte sich dunkel, wie das warme Wasser ihren Körper gestreichelt hatte. Es mußte, ja, es mußte an dem Abend gewesen sein, als der Mann vom Militärbereichsamt bei ihr und ihren Eltern gewesen war. Der Abend, bevor sie ihr Elternhaus verlassen hatte.

Sie roch den Schweiß unter ihrem Kampfanzug. Es war so viel geschehen in den letzten Tagen. Mannigfaltige Eindrücke waren auf sie eingeprasselt und hatten ihr nicht die Zeit gelassen, sie zu verstehen.

Instinktiv tastete sie nach ihrem Stoner-Gewehr, das sie meist neben sich ablegte, wenn sie sich irgendwo niederließ. Es war nicht da. Sie zuckte die Achseln. Wenn der diensthabende Offizier sie so sähe? Sie grinste unwillkürlich. Was würde wohl geschehen? Würde sie möglicherweise unehrenhaft aus der Armee entlassen? Oh, Mann, wenn es so einfach wäre.

Irgend etwas veranlaßte sie, sich umzudrehen. Halb verborgen hinter dem Turm stand Len und grinste. Wie lange hatte er sie beobachtet?

»Bin abgelöst worden. Vor ein paar Minuten.«

Wie er so dastand, sah er aus wie ein Kind. Er war nicht gerade als groß zu bezeichnen, und sein strohblondes Haar sproß in alle Richtungen. Seine Gesichtszüge waren weich, und Brit hatte keinerlei Zweifel, daß es ihm nicht anders gegangen war als ihr.

Er zog die Arme dicht an den Körper, als wolle er ihr bedeuten, daß ihm kalt war.

»Tut mir leid wegen eben. Aber ich habe erst gar nicht mitbekommen, daß du mit mir gesprochen hast. Ich glaube, ich habe mich zu sehr auf den Wald konzentriert, und außerdem, na ja, ich war nicht mehr ganz wach, wenn du verstehst, was ich meine.«

Brit mußte wieder grinsen, doch es war noch nicht so hell, daß er es sehen konnte.

»Sollte Katai Mammbur dich dabei erwischen, geht es dir schlecht«, flüsterte sie übertrieben.

»Schau du mal stundenlang zwischen Bäume und Blätter«, versuchte er boshaft zu erwidern, erkannte ihre Spitze und schwieg. Statt dessen machte er einige Schritte um den Turm herum und setzte sich neben sie.

»Ich muß dich was fragen.« Brit sah ihm ins Gesicht, und er fuhr fort: »Ich beobachte dich schon lange. Nicht, was du denkst. Aber ich meine, nun, ich bin auch noch nicht lange dabei, und wie kommt es . . . Vielleicht fang' ich anders an. Was ich meine, ist, du bist doch eine Frau. Klar, die Lage ist ja ernst genug, daß auch Frauen eingezogen werden, aber du bist so jung. Hast du dich freiwillig gemeldet?«

Brit dachte bei sich, daß Len noch ein gutes Stück jünger aussah als sie, aber sie verlor kein Wort darüber.

»Nun«, begann sie, »mein Vater ist Sekretär bei einem Unterabteilungsleiter, der mit der militärischen Komponente des ROOM befaßt ist.«

»Des ROOM«, hauchte Len fassungslos. »Dein Vater arbeitet für das Netzwerk der Weisheit? Hat er ihn gesehen?«

»Nein, gesehen nicht, aber er verwaltet Dinge, die entweder vom ROOM kommen oder ihm zugeleitet werden müssen. Zum ROOM selbst kommt niemand. Versteh mich nicht falsch; so wichtig ist mein Vater auch wieder nicht. Jedenfalls, nachdem die Operation WETTLAUF damals erfolgreich abgeschlossen werden konnte, gingen ja Gerüchte um, daß ein Mann von einem anderen Planeten gekommen sei, um uns zu helfen.«

»Er heißt Haris, glaube ich«, warf Len ein.

»Stimmt, so war es: Haris. Jedenfalls meinte der ROOM aufgrund seiner Fähigkeiten, nun eine Chance gegen Titan-Net und seine Roboter zu haben, und ordnete die Einberufung aller wehrfähigen Drulls an. Ausgenommen waren die Angehörigen von Mitarbeitern des ROOM. Als aber vor einigen Wochen der Vorgesetzte meines Vaters zu Besuch kam, legte er uns nahe, auch mich zu schicken, und ich sagte ja.«

»Du sagtest ja? Das ist nicht dein Ernst. Ich wurde einfach eingezogen, und du sagtest *freiwillig* ja?«

»Mein Vater sagte, wenn ich bliebe, würde Titan-Net kommen und uns alle vernichten. Natürlich nicht, wenn ich allein bliebe, aber wenn alle so dächten. Du verstehst?!«

Len nickte zaghaft.

»Wenn ich und viele andere aber gingen, hätten wir eine Chance«, fuhr Brit fort.

»Und dann bist du gegangen?«

»Wie du siehst.«

Sie schwiegen für eine Weile und hingen ihren Gedanken nach. Irgendwie interessierte es Brit, wo Len herkam und was er vorher gemacht hatte, aber sie hatte die Lust verloren, sich hier zu unterhalten. Es war kalt, unbequem und gefährlich. Bessere Zielscheiben als sie beide konnten sich die Demon-Kampfroboter Titan-Nets gar nicht wünschen.

»Wir gehen jetzt besser wieder runter.« Sie zog ihn mit sich.

Ihrer beider Stiefel sanken knöcheltief in den Schlamm ein, als sie herabsprangen, und es machte einige Mühe, die Füße wieder freizubekommen.

Sofort umgab sie wieder der Gestank von Moder und Maschinenöl, der sich in dem Graben gesammelt hatte. Im Gegensatz dazu war die Luft oben geradezu erfrischend gewesen.

Die Atmosphäre über ihnen erhellte sich immer weiter, doch die Schatten im Graben würden noch einige Zeit vorhalten.

»Was denkst du?« fragte Len. »Wie lange werden wir uns hier halten?«

»Geh hin zu Hauptkatai Quaila und frag ihn. Du weißt doch, wo sein Unterstand ist?«

Brit gab sich verschlossen. Einen ernsthaften Angriff konnten sie nicht mehr zurückschlagen. Die Scorpion würden so schnell nicht wieder auszugraben sein. Sie konnten also von Glück reden, wenn sie ihr Leben würden retten können. Doch dazu würden sie erst einmal aus dem Graben kommen und versuchen müssen, die abseits parkenden Provider zu erreichen. Die leicht gepanzerten Truppentransporter waren trotz ihrer Größe recht schnell. Waren sie erst einmal drin, stiegen ihre Chancen rapide.

Mit Verwirrung bemerkte Brit, daß plötzlich alle aufstanden und auf irgend etwas horchten. Einige kletterten sogar aus dem Graben. Und dann hörte auch sie das schwere Brummen und das noch leise Rasseln von Ketten.

Der Graben und seine Besatzung schienen eingefroren. Nichts bewegte sich mehr, alles starrte zwischen die Bäume. Das Brummen wurde lauter und kam mit jeder Minute näher.

Brit hatte sich gegen die Wand gestützt und bemerkte gar nicht, wie sich ihre Hände vor Anspannung tief in das Erdreich gruben.

Nach Minuten scheinbar endlosen Wartens war es soweit. Im ersten Licht des Tages schob sich eine schwere T-7-Einheit aus dem Wald. Es war offenkundig, daß sie stark beschädigt war. Teile der Kettenabdeckung fehlten, im Turm klaffte ein Loch, und die Panzerung wies die Spuren abgeprallter und fehlgeleiteter Geschosse auf.

Der T-7 hatte sich in seiner ganzen Länge aus dem Wald geschoben, als er kurz stehen blieb. Der Geschützturm drehte sich, als suche er etwas, und Brit hörte die ersten Männer jubeln. Dann sah auch sie es. Der Geschützturm trug die Farben der drullischen Armee und die Kennung des Nord-7-Abschnittes. Es war einer der ihren.

Die ersten Soldaten waren aus ihrem Graben gesprungen und begannen, dem Tank den geheimen Weg durch das Minenfeld zu zeigen, andere rannten einfach auf ihn zu. Jetzt gab es vielleicht noch Hoffnung auch für andere.

Brit sah, wie Brund alle Waffen von sich warf und aus dem Graben stürmte, andere, die es ihm gleichtun wollten, beiseite stoßend. Len hatte wieder diesen geistesabwesenden Blick auf seinem Gesicht, als er mit angehaltenem Atem zu dem stählernen Koloß hinüberblickte, der am Waldrand stand und eine überirdische Ruhe auszustrahlen schien.

Brit fühlte sich nicht wohl. Sie hatte das Gefühl, aus dem Panzer beobachtet zu werden. Seit Stunden war nichts von ihren Truppen zu hören und zu sehen gewesen. Jetzt hatte doch einer den Rückweg geschafft.

Unruhe kam in die Reihen. In etwa hundert Meter Entfernung stand plötzlich Hauptkatai Quaila auf seinem Kommandobunker und winkte wild gestikulierend seine

Soldaten zurück. Dabei schrie er etwas, doch Brit verstand kein Wort.

In Bruchteilen von Sekunden kam Leben in den Panzer.

Mit laut aufheulendem Motor raste er plötzlich los mit einer Geschwindigkeit, die seinen Schäden Hohn zu sprechen schien. Die Maschinengewehre spuckten ratternd Geschosse zwischen die Soldaten, von denen viele noch vor oder im Graben fielen.

Brit war wie gelähmt. Len hatte sich längst zu Boden geworfen, doch sie stand wie versteinert. Der Panzer fuhr genau den Weg durch die Minenfelder, den ihm die Kameraden eben gezeigt hatten.

Chaos herrschte. Einige wenige hatten sich besonnen und schossen mit ihren Stoner-Gewehren auf den Panzer. Doch diejenigen, die nicht von seinen Ketten erfaßt wurden, vermochten nicht viel auszurichten.

Zielstrebig raste der Panzer auf dem schmalen Weg durch das Minenfeld, geführt von den wenigen verbliebenen Soldaten, die in Todesangst vor ihm flüchteten und nur diesen Weg nehmen konnten.

Der Geschoßhagel auf den T-7-Crusader verstärkte sich, und er begann am Heck zu brennen. Doch noch immer kam er näher. Es war unglaublich. Titan-Net mußte während der Schlacht den T-7 irgendwie übernommen haben.

Einige der eingegrabenen Scorpion eröffneten nun ebenfalls das Feuer. Ein Geschoß fuhr zwischen zwei flüchtende Soldaten, die wenige Sekunden später von den Ketten erfaßt worden wären. Ein aufspritzender Schwall von Erde verdeckte für Augenblicke die Sicht auf den Panzer. Andere gingen am Ziel vorbei und schlugen im Minenfeld ein. In Kettenexplosionen krepierten daraufhin Dutzende von Minen und schickten ihre tödlichen Splitter nach allen Seiten. Die Verwirrung war komplett.

Der rasende Panzer feuerte aus allen Rohren. Nur noch wenige Meter trennten ihn vom Graben.

Da erreichte das Geschoß eines Gewehres den Turm und fuhr durch das Loch ins Innere. Nach einer dumpfen Explosion verstummten die Geschütze, doch der Tank rollte mit unverminderter Geschwindigkeit weiter. Beinahe zeitgleich jagte die Granate eines Scorpion direkt in das Fahrwerk und löste Teile der rechten Kette.

Instinktiv duckte sich Brit, als sie sah, daß der schwere Tank ins Rutschen kam und zur Seite hin ausbrach. Sie preßte sich so flach es ging auf den Boden. Gleichzeitig bekam der T-7 Kontakt mit den letzten Minen.

Der Lärm war ohrenbetäubend. Ein Schwall glühender Hitze durchfloß den Graben in alle Richtungen und riß an den Kampfanzügen, als der Panzer in einem riesigen Krater verglühte.

Dann war es still, und für unendlich lange Augenblicke wagte niemand eine Regung. Langsam richteten Brit und Len sich wieder auf. Noch immer explodierten Minen in weiterer Entfernung, dort, wo Wrackteile eingeschlagen waren.

Den Graben unmittelbar dort, wo der Panzer auf die Minen gefahren war, gab es nicht mehr. Der einige Meter entfernt eingegrabene Scorpion ragte, durch die Explosion aus seiner Verankerung gerissen, wie ein brennendes Mahnmal halb aus der Erde. Im weiteren Umkreis regte sich kein Leben. Beißender Qualm lag über dem Trümmerfeld, und erst jetzt, nachdem der erste Schock überwunden war, begannen Verletzte zu schreien und Sanitäter zu dem Unglücksort zu rennen.

Hauptkatai Quaila gab hastige Befehle. Schon nach überraschend kurzer Zeit tauchten zwei zu Sanitätsfliegern umgebaute Firebird-Helikopter auf und begannen mit dem Landeanflug, um die Verletzten in Sicherheit zu bringen. Wie von unsichtbarer Hand geleitet, fingen überall Soldaten an, die Scorpion auszugraben. Jederzeit konnten die Angel-Geschütze der anderen Seite ihren tödlichen Segen herüberschicken.

Len und Brit halfen ebenfalls bei der Bergung. Keuchend vor Anstrengung schleppten sie Verletzte und Gefallene zu den gelandeten Firebird; andere Soldaten luden Gerät in die vorgefahrenen Provider.

Brit half noch bei den Fliegern, als Len schon zurück zum Graben ging. Plötzlich horchte er auf. Er glaubte, ein Rufen gehört zu haben. Es kam aus Richtung des Waldrandes. Er nahm sein Fernglas und zoomte ihn zu sich heran. Für Sekunden hielt er die Luft an, dann begann er nach den Sanitätern zu rufen.

Einige Soldaten kamen herbeigeeilt und sahen es ebenfalls: Dort draußen lag inmitten des Minenfeldes ein grausam verstümmelter Mann. Er lebte noch, schrie sogar vor Schmerzen. Die Wucht der Explosion mußte ihn genau zwischen die Minen geworfen haben.

»Himmel, es ist Brund«, sagte eine Soldatin neben Len, und jetzt erkannte er ihn auch. Der Mann, dessen Bruder heute nacht da draußen umgekommen sein mußte. Jetzt lag auch Brund dort und schrie nach seinem Bruder. Seinen Kameraden standen die Tränen in den Augen.

»Wie sollen wir ihn bergen?«

Niemand antwortete.

Katai Mammbur kam gerannt und ließ sich die Lage erklären. Er nahm das Fernglas und schüttelte den Kopf.

»Wie sollen wir ihm helfen; er hat keine Beine mehr.« Auch er bemühte sich, seine Fassung nicht zu verlieren.

Der Wind hatte gedreht und kam nun vom Wald her. Die Schreie wurden lauter.

»O Gott, mein Bruder! Warum holt mich denn keiner? Ich muß doch meinen Bruder suchen! Was soll ich nur Mutter sagen?« Dieser Satz wiederholte sich wieder und wieder, während das Bündel Mensch dort drüben mit jedem Satz schwächer wurde.

Der Katai begann zu schluchzen, und auch um die Fassung der anderen war es nicht besser bestellt.

»Wir müssen ihn erlösen. Diesen Tod hat er nicht verdient«, sagte die Frau im Kampfanzug und richtete ihr Gewehr auf Brund.

Mit lautem Donnern hob ein Firebird hinter ihnen ab, und zu ihrer Verwunderung verstummten die Schreie. Sie sahen, wie Brunds Kopf dem steilen Flug des Firebird folgte. Mühsam rappelte er sich hoch. Für einen Moment vergaß er sogar die Schmerzen und wurde noch einmal klar.

»Da fliegt er«, murmelte Brund triumphierend. »Mein kleiner Bruder kommt raus. Jetzt wird alles gut.« Dann ließ sich auf die kleinen Sandhügel zu seiner Seite fallen, unter denen er die Minen vergraben wußte.

Eine letzte Explosion dieses noch jungen Tages nahm einen weiteren drullischen Soldaten mit sich, und es sollte noch lange nicht der letzte sein.

2

Brit öffnete die Augen. Sie atmete schwer und tief. Nur wenige Gedanken konnten das diffuse und schlaftrunkene Etwas ihres Kopfes durchdringen. Sie war wach und doch so müde, als hätte sie wieder einmal einige Tage nicht geschlafen. Sie verschränkte ihre Arme hinter dem

Kopf und schaute an die Decke des kleinen Saales, in dem sie mit einigen anderen Soldatinnen schlief.

Sie hob den Arm und warf einen Blick auf den kleinen Digital-Chronometer am Handgelenk. Es war noch früh. Noch einige Minuten, bis sie geweckt werden würden.

Sie hatte das Pech gehabt, als eine der letzten die Provider zu besteigen und herausgebracht zu werden. Len war einer der ersten gewesen, und so hatte sie ihn gestern nicht mehr zu Gesicht bekommen.

Das Bezirkskommando befand sich in einem kleinen Dorf, etwa fünf Kilometer hinter der Frontlinie. Das Dorf selbst war schon seit Wochen evakuiert worden; nur die drullischen Stäbe und Nachschubeinrichtungen hielten sich noch. Hier lagen auch einige wenige Fliegereinheiten, die vor oder nach ihren Einsätzen wieder beladen werden konnten.

Widerwillig schob Brit die Beine aus dem Bett und stand auf. Unsicher ging sie zu den Wascheinrichtungen und öffnete ein Fenster. Frischer kühler Wind strömte herein und löste einen Teil ihrer Müdigkeit auf.

Es war trostlos. Das Dorf war klein und seine Häuser heruntergekommen. Nichts erinnerte an all die Dinge, die das Leben in den größeren Städten so angenehm und unterhaltsam machten.

Sie selbst befand sich in einem etwas größeren Gebäude, das früher ein Gemeindesaal oder eine Schule gewesen sein mochte. Die Wände der gegenüberliegenden Häuser waren feucht und schmutzig. Die Straße war durch die Ketten der schweren Panzer zerfurcht und an einigen Stellen aufgerissen. Lehm kroch hervor wie ein Geschwür und wucherte über die Straße. Leise Stimmen zeugten von den Wachen, die verborgen irgendwo auf Posten saßen.

Für einen Moment stellte Brit sich die Bewohner vor – eine der üblichen Vorstellungen, die Menschen aus der Stadt von Menschen auf dem Land hatten –, aber es gelang nicht. Sie schaffte es nicht, dem realen Bild der Wirklichkeit, das sie dort sah, ein fiktives und friedliches überzulagern.

Brit schloß das Fenster, beugte sich über einen großen Krug und schleuderte sich einige Handvoll eiskalten Wassers ins Gesicht. Es schmerzte, aber die Müdigkeit in ihrem Kopf war verschwunden. Die Beine waren noch schwach, aber das würde sich geben.

Leise schlich sie zu ihrem Bett, einem klapperigen Gestell aus Rohren mit einem übergezogenen Sack Heu, und streifte ihren Kampfanzug über. Sie hatte gestern versucht, ihn ein wenig auszubessern, war aber nicht weit gekommen. Sie war ausgepumpt nach den letzten Tagen, und bald war es ihr egal gewesen.

Sie verließ den Raum und passierte auf ihrem Weg nach draußen einige Wachen, die sie überrascht musterten. Als sie vor der Haupttür im Freien stand, fühlte sie sich merkwürdigerweise frei. Sie ließ sich auf einer Stufe nieder und griff in ihre Brusttasche. Dort befand sich eine Essenration, deren starre Plastikhülle sie mit steifen Fingern mühsam aufriß.

Im Inneren war ein mehliger Klumpen, der nach nichts aussah und schmeckte, doch, wie sie wußte, die wichtigsten Nährstoffe eines Tages beinhaltete. Mit einigem Widerwillen biß sie ein Stück ab und kaute ein wenig, bevor sie ihn hinunterschluckte. Sie wußte, sie würde sich niemals an diese Art der Verpflegung gewöhnen.

Tief sog sie die kalte Luft ein. Irgendwo in ihrem Selbst nistete ein Gedanke an zu Hause, an ihre Eltern, vor allem aber an ihre Freundin Mawi, und drängte nach draußen, doch sie unterdrückte ihn. Sie sorgte sich im Moment vielmehr um sich selbst. Vor gerade einmal einem Tag hatte dieser feige Angriff Titan-Nets stattgefunden und sie gezwungen, die Stellung aufzugeben.

Ein hoher Pfeifton erscholl hinter den südlichen Wäldern und kam rasch näher. Brit ging auf die Hauptstraße hinaus und machte einige Schritte, bis sie freien Blick zum Landefeld hatte.

Ein Firebird-Helikopter setzte mit blinkenden Lichtern zur Landung an. Sie hatte vielleicht einen Giant-Transporter erwartet, der neue Ausrüstung brachte, aber keinen Firebird. Mit Verwunderung stellte sie fest, daß noch bevor er gelandet war, ein gepanzerter Provider vorfuhr. Aus dessen Innerem sprangen schwer bewaffnete Soldaten und reihten sich auf. Anscheinend bekam die Einheit hohen Besuch. Die Landelichter wurden verdunkelt, und der Helikopter setzte auf. Der Rotor erstarb, und die Tür öffnete sich.

»Was suchen Sie hier?«

Zusammenzuckend fuhr sie herum. Vor ihr stand ein Soldat in voller Kampfausrüstung, das Gewehr im Anschlag. Er musterte sie und erkannte das Namensschild auf der linken Brust. Brit Darburg, 25th Mech Fusiliers. Diesen Namen würde er sich merken.

»Ich . . . ich konnte nicht mehr schlafen.« Sie versuchte, diplomatisch auf ihn einzugehen.

»Sie konnten nicht mehr schlafen? Hören Sie, Darburg. Wenn jeder, der nicht schlafen kann, auf der Straße herumspaziert, wie sollen wir dann den Feind ausmachen? Meinen Sie, der kann auch nicht schlafen? Jetzt gehen sie wieder rein!«

Brit wollte sich umdrehen und tatsächlich gehen, aber ihre Kampfeslust war stärker. Bedrohlich legte sie ihre Hand auf seinen Brustpanzer.

»Jetzt hören *Sie mir* zu. Wie lange drücken *Sie* sich schon hier rum? Wir sind gestern von der Front gekommen. Wollen Sie mir erzählen, wie ich mich oder andere vor Titan-Net schützen kann? Titan-Net hat gestern unsere Linie genommen. Und erzählen Sie mir nicht, daß Sie nicht auch in der Dämmerung meine Uniform erkennen können. Gehen Sie lieber auf ihren Posten.« Ohne ein weiteres Wort ließ sie ihn stehen.

Dars Poole sah ihr hinterher und grinste.

Mit hoher Geschwindigkeit raste der Provider durch die enge Straße und bog mit aufleuchtenden Bremslichtern in eine schmale Gasse ein. Dort befand sich der Bezirksbunker dieses Benuns.

Vor dem Bauwerk wiederholte sich die Prozedur vom Flughafen. Etwa ein halbes Dutzend Soldaten verließen den Transporter und standen Spalier. Dann huschte eine einzelne Person heraus und verschwand im Inneren des Bunkers. Sofort schlossen sich die schweren Panzertüren. Der Provider wendete schwerfällig und fuhr zurück zur Landebahn.

3

Es hatte erst einen einzigen Alarm gegeben heute morgen, sogar nach Sonnenaufgang. Ein noch unbekanntes Objekt hatte die gestern verlassenen Stellungen in geringer Höhe überflogen und war kurz darauf in Richtung Norden abgedreht. Jetzt war es offensichtlich, daß Titan-Net die Stellungen einnehmen wollte. In wenigen Stunden befände sich der Feind demnach nur noch etwa fünf Kilometer vom Bezirkskommando entfernt.

In den frühen Morgenstunden hatte es eine Zusammenkunft der Benuntais mit den Haupt- und Nuntais gegeben. Auch derjenigen, deren Stellungen noch gehalten werden konnten. Viele hatten den Ort danach sofort wieder verlassen und waren zu ihren Einheiten zurückgekehrt. Hauptkatai Quaila hatte sich mit seinen Soldatinnen und Soldaten in eine geräumige Halle zurückgezogen, die früher einmal ein Stall gewesen sein mochte.

Weit über hundert Drullier standen dort vor Quaila und seinem Katai Mammbur. Sie standen dichtgedrängt, doch jeder kannte die Lücken dort, wo vor Tagen noch viele andere gestanden hatten.

Brit drehte und reckte sich. Len schien nicht hier zu sein.

»Soldaten«, begann Quaila. »Wir hatten heute morgen Besuch von einem Befehlshaber des Hauptkommandos. Wir müssen unser Gerät instandbringen und uns bereithalten. Morgen früh werden wir in einer entscheidenden Offensive unsere Linie und die feindlichen Hügel zurückerobern.«

Unmut machte sich breit. Aufgeregtes Murmeln unterbrach die erwartungsvolle Stille, die während der Worte Quailas geherrscht hatte.

Quaila hob die Hand. »Wir werden nicht allein sein. Der Rat hat uns durch den zu uns gesandten Land außerdem sämtliche Einheiten und Soldaten des Stützpunktes hier zugeteilt. Man ist der Meinung, daß dies unsere letzte Chance ist. Wir müssen die Hügel nehmen und die Artillerie zerstören.«

Laute Rufe brachten Unruhe unter die Wartenden.

»Das geht nicht! Wir haben doch erst gestern die Stellung aufgegeben! Sie wissen doch, daß sie nicht zu halten war!« rief ein stämmiger Drull von hinten.

»Ruhe, Leute. Niemand redet davon, die Stellung zu halten. Wir müssen sie auf dem Weg zu den Hügeln nehmen und als Rückzugsplatz freihalten.«

»Verdammt, was können wir gegen Titan-Net schon aufbieten? Unsere schweren Einheiten wurden schon bei der letzten Offensive zerstört oder übernommen!« rief ein anderer weiter vorne.

»Genau, vorgestern waren wir viel stärker und haben nichts auszurichten vermocht!«

Die Halle brodelte.

»Warum wird die Front nicht einfach zurückgenommen?« rief einer, und eine andere Soldatin schrie gegen den Lärm: »Wir wollen Luftunterstützung! Soll der Rat doch Raven-Kampfbomber schicken!«

»Moment, Moment!« warf Quaila beschwichtigend ein. »Vorgestern haben wir den Feind bei einer eigenen Offensive überrascht. Wir kamen gar nicht nahe genug an die Hügel heran. Vergessen Sie nicht, auch der Feind dürfte geschwächt sein.«

»Dürfte geschwächt sein . . .« Viele begannen hysterisch zu lachen.

Brit, die weiter vorne stand, meldete sich zu Wort. Ihrem Beispiel folgend wurde es ruhiger, und auch andere hoben nun die Hand. Mammbur machte Quaila auf sie aufmerksam, und er ließ sie zu Wort kommen.

»Hauptkatai Quaila. Wir könnten noch so viele sein, wir würden es nicht schaffen. Wir Drulls sind nicht zum Kämpfen geboren. Was wir brauchen, sind Kampfroboter. Dafür wurden sie doch damals entwickelt. Titan-Net hat sie im Überfluß und kann sich stündlich neue bauen.

R-1b-Demon sind unsere Erfindung, und doch haben wir nur wenige. Wir, die 25th Mech Fusiliers, haben keinen einzigen. Andere Truppenteile sind dagegen fast vollständig mit ihnen ausgerüstet. Wer wird alles wieder aufbauen, später? Roboter? Für wen?«

Zustimmende Rufe wurden laut. Auch andere forderten jetzt, Demon einzusetzen.

»Beruhigen Sie sich«, versuchte Quaila die Menge zu beschwichtigen. »Die Operation WETTLAUF, das Mondunternehmen, hatte für lange Zeit alle Kräfte gebunden. Für die Rückkehr unserer Expeditionstruppen stand lediglich ein Titan-Net-Raumer zur Verfügung. Es war kein Platz für Kampfroboter.«

»Dann laßt uns doch auf den Mond gehen, wenn dort so viele Waffen herumstehen. Vielleicht kommt Titan-Net ja mit. Dann kämpfen wir dort«, unterbrach jemand den Hauptkatai.

Seine Miene verfinsterte sich. »Das ist nahe an der Meuterei. Sie verstehen, was das bedeutet? Wir sprechen darüber, also sollten wir auch sachlich bleiben. Tatsache ist, daß nicht ausreichend mechanische Kampftruppen zur Verfügung stehen. ATIKSS, der zweitgrößte Waffenhersteller auf Chromos, baut momentan so viele Demon, daß seine Kapazitäten voll ausgelastet sind. Aber es sind dennoch nicht genug.«

»Und wie viele gehen an Titan-Net?« rief jemand dazwischen und spielte auf ein altes Gerücht an. »Jeder spricht vom neuen Tiger T-22-Panzer, doch keiner wird ausgeliefert. Warum?«

Quaila räumte seine Unterlagen zusammen und bedeutete damit, daß er keine Lust hatte, das Gespräch weiterzuführen.

»Leute, wir können uns noch lange über Produktionspolitik unterhalten, aber es wird nichts ändern. Wir haben durch Land Markow von höchster Stelle den Befehl, morgen die Hügel zu nehmen, und das werden wir tun. Halten Sie sich bereit. Zwei Stunden vor Sonnenaufgang geht es los. Nutzen Sie diesen Tag, um sich fertigzumachen.«

Quaila und Mammbur hatten die Tür des Bunkers passiert, als diese mit einem dumpfen Schlag von Wachhabenden sofort wieder verschlossen wurde.

Der Gang war lang, dunkel und stickig. Ein leichtes Gefälle führte sie abwärts, bis sie in einem mit Stahlbeton ausgeschalten Raum standen. Die Decke erhob sich etwa drei Meter über dem welligen Boden, und die Wände waren bedeckt mit Karten der Umgebung. Einige MilOp-Konsolen standen unbenutzt am hinteren Ende des Raums. Noch waren kaum mechanische Einheiten eingetroffen, die man damit steuern konnte. Momentan wurden sie für Analysen genutzt. Eine Bestimmung, die sie ganz klar unterforderte.

Über eine Karte von gewaltigen Dimensionen gebeugt, schaute Land Markow auf, als die beiden hereinkamen. Die anderen Offiziere beachteten sie nicht, als sie sich zu ihm stellten. Dies war das militärische Herz des Benuns.

»Land, die Truppe war gar nicht begeistert von Ihren Vorstellungen.«

Markow lachte laut. »Quaila, berichten Sie mir von Meuterei?« Die Köpfe der anwesenden Offiziere ruckten synchron zu den dreien herum.

»Das nicht. Aber sie haben den Mißerfolg der ersten Offensive miterlebt. Sie können sich einen Erfolg der nächsten nicht vorstellen.«

»Quaila, ich fürchte, Sie haben es an Überzeugungskraft fehlen lassen. Wie kommt das? Sie sind doch sonst ein fähiger Soldat?« Er beugte sich wieder über die Karte und verschob ein Fähnchen mit der Aufschrift ›25th Mech Fusiliers‹.

Die Karte stellte überdeutlich die gegenwärtige Situation dar. Eine große Lücke in der Verteidigungslinie klaffte dort, wo bis gestern noch drullische Einheiten gelegen hatten.

»Sehen Sie. Hier sind wir, dort die Front. Hinter uns liegt eine Vielzahl von Dörfern, die lediglich von leichter Infanterie gehalten werden. Dort«, er zeigte auf eine Anhäufung gelber Fähnchen, »steht der Feind und hat nach letzten Beobachtungen einige Truppenverbände zusammengezogen. Sie stehen bereit, an dieser Stelle durchzustoßen und zum Stützpunkt zu marschieren.«

»Entschuldigung«, meldete Katai Mammbur sich zu Wort. »Wir haben keine Offensivkräfte, nur Infanterie und wenige Panzer. Wie sollen wir diese Stellungen einnehmen? Der Feind ist nach Zahlen und Waffen weitaus stärker als wir.«

»Sie rücken im Morgengrauen in ihre alten Stellungen ein, die sie nach dem Rückzug gestern vermint haben. Das Entfernen der Minen dürfte kein Problem darstellen, vor allem kein zeitliches. Ist das geschafft, werden Raven-Bomber aus dem Abschnitt Nord-23 eingreifen und den Gegner in Schutt und Asche bombardieren. Sie rücken sofort nach und nehmen die Hügel. Verstanden?«

»Das scheint mir etwas zu leicht zu sein«, sagte Mammbur zögernd.

»Das *ist* leicht. Man muß nur die richtigen Ideen haben. Machen Sie sich keine Sorgen. Für Luftunterstützung ist gesorgt.« Land Markow richtete sich auf, stützte die Arme in die Seiten und sah sie grinsend an.

Quaila und Mammbur nickten nur. Sie fragten nicht, warum es beim letzten Mal keine Luftunterstützung gegeben hatte, als sie noch stärker gewesen waren. Es war eben so.

»Bevor ich es vergesse«, Markow trat nahe an Quaila heran, »wenn Sie durchkommen, woran ich keinerlei Zweifel habe, werden Sie zum Nuntai befördert, bekommen Ihr Regionalkommando, und Mädchen, ach, was sage ich, alles, was Sie sich nur vorstellen können.« Er wandte sich halb zu Mammbur. »Sie natürlich auch, alter Freund. Was sagen Sie? Um noch etwas hinzuzufügen: Benuntai Gerrs Posten ist, seitdem er vermißt wird, noch nicht wieder besetzt worden.«

Er machte einige Schritte um den Tisch. »Und keine Sorge. Ich werde bei Ihnen sein. Meine MilOp-Konsole im Stab wird mich über alle Vorkommnisse unterrichten. Sie verstehen? Ich sehe alles und kann Ihnen natürlich ständig zur Seite stehen. Per Datennetz, in Ordnung? Und noch etwas. Wir erwarten in nächster Zeit eine Abordnung von Kais in Hallwa. Es wäre außerordentlich zu begrüßen, wenn wir sie mit Ihrem Erfolg beeindrucken könnten.«

Markow verließ den Raum und rief nach seinem Adjutanten. Ein Provider brachte ihn zum Flugfeld, und Minuten später saß er im CAS-Firebird, der ihn auf dem schnellsten Wege zurück zum Kommandostab bringen würde.

»Kais?« fragte Mammbur verwundert. »Seit wann haben wir mit Kais zu tun?«

Quaila zuckte nur mit den Schultern.

Len hatte alles zusammengepackt. Es war ein harter Tag gewesen. Die Sonnen Chromos', die sich nun in ihrem eigenen, gleißenden Licht badeten, würden bald hinter den Wäldern verschwinden. Es war die Zeit des Tages, zu der man sich normalerweise mit Bekannten und Freunden traf, sich über die Geschehnisse unterhielt oder in den Vergnügungsvierteln herumtrieb, die es in jeder größeren Stadt gab.

Len hatte diesen Tag damit verbracht, Provider zu beladen und mitzuhelfen, insgesamt vierundzwanzig kleine und mittlere Panzer auszurüsten. Es hatte ihn anfangs erstaunt, wie viele Vorräte sich noch in den unterirdischen Räumen befanden, doch bald bemerkte er, daß es trotz ihrer Fülle die letzten waren. Ihre Offensive mußte ein Erfolg werden. Wenn nicht, würden die wenigen Zurückbleibenden gezwungen sein, mit Steinen zu werfen.

Len war müde und fühlte sich ausgepumpt. Anfangs glaubte er noch, die schmerzenden Lungenflügel zu spüren. Im Moment wußte er nicht einmal, ob er noch welche hatte. Im Glauben, unbeobachtet zu sein, ließ er sich an einer kleinen Mauer nieder, verdeckt von einem großen Farnbaum. Dort sammelte er seine Kräfte und atmete mehrmals tief durch.

Im letzten Licht des Tages wurden die schweren Staubwolken noch deutlicher, die über die Straße trieben. Das schlechte Wetter der letzten Tage war vergessen. Der heutige war mehr als heiß gewesen. Soldaten und kleinere Fahrzeuge bewegten sich langsam durch den Staub, der durch die schräg einfallenden Strahlen einen Ton ins Goldene bekommen hatte. Über allem lagen die Geräusche geschäftigen Treibens, Gesprächsfetzen, vorbeirollende Fahrzeuge, öfters war auch das Aufheulen von Motoren zu hören, die auf den letzten Stand gebracht wurden, und hin und wieder sogar Lachen.

Alles machte den friedlichen Eindruck eines warmen Sommertages in der Stadt. Nur waren Fahrzeuge und Kleidung hier nicht bunt und munter gemischt, sondern es herrschte nahezu überall das drullische Feldgrau vor.

Len hatte Mühe, die Augen offenzuhalten. Seine Müdigkeit riß die Lider herunter, und der feine Sand in der Luft tat sein übriges, die Augen tränen zu lassen.

Len schloß die Augen und dachte über die Wirkung der Sonne nach. Es würde nur noch wenige Stunden dauern, bis die Offensive gestartet wurde. Ihre Chancen standen sicherlich nicht gut. Er wurde den Eindruck nicht los, daß Hauptkatai Quaila ihnen etwas vorenthalten hatte. Und dennoch, jeder hatte angefaßt, kein zweifelndes Wort war zu hören. Es schien eher, als hätten sie Heimaturlaub anstatt den Befehl, in den frühen Morgenstunden auszurücken.

Len hatte für das alles nur eine Erklärung. Das schlechte Wetter, welches vielen auf die Stimmung gedrückt hatte in den letzten Tagen, war fort, und mit der Sonne kam der Optimismus. Man wußte instinktiv, daß die Lage nur noch unangenehmer werden würde, eroberte man nicht einmal den Graben zurück.

Aus dieser Sicht schien es gleichgültig, wie man sich in Lebensgefahr brachte; durch Abwarten oder Vorpreschen. Die Vorbereitungen hatten den Soldaten jedoch wieder Mut gemacht. Sie waren bereit zu kämpfen. Endlich agierten wieder sie und nicht der Gegner, der sie beständig zu reagieren zwang. Sie waren lange Zeit gescheucht worden, die Gelegenheit zur Rache war da, und Land Markow wußte nicht einmal, wie recht er gehabt hatte.

Die ausgebrannten Fensterhöhlen eines kleinen Hauses schienen herüberzustarren. Sie rührten von einem der sporadischen Luftangriffe des Gegners her, die zu Beginn ihrer Stationierung an diesem Ort stattgefunden hatten. Das kleine Haus war vollkommen ausgebrannt. Seine Bewohner waren schon einige Zeit evakuiert gewesen, und niemand hatte es für nötig gehalten, den Brand zu löschen.

Ein Geräusch zu seiner Linken ließ ihn die Augen öffnen.

»Brit! Wo kommst du her? Ich habe dich den ganzen Tag nicht gesehen.« Echte Freude stand auf seinem Gesicht.

»Mammbur hatte mich dazu eingeteilt, mit einigen anderen die Stoner zu kontrollieren. Vom Material her sieht's gut aus.« Sie setzte sich neben ihn auf den Boden. »Und du?«

»Wir mußten Großfahrzeuge überprüfen und ausrüsten. Knochenarbeit, sage ich dir.«

Brit nickte schweigend. »Wo sind wir morgen abend, Len?«

Len schaute sie verwirrt an. »Wie meinst du das? Wo sollen wir morgen abend sein?«

»Ich habe Angst, Len. Ich weiß nicht, wie wir die Hügel nehmen sollten. Wir sind viel schwächer als beim letzten Mal, und ich verstehe den Kommandostab nicht. Die müssen doch um unsere Chancen wissen.«

Sanft und vorsichtig legte Len seine Hand auf ihre Schulter. »Ich spüre es, Titan-Net hat noch nicht seine volle Kraft erreicht. Wir haben Chancen. Wenn wir unseren Graben genommen haben, wird es noch dunkel sein. Wir haben also bis zum Sonnenaufgang genügend Zeit, uns durch den Wald zu schleichen. Und du hast es ja gehört: Im Morgengrauen kommt Luftunterstützung von Nord-23. Wenn wir dann eingreifen, ist der Feind abgelenkt, und wir können trotzdem schon genug sehen.«

»Wie kannst du so optimistisch sein, Len? Wir haben noch nicht einmal mehr die schweren T-7. Wenn wir in der Ebene beschossen werden, wie viele sollen denn fallen, noch bevor die Hügel erreicht sind? Alles, was wir haben, sind T-4-Gladiator und T-3-Scorpion.«

»Was willst du? Die T-4 sind doch weitaus beweglicher und effektiver in diesem Gelände als die T-7.«

Brit schüttelte den Kopf. »Was können T-3 und T-4 schon aufnehmen? Der T-7 kann immerhin einige Soldaten transportieren. Die Provider sind fahrende Gräber. Du weißt, das es verboten ist, sie offensiv einzusetzen. Morgen wird es aber gemacht. Daran sieht man doch, wie die Lage ist. Außerdem, wir haben lediglich zwei T-4-Kampfgruppen. Die Scorpion sind von der Bezirksverteidigung des Benuns und seit Wochen kaum bewegt worden.«

Len führte das alles zu weit. Er nahm seine Hand von ihrer Schulter. Diese Diskussion würde ohnehin nichts bewegen.

»Und was schlägst du dann vor? Sollen wir hier sitzenbleiben und warten, daß Titan-Net sich weiter verstärkt? Brit, es würde nur Tage, vielleicht auch nur Stunden dauern, bis er unsere geschwächte Situation ausnützte. Wir sind gerade einmal außerhalb der Reichweite seiner Artillerie, aber lange nicht unerreichbar für seine Flieger. Und was sollten wir denen entgegensetzen? Ich sah bislang einen Blitz-Flakpanzer, und der stand in einem Schuppen hinter dem Bunker des Benunkommandos. Du kannst es betrachten wie du willst; wir haben keine andere Möglichkeit. – Es sei denn, wir nehmen die automatischen Landmaschinen, die hier überall herumstehen«, fügte er sarkastisch hinzu.

Darauf schwieg Brit, und sie wußte, daß sie beide recht

hatten. Möglicherweise hatten sie ja auch Glück. Außer dem Vorfall heute morgen hatte es keinen Alarm mehr gegeben. Titan-Net war überhaupt sehr still in den letzten Wochen gewesen. Es konnte natürlich auch sein, daß seine eigene Offensive tatsächlich weitaus kraftvoller von ihren Truppen zurückgeschlagen worden war, als man annehmen durfte.

Sie beobachteten einen Gladiator, der sich bemühte, mit dem im Gegensatz zu seinem gedrungenen Torso überlangen Rohr um eine leichte Biegung zu kommen. Mehrere Frauen und Männer waren herbeigelaufen und wiesen die Panzerbesatzung ein. Len konnte ein Grinsen nicht unterdrücken. Er vermochte sich beinahe bildlich vorzustellen, wie die Leute im Inneren vor Hitze und Anstrengung schwitzten.

Jetzt setzte der Tank ein Stück zurück. Der gequälte Motor spuckte tiefblaue Abgase über die Straße. Der Turm drehte sich, wohl um das Rohr der neuen Fahrtrichtung anzupassen. Mit einem etwas zu kraftvollen Satz stürmte der Panzer nach vorne, woraufhin sich das Rohr in einer Fensteröffnung auf der anderen Seite verfing. Auf dem Turm schwang die Klappe des Einstiegschachtes auf, und der Kommandant sprang wild fluchend heraus. Nun wies er unter lauten Beschimpfungen den Fahrer persönlich ein. Der Tank stieß einige Meter zurück, befreite das Rohr und drehte es ein wenig.

»Jetzt fahr ein paar Meter!« hörten die Umstehenden den Kommandanten rufen. Der Fahrer steckte seinen Kopf aus seiner eigenen kleinen Luke und fuhr. Knirschend bohrte sich der Stahlkörper einige Zentimeter weit in eine Hauswand. Die Zuschauer begannen zu lachen. Der Kommandant schrie und fluchte immer lauter, während er vor Wut mehrmals vor den Panzer trat.

»Ich meinte vorwärts, du Trottel! Wie kann man so dumm sein? Hat Titan-Net dein letztes bißchen Gehirn rausgesaugt?« Wutschnaubend bestieg er den Panzer und verschwand in dessen Innerem.

Außer sich vor Lachen lehnten Brit und Len an ihrer Wand.

»Was meinst du? Fährt er jetzt selbst?« Die Antwort war ein erneutes Lachen. Mit einem empörten Heulen raste der Gladiator die Straße hinab und verschwand.

Len packte einen der Mehlklumpen aus und bot Brit ein Stück an. Sie nahm es, und bald kauten beide.

Brit sah Len von der Seite an und dachte, daß er gar nicht immer wie ein Junge aussah. Im Gegenteil, wenn er so ernsthaft dreinblickte wie jetzt, während er aß und nachdachte, wirkte er erwachsener als viele andere. Sein Haar stand wieder in alle Richtungen ab, und Brit überlegte, ob er es wohl jemals in eine bestimmte Form zwängen konnte. Sie bemerkte seine kleinen Ohren, die sich im Takt der Kaumuskeln mitbewegten. Die Wangen waren leicht gerötet, was wohl von der Hitze kommen mochte, die noch erstaunlich stark von den Hauswänden reflektiert wurde.

Ein Schatten fiel auf sie. Mit Unbehagen registrierte Brit, daß vor ihnen jener Soldat stand, mit dem sie heute morgen auf der Straße zusammengeraten war.

»Ja, wen haben wir denn da?« Er verbeugte sich leicht und spöttisch. »Die junge Dame von heute morgen. Na, noch immer so impulsiv oder etwas müde durch die Hitze?«

Brit wollte ihm ins Gesicht schauen, doch stand die Sonne direkt hinter ihm, so daß sie die Augen vor ihm senken mußte. Sie sprach zu seinen Schuhen. »Was wollen Sie? Haben Sie keine Wache?«

»Nein, heute nicht und morgen auch nicht mehr. Es gibt nichts mehr zu bewachen. Ich habe für heute meine Arbeit gemacht und will mich nur noch entspannen.«

»Schön, dann tun Sie das doch!« entgegnete Brit barsch.

»Keine Sorge, ich bin schon dabei. Was machst du denn gerade? Oder ihr, du und der Junge.«

Len hatte das Kauen eingestellt und schaute erstmals auf. »Was willst du, Mann? Hast du nichts zu tun?«

Der Soldat lachte. »Klar, ich entspanne mich, genau wie deine Freundin es gesagt hat. ›Tun Sie das doch‹, hat sie gesagt, oder? Na also, warum soll ich mich an diesen Rat nicht halten? Ich entspanne mich, ihr entspannt euch, und alles wird gut. – Wie wär's«, er ging in die Hocke und schaute Brit in die Augen, »sollen wir uns nicht zusammen entspannen?«

Brit war fassungslos. Sie brachte keinen Ton heraus. Sie haßte sich dafür, daß sie auf direkte Unverschämtheiten nicht sofort reagieren konnte.

Len legte den Teigklumpen beiseite und schluckte den letzten Bissen herunter. »Sag mal, was bist du denn für einer? Wenn du es so nötig hast, geh in den Wald und fang dir 'ne Argawikuh. Das paßt besser zu dir.«

Das Gesicht des Soldaten verfinsterte sich, als er weiter zu Brit sprach. »Dein Freund ist ja richtig frech. Das gefällt mir. Ich würde ihn auch zuschauen lassen.« Blitzschnell hob er die Hand und ließ eine schwere Faust auf Lens Knie krachen. »Wenn er uns folgen kann.« Er lachte laut, während Len vor Überraschung aufschrie und sein für Sekunden steif gewordenes und schmerzendes Bein hielt.

Der Soldat sah nach links und rechts, als bemerke er jetzt erst die vielen Beobachter, die auf den Vorgang aufmerksam geworden waren, und stand auf. »Gut, wenn du jetzt nicht willst, treffen wir uns eben später. Dann laß deinen Wachdroiden aber zu Hause. Viel Glück morgen, hoffentlich seid ihr auch schnell genug.« Und mit einem Blick auf Len bemerkte er: »Titan-Nets Soldaten schießen schneller, als man laufen kann, heißt es. Pech, wenn man sich dann nicht richtig bewegen kann.«

Brit stand auf. »Wer bist du eigentlich? Es ist doch Vorschrift, Namensschilder zu tragen.«

Die schwielige Hand des Soldaten fuhr über ihre Wange. »Mach dir keine Sorgen. Du wirst mich schon erkennen, wenn es soweit ist. Und ob du wirst.« Er lachte laut, und diesmal war Brit schnell.

Die abgewinkelten Finger ihrer Hand schossen vor und gruben sich in seinen Kehlkopf. Nach Luft japsend, keuchend und hustend ging er in die Knie. Die ersten Zuschauer klatschten Beifall.

Mit sichtlicher Anstrengung kam der Soldat wieder hoch. Aus seinem verzerrten Mund drangen Flüche. »Das war deine letzte Tat, Darburg. Ich kriege dich. Du wirst schon sehen.« Abrupt wandte er sich ab und ging leicht schwankend und hustend die Straße entlang.

Len war ebenfalls aufgestanden und stützte sich auf die Mauer.

»Wer war das, Brit?«

»Keine Ahnung, Len. Er hat mich heute morgen auf der Straße angesprochen, und ich habe ihn abfahren lassen.«

»Er kennt deinen Namen. Brit, paß auf dich auf. Er könnte das Durcheinander morgen ausnutzen. Wer wird nachprüfen wollen, ob du von Titan-Net-Truppen oder vielleicht von ihm getötet wurdest?«

Brit bot ihm ihre Schulter, daß er sich aufstützen

könne. »Mach dir keine Sorgen. Ich weiß mir schon zu helfen. Das hast du ja gesehen.«

Gemeinsam gingen sie zu ihren Unterkünften.

4

Aus dem Gang drangen Stimmen in den Schlafsaal. »Los, aufstehen!« Niemand rührte sich. Die Stimmen gingen weiter und entfernten sich.

Brits Lider waren schwer. Sie hatte geschlafen wie ein Stein. Sie drehte sich auf den Rücken. Ihr gesamter Körper schmerzte von den Anstrengungen des gestrigen Tages. Es war, als laste eine große Glocke auf ihr. Die Außenwelt kam nur langsam und schemenhaft zu ihr durch. Einige Male war sie versucht aufzustehen und machte auch Anstalten, dies zu tun, doch jedesmal fiel sie wieder zurück. Ihr Kopf dröhnte, und sie konnte sich nicht daran erinnern, jemals so müde gewesen zu sein.

Auch von den anderen regte sich niemand, und nur vereinzelt waren Geräusche zu hören, die auf ein Erwachen hindeuteten.

Plötzlich wurde mit einem lauten Schlag die Tür aufgestoßen. »Aufstehen, verdammt! Oder bitten die Damen um eine persönliche Einladung?« brüllte ein Drull-Soldat in voller Kampfausrüstung. Seine schweren Stiefel glänzten, auf dem Kopf trug er den charakteristischen Helm der drullischen Armee, ›Eierschale‹ genannt, und auf dem Rücken hing das Gewehr.

Brit und die anderen Soldatinnen kämpften sich mühsam hoch.

»In zehn Minuten seid ihr unten.« Er drehte sich um und verschwand.

Unten von der Straße drang Lärm zu ihnen herauf. Rufe mischten sich mit dem Dröhnen von Fahrzeugen. Trotzdem noch Dunkelheit herrschte, war die Straße durch die vielen Scheinwerfer taghell erleuchtet. In einer langen Reihe verstopften Militärfahrzeuge die Straßen. An vorderster Stelle standen die vierundzwanzig Panzer verschiedener Bauart, dahinter kam eine endlose Reihe von Provider-Einheiten. Die Straße war nahezu schwarz von Drulls. Die laufenden Motoren verursachten Hitze und Gestank, doch niemand störte sich daran.

In kürzester Zeit war Brit fertig und rannte nach unten. Als sie das Haus verließ, stieß sie mit einem Soldaten zusammen. Es war Len.

»He, guten Morgen. Schon so stürmisch?«

Brit lachte. »Ja, ich weiß, es klingt komisch, aber jetzt, wo es gleich losgeht, kann ich es gar nicht mehr abwarten.« Sie wurde ernst. »Was macht dein Bein, Len?«

»Oh«, er machte ein wegwerfende Handbewegung, »nicht weiter schlimm. Ist wieder gut. Ob's für ein Wettrennen reicht, weiß ich nicht. Aber es geht. Übrigens, ich habe diesen Scheißkerl gesehen. Er fährt einen der Gladiator.«

»Hat er dich gesehen?«

»Ich denke nicht. Er war relativ schnell darin verschwunden.«

Sie sahen sich an. Auch wenn sie nicht wußten, was kommen würde, genossen sie diesen kurzen Augenblick, in dem sie hier zusammenstanden.

Brit räusperte sich. »Ähm, hast du die Einsatzbefehle?«

Len sah sie an und kramte dann hektisch in einer der vielen Taschen. Er zog einen Zettel hervor, der schon leicht verknittert war. »Ich fahre jedenfalls einen Provider. Den dort.« Er zeigte auf einen der gewaltigen Transporter. »Und du machst den Richtschützen und gibst uns Feuerschutz.«

Brit sah auf den Zettel und runzelte die Stirn. »Du irrst dich. Ich bin als Richtschütze für einen Scorpion eingeteilt.«

Len nahm ihr den Zettel wieder weg. »Nein Brit, *du* irrst dich. Ich habe nämlich mit Mammbur gesprochen, und für ihn ist es in Ordnung, wenn du mit mir fährst.«

Ungläubig sah sie ihn an. Dann umarmte sie ihn. Len war vollkommen überrascht. Einige Soldaten pfiffen und riefen zu ihnen hinüber. Schnell ließ sie von ihm ab. »Wie sieht's denn aus?«

»Tja, vielleicht sage ich dir erst das Wichtigste. Der Wetterbericht für den kommenden Tag verspricht klare Sicht bei sonnigem Wetter. Das dürfte für uns unproblematisch sein. Wenn alles gutgeht, sind wir bis mittag durch. Wir fahren in einem geschlossenen Verband bis zu unserem Graben. Eine Vorausabteilung ist schon dabei, die Minen zu entfernen, die wir auf dem Rückzug gelegt haben. Dort angekommen, ist die Stellung zu sichern, während einige Scorpion den Wald aufklären. Wir rücken baldmöglichst nach. Dem Zeitschema zufolge warten wir innerhalb des Waldes die Luftangriffe ab und stoßen dann vor. Dabei werden uns die Gladiator Feuerschutz geben. Begleitet werden wir von Scorpion, da sie gleich schnell sind wie wir. Der Feind dürfte durch die Luftangriffe geschwächt sein. Durch den Dauerbeschuß der Stellungen durch die Gladiator müßten wir relativ sicher bis zu den Hügeln kommen. Die Truppe steigt dort ab und stürmt den Hügel, während die Scorpion ebenfalls den Hügel erklimmen und den Einheiten Schutz bieten. Dann kommen die Gladiator nach, dafür rücken die Scorpion weiter vor. Wenn du mich fragst, haben wir mit dem Plan eine echte Chance.«

»Und warum hat es beim letzten Mal nicht geklappt?«

Len zuckte die Schultern. »Keine Ahnung. Ich habe gehört, daß unsere zahlenmäßige Überlegenheit durch einen ungeschützten Sturmangriff verstärkt werden sollte. Wenn Titan-Net nicht selbst hätte durchbrechen wollen, hätte es möglicherweise funktioniert.«

Sie nahm ihren Rucksack auf und schob Len an. »Dann laß uns gehen.«

Er führte sie zu ihrem Provider, einem stählernen Ungetüm von der Größe eines mittleren Hauses. Provider-Einheiten waren von Werk ab darauf ausgelegt, bis zu sieben Kampfgruppen transportieren zu können. Bei einer Einheitsstärke von sechs Soldaten waren das, Kommandant, Fahrer und Richtschütze eingerechnet, fünfundvierzig Personen. Da in diesem Fall der Platz im Inneren des Fahrzeugs sehr eng wurde, war man übereingekommen, die Fahrzeuge nur mit höchstens fünf Gruppen zu besetzen.

Für diesen Angriff war es wichtig, daß möglichst viele der aufgebotenen Soldaten das Ziel des Einsatzes erreichten. Um die Vernichtung empfindlich vieler Soldaten zu verhindern, hatte man beschlossen, die zusammengezogenen Provider diesmal sogar mit nur je zwei Gruppen zu besetzen.

Darüber hinaus waren die leichten Verteidigungswaffen im aufgesetzten Geschützturm aus- und dafür schwerere 37-mm-Zwillings-Projektilwerfer eingebaut worden. Provider waren nur leicht gepanzert und prinzipiell lediglich gegen Handfeuerwaffen wirksam geschützt. Aus diesem Grunde war es jedem Kommandanten strengstens untersagt, diese Einheiten offensiv einzusetzen. Daß dies nun doch geschah, resultierte aus dem ungeheuren Zwang, die von Titan-Net besetzten Hügel zu nehmen.

Vor den riesigen Rädern warteten schon die ihnen zugeteilten Kampfgruppen. Als sie näherkamen, löste sich einer der Soldaten aus der Gruppe und ging auf sie zu. Er war nicht groß, eher noch ein Stück kleiner als die beiden, und ebenso gekleidet wie die anderen. Lediglich eine Anzahl von Pfeilen auf seinen Schulterpanzern verriet seinen Rang. Am auffälligsten waren seine rot-blonden Haare, die sich über der Stirn schon stark gelichtet hatten, und sein breiter, etwas verwaschener Dialekt, der seine Herkunft aus dem Süden verriet.

»Guten Morgen, ich bin Sax. Ich kommandiere den Kleinen.«

»Schön!« Len stellte sich und Brit vor und nannte ihre Aufgaben.

»Ich weiß schon. Katai Mammbur hat mich bereits eingewiesen. Tja, ich würde sagen, wir besteigen das gute Stück.« Seine Stimme nahm einen schärferen Ton an, als er begann, Befehle zu erteilen. »Los, aufgesessen! Es wird langsam Zeit!«

Sie bestiegen das Gefährt über eine schmale Leiter, die am hinteren Teil des Panzerwagens hochführte zu einer kleinen Tür. Zu beiden Seiten des Einstiegs ragte der Stahl in spitz zulaufenden Wellen empor. Diese Geschoßabweiser hatten die Aufgabe, die schwächste Stelle eines Providers, die Einstiegsluke, vor verirrten Projektilen zu schützen.

Brit wartete, bis einige der anderen Soldaten vorgegangen waren, dann bestieg auch sie die Leiter. Das Metall war kühl, und sie beeilte sich, ins warme Innere zu gelangen.

Der große Innenraum des Transporters war schwach beleuchtet, und nur schemenhaft erkannte sie die Sitzmöglichkeiten zu beiden Seiten, die sich, mit weiteren Leitern verbunden, bis zur Decke hinauf fortsetzten. In Brusthöhe befand sich jeweils eine Stange, die die Mannschaften bei Bodenunebenheiten davor bewahrte, durcheinandergeworfen zu werden.

Sie brauchte einige Zeit, bis sie sich an den Soldaten vorbei einen Weg zur Kommandokabine gebahnt hatte. Die vielen Instrumente waren grünlich erleuchtet. Durch den schmalen Sehschlitz erkannte sie die Umgebung in einem rötlichen Ton, ganz so, wie sie ihn von den Infrarotobjektiven her kannte, mit denen sie für gewöhnlich bei Nacht die Umgebung betrachtete.

Sie gab Len, der hinter ihr ging, noch einmal wortlos die Hand und kletterte dann weiter hinauf zum Gefechtsturm. Die kleine Kanzel, die einfach auf den Transporter aufgesetzt war, war eng und nach allen Seiten hin durchsichtig. Das Material bestand aus einer speziellen, lichtdurchlässigen Legierung, die den Richtschützen vor einfachen Geschossen zu bewahren vermochte.

Als erstes fiel ihr die großzügigere Dimensionierung des Projektilwerfers auf. Wo sonst ein einfaches umgebautes Stoner-Gewehr auf seine Bedienung wartete, befand sich nun ein kraftvolles Zwillingsgeschütz, das Brit ansonsten nur vom Nahkampfplatz in schwereren Panzern kannte.

Die Zieleinrichtung war ebenfalls optimiert worden. Diese Art von Geschütz bot eine nahezu automatische Zielerfassung auf alle bewegten Objekte feindlicher Kennung. Der bedienende Richtschütze hatte nach dem Einrasten lediglich das erfaßte Ziel zu justieren und konnte so vor dem Feuern nochmals überprüfen, ob sich im Fadenkreuz nicht doch eine eigene Einheit befand.

Sie setzte ihren Helm ab und verstaute ihn an dem dafür vorgesehenen Platz. Dann setzte sie den zur Zielerfassung gehörigen Helm auf und ließ die Waffensysteme hochfahren. Mit akustischen Signalen meldete jede Komponente ihre Einsatzbereitschaft.

Mit Genugtuung bemerkte sie, daß das schwere Geschütz mit einer überraschenden Leichtigkeit jeder ihrer Kopfbewegungen folgte. Sobald ein Feind in Sicht kam, mußte sie eigentlich nur noch feuern.

Ein trügerisches Gefühl von Sicherheit keimte in ihr auf, und sie wollte es zurückdrängen, denn allzu deutlich standen ihr die Bilder der letzten Tage noch vor Augen. Dennoch wiegte sie sich für einige Augenblicke darin und genoß das Gefühl einfach.

Vor ihnen standen zwei weitere Provider, deren Türen sich schon geschlossen hatten. Sie verdeckten größtenteils den Blick auf die lange Kolonne von Panzern, die sich vor ihnen erstreckte. Einige Häuser taten ihr übriges, so daß Brit die Dimension der Angriffstruppe nur erahnen konnte. Sie hörte von unten, wie andere Einheiten ihre Bereitschaft meldeten. Ein lautes Pfeifen signalisierte das Schließen der Tür, und Sax meldete ebenfalls ihr OK.

»Alles klar da oben?« rief Len von unten.

»Bestens«, gab Brit sarkastisch zurück. »Wundervoller Ausblick hier.«

»Ich beneide dich!«

»Du kannst mich mal.«

Aus einem Haus tauchten Quaila und Mammbur auf. Während Quaila einen Gladiator bestieg, kletterte Mammbur in den ersten Provider.

Es ging los. Quaila gab über Funk das Signal zum Start der Operation, die den Namen RÜCKKEHR bekommen hatte. Unmengen von Staub wirbelten durch die Lichtkegel der Scheinwerfer, als sich Fahrzeug um Fahrzeug in Bewegung setzte.

Die wenigen zurückbleibenden Soldaten beneideten die Losfahrenden nicht, andererseits sahen sie nicht minder in eine aussichtslose Zukunft und waren lediglich zum Warten verurteilt. Einige winkten.

Als die Maschinen ihre Kraft auf die Räder umsetzten, ging ein Ruck durch die Insassen. Brit stieß mit dem Helm gegen die optische Zielerfassung und fluchte.

Ihr Digital-Chronometer zeigte an, es daß kurz nach vier Uhr morgens war. In zwei Stunden müßten sie also auf der anderen Seite des Waldes stehen und auf die von Osten hereinkommenden Raven warten. Hoffentlich gab es nicht ausgerechnet heute einen Angriff auf Nord-23.

Die Fahrt ging flott voran. Die Minenräumer hatten anscheinend gute Arbeit geleistet. Die Straße war frei, und am verabredeten Treffpunkt würde das Räumkommando später zusteigen.

Durch das Infrarot-Zielgerät erkannte Brit kleine Wälder, die langsam vorbeizogen. Alles wirkte friedlich. Sie ließ die Sicht rundum kreisen, doch sie erkannte keinen feindlichen Einfluß.

Die Straße war schlecht. Sie sah, wie die Panzer weiter vorne immer wieder kurz anhalten oder ihre Fahrt bremsen mußten, um ausgewaschenen Stellen, Explosionskratern oder umgestürzten Bäumen auszuweichen. Dadurch verlangsamte sich der ganze Zug, und Brit bemerkte, wie mehrere Male Panzer aufeinander auffuhren. Glücklicherweise gab es dabei keine größeren Schäden.

Der Himmel war um Nuancen heller geworden und ließ nun auch ohne Sichtgerät das Erkennen schemenhafter Umrisse zu. Die Straße führte nun ein langes Stück geradeaus, auf dem es zügig voranging.

Das monotone Brummen der Motoren ließ Brits Wachsamkeit abnehmen. Es war ja noch früh, und so lauschte sie für Momente auf die leisen Funksprüche, die zu ihr heraufdrangen. Ihre Hände ließen das Geschütz los, und sie lehnte sich für Sekunden zurück. Andere paßten ja auch auf.

Ein Blitz durchzuckte die Nacht, und obwohl er ganz vorne entstanden war, erhellte er doch die ganze Kanzel, noch bevor das dumpfe Grollen einer Explosion zu ihr hereinrollte. Sofort richtete sie sich auf und spähte durch die Zielerfassung. Eine Reihe von Bremslichtern leuchtete auf, und sie schlug abermals mit dem Helm gegen die Armaturen, als auch der Provider eine Vollbremsung machte.

Dutzende von Funksprüchen, verwirrt und alarmiert, zischten durch den Äther. Kein einziger war richtig zu verstehen.

»He, Darburg, haben Sie was gesehen?« schrie Sax in seinem breiten Dialekt von unten.

Brit rieb sich die Stirn. »Nein!« brüllte sie gereizt. »Was soll ich schon gesehen haben? Einen Blitz. Nichts weiter.« Sie hörte, wie Sax und Len über die Möglichkeit eines feindlichen Angriffs sprachen. Aus den Mannschaftsräumen drang leises Gemurmel.

Die Zahl der Funksprüche nahm ab, und langsam wurde deutlich, daß einer der führenden Panzer auf eine Mine gefahren war, die man anscheinend zu entfernen vergessen hatte.

Brit erkannte, wie weit vorne einige Panzer sich daran machten, den beschädigten Tank von der Straße zu kippen. Es schien ein Scorpion zu sein. Wirklich toll; der würde ihnen bei dem Sturm auf die Hügel fehlen. »Weiß jemand, ob es Verletzte gegeben hat?« rief sie nach unten.

»Nein, alle unversehrt. Aber der Tank ist Schrott. Anscheinend ist die rechte Kette zerfetzt. Den können wir also vergessen.«

Was du nicht sagst, dachte Brit und beobachtete weiter, wie nun drei Panzer gleichzeitig ihre Kraft einsetzten, um die Straße freizuräumen.

Sie sah auf den Chronometer. Nun standen sie schon etwa zehn Minuten, und der Zeitpunkt für den Angriff rückte unaufhaltsam näher.

Sie sah eine Staubwolke aufsteigen, als der schwere Panzer von der etwas höherliegenden Straße erst auf die Seite und dann auf den Rücken fiel. Dort blieb er liegen.

Viel Spaß beim Bergen, dachte sie. Sie schaute durch die Infrarotoptik, als ein Ruck durch den anfahrenden Transporter ging und das Instrument in ihr Gesicht drückte.

Außer sich vor Wut schrie sie ihren Schmerz heraus.

Kurz vor dem Graben hatten sie den Minentrupp aufgenommen und rückten weiter vor. Es war alles ruhig. Der Truppführer hatte bestätigt, daß Titan-Net den Graben unangetastet gelassen hatte. Sämtliche nach dem Rückzug gelegten Minen waren unversehrt. Dies warf für Quaila die Frage auf, was Titan-Net tatsächlich beabsichtigte.

Es gab mehrere Möglichkeiten. Entweder Titan-Net war für einen Vorstoß an Nord-7 noch nicht gerüstet, dann wäre die Offensive tatsächlich durchzuführen, falls die Luftunterstützung nicht ausblieb. Oder Titan-Net war an einem Vorstoß gar nicht interessiert und hatte nur so viele Truppen stationiert, wie für die Verteidigung ausreichten. Das hieße, daß die Erstürmung trotz Luftunterstützung schwer wäre, da der Feind genügend gesichert wäre durch eingegrabene Truppenteile oder Panzer. Dem stünde aber die letzte Offensive Titan-Nets entgegen.

Wieder eine andere Möglichkeit wäre, daß Titan-Net etwas zu verheimlichen, beziehungsweise zu verteidigen hatte. Sie hatten keinerlei Erkenntnisse über das Gebiet, das hinter den Hügeln lag. Aufgrund der herausgehobenen Stellung hatte es noch kein Späher geschafft durchzukommen. Im ungünstigsten Fall war die Hügelkette nur der vorderste Abschnitt einer tief gestaffelten Front, die in keinem Fall leicht zu nehmen wäre. Es gab zwar einige Informationen von Fernaufklärern, die weiter im Hinterland ebenfalls Befestigungen ausgemacht hatten. Weiter waren aber auch sie nicht gekommen, und Befestigungen hinter der eigentlichen Front waren keineswegs eine Ausnahme, eher die Regel.

Es war fünf Uhr. Noch eine Stunde.

Quaila gab den Befehl, den Wald aufzuklären. Von seinem Kommandostand aus sah er den Spähtrupp im Dunkeln verschwinden. Er spielte den Gedanken weiter durch. Titan-Net hatte dort drüben sehr erfahrene Artillerie stehen, die er eigentlich an anderen Fronten besser gebrauchen könnte.

Nord-23 war beispielsweise fast schon durch die Drulls befriedet. Seit Tagen waren die immer schwächer werdenden Angriffe Titan-Nets mühelos zurückgeschlagen worden. Dabei hatte es beträchtliche Landgewinne gegeben. Statt dessen hielt Titan-Net hier die Front aufrecht, die bedroht wäre, sollte Nord-18 ebenfalls Fortschritte machen und auf seinem Vormarsch nach Westen schwenken. Das Abziehen der Artillerie würde den Abschnitt demzufolge schwächen. Da dies nicht geschah, mußte Titan-Net irgendein Interesse an ihm haben. Ein Interesse, das hier stärker ausgebildet war als bei Nord-23 oder Nord-18, wenn die drullische Armee auch dort weiter vorrücken sollte.

Nord-7 war der letzte Frontabschnitt, der sich auf dem flachen Land befand. Die Abschnitte 8 bis 17 waren zwar in der Länge kürzer, dafür bestanden sie aus taktisch uninteressantem Berggebiet, das von wenigen automatisierten drullischen Einheiten leicht bewacht und gehalten werden konnte. Nord-23 bestand aus einer Tiefebene, die fast vollständig in drullischem Besitz war. Nord-18 war der westlichste Ausläufer dieser Ebene und führte in seiner Verlängerung auf direktem Weg durch strategisch wichtige Täler hinter die Berge. Sollte in diesem noch heftig umkämpften Abschnitt der Durchbruch gelingen, wäre Nord-7 für Titan-Net nicht zu halten. Warum zog er also die Artillerie nicht ab?

Langsam konnte Quaila die Gedanken Markows durchschauen und erkannte eine Wichtigkeit ihres Angriffs, die Markow möglicherweise für sich behalten wollte. Nord-7 war demzufolge also wichtiger als Nord-18? Das wiederum mußte unwahrscheinlich sein. Die Abschnitte Nord-18 bis 23 bekamen riesige Materialbestände, sie nicht, und dennoch mußten sie angreifen. Was konnte dahinterstecken?

Quaila hörte die Funkinformationen ab, die die Späher durchgaben. Bis zu diesem Zeitpunkt gab es keine besonderen Vorkommnisse.

Quaila ließ sich von jeder Einheit Statusberichte durchgeben, die ihm Hoffnung machten. Alles war in Ordnung, und die Mannschaften waren motiviert wie selten. Es war eine Viertelstunde nach Fünf. Minuten später gaben die Späher wieder Meldung. Der Wald war sicher.

Der Hauptkatai gab den Einheiten den Befehl zum Vorrücken.

Im Halblicht der Dämmerung bewegten sich die metallischen Ungetüme durch eine Schneise auf den Wald zu. Brit sah von ihrer erhöhten Position aus den Ort, an dem sie vor einigen Tagen noch gelegen hatten. Einige Meter weiter ragten die verkohlten Überreste des Scorpion aus dem kleinen See, der sich mittlerweile in dem Krater gebildet hatte, der durch die Explosion des T-7 entstanden war.

Wo es möglich gewesen war, waren die Leichen der gefallenen Kameraden geborgen worden. Die im Minenfeld Gefallenen hatte man lassen müssen, wo sie waren. In der Dämmerung schienen sie sich in Steine verwandelt zu haben, doch Brit wußte, daß der eine oder andere darunter war, mit dem sie vor nicht ganz achtundvierzig Stunden noch Späße gemacht hatte.

Auch die Besatzung des Scorpion war nicht zu bergen gewesen, und sie schauderte bei der Vorstellung, wie es im Inneren des Panzers aussehen mochte, dessen Tank sich bei der Explosion entzündet hatte und der innerhalb von Sekunden vollständig ausgebrannt war.

Konzentriert widmete sie sich wieder ihrem Sichtgerät, hielt nun aber aufgrund der zu erwartenden Bodenunebenheiten einen minimalen Sicherheitsabstand.

Noch immer war es ruhig. So ruhig, als hätten sie diesen Platz niemals fluchtartig verlassen müssen.

Bald schlossen sich die Bäume um sie wie eine schützende Wand. Auch mit Sichtverstärker ließen sich die Umrisse innerhalb des Waldes nur erahnen. Der Zeitmesser zeigte halb sechs. Brit überlegte unwillkürlich, wo sie in einer Stunde wohl wäre, oder in anderthalb Stunden. Doch das führte zu nichts. Sie mußte die Dinge nehmen, wie sie kamen. Und sie mußte auf sich aufpassen.

Die Kolonne kam zum Stillstand, als sie sich ungefähr in der Mitte des Waldgürtels befinden mußten. Die führenden Panzer waren am jenseitigen Ende des Waldes angekommen. Sie meldeten dem Kommandanten, daß die Ebene leer und unberührt war.

Die Elektromotoren summten leise, als Brit die Rundumsicht betätigte.

Plötzlich erschrak sie. Nur einige Meter entfernt stand ein T-7 mit der Kennung Titan-Nets. Sein gewaltiges Kanonenrohr mit seinen hundertvierzig Millimeter Durchmesser ragte in die Richtung, aus der sie gekommen waren. Doch bei näherem Hinsehen war dieser Panzer nicht mehr als ein Gespenst des Bösen. Der voluminöse Geschützturm war aufgerissen und entblößte das verkohlte Innere. Sie glaubte sogar, die Schemen der zerfetzten Kampfroboter zu erkennen, die in der Kommandozentrale gesessen hatten. Der aufgesetzte Turm des Feuerleitstandes und das darin integrierte Zwillingsmaschinengewehr fehlten vollständig.

Sicher, sie hatten selbst T-7-Panzer, aber einen von Titan-Net hatte sie außer in der Zielerfassung noch nie aus einer so geringen Entfernung gesehen.

»Ich habe eine Anfrage von Quaila. Hast du etwas Besonderes bemerkt?« rief Sax von unten.

Brit schluckte kurz. »Nein, nichts Besonderes. Ist euch schon der T-7 nebenan aufgefallen?«

Lautes Gemurmel klang von unten herauf. »Welcher T-7?« hörte sie Len rufen.

»Vergiß es. Ist nur ein Wrack!« schrie sie gegen den Motorenlärm zurück. Wenn sie schon einen zerstörten

Feindpanzer nicht bemerkten, dann sollten ihnen die Götter Chromos' gnädig sein, wenn sie es mit einem voll funktionstüchtigen zu tun bekämen.

Es war Viertel vor sechs. Die Spannung wuchs ins Unerträgliche. Die Gespräche von unten und auch aus dem Mannschaftsraum waren vollends verstummt. Selbst die Funksprüche waren bis auf das Notwendigste reduziert worden. Wenn sie auch seit einigen Monaten Einrichtungen hatten, die Titan-Net nicht mehr orten und abhören konnte, so waren Gewohnheiten über Funkdisziplin und Funkstille doch nicht so leicht abzustellen.

Brits Finger spielten in ihrem Haar. Sie hatte es kurz schneiden lassen, doch fand sie in ihrer Nervosität immer eine Strähne, an der sie arbeiten konnte. Trotz der dicken Handschuhe waren ihre Finger kalt. Abwechselnd wünschte sie sich, alles hinter sich zu haben, zu Hause zu sein oder endlich mit dem Einsatz zu beginnen. Sie wollte nur die Nervosität hinter sich lassen. Immer wieder schaute sie durchs Objektiv. Dann prüfte sie das Geschütz.

Es war zehn vor sechs. Ungefähr zum dreißigsten Male ging sie in Gedanken den Einsatz durch, vergegenwärtigte sich die Bedienung des Geschützes, prüfte die Munitionsvorräte ihres Gewehres. Sie schaute sich noch einmal den T-7 an. Sie sah auf die Uhr. Keine Zeit vergangen. Sie bekam Hunger, und ihr wurde schlecht. Sie dachte daran, etwas zu essen. Möglicherweise war die Zeit zu knapp. Für alles, was sie nun tun wollte, war die Zeit zu knapp. Jetzt drückte ihre Blase. Keine Zeit.

Es war fünf Minuten vor sechs. Die Blase. Sonst schaffte sie das in weitaus weniger als fünf Minuten. Sie rutschte hin und her. Wenn sie jetzt ginge, hätte sie genug Zeit. Sie wartete und schaute durch die Zielerkennung und prüfte abermals die Vorräte des Stoner. Sie fluchte. Wäre sie eben gegangen, hätte sie es tatsächlich hinter sich. Es war nun wirklich zu spät. Jeden Moment konnte es losgehen.

Nur noch zwei Minuten bis sechs Uhr. Hauptkatai Quaila war ruhig. So ruhig, wie er es immer kurz vor einem Einsatz war. Routiniert ging auch er in Gedanken jede Einzelheit des Einsatzes durch und prüfte sich, ob er irgendeinen Aspekt vergessen hatte.

Alles schien klar. Er wartete auf den Funkverkehr der Raven, den sie empfangen würden, wenn sie nahe genug herankamen. Noch war nichts zu hören. Dafür bekam er die Bestätigung, daß die Gladiator längs des Waldrandes in Stellung gegangen waren.

Die Schlacht in den letzten Tagen hatte auch ihre gute Seite gehabt. Durch die Explosionen war im Wald genug Platz entstanden, auch größere Panzer durchzuführen. Manchmal gab es zwar Probleme, die jedoch zu lösen waren.

Er dachte nach. Die Gladiator warteten am Waldrand, die Scorpion standen hintereinander auf dem schmalen Weg und würden innerhalb weniger Minuten vollständig den Wald verlassen haben. Dahinter die Provider. Es schien alles perfekt. Fehlten nur die Raven von Nord-23. Und die waren nun wirklich überfällig. Es war fünf Minuten nach sechs.

Draußen wurde es immer heller. Wenn sie bis spätestens Viertel nach sechs nicht da waren, würde er eine Entscheidung treffen müssen.

Er traf schon jetzt eine Entscheidung, wenn auch eine andere. Quaila gab den Gladiator den Befehl, nicht erst auf die Hügel zu schießen, um den Feind davon abzuhalten, dort oben Stellung zu beziehen. Er gab den Befehl,

Ziele *hinter* den Hügeln einzuprogrammieren, da er dort den Aufmarschplatz Titan-Nets vermutete. Die Aufgabe, Ziele auf dem Hügel zu beschießen, mußten die Scorpion alleine und manuell erledigen. Nachdem er die Befehle erteilt hatte, lehnte er sich zurück.

Nun war es zehn Minuten nach sechs. Er hatte sich vorgenommen, um Viertel nach sechs eine Entscheidung zu fällen, doch trotz seiner Disziplin konnte er nicht umhin, schon jetzt darüber nachzudenken.

Er konnte nicht länger warten. Es war ein Wunder, daß die feindlichen Späher sie nicht schon längst entdeckt hatten. Bis es soweit war, konnte es realistisch gesehen nicht mehr lange dauern. Wenn er sich zurückzöge, wäre es für einen aufmerksam gewordenen Gegner wie Titan-Net ein leichtes, sie auseinanderzublasen. Doch selbst wenn sie ankämen, konnten sie wohl nicht darauf hoffen, diese Aktion zu wiederholen. Kampfplatz und neue Frontlinie würde unweigerlich das Benunkommando werden. Hielten sie nur den Graben, wären sie soweit wie beim letzten Mal. Er sah eigentlich keine andere Möglichkeit, als anzugreifen, komme, was da wolle. Er griff zum InterCom.

»Schicken Sie sofort Katai Mammbur zu mir«, brüllte er mit einer plötzlichen Nervosität, die seinem kühlen Äußeren Hohn sprach. Die Insassen des Panzers sahen sich verwundert an.

Quaila eilte zur Drucktür. Er konnte sich nicht daran erinnern, jemals zuvor ein solches Gefühl von Nervosität, Angst und Verrat gespürt zu haben. Er öffnete sie und sah den Katai.

»Schauen Sie nicht so blöd. Kommen Sie rein!« brüllte er den überraschten Katai an. »Beeilen Sie sich, wir müssen schnellstens eine Entscheidung treffen. Ich habe das verdammte Gefühl, daß wir verraten –«

Der Rest seiner Worte ging im tosenden Donner schwerer Jagdbomberdüsen unter. Er hörte nichts mehr. Nicht seine Worte, nicht das Dröhnen der Panzermotoren. Er hörte Kreischen zerschnittener Luft, und es war, als ob es direkt aus dem Himmel kam.

Freudentränen strömten plötzlich über sein Gesicht, und er zog einen verstörten Mammbur mit sich in das Fahrzeug. Gemeinsam rannten sie in die Kommandozentrale, zerrten den Soldaten aus der Geschützkanzel und zwängten sich gemeinsam vor den Sehschlitz. Vor ihnen lagen im ersten Licht des Tages in einem noch dunklen, fruchtbaren Grün die gefürchteten Hügel.

Es schien, als würden entgegen allen Naturgesetzen nicht hinter ihnen im Süden die Sonnen Chromos' aufgehen, sondern vor ihnen direkt hinter den Hügeln. Raven um Raven warf seine auf Flächenziele spezialisierte todbringende Last ab. Die aufeinanderfolgenden Detonationen ließen alle anderen Geräusche des frühen Morgens verstummen.

Quaila atmete tief durch, ließ sich das InterCom reichen und gab den Einsatzbefehl. Nahezu gleichzeitig warfen die Gladiator ihre Breitseite dem Feind entgegen. Die Scorpion stürmten aus ihrer Deckung und rasten gegen die Hügel. Mit nicht minderer Geschwindigkeit folgten die Provider.

Die ersten auf den Hügeln auftauchenden Gestalten gingen im losbrechenden Feuersturm der Scorpion unter. Die meisten der Einschläge saßen aufgrund der Fahrt ungenau, die angerichteten Schäden reichten dennoch fürs erste aus.

Atemlos sah Brit dem Feuerzauber zu. Sich auftürmende Rauchwolken hinter den Hügeln zeugten von Direkttreffern der Gladiator. Nach wenigen Augenblicken hatte sie sich gefaßt und packte fest die Griffe des Projektilwerfers. Garbe um Garbe schickte sie auf den Hügelkamm. Die Geschosse konnten wegen der Entfernung zwar nicht ihre volle Wirksamkeit entfalten, brachten aber dennoch einige Verwirrung.

Je näher sie kamen, desto genauer saßen ihre Treffer. Einige Metallfiguren, die auf den Kämmen erschienen, wurden von ihren Explosivgeschossen zu Boden gerissen oder gleich zerfetzt.

Noch immer flogen Raven ihre Angriffe und setzten die Steppe hinter den Hügeln in Brand. Die vor ihnen fahrenden Scorpion hatten die Anhöhe erreicht und arbeiteten sich langsam die Hänge hinauf.

Nun griff auch die feindliche Artillerie ein. Hohes Pfeifen und donnernde Detonationen hinter ihnen kündeten von noch einsatzbereiten Geschützen. Doch keines traf. Ein Hagel von Splittern prasselte zwar gegen die gepanzerten Fahrzeuge, richteten aber keine ernsthaften Schäden an. Noch lagen die Treffer zu weit hinter ihnen.

Halb rechts von Brit tauchte auf dem Hügel ein Kanonenrohr auf, daß von einem T-7-Crusader zeugte. Sie richtete das Zwillingsgeschütz darauf und feuerte unablässig auf den sich hervorschiebenden Schatten. Der Feind hatte das Geschütz noch nicht justiert, als die explodierenden Stahlmantelgeschosse die Ketten zerstörten und ihn zum Stehenbleiben zwangen.

Ein direkter Volltreffer ließ einen drullischen Scorpion in einer Wolke von Feuer und Wrackteilen verglühen. Die Mehrzahl der eigenen Panzer hatte die Kämme überwunden und fuhr auf der anderen Seite hinunter.

Die ersten Provider blieben stecken. Die Steigung war für ihr Gewicht zu groß. Brit sah, wie die Türen aufflogen und die drullischen Soldaten den Hügel hinaufrannten. In den stählernen Kampfanzügen waren sie kaum noch von den Demon Titan-Nets zu unterscheiden. Selbst wenn ihre Bewegungen durch motorische Hilfen verstärkt wurden, so ersetzte das doch nicht die natürliche Bewegungsweise. Hinter ihnen folgten die Gladiator.

Auch ihr Transporter war nun am Ende. In bedrohlicher Schräglage blieb er stehen, und Sax schrie etwas von Aussteigen. Hastig riß Brit sich den Helm der Zielerfassung herunter und setzte ihren eigenen auf. Sie wandte sich dem Schacht zu, durch den sie hinabspringen wollte, als ihr das Gewehr einfiel. Sie drehte sich noch einmal um, um es zu holen, als sie eine Gruppe von Titan-Net-Soldaten bemerkte, die um sich feuernd auf die zum Stehen kommenden Provider zuliefen. Schweratmend riß sie an den Griffen und richtete manuell die Rohre auf die Angreifer. Mit einigen gezielten Feuerstößen stoppten sie die Blechleiber. Dann erst sprang sie.

Es war, als lande sie in einer anderen Welt, als sie mit großen Sätzen die ausgefahrene Leiter des Transporters hinunterhastete.

Beißender Rauch umgab sie, Splitter und Erdreich regneten unablässig auf sie ein. Das schützende Innere des Fahrzeugs hatte einen trügerischen Mantel zwischen die Insassen und die Außenwelt gebreitet.

Sie keuchte, als sie dem Hang entgegenrannte. Auf der anderen Seite, ungefähr auf gleicher Höhe, gab es eine große Explosion, deren Druckwelle Brit noch über den Hügel hinweg umwarf. Irritiert sprang sie wieder auf. Aus den Augenwinkeln sah sie, wie ein leichter drullischer Panzer etwa dreißig Meter zu ihrer Linken auf der Höhe zerbarst. Einige mitstürmende Soldaten kamen aus den Flammen nicht wieder hervor.

Atemlos gelangte sie oben an und warf sich zu Boden.

Der Gefechtslärm hatte an Intensität gewonnen. Schnell robbte sie auf die andere Seite, von wo sie die Ebene überblicken konnte.

Unter ihnen brannte alles. Es sah so aus, als hätten die Raven mit ihren Splitterbomben fast den gesamten Fuhrpark Titan-Nets zusammengebombt. Brennende Panzer und Transportfahrzeuge standen und lagen überall. Blitze und Donner von Explosionen erfüllten die Ebene, und am Fuß des Hügels fanden die ersten Nahkämpfe statt, wo einrückende Drulls auf versprengte Demon trafen.

Sie entdeckte Betoneinstiegsschächte im Inneren der Hügel, in welche die vor ihr laufenden Soldaten Sprenggranaten geworfen hatten und aus denen dichte Qualmwolken quollen. Sie sprang auf und rannte ebenfalls hinunter. Direkt hinter ihr erschienen die ersten Gladiator und brachten weiteres Chaos. Die Raven waren mittlerweile wieder fort, und auch die gegnerische Artillerie hatte ihre Angriffe eingestellt.

Brit suchte Len und Sax, die irgendwo vor ihr sein mußten, doch sie konnte sie nicht entdecken. Je näher sie den Kämpfen kam, desto mehr tote Drulls säumten ihren Weg.

Ein gewaltiger Schlag hämmerte gegen ihren Helm, riß sie von den Beinen und ließ ihren Kopf dröhnen. Die stählerne Gestalt eines Demon kam auf sie zu und nahm sie ein weiteres Mal ins Visier.

Brit war schneller. Dort, wo gerade noch die Brustabdeckplatte des Demon gesessen hatte, waren plötzlich nur noch zitternde Drähte und schmelzende Chips. Der Roboter blieb einfach stehen. Sie drehte sich um und fand ihren Helm zerschmettert einige Meter weiter. Glücklicherweise war dieses Geschoß abgeprallt.

Sie sprang auf und rannte weiter, zwischen Wrackteilen

Schutz suchend, die in bizarrem Muster aus dem Boden zu ragen schienen. Nur undeutlich erkannte sie zwischen Rauch und Feuer, daß sich von Norden weitere gepanzerte Titan-Net-Einheiten auf sie zubewegten. Die Scorpion waren inzwischen schon weit vorgedrungen und eröffneten das Feuer auf sie.

Auch die Gladiator hatten den Abstieg fast hinter sich. Einige waren auf halber Höhe stehengeblieben und gaben aufgrund besserer Sicht den vorrückenden Einheiten Feuerschutz. Die drullische Armee rückte vor. Die Schmutzfontänen, die die drullischen Geschütze zwischen den Titan-Net-Panzern aufwarfen, saßen immer zielgenauer.

Fassungslos beobachtete Brit, wie ein leichter Titan-Net-Scorpion direkt auf einen der drullischen zufuhr, während dessen Besatzung ihn nicht zu sehen schien. Sie schrie und winkte, während der Titan-Net-Panzer das Ziel genau anvisierte. Plötzlich explodierte er in einer gewaltigen Feuerwolke.

Der Scorpion der Drulls fing Feuer und blieb stehen. Sie beobachtete, wie die Luke aufgeworfen wurde und drei Soldaten heraussprangen. Sie wußte, daß in jedem dieser Panzer vier Personen saßen, doch nur drei kamen heraus, bevor auch er in die Luft ging. Zwei der Soldaten standen danach auf und rannten auf den Gladiator zu, der sie gerettet hatte, um hinter ihm Deckung zu suchen. Der dritte blieb liegen.

Brits Kopf begann zu schmerzen, als sie diesen Wahnsinn betrachtete. Ein lautes Knirschen ließ sie erstarren. Aus einer Rauchwolke direkt vor ihr tauchte ein feindlicher T-4 auf und bahnte sich den Weg zwischen zwei Panzerwracks hindurch.

Eine Hand griff Brit hart am Nacken und schleuderte sie zu Boden. Etwas warf sich auf sie. Platzangst kam in ihr hoch, und sie wollte schreien, sich befreien, doch eine starke Kraft hielt sie am Boden und drückte ihr Gesicht in den Staub.

Sie hustete und schmeckte Staub in ihrem Mund. Nahezu wahnsinnig vor Angst sammelte sie all ihre Kräfte und stieß sich hoch. Ein Schatten fiel von ihr und hielt ihr eine Waffe entgegen.

»Halt die Schnauze! Wenn du schreist, sind wir dran!« Vor ihr saß Mammbur und schaute wirr.

»Katai. Was soll das?« Brit suchte ihre Waffe. Mammbur schob ihr mit dem Fuß das Gewehr herüber und legte den Zeigefinger auf den Mund. Dann zog er sie ein kleines Stück hoch, damit sie über den Rand des Panzerwracks sehen konnte, dessen Aufbauten komplett fehlten. Man konnte nicht einmal erkennen, ob es ein drullischer Panzer gewesen war. Durch den aufsteigenden Rauch sah Brit die mächtige Seitenplatte des T-4-Gladiator. Sie bemerkte eine Bewegung, und Mammbur zog sie wieder herunter.

»Der sucht uns«, zischte er. »Die haben uns gesehen. Dreh dich mal um!«

Brit tat, wie ihr geheißen, und Mammbur entnahm ihrer Waffentasche eine der fünf Sprenggranaten, die jeder Soldat mit sich führen mußte. Er entsicherte sie und schleuderte sie gegen den Beobachtungsturm des Panzers. Blitzschnell duckte er sich, nur Sekundenbruchteile bevor sie detonierte und die durchsichtige Kuppel auseinanderriß.

»Jetzt weg hier!« brüllte er. »Das Ding ist noch intakt. Sie können uns nur nicht sehen.« Gleichzeitig begann sich der T-4 planlos zu drehen und um sich zu schießen.

Aus einiger Entfernung erkannten sie einen mit Metallplatten verkleideten Graben und hielten darauf zu. Als sie näherkamen, erkannten sie, daß sich mehrere Soldaten dort aufhielten und den Gang bereits gesichert hatten. Sie sprangen hinein. Noch immer detonierten Granaten um sie her, und erst nach einiger Zeit erkannte Brit unter den teilweise rußgeschwärzten Gesichtern die von Len und Quaila. Beide sicherten mit etwa zwei Dutzend anderen Frauen und Männern den Graben nach vorne. Hier würden sie relativ sicher sein.

Hin und wieder tauchten einige Demon auf, die im konzentrierten Verteidigungsfeuer nacheinander ausgeschaltet wurden. Mit der Zeit stießen immer mehr eigene Soldaten zu ihnen und bauten den mehrere hundert Meter langen Graben zu einer ernsthaften Verteidigungslinie aus. Der gegnerische Ansturm verebbte langsam. Die Demon kamen an ihnen nicht mehr vorbei.

Als Brit sich nach hinten wandte, sah sie die Ebene bis hin zu den Hügeln übersät mit brennenden Tanks beider Parteien. Aus ihnen ragten die rußgeschwärzten Rohre der gefürchteten Artillerie. Brit sprang aus der Stellung und rannte geduckt einige Meter, bis sie an den Wracks vorbei freie Sicht nach vorne hatte.

Von hinten kamen keine eigenen Tanks mehr nach, und vorne kämpften nurmehr acht bis zehn. Also hatten sie über die Hälfte ihrer gepanzerten Kräfte verloren. Die Soldaten im Graben machten vielleicht ein Drittel ihrer Einheiten aus, die Verluste waren also riesig. Doch bis jetzt waren sie beständig vorgerückt.

Eine Reihe von Explosionen erregte ihre Aufmerksamkeit, und sie erkannte, daß gleich zwei drullische Panzer auf einmal in Flammen aufgingen. Hinter einer Böschung im Norden tauchten mehrere frische T-7 auf, die nun in die Kämpfe eingriffen. Der drullische Vormarsch flutete zurück bis zum Graben.

Eine weitere Gruppe Titan-Net-Panzer tauchte auf und nahm die Überlebenden unter Beschuß. Das halbe Dutzend verbliebener Panzer trat überhastet den Rückzug an. Ein Gladiator verfing sich mit seinem Rohr in zwei schwelenden Wracks und wurde unter Beschuß genommen. Die Turmklappe sprang auf, und ein Soldat tauchte daraus auf, der wahllos auf die anbrandenden Kräfte feuerte. Jeder der Kameraden im Graben sah, wie feindliche Geschosse den Soldaten töteten und den Panzer verglühen ließen.

Quaila liefen Tränen der Trauer die Wangen herab. Trotzdem erteilte er ununterbrochen Befehle. Vier Panzer hatten den Rückweg geschafft, ein Scorpion und drei Gladiator. Sie überquerten den Graben auf schmalen Betonbrücken und verschanzten sich dahinter zwischen Wracks.

Titan-Net-Panzer rollten in Wellen auf sie zu. Die Drulls hatten es bis hierhin geschafft, aber der Generalstab hatte die Stärke Titan-Nets vollkommen falsch eingeschätzt. Die verbliebenen Panzer konnten einige der feindlichen Tanks stoppen, doch es reichte nicht. Die Panzergranaten kamen immer näher und schlugen gefährlich nahe zwischen Graben und Tanks ein. Den drullischen Soldaten blieb nichts übrig, als sich zu ducken, wollten sie nicht von umherfliegenden Splittern getroffen werden.

Unmittelbar vor Quaila tauchte ein feindlicher T-4 auf. Beinahe gleichzeitig explodierten er und der drullische T-4 hinter Quaila, der ihn aufs Korn genommen hatte und wiederum von einem feindlichen T-7 beschossen worden war.

Die Panzer waren mittlerweile auf wenige Meter herangekommen, und die Drulls wehrten sich mit den letzten

Sprenggranaten und den vollkommen unzureichenden Stoner-Gewehren. Selten genug gelang es, einen Panzer in Brand zu schießen, doch all das konnte nichts mehr gegen die immer noch zunehmende Kraft der Gegenseite ausrichten.

Als sich das Feuer des Gegners immer mehr auf die verbliebenen Drull-Panzer konzentrierte, waren die Besatzungen kurzerhand ausgestiegen und hatten sich in den Graben geflüchtet. Einige warfen Panzerminen, die sie mitgenommen hatten, doch auch diese Aktion konnte den Feind nicht mehr stoppen.

Bald standen die letzten Panzer in Flammen. Vor und hinter ihnen brannte es nun, wohin sie auch sahen. Quaila gab den Befehl, die Gasmasken aufzusetzen, aber die meisten hatten dies schon längst getan. Schweiß und Rauchgestank, dazu die stickige Luft hinter der Maske riefen in Brit wieder das Gefühl von Platzangst hervor.

Ganz selten erschien hinter ihnen noch der eine oder andere Drull, der rasch in den Graben sprang. Momentan hatte der Feind aufgehört, sie zu bestürmen. Anscheinend sah er sie ebensowenig wie sie ihn. Dafür feuerten seine Geschütze wild in die Trümmer hinein. Manchmal schlug ein Geschoß gefährlich nahe des Grabens ein, glücklicherweise traf jedoch keines direkt.

Quaila gab den Befehl zum Rückzug. Es hatte alles keinen Sinn mehr. Solange die Sicht schlecht war, hatten sie eine Chance, zu den Providern zurückzukommen.

Brit spürte einen heftigen Schlag und fühlte, wie jemand sich gegen sie warf. Sie drehte sich ein wenig und wich aus. Ungläubig starrte sie auf die weit aufgerissenen Augen Mammburs. Nur Sekunden später erhielt sie einen kräftigen Stoß in die Seite.

Titan-Nets R-1b-Demon hatten die Verwirrung genutzt

und waren unbemerkt in den Graben eingedrungen. Auf ihrem Vormarsch hatten sie, geschützt durch den dichten Rauch des Schlachtfeldes, viele Drulls ausgeschaltet und einige andere gefangengenommen.

Brit schaute direkt in das stählerne Gesicht und die leuchtenden Infrarot-Augen eines R-1b. Dieser stieß sie zur Seite und machte den Weg frei für nachdrängende Roboter.

Zögernd hob Brit die Arme. Während auf der linken Seite des Grabens noch minutenlang gekämpft wurde, waren sämtliche überlebenden Offiziere der Operation RÜCKKEHR festgenommen und entwaffnet worden. Als die Schießerei auch dort aufhörte, wurden weitere Gefangene zu den anderen gedrängt und zu Boden geworfen. Auch vor ihnen tauchten jetzt Demon auf, die behende über den Graben setzten und die andere Seite nach Überlebenden absuchten.

Quaila verfluchte sich dafür, daß er nicht rechtzeitig seinen Rang unkenntlich gemacht hatte, als ein Demon sich etwas genauer für ihn interessierte. Die klickenden Metallfinger strichen über die Abzeichen und Kennungsmuster. Der Infrarotblick schien sich an seinem Gesicht festzusaugen, und er hatte keinen Zweifel, daß es jetzt über irgendeinen Titan-Net-Bildschirm flimmerte. Endlich ließ der R-1b von ihm ab, postierte sich aber in unmittelbarer Nähe.

Auch ohne nachzuzählen, erkannte Hauptkatai Quaila, daß von seiner Truppe nur etwa vierzig Frauen und Männer überlebt hatten. Bald waren die Offiziere ausselektiert und zu Quaila gestellt worden.

Hinter ihnen ertönten Schreie und eine Explosion. Der Arm eines R-1b landete in der Nähe. Kurz darauf zerrten Demon einen schwerverletzten Drull an den Rand des

Grabens. Sie suchten Blickkontakt zu einem anderen Roboter, der etwas größer war als die übrigen, und verharrten für Sekunden regungslos. Die Form Titan-Nets, Befehle zu übermitteln.

Sie erkannten Sax kaum mehr wieder. Er blutete aus zahllosen Wunden. Kein Wort kam über seine Lippen, sein Blick war auf den Boden gerichtet. Er bemerkte es nicht einmal, als die Verbindung zwischen den Robotern abbrach und der hinter ihm stehende ihn mit einem kräftigen Stoß in den Graben schleuderte. Sax schlug hart auf und bewegte sich nicht mehr. Er war schneller und schmerzloser gestorben als viele andere. Brit kämpfte gegen die Tränen.

Sie wurden zusammengetrieben. Stumm drängten die Demon sie zum östlichen Ende des Grabens. Der Weg war beschwerlich. Immer wieder mußten sie über Gefallene oder Trümmer steigen, eingeschlossen von Titan-Net-Robotern, die sich vor und hinter ihnen befanden und sogar neben dem Graben hergingen.

Motorengeräusche aus dem Süden ließen sie aufhorchen, doch allzu schnell merkten sie, daß sie von ihren eigenen Providern stammten, die Titan-Net übernommen hatte und nun auf Umwegen heranführte.

Brit schaute zu Len, der ihren Blick bemerkte und kurz erwiderte, aber dann schnell wieder zu Boden sah. Es war ihr nahezu unmöglich, in den anderen geschwärzten und verzerrten Gesichtern bekannte Züge zu entdecken, so daß sie nur mutmaßen konnte, wer diesen Wahnsinn überlebt hatte.

Weit hinter ihnen gab es abermals eine dumpfe Explosion, als ein schwelender Panzer zerrissen wurde.

Bald waren sie am Ende des Grabens angekommen. Hier waren die Zerstörungen nicht so stark. Das Hauptkampfgebiet hatte etwa in der Mitte gelegen. Sie erkannten, daß Titan-Net Straßen angelegt haben mußte. Eine breite Zufahrtsstraße führte aus dem Hinterland bis in die Ebene und teilte sich dort. Am letzten Ausläufer des Weges standen die Provider. Harte Gewehrkolben stießen die Gefangenen brutal hinein.

Es herrschte eine drückende Enge im ersten der Transporter, während die anderen leer blieben. Schnell setzten sich die Fahrzeuge in Bewegung. Als Quaila sich während des Einsteigens noch einmal umdrehte, sah er eine Kolonne Titan-Net-Panzer die Stellungen sichern und hinter die Hügel nach Süden vorstoßen. Das dürfte also wohl das Ende sein.

Mit hoher Geschwindigkeit bewegten sie sich über die gut ausgebauten Straßen nach Norden. Zwar waren die Türen nach außen und zum Kommandostand hermetisch verschlossen worden und man hatte das Licht ausgeschaltet, dafür waren sie aber alleingelassen worden. Unzweifelhaft wurden sie belauscht, doch im Moment nicht unmittelbar bedroht.

Sie alle trugen den Geruch von Feuer, Verzweiflung und Niederlage an sich, der sie einhüllte und zu durchdringen schien. Die Mattigkeit, das Dunkel und das monotone Brummen ließen Brit kurz einnicken. Sie glaubte, nur wenige Minuten weggewesen zu sein, als sie durch eine Unebenheit mit dem Kopf gegen einen Träger stieß und abrupt in die Wirklichkeit zurückgeholt wurde. Sie hörte eine leise Unterhaltung, konnte sich aber zunächst nicht darauf konzentrieren, worum es ging und wer überhaupt sprach. Erst später erkannte sie Hauptkatai Quailas Stimme.

»... ich kann euch keine Anweisung geben. Jeder von euch muß selbst wissen, was er zu tun hat. Meine

Befehlsgewalt endet hier. Für den Generalstab war es schon lange ein offenes Geheimnis. Es lagen früh genug Hinweise vor.«

»Und warum habt ihr nichts getan?« fragte eine Stimme aus dem Dunkeln.

»Was hätten wir tun sollen? Titan-Net ächten? Den Mannschaften noch mehr Angst einflößen?«

»Sie sind also vollkommen sicher? Kein Irrtum möglich? Dann müssen wir irgendwie versuchen zu fliehen.«

Brit stockte der Atem. Sie kannte diese Stimme, die da neben ihr ertönte. Wenn sie sich nicht täuschte, war es die des Rüpels von gestern abend. Er hatte also auch überlebt. Sie beschloß, sich ruhig zu verhalten und erst einmal abzuwarten.

Verschiedene Stimmen sprachen durcheinander. »Fliehen.« Ein Lachen. »Du Angeber. Wie denn? Mach's doch vor. Spazier einfach raus.«

Das könnte Len gewesen sein. Brit spürte, wie sich der Körper neben ihr anspannte, und vernahm ein Schnaufen. Als weitere körperlose Stimmen sich über seine Worte lustig machten, wich die Spannung ein wenig aus dem Körper, dafür hörte sie ein selbstzufriedenes »Ihr werdet noch leiden.« Gehaucht nur, doch Brit hatte es gehört, und sie wußte, daß er es ernst meinte. Sie war jetzt froh, sich nicht gerührt zu haben.

»Welchen anderen Grund sollte es geben, uns leben zu lassen? Welchen Nutzen sollten wir für Titan-Net haben? Auch Titan-Net weiß, daß wir bestimmt keine Einsatzpläne kennen. Welche Geheimnisse könnten wir schon verraten? Von mir einmal abgesehen. Welchen Nutzen sollt ihr haben, außer für Titan-Net zu kämpfen?«

Brit war hellwach. Was hatte Quaila gesagt? Sie sollten für Titan-Net kämpfen? Hatte er den Verstand verloren?

»Ja, ich glaube wirklich, daß sich irgendwo dort hinten ein Intelligenzmodul befindet. Deswegen die starke Befestigung und der plötzliche Nachschub. Titan-Net ist immer daran interessiert, dazuzulernen. Eben deshalb und weil die Diskrepanz zwischen Gefallenen und Vermißten immer größer wurde, muß man wohl davon ausgehen, daß Titan-Net organische Gehirne untersucht und sie gegebenenfalls für sich einsetzt.«

Brit wagte es nicht, etwas zu sagen, doch sie glaubte zu wissen, was Quaila meinte. Titan-Net behielt die Gefangenen für sich, um deren Gehirne zu sezieren oder zu manipulieren. Man stand also vor der Wahl, durch eine Untersuchung zu sterben oder durch eine Gehirnwäsche zu einer Marionette des Roboterimperiums zu werden. Ganz so, wie man ein erbeutetes Feindfahrzeug umprogrammieren konnte, würde man sie demnach auch umprogrammieren und mit einer neuen Bestimmung versehen. Doch sosehr sie auch versuchte, sich zu erinnern, ihr war kein Fall bekannt, wo man in den Rüstungen Titan-Nets Drulls gefunden hatte.

Wie ein Blitz schoß es ihr durch den Kopf. Die Aldiniumminen. Die Vorräte an Aldinium hatten sich auf Chromos nahezu erschöpft, doch war es für die Energiegewinnung unverzichtbar. Die letzten Vorkommen lagen meistens derart ungünstig, daß Roboter Probleme haben mußten, sie zu erreichen. Hier waren Drulls unentbehrlich. Fieberhaft suchte sie nach einem Ausweg, aber was sollte sie schon tun? Sicherlich dachte jeder hier drin an Flucht, und wenn es einen Weg gäbe, hätte man ihn schon längst auszunutzen versucht.

Kaum jemand unterhielt sich noch. Die wenigen Gespräche wurden im Flüsterton geführt.

Die Luft war dumpf und abgestanden. Kein Hauch

drang von außen herein. Man hatte den Eindruck, daß es immer wärmer wurde. Das Dunkel und die verbrauchte Luft zehrten an den Nerven. Einige nickten wieder ein, andere standen kurz davor, loszubrüllen und um sich zu schlagen.

Lens Kopf fiel zur Seite, und er schreckte hoch. Für eine Sekunde hatte er gedacht, er säße zu Hause in seinem Hovermobil. Er gähnte ausgiebig. Er hatte Brit gesehen; sie mußte vor ihm eingestiegen sein. Und er hatte die Stimme von diesem Kerl gehört, der ihm gestern sein Bein paralysiert hatte. Bilder stiegen vor ihm auf. Wieder saß er in seinem weißen Hovermobil und schaukelte schwebend über die Straße.

Nach einer weiteren halben Stunde schliefen sie fast alle.

5

Sie waren aus dem Norden gekommen. So weit aus dem Norden, daß selbst Titan-Net dort nur einen Bruchteil seiner Macht ausüben konnte. Dort waren sie Herren gewesen über ein Land, das fruchtbarer nicht sein konnte. Dort hatten die Kais ihr eigenes Reich errichtet und sich die Bewohner untertan gemacht. Drei Jahre hatten sie über dieses Land bestimmt und erbarmungslos verfolgt, wer ihnen ihre Macht streitig machen wollte.

Sie, die Ausgestoßenen, die aus der großen Stadt der Kais gejagt worden waren vor langer Zeit, hatten ihren Frieden gesucht und sich Land genommen. Die Bauern waren fortan von ihrem selbsternannten Fürsten Drag regiert worden. Folterung und Gewalt, aber auch Zerstörung und Mord hatten Einzug gehalten in dieser fruchtbaren Enklave kaiischer Bauern.

Kjel war ein Tal gewesen, das hoch über dem sonstigen, durch Jahrhunderte der Kriege verwüsteten Land lag. Eingekeilt zwischen den ersten Ausläufern und Vorboten der gigantischen Nordberge, lag es sanft gewellt unter dem Himmel, ausgebreitet wie ein nasses Laken unter den Sonnen Chromos', mit der übrigen Welt verbunden durch einige Gebirgspässe.

Es war früher Morgen gewesen, als die ausgestoßenen Kais in Kjel eingedrungen waren. Man begrüßte sie freundlich, wohl wissend, daß Fremde äußerst selten ihren Weg nach Kjel fanden. Die meisten Reisenden beachteten die verwaschenen und verblichenen Straßen gar nicht, die von der Hauptstraße abzweigend in die Berge führten, und ganz unglücklich waren die Kais in Kjel darüber nicht. Der lange Krieg zwischen den Kais und den Drulls im Süden, der nachfolgende große Krieg zwischen Titan-Net und allen anderen ... Nein, ihre Isolation gab ihnen Sicherheit.

Manchmal jedoch triumphierte Neugier über Vorsicht, und so lud man die fremden Kais herzlich in die eigenen Häuser und Wohnstätten ein, damit sie Geschichten erzählten von Kai-Ryo, der sagenhaften Hauptstadt, die noch viel weiter im Norden lag und mit der sie im bildlichen Sinne sogar durch die Straße unten in der Ebene verbunden waren.

Genaugenommen stammten fast alle Kais in Kjel aus Kai-Ryo. Nachdem vor Generationen der drullische Verteidigungsrat die Kai-Truppen bis Kai-Ryo zurückgetrieben hatte und später die Hauptstadt stürmte und in Brand steckte, waren die letzten Überlebenden geflohen, und einige hatten ihre Zuflucht in Kjel gefunden. Das Wissen alter Zeiten und die Geschichte um Kai-Ryo hatten sich in Kjel bewahrt.

Nirgendwo auf Chromos waren die Historien vollständiger als hier. Und nirgendwo gab eine sicherere Befestigung als in Kjel. Das isolierte Wissen um alte Waffentechniken hatte sich nahezu ausschließlich dort erhalten, unbemerkt vom Rest der Welt.

Aber die Geschichten, die die Reisenden zu erzählen hatten, waren nicht verheißungsvoll. Sie berichteten von Korruption, dem Handel mit Waffen, chemischen Körperverbesserern und einem schwachen und lächerlichen Stadtoberhaupt, dem ›Koordinationsrat‹, dem augenscheinlich schon die Kontrolle über das große Land der Kais entglitten war und der sich nurmehr auf die Hauptstadt beschränkte. Sie berichteten aber auch über Zentren größter Lust und unbeschreiblichen Vergnügens, wo man mit Geld alles kaufen konnte. Wo man sich künstlich in andere Welten versetzen lassen konnte, um dort mit anderen Völkern zu kämpfen.

Es war schon später Abend gewesen, als Drag dem Anführer der Kais in Kjel die Geschichte von diesem ungeheuren Vergnügungszentrum erzählte, dem ›Assage-Entertainment‹. Brel, ein Mann mittleren Alters mit einem stattlichen Vollbart, hatte nur den Kopf geschüttelt und sich gewundert, warum die Kais sich in andere Welten versetzen ließen, um andere Wesen zu töten. Es gab doch genug Gewalt auf Chromos.

Drag jedoch hatte nur gelacht und sich auf die Schenkel geschlagen. Sein unrasiertes Gesicht hatte vom Fett der Nutztiere geglänzt, die sie an diesem Abend verspeist hatten, als er sagte, daß Kjel wahrhaftig fernab der Welt liege. Er hatte auch gesagt, daß er selbst sich eine solche Welt wünschte, aber niemand hatte aufgehorcht.

Drag hatte seine Erzählung weitergeführt und wußte zu berichten, daß das schwache Volk von Kai-Ryo sich immer mehr den Vergnügungen hingegeben hatte und sein normales Leben und Wirken mehr und mehr vernachlässigte. Der Koordinationsrat sah seinen Einfluß und den Zusammenhalt der Stadt schwinden und verbot als erstes die Körperverbesserer.

Die daraufhin ausbrechenden Unruhen waren noch leicht unter Kontrolle zu bringen. Bald herrschte Ruhe in der Stadt, doch ging es immer noch nicht bergauf. Die Kais wurden immer unkonzentrierter und nervöser. Zudem hatten sich paramilitärische Gruppen gebildet, die den Rat mit Attentaten und Terror zwingen wollten, die Körperverbesserer wieder freizugeben.

Alle diese Gruppen wurden schnell zerschlagen. Was unklar blieb, war, wer die Hinterleute der Gruppen waren, die sie auch mit Waffen beliefert haben mußten.

Brel hatte Drag scharf angesehen und versucht, in seinen Augen zu lesen. Erschreckt erkannte er, daß die Augen Drags leer, fast schon gebrochen waren, so, als sei er nicht hier, sondern in Gedanken ganz woanders. Dieser Zustand hielt den ganzen Tag über an. Nur wenn man ihn morgens traf, bevor er sich einschloß, um zu meditieren, wirkte er normal.

Drag erzählte, wie zuletzt auch das ›Assage-Center‹ geschlossen worden war. Mit einiger Häme wußte er von den nachfolgenden Aufständen zu berichten, die in ihren Ausmaßen und ihrer Brutalität ohne Vorbild waren. Das Volk Kai-Ryos war seinen Drogen und seines Hasses beraubt worden und suchte nun einen anderen Weg, zu diesen Gefühlen zu kommen. Die Zustände waren ähnlich denen eines Bürgerkrieges. Die Sicherheitskräfte hatten es nun nicht mehr mit einigen Terrorgruppen zu tun, sondern mit weiten Teilen der Bevölkerung, die wiederum aus ungewissen Quellen Unmengen von Waffen erhielt. Erneut waren die Drahtzieher unauffindbar geblieben. Es gab Vermutungen, daß gewisse Kreise aus dem Vergnügungssektor erweiterte Interessen hatten, Schuldige wurden aber nie benannt.

Der Krieg hatte sich immer weiter ausgebreitet, bis eines Tages etwas Eigenartiges geschah. Plötzlich blieb jeglicher Widerstand des Volkes aus; es warf seine Waffen weg und begab sich wieder in seine Wohn- und Arbeitsstätten. So plötzlich, wie der Aufstand begonnen hatte, so schnell hatte er auch geendet. Der Nachschub an Waffen und Drogen war über Nacht ausgeblieben, und gewisse Personen aus dem Vergnügungssektor waren verschwunden und wurden nie wieder gesehen. Man munkelte, daß sie zu dem erstarkenden Titan-Net übergelaufen seien.

Drag berichtete weiter, daß der Koordinationsrat diktatorische Züge angenommen und das allgemeine Leben nach dem totalen Sieg verstärkt reglementiert hatte. Daraufhin seien er, Drag, und seine Gruppe von fünfunddreißig Mann geflohen und bis hier gekommen.

Es war still gewesen in der engen Halle des Versammlungshauses, dem einzigen Zentrum der kleinen Gemeinschaft von Kjel. Man hing seinen Gedanken nach und nahm fast beiläufig zur Kenntnis, daß Drag leise den Wunsch äußerte, hierzubleiben und mit seinen Männern für Kjel zu arbeiten.

Nachdem man die ganze Nacht unter Ausschluß von Drag und seinen Leuten beraten hatte, wurde der Aufnahme entgegen den Befürchtungen Brels entsprochen.

In den ersten Wochen schienen die Fremden tatsächlich bemüht, sich zu integrieren. Sie bauten sich an einer entlegenen Stelle einige Häuser und begannen, das ihnen zugeteilte Land urbar zu machen.

Monate später kam es zu einem Zwischenfall. Einer der Ratsmänner wurde tot aufgefunden. Der Verdacht richtete sich anfangs gegen die Neuankömmlinge. Diese schützten sich jedoch gegenseitig, und so war ihnen nichts nachzuweisen. Was blieb, war ein allgemeines Gefühl des Mißtrauens. Etwas, was es in Kjel zuvor nicht gegeben hatte. Drag machte daraufhin den Vorschlag, eine zivile Truppe aufzustellen, die zum Hauptteil aus seinen Männern bestehen sollte.

Kontroverse Diskussionen waren die Folge. Als in einer nächtlichen Sitzung sein Vorschlag mit der Mehrheit der eingesessenen Familien abgelehnt wurde, verließen er und seine Stellvertreter unter Protest die Versammlung und warfen dem Rat Nichtstun in einer undurchsichtigen Lage vor.

Zu dieser Zeit wurde die benötigte Elektrizität aus einem kleinen Kraftwerk gewonnen, daß die Energie einiger Wasserfälle konzentrierte und den Bewohnern zugänglich machte. Nach einem heißen Sommer hatte sich das Wetter rapide verschlechtert, und bald war Schnee gefallen. Drags Leute hatten an keiner Versammlung mehr teilgenommen. Um so sonderbarer erschien es, als einer von ihnen bei einer der ersten Versammlungen in der Schneezeit auftauchte und den Vorschlag machte, seine Gruppe würde in der kalten Zeit die Bewachung des Kraftwerks übernehmen.

Der Rat lehnte wieder ab mit der Begründung, daß die gesichteten Kampfflieger über der Ebene nicht ausreichten, eine Sicherung des Kraftwerks dienlich erscheinen zu lassen. Drags Vertreter wies auf das Mißtrauen im Volk hin, doch der Rat lehnte ab, wohl wissend, daß das Mißtrauen sich eher gegen die Neuen richtete als gegen die Kais in Kjel selbst.

Das war die Zeit, als man von Kjel aus das alljährliche Schauspiel des Wetterwunders beobachten konnte. Hoch oben in den Bergen lag der Schnee brusthoch. Bewegte man sich über die mühsam freigeräumten Wege zu einem der Pässe, konnte man die Ebene tief unten noch immer versengt in der Sonne liegen sehen. Alljährlich wurde am ersten Tag des Schneefalls in der Ebene das Fest des Wetterwunders gefeiert. Alle versammelten sich am westlichen Paß und dankten ihren Göttern für die Gerechtigkeit.

Drag und seine Leute feierten auch. Sie feierten in ihrem eigenen Gemeindehaus, weit weg vom westlichen Paß und den anderen. Sie beteten ihren Gott Aristo an, eine vorzeitliche Gestalt, von der manche behaupteten, ihre Gedanken kämen aus einer anderen Welt. Aristos Thesen verstanden sich als aktive Religion, eine Religion, die den Lebewesen aller Rassen Gleichberechtigung und geistige Blüte bringen sollte. Es gab mannigfaltige Theorien über Aristo und seine Lehren, und allgemein war er als überirdischer Denker anerkannt.

Drag jedoch verstand sich als ein auserkorenes Geschöpf und brannte darauf, die Thesen des Denkers umzusetzen. In Kjel glaubte er das ideale Betätigungsfeld gefunden zu haben. Wenn auch keiner der eingesessenen Bewohner mit ihm feierte, so wußte er doch, daß seine teilweise öffentlich vorgetragenen Reden auch andere als seine Leute erreicht hatten. Drag duldete keinen Widerspruch. Er setzte sich bewußt in den Gegensatz zu Aristo und benutzte ihn für seine Ansprüche.

Wenige Nächte nach dem Wetterwunder-Fest, in einer Nacht, in der der Schnee einen besonders lautlosen Glanz hatte, schreckte das Heulen von Alarmsirenen die Leute von Kjel aus den Schlaf. Das Kraftwerk brannte, und es brannte nieder bis auf die Grundmauern.

Die Aufregung war groß, und man stand kurz davor, die Neuen aus Kjel hinauszuwerfen, doch Drag und die anderen wehrten sich gegen die Vorwürfe und schützten sich abermals gegenseitig.

Das Mißtrauen in diesen Tagen war unerträglich und richtete sich fast gegen jeden. Das Kraftwerk war zerstört, und erstmalig seit vielen Jahren war man gezwungen, wieder Holz und anderes brennbares Material aus den Bergen zu holen.

Aus weiser Voraussicht berief Brel keine Zusammenkunft mehr ein. Er wußte genau, daß es bei einem solchen Treffen nur weiteren Streit geben würde. Die Forderungen von der anderen Seite des Tals, den Rat wegen der allgemeinen schlechten Lage einzuberufen, wurden jedoch nachdrücklicher und täglich unverschämter, bis auch Brels eigene Leute vermehrt diesen Rat verlangten. Hauptsächlich diejenigen, die auch an der Religion des Aristo Gefallen gefunden hatten.

So sah Brel nur eine Möglichkeit, die Angelegenheit zu einem guten Ende zu bringen. Er würde den Rat einberufen und endlich die Neuen der Vorkommnisse beschuldigen. Er würde sie anschließend des Landes verweisen. Es war ihm gleichgültig geworden, ob sie erfrieren würden. Wenn er nicht aufpaßte, hätten Drag und seine Männer in kurzer Zeit Kjel in ihrer Hand.

Es war wieder eine klare Nacht. Diese Nächte waren selten. Nächte, in denen kein Schnee fiel und der liegengebliebene Schnee im Licht des Mondes glitzerte, Nächte, in denen der Wind nachgelassen hatte und ein leichtes Schweigen über das Land zauberte. Die hohen Berge schienen in dieser klaren und reinen Nacht wieder nach den Sternen zu greifen, aber sie streckten sich seit so vielen Jahrhunderten und würden es doch nie schaffen.

Gleichwohl hatten sie etwas, das man unten im Hochtal nicht hatte: Zeit. Sie würden hier sein bis ans Ende der Welt, und nichts und niemand würde sie abhalten können, eines Tages doch den Mond zu ertasten. Doch sahen die Berge heute ein wenig anders aus als sonst. Aufgrund einer höchst seltenen Konstellation der Sonnen Chromos', die ihr Licht des Nachts gegen den Mond strahlten, der es wiederum auf das Land fallen ließ, hatten die uralten Riesen ihr erhabenes Grau gegen ein leichtes Rot getauscht. Niemand hatte Zeit in dieser Nacht, sich die Berge genauer anzusehen, sonst wäre ihm aufgefallen, daß sie aussahen, als bluteten sie.

Der ehedem unberührte Schnee um das unter der weißen Last wie geduckt wirkende Ratsgebäude war zertrampelt von unzähligen Füßen. Nicht nur die Ratsleute waren gekommen, fast die gesamte Bevölkerung Kjels war anwesend. Man wußte, daß Brel etwas zu den Neuen sagen würde, und man war neugierig, was es sein mochte.

Die einen warteten darauf, die Neuen endlich verbannt zu sehen, eine größer gewordene Anzahl von Kais erwartete jedoch klare Worte ihres Führers über die katastrophale Lage nach dem Brand des Kraftwerks und die Anerkennung der neuen Religion. Man interessierte sich vermehrt dafür, warum Brel das Angebot Drags, das Kraftwerk zu bewachen, ausgeschlagen hatte. So wäre das Feuer weitaus früher bemerkt worden.

Der Innenraum war nur spärlich erleuchtet von einigen

Öllampen. In der Mitte drängten sich die Ratsmitglieder. Sämtliche Plätze waren mit Neugierigen belegt, die auch an den Seiten und im Eingang standen. Wegen der großen Kälte hatte man die Türen schließen müssen. Nichtsdestotrotz warteten auch vor der Tür Hunderte von Kais auf die Entscheidungen, die drinnen fallen würden.

Brel ließ seinen Blick schweifen. Keine Spur von Drag und seinen Leuten. Nun gut, würde man sie eben in Abwesenheit ausschließen. Sorgen machte er sich um die erwartungsvollen Blicke, ahnte er doch, daß diese Kais zu Drag halten würden. Es schmerzte ihn, daß seine kleine Gesellschaft nach Jahren des Zusammenhalts jetzt zerbrechen sollte. Auch deshalb mußte Drag verschwinden. Er war gefährlich.

Mit lauter Stimme berief er den Rat ein und begrüßte in einer kleinen Zeremonie auch all jene, die in den letzten Jahren gestorben waren und deren Geister man zwischen sich wußte. Wie üblich, begrüßte er auch die Abwesenden, zuallererst Drag.

Kaum hatte er den Namen ausgesprochen, als es einen kleinen Aufruhr vor der Tür gab. In schweren Mänteln und mit schweren Stiefeln betraten Drag und zwei weitere seiner Leute den Raum. Die plötzliche Stille nutzten sie für eine höhnische Entschuldigung an die Adresse Brels, das Wetter hätte sie aufgehalten.

Brel schluckte und wußte für einen Moment nicht, wie er fortfahren sollte. Drag schien seine Unsicherheit zu spüren und ließ sich auf einen Stuhl direkt ihm gegenüber fallen.

»Nun«, begann Brel zögernd, »wir sind heute zusammengekommen, um über die Geschehnisse der letzten Wochen zu sprechen.« Aus den Augenwinkeln beobachtete er Drag, doch dieser zeigte keine Regung. »Vor vielen

Jahren haben wir uns hier niedergelassen und lebten stets in Frieden. Wir haben aus dem abgelegenen Kjel eine Heimat gemacht, die es uns und unseren Kindern möglich machen soll, auch weiterhin hier zu leben und miteinander auszukommen.«

Er spürte eine gemurmelte Zustimmung aufkommen, die ihn ermutigte, fortzufahren.

»Leider ist dieses Zusammenleben aber in der letzten Zeit gestört worden, und es mehren sich die Stimmen, die die eine oder andere Seite dafür verantwortlich machen. Und dieser Punkt allein zeigt uns schon, daß etwas anders ist. Vor Monaten noch hätten wir jeden verständnislos angesehen, der von *Seiten* gesprochen hätte. Mittlerweile ist es ganz normal geworden und stört niemanden mehr. Das finde ich sehr bedauerlich.« Er hielt kurz inne und fühlte sich durch die lauter werdenden Stimmen bestätigt. Drag saß weiterhin ruhig auf seinem Stuhl.

»Diese Seiten sind auch räumlich getrennt, aber auch dies garantiert uns kein Zusammenleben. Ihr wißt, daß Kjel unser Land ist und das Land unserer Vorfahren. Fremde haben wir bis jetzt stets freundlich aufgenommen. Niemand kann sagen, wer aus unseren Reihen von Fremden aus vergangenen Zeiten abstammt, doch haben wir uns bis jetzt immer erfolgreich dagegen gewehrt, von Fremden mißbraucht und vereinnahmt zu werden.« Das Raunen wurde lauter, als die Anwesenden bemerkten, was Brel sagen wollte.

»Doch nun«, fuhr er fort, »sind Fremde unter uns, die uns unser Leben fortnehmen und es uns verändert zurückgeben wollen. Das können und werden wir nicht freiwillig geschehen lassen.«

Viele beäugten verstohlen Drag, doch noch immer reagierte er nicht.

»Ihr wißt, daß In Kjel immer Frieden geherrscht hat. Natürlich gab es auch Streit und Mißgunst, aber wir kamen immer miteinander aus. Für lange Zeit war Kjel vielleicht der friedlichste Ort der Welt. Dann kamen sie«, er wies mit einer Hand, deren Finger plötzlich zitterten, auf Drag und die beiden Männer, die zu seiner Seite saßen, »und einer unserer Ratsmänner wurde tot aufgefunden. Er ist erwürgt worden. Der Täter wurde nie gefunden, und wenn nichts weiter geschehen wäre, hätten wir niemals Kais verdächtigt, die ihrer Schuld nicht überführt worden sind.

Auf einmal wollte man uns die Notwendigkeit des Selbstschutzes einreden. Dann brannte das Kraftwerk. Noch immer müssen wir und unsere Kinder deswegen frieren. Wieder wurde uns angetragen, einen Selbstschutz aufzubauen, der mit Sicherheit nur der Anfang einer Reihe von Verdächtigungen und Bespitzelungen gewesen wäre. Auch das haben wir abgelehnt.

Dann sind einige unter uns«, er ließ seine Blicke schweifen, und manche wandten ihre Augen zu Boden, »die eine neue Religion angenommen haben. Oh, das machte uns nichts aus. Viele von uns glauben an verschiedene Götter und Welten nach dem Tode. Nicht umsonst nannte man uns immer wieder ›Die Vielgöttrigen‹. Aber auf einmal wandern einige von uns umher und predigen die Weisheiten des Aristo. Thesen, die ob ihrer Schlichtheit und reinen Wahrheit zu ergreifen und verändern vermögen. Jedoch wissen wir alle, daß es zu keiner Zeit in der Geschichte einen Aristokult gab, der friedlich gewesen wäre. Aristo selbst predigte der Überlieferung nach stets den Frieden. Seine Jünger meinten jedoch immer, ihren Glauben mit Krieg durchsetzen zu müssen. Die Fremden glauben an Aristo, und keiner der

Kais aus Kjel hat je behauptet, er sei belästigt worden. Wie aber kommt es, daß nunmehr unsere Verwandten und Bekannten umhergehen und uns mit Strafe und Verachtung bedrohen, wenn wir nicht ihrem neuen Kult folgen?

Volk der Kais aus Kjel, ich glaube, daß Drag und seine Leute nichts Gutes mit uns im Sinn haben. Sie haben sich als gute Landbesteller erwiesen, gewiß. Aber sie sich haben durch all das, was in den letzten Monaten geschah, aus unserer Gesellschaft ausgeschlossen. Schreiten wir also zur Abstimmung.«

Das Volk von Kjel war in Aufruhr. So hatten sie ihren Anführer zuvor nicht erlebt. Dutzende Kehlen redeten und riefen durcheinander. Einige voller Zorn und Flüche Aristos rufend, die meisten aber in voller Zustimmung. Drag ahnte, was käme, und stand auf.

»Laßt mich ein Wort sagen, Bürger von Kjel.« Er hob beide Hände. Langsam wurde es ruhig, und Brel setzte sich.

»Ich gebe es zu, ja, es ist wahr, daß sich Mitglieder der Gemeinde in der letzten Zeit nicht untersagen ließen, ihren Glauben für sich zu behalten. Zu oft wurden wir in der Vergangenheit von Herrschsüchtigen verfolgt, die uns unseren Glauben neideten und ihn zum Anlaß nahmen, uns zu verfolgen und zu ermorden. Wir hätten es wissen müssen.«

Ein Mann, der vorher hinten gestanden hatte, drängte sich nach vorne. Außer sich vor Wut begann er zu schreien: »Ihr Gottverfluchten! Wie kannst du behaupten, von uns gingen Verfolgung und üble Absichten aus? Ihr seid es, die uns untergraben wollen!«

Brel stand auf, nahm den vor Wut zitternden Mann in den Arm und drängte ihn zur Seite. Man wollte die Fremden wenigstens ausreden lassen. Dann setzte er sich wieder.

Pathetisch hob Drag nun seine Stimme. »Da seht ihr es. Ihr alle, die ihr hier anwesend seid, seht, wieviel Haß uns entgegenschlägt. Wohin wir uns wenden, man jagt uns. Ich beschwöre euch, wir haben niemanden getötet und kein Kraftwerk in Brand gesteckt. Man kann es uns doch nicht zum Vorwurf machen, daß andere Kais unseren Glauben nicht verstehen und auf schändliche Weise damit umgehen. Ihr könnt uns nicht fortschicken. Draußen ist es kalt, und wir würden einen Marsch nicht überstehen.« Er blickte in die Runde. Der Kai, der eben aufgesprungen war, bebte noch vor Wut. »Habt Gnade mit uns armen Flüchtlingen. Der wahre Teufel ist unter euch; wir es sind nicht.«

Seine kalten Augen musterten die Umstehenden. Er wußte, daß seine Worte Wirkung gezeigt hatten. War er nicht schon immer ein bewunderter Redner gewesen? Nun würden die Kais aus Kjel sich erst mal mit sich selbst beschäftigen. Und im Frühjahr würden er und seine Leute bereit sein.

Er wollte sich gerade setzen, als Brel wieder aufstand. Er hielt etwas in der Hand, doch Drag konnte nicht erkennen, was es war.

»Nun, nachdem wir dir zugehört haben, Drag, werden wir noch einen Mann hören und uns dann entscheiden.«

Drag wurde unsicher. Die Situation schien ihm zu entgleiten. Konnte jemand etwas gesehen oder gehört haben?

Der Mann, der eben kaum zu bändigen gewesen war, trat in die Mitte und nahm von Brel einen kleinen Stapel gelben Papiers entgegen. Er war noch sichtlich erregt, doch man spürte sein Bemühen, sich unter Kontrolle zu halten. Sie kannten ihn alle. Dies war Halm, ein nicht sehr großer und etwas dicklicher Mann mittleren Alters, aber noch weitaus jünger als Brel.

Halm reckte sich und stellte sich aufrecht hin, bevor er zu reden begann. Halm war der wichtigste Händler Kjels. Er hatte mehr gesehen als alle anderen und wußte von Geheimnissen, die andere nicht einmal erahnten. Und er kannte Geschichten aus der großen weiten Welt, die andere zum Lachen brachten, und aus all diesen Gründen war man es gewohnt, ihm genauestens zuzuhören. So kehrte absolute Stille ein.

»Ihr wißt«, begann er schwer atmend, »daß ich in den letzten Wochen nicht unter euch war, sondern auf einer Reise nach Kai-Ryo. Ich war bemüht, unsere Vorräte zu verkaufen, um dafür wenigstens eine kleine Menge Aldinium zu bekommen, damit wir vielleicht hungern, aber wenigstens nicht erfrieren müssen. Nun, um es kurz zu machen, ich bekam kein Aldinium. Man bot mir für alle unsere Vorräte eine lächerlich kleine Menge des Minerals an, die nicht einmal für ein Viertel unserer Bevölkerung gereicht hätte. So zog ich es vor, lieber zu erfrieren, als zu hungern und andere erfrieren zu sehen. Es hieß, die letzten Aldiniumreserven würden für die öffentliche Versorgung benötigt, und auch sie wären bereits zum großen Teil mit Mondaldinium versetzt.«

»Man muß nur handeln, Mann. Dann kriegt man alles«, warf Drag ein.

Halm schaute ihn nur verächtlich an. »Damit müßtest du dich ja auskennen, nicht wahr?« Er atmete tief ein und sprach sichtlich gefaßt weiter. »Man gab uns also nichts. Und das hatte seinen Grund. Wie Drag damals richtig bemerkt hatte, gab es einen Aufstand, und noch immer war die Stadt nicht wirklich zur Ruhe gekommen. Und nun das Interessanteste.« Er gab die gelblichen Zettel an die Anwesenden, und mit der Verbreitung derselben wuchsen Rufe und Geschrei zu einer immer größeren Lautstärke an.

»Ich war im ehemaligen Vergnügungsviertel, das noch am heutigen Tage zum größten Teil in Schutt und Trümmern liegt. Ich habe Steckbriefe mitgebracht, die ich euch hiermit präsentiere. Dieser Mann da und seine Leute sind die ehemaligen und geflüchteten Herren des ›Assage-Entertainment‹. Sie haben Drogen und Waffen an die Bevölkerung ausgegeben und sind geflüchtet, als es ihnen zu gefährlich wurde. Zurück blieben Tausende von Kais, die sich wegen ihnen gegenseitig abschlachteten und . . .«

Die Worte blieben ihm im Hals stecken. Fassungslos beobachtete er, wie Drag eine große Waffe unter seinem Mantel hervorzog, sie auf ihn richtete und abdrückte. Und bevor noch jemand sein Entsetzen in Schreie fassen konnte, richtete Drag die Waffe auch gegen Brel.

Brels Augen weiteten sich in einer Mischung aus Überraschung, Angst und Zorn. Drag machte einen weiteren Schritt auf ihn zu und tötete ihn ebenfalls.

Alle starrten wie betäubt auf die beiden Leichen.

Drags Stimme klang ruhig und irgendwie erleichtert.

»Wenn das alles so ist, dann wißt ihr ja, wer hier jetzt regiert. Ab sofort werde ich gefragt, wenn es etwas zu klären gibt. Bei Einbruch der Dunkelheit seid ihr alle zu Hause. Wer diesen Anweisungen nicht folgt, wird getötet. Meine Männer sorgen ab jetzt für die Sicherheit in Kjel.«

Von da an war es mit dem Frieden in Kjel vorbei. Drags Männer errichteten einen Wachdienst, der für nahezu alle Belange des Lebens verantwortlich wurde. Die Einwohner Kjels wurden eingeteilt zum Bau von neuen Häusern und Grenzbefestigungen oder herangezogen zur Arbeit auf den Feldern. Im folgenden Jahr wurde aus Kjel ein mächtiger Staat. Die Erzeugnisse des Landes wurden zu hohen Preisen gegen Aldinium eingetauscht und der dadurch erzielte Erlös an Aldinium zu weitaus höheren Preisen wieder verkauft.

Aristo war der neue Herr des Glaubens, und wer ihm nicht huldigte, wurde verbannt oder hart bestraft. Das Aldinium wurde in diesen Jahren immer wichtiger, und bald waren ganze Siedlungen abhängig von Kjel. Die Häuser des Bergstaates wurden größer und prachtvoller, als sie es jemals gewesen waren, und Drag wähnte sich nicht ohne Recht als der endliche und wahre Herrscher über das Land.

Im ersten Jahr der neuen Herrschaft wurden über fünfzig Bürger wegen Vergehen an der Gemeinschaft hingerichtet. Im zweiten Jahr waren es an die hundert, doch Kjel war ein mächtiger Bergstaat geworden, der mittlerweile auch die große Nord-Süd-Straße in der Ebene kontrollierte.

Die Männer, die mit Drag gekommen waren, wurden Herren über die Marken, die nach dem Beginn der neuen Zeit gebildet wurden, während die eigentlichen Einwohner mehr und mehr zu Bauern wurden, die lediglich die Ländereien zu bestellen hatten.

Kurz vor Ende des zweiten Jahres der Herrschaft Drags (Brels Name war aus allen Schriften entfernt und allgemein verboten worden) wurde die Erde schwach, und man erkannte, daß die nächste Ernte alles andere als erfolgreich werden würde. Drag sah die Notwendigkeit, der Entwicklung entgegenzusteuern, und ließ die erfolglosesten Bauern hinrichten.

Der Tag des Wetterwunders kam und ging, und schon einen Monat später war ein sehr milder Winter zu Ende gegangen, ohne allzu viele Opfer unter der Bevölkerung gefordert zu haben. Drag hatte das Aldinium in diesem Jahr noch einmal einschränken lassen. Das neue Kraftwerk wurde benötigt, um die endlich fertiggestellten Grenzbefestigungen und das Freihaus Drags zu versorgen.

Im dritten Jahr des Drag schien sich das Glück des neuen Kjel allmählich zu wenden. Die Ernte fiel vernichtend aus, und es mußten zweihundert Kais geopfert werden, damit der Rest weiterarbeitete. Drags Sicherheitsdienste meldeten die Vorboten von Aufruhr unter dem Volk, und Drag schmiedete bis tief in die Nacht Pläne in seiner steinernen Halle, wie die Entwicklung aufzuhalten wäre. In diesen Tagen erkannte er die Notwendigkeit, auch einige seiner eigenen Männer hinzurichten, deren Reihen zu stark geworden waren.

Einer dieser Männer war der Hohepriester des Aristo von Kjel, was zu tumultartigen Ausschreitungen unter den Aristo-Gläubigen führte. Dieser Mann hatte ein Jahr zuvor dem Drag das Leben gerettet, als dieser bei der Besichtigung eines neuen Bergwerkes durch den Bruch eines Stollens beinahe verschüttet worden wäre. Nun wurde er durch öffentliche Erschießung hingerichtet, und seine Leute hatten Mühe, die eigenen Gläubigen zurückzuhalten.

Das dritte Jahr des Drag wurde immer mehr zum Fiasko. Er mußte den Eindruck gewinnen, daß seine Sicherheitsdienste unfähig seien, denn zum wiederholten Male wurden Offiziere hinterrücks ermordet, was auf organisierten Widerstand schließen ließ, doch niemand konnte verwertbare Informationen liefern.

Als Drag seinen persönlichen Sicherheitsadjutanten vom Volk steinigen ließ, gab es nie gekannten Andrang, den Drag als Erfolg seiner Politik wertete.

Der Sommer dieses dritten Jahres in Kjel war ungewohnt heiß und die Ernte ungewohnt spärlich gewesen. Als der Tag des Wetterwunders näherrückte, machte Drag sich erstmalig ernsthafte Sorgen. Zwar hatte er die Kais seit Monaten mit Drogen versorgen lassen und sie so gefügig gehalten, doch stand er mittlerweile vor der Frage, ob er den Erlös für die winzige Ernte für Körperverbesserer oder Nahrungsmittel verwenden sollte. Er mußte davon ausgehen, daß ein hungriges Volk rebellieren, ein zufriedenes Volk aber verhungern würde.

Letztendlich entschloß er sich zum Kauf von Waffen und Nahrungsmitteln für seine Männer. Ausgewählte Frauen der Ur-Kjels durften in den warmen Häusern wohnen (und gebärten dafür im folgenden Jahr Drags Erben), während viele ihrer Verwandten in den eigenen kalten Häusern des Hungers starben.

Der Tag des Wetterwunders kündigte sich in Kjel mit fantastischem Sonnenschein an, und von allen Seiten strömte das bestellte Volk zu den Feierlichkeiten für den allmächtigen Aristo. Nur wenige hatten sich von den Schneemassen abhalten lassen, zu kommen.

Es wurde ein Fest, wie Drag es niemals erwartet hatte. Die Einwohner kamen in Scharen und brachten auf einfachen Karren Berge von Geschenken mit für ihn und seine Männer. Er war beinahe gerührt und ließ eine weitere Ration der Droge ausgeben. Er bemerkte, daß so mancher sie noch nicht einnahm, sondern erst einmal in den Taschen verstaute. Er hielt sie für vorsorgende Leute.

Über der Ebene braute sich, wie erwartet, ein gewaltiges Unwetter zusammen. Beinahe von Minute zu Minute wurde es dunkler, und die schwere Schneelast drückte die Wolken tiefer.

Otjo und einige Freunde standen an der Spitze der

Menge. Zwischen ihnen und den Leuten Drags befand sich ein einige Meter breiter Zwischenraum, den niemand zu übertreten wagte. Es waren etwa dreihundert Leute gekommen. Weitaus weniger, als Drag bestellt hatte, doch die Anwesenden schienen bester Laune, und so war es in Ordnung.

Der Schneefall war in der letzten Nacht wieder mehr als reichlich gewesen, und mehrere schmale Wege führten zu diesem kleinen freigeschaufelten Platz, der jetzt schon mit Kais gefüllt war. Im weiten Umkreis standen schwerbewaffnete Männer Wache und sicherten die Feierlichkeit.

Ein dumpfer, langgezogener Donner entsprang dem Gewitter und rollte behäbig auf sie zu. Beinahe zeitgleich wurden die dunklen Wolken von einer Kaskade von Blitzen durchzogen, und weitere Donner lösten sich.

Auf Kjel brannte die Sonne, die Ebene aber färbte sich langsam immer weißer. Otjo wartete. Gleich würde Drag mit seinen Beschwörungen beginnen und auch seine eigenen Männer damit in seinen Bann ziehen.

Drag hob beide Arme, und augenblicklich verstummten die Leute. Feierlich pries er erst Aristo, dann sich selbst und zuletzt die Früchte seiner Herrschaft. Das Ritual war in den vergangenen beiden Jahren gleich gewesen und würde sich auch in diesem Jahr nicht wesentlich ändern. Er segnete die letzte Ernte und beschwor wiederholt die Ebene, daß sie fruchtbar werden möge.

Nervös beobachtete Otjo die Wachen, deren schwere Waffen auf die Menge zielten und die heute scheinbar besonders aufmerksam waren. Möglicherweise kam es ihm auch nur so vor, weil er selber aufgeregt war. Er atmete immer wieder tief durch und betete für sich etwas Ruhe herbei, doch sie wollte nicht einsetzen.

Endlich, endlich waren über verschlungene Wege die so lange erwarteten Waffen eingetroffen, mit deren Hilfe sie die Tyrannei Drags beenden wollten. Er und an die dreißig andere hatten sich den Preis dafür unter größten Mühen zusammengespart, hatten den Eintreibern Drags Teile der Ernte unterschlagen und sie in Kai-Ryo in Aldinium tauschen lassen, mit dem sie letztlich die Waffen erworben hatten.

Man hatte ihnen berichtet, es seien Stoner-Gewehre aus Titan-Net-Beständen, geraubt bei einem Überfall auf einen Konvoi irgendwo im Süden. Sie sahen aus, als seien sie häufig benutzt worden, und keiner wollte wirklich wissen, welche Geschichten sich in den dunklen Läufen verbargen.

Unter höchster Geheimhaltung waren sie unter den ›Freien‹ verteilt worden, wie sie sich selbst nannten, ausgerüstet mit Munition, deren Wirkung vor Gebrauch nicht getestet werden konnte, ohne gleich aufzufallen.

Fast alle der Männer waren alleinstehend; die wenigen, die Frau und Kinder hatten, waren kaum in der Lage gewesen, sich die Waffen zu leisten, ohne daß ihre Angehörigen verhungerten. Die Gefahr, aufzufallen, war außerordentlich groß gewesen. Niemand wußte genau, welcher der Freunde und Nachbarn schon Mitglied des Aristo-Kultes war oder wer auch nur seinen eigenen Aufstieg mit einigen Informationen an Drag fördern wollte. Schärfste Geheimhaltung war daher vonnöten gewesen.

Es war entgegen aller Befürchtungen sogar relativ leicht, die Waffen unter ihren schweren Mänteln zu verbergen, die sie gegen die Kälte tragen mußten.

Als Termin für den Umsturz hatten sie den Tag des Wetterwunders gewählt, wohl wissend, daß bei den sicherlich folgenden Kämpfen auch viele Unschuldige unter den Besuchern zu Opfern werden würden. Doch war dies die einzige Möglichkeit.

Die mittlerweile stark befestigte und scharf bewachte Festung Drags unter normalen Umständen anzugreifen, war geplanter Selbstmord. Nur wenn die Möglichkeit bestünde, daß auch die restliche Bevölkerung auf dieses Signal hin rebellierte, war der ungleiche Kampf zu gewinnen.

Drags Männer waren zwar nur von wenigen Überläufern verstärkt worden und zählten somit nur wenig mehr als sie selber, doch waren Drag und seine Leute bis an die Zähne bewaffnet und verfügten über eine unbekannte Anzahl von versteckt operierenden Spitzeln, die sich im Ernstfall mit großer Wahrscheinlichkeit sofort an seine Seite stellen würden.

Otjo hatte geplant, die Befreiung zum Ende der Feierlichkeiten anzugehen, wenn die Zuhörer gelangweilt, die Wachen unkonzentriert und Drag selbst eventuell müde geworden war. Der hohe Schnee bot ihnen weitere Vorteile. Die ›Freien‹ würden als erste handeln und sich vor der nächsten Runde hinter den Schneewehen verbergen können, bevor die Wachen überhaupt eine Gelegenheit hätten, an Gegenwehr zu denken.

Otjo stand starr und atmete die kalte Luft. Unermüdlich wanderten seine Augen und erfaßten zumindest Drags engere Wachen. Hinter Drag erkannte man die Ebene, die sich allmählich verfärbte. Die Wolken darüber waren nun fast schwarz. Das Gegenteil beherrschte Kjel. Der hohe Schnee glitzerte in der Sonne, und die Bergspitzen um sie herum glänzten bläulich unter den gewaltigen Schneemassen.

Seine Leute hatten sich unter die Menge gemischt und unterschieden sich nicht von den anderen. Einige um

Otjo herum husteten schwer, ein Zeichen der fortgesetzten Unterkühlung der Leute. Manche flüsterten aufgeregt, wieder andere hingen mit weit geöffneten Augen an den Lippen Drags und waren begierig, auch jedes Wort verstehen zu können.

Otjos linker Arm, mit dem er seit dem Beginn der Veranstaltung das Gewehr an seinen Körper preßte, begann zu schmerzen. Immer wieder schien es zu rutschen, und nur mit Mühe gelang es ihm, es festzuhalten. Er dachte daran, daß es den anderen wohl auch nicht besser ging, und zwang sich, die nächsten Minuten noch auszuhalten.

Neben ihm stand ein alter Mann, auf dessen Stirn Frostbeulen prangten. Was mochte er in seinem Leben schon alles erlebt haben? Gab es ein Recht, ihm und den anderen dieses Elend zuzumuten? Seit langem war Otjo vom Sinn ihres Vorhabens überzeugt, und langsam wurde er auch stolz darauf. Selbst wenn sie scheitern sollten, sie hatten es wenigstens versucht und vielleicht einen Keim gelegt für spätere Gelegenheiten.

Otjo stand irgendwo in den vordersten Reihen. Sie hatten vereinbart, zuzuschlagen, nachdem Drag seine Rede beendet hatte, und auf alle zu feuern, die sich ihnen in den Weg stellen würden. Otjos Aufgabe war es, unterstützt von zwei Kameraden, die er im Moment nicht sehen konnte, vorzustürmen und Drag entweder gefangenzunehmen, um seine Leute zur Aufgabe zu zwingen, oder ihn einfach auszuschalten.

Drag war an der Stelle angelangt, an der er kurz vor Schluß noch einmal Aristo und die Ahnen anrief, als zu Otjos Rechten ein wenig Unruhe entstand. Er reckte sich und erkannte, daß ausgerechnet einer seiner Leute auf einem Stück Eis ausgerutscht war und auf dem Rücken lag.

Ihm wurde abwechselnd heiß und kalt. Eine Vielzahl von Gedanken jagte in Sekundenbruchteilen durch seinen Kopf. Der Junge würde in all der Kleidung unmöglich alleine aufstehen und das Gewehr festhalten können.

Mit grober Kraft drängte er sich durch die Kais. Wenn andere ihm helfen würden, bestand die Wahrscheinlichkeit, daß man das Gewehr entdeckte. Das durfte nicht geschehen.

Es schien eine Ewigkeit zu dauern, bis Otjo sich zu ihm durchgequält hatte. Er sah, wie von der anderen Seite ein anderer Kamerad sich durch den Haufen schob, doch bevor einer von beiden den Gestrauchelten erreichen konnte, stand einer der Wächter vor ihm und streckte ihm seine Hand entgegen.

Wie vom Blitz getroffen blieben sie stehen. Der junge Lem ließ sich nicht helfen und blieb liegen, den linken Arm unnatürlich verkrampft und an den Körper gepreßt. Der Wächter wurde ärgerlich. Anstatt ihn liegenzulassen, hatte er sich darauf versteift, ihm hochzuhelfen.

Alarmiert erkannte Otjo, daß auch Drag auf den Vorgang aufmerksam geworden war, und mit ihm einige weitere Wachen. Was sollten sie tun? Wenn sie abwarteten, würde man den Jungen wegen unerlaubten Waffenbesitzes vielleicht verhaften und foltern oder gleich töten. Oder man ahnte etwas und untersuchte alle Anwesenden, womit ihr Vorteil verschwunden wäre.

Zwei Wächter griffen Lem bei den Armen und zogen ihn hoch. Mit einem dumpfen Schlag schlug der Kolben des abgerutschten Gewehrs auf das Eis. Die Umstehenden starrten in ungläubiger Überraschung darauf.

Otjo handelte. Er schrie den Erkennungsruf, riß das Gewehr unter seiner Kleidung hervor und stürmte, sich den Weg frei schlagend, nach vorne.

Gleich mehrere Wachen wurden auf ihn aufmerksam und wandten sich ihm zu. Schreie wurden laut, als die Menge in panischer Angst zurückwich. Aus den Augenwinkeln sah Otjo, wie jetzt auch seine Freunde vorstürmten. Links von sich hörte er die ersten Schüsse. Ein Wächter mit vor Wut verzerrtem Gesicht sprang ihm in den Weg, und Otjo drückte ab.

Drag stand nur noch wenige Schritte vor ihm, als Otjo auf einer Eisplatte ausrutschte und mit dem Gesicht in den harten Schnee schlug. Seine Nase schien zu explodieren, und er stöhnte auf.

Ein hastiges Knirschen vor ihm ließ ihn aufblicken. Er erkannte einen schweren Stiefel, der sich auf ihn zubewegte, und versuchte noch, sich ein wenig zur Seite zu rollen, doch der Tritt traf die linke Hälfte seines Gesichtes.

Schmerz brandete in Otjo auf, und für einen Moment glaubte er, auf dem linken Auge erblindet zu sein, bis ihm bewußt wurde, daß es Tränen waren, die seine Sicht verschleierten.

Die Schüsse wurden häufiger und lauter. Otjo konnte nicht erkennen, ob seine Leute Fortschritte machten oder zurückgedrängt wurden. Die Kais schrien noch immer, während sie auf den verschneiten Wegen zurückrannten.

Eine Hand faßte Otjo am Mantel und riß ihn nach vorne. Er glaubte, Metall aufblitzen zu sehen, und schlug geistesgegenwärtig mit der rechten Faust nach oben. Ein Keuchen war zu hören, und der Griff ließ für vielleicht eine Sekunde etwas nach. Otjo nutzte die Zeitspanne für eine Rolle zur Seite und entzog sich so dem Griff. Er trat noch einmal nach und hörte, wie ein plumper Gegenstand einige Meter entfernt aufschlug.

Er wischte sich kurz über die Augen und erkannte den

Angreifer. Es war Drag. Seine Pistole, mit der er damals schon Brel und Halm getötet hatte, lag etwas entfernt halb vergraben im Schnee.

Schüsse und Schreie peitschten durch die schneidend kalte Luft. Mit Sicherheit zielten eine Menge Läufe auf sie, doch solange sie derart nahe beieinander standen, würde es niemand wagen, auf einen von ihnen zu feuern.

Hinter Drag sank das Gelände sanft ab bis hinunter zu einem kleinen Vorsprung. Dahinter fiel dieser Teil des Passes etwa dreißig Meter steil ab. Dort befanden sich Ausläufer des schmalen Weges, der sich in engen Windungen von der Ebene bis nach Kjel schlängelte.

Drag warf sich nach vorne und prallte gegen Otjo. Beide rangen verzweifelt um Halt. Er erkannte die unbändige Kraft Drags, und in diesem Moment realisierte Otjo, daß er ihn nicht würde besiegen können. Es war ein Fehler gewesen, alleine auf Drag zuzuspringen. Wenn er fiele, würden seine Freunde den Mut verlieren.

Otjo hatte alle Mühe, den Feind von sich fernzuhalten. Seine Schläge machten ihm nichts aus, nahm seine Kleidung ihnen doch die Heftigkeit.

Für einen Moment befand sich Drags schwitzendes Gesicht ganz dicht vor dem Otjos, und zum ersten Mal seit Jahren erkannte er darin Anzeichen von Angst. Diese Erkenntnis hatte Otjo zögern lassen. Drag plazierte seinen mächtigen Faustschlag direkt auf Otjos verwundete Nase und zerschmetterte sämtliche Knochen darin.

Mit einem heulenden Aufschrei brach er in die Knie. Drag stieß nach und brachte den Gegner endgültig zu Fall. Dann sah er sich um. Er warf sich auf seine Waffe, wollte sie greifen, sich umdrehen und diesen verfluchten Bastard zur Hölle schicken.

Sein Aufprall auf das Eis, das unter einer nur dünnen

Schneeschicht lag, preßte die Luft aus seinen Lungen. Hastig griff er nach der Waffe, begann aber gleichzeitig zu rutschen.

Seine Finger stießen gegen die Pistole, die davonkreiselte und in unerreichbarer Ferne liegenblieb, während Drag weiter- und langsam den Hang hinunterrutschte. Ein Schrei hallte durch den Paß, in dem sich Angst und unbändige Wut mischten.

Drag wollte sich aufrichten, suchte eine Möglichkeit, sich mit den Beinen abzustützen, doch es gelang ihm nicht. Unaufhaltsam bewegte er sich weiter auf die Kante zu – und kam erst kurz vor der Klippe zur Ruhe. Alles an ihm war naß und klamm, und er zitterte am ganzen Leib. Jede Bewegung brachte ihn ein winziges Stück näher an den Abgrund.

Otjo hielt sich das Gesicht und brüllte vor Schmerzen in seine Hände. Vorsichtig robbte er vorwärts, auf das dunkle Stück Metall zu, eine Spur aus dicken Blutstropfen hinter sich lassend, die er beim Kriechen mit den Beinen verwischte.

Endlich hielt er die Waffe in Händen und spähte den Hang hinunter. Unten lag vollkommen regungslos Drag. Otjo war sicher, daß der verhaßte Despot tot war, vielleicht erschossen von einem Irrläufer. Langsam drehte er sich um und schaute zum ersten Mal wieder dorthin, wo vor nicht ganz drei Minuten noch all die Kais gestanden hatten. Lems Körper lag reglos am Boden. Wahrscheinlich hatten die Wachen ihn noch in dieser Stellung erschossen.

Der Kampf dauerte an. Die Schützen hatten sich in die Gräben der freigeräumten Wege zurückgezogen und sich dort verschanzt. Schüsse peitschten durch die Schneeverwehungen, und Otjo konnte nicht einmal erkennen, wer wo kämpfte. Aber er wußte, daß er hier verschwinden mußte, bevor er zum leichten Ziel wurde.

Stöhnend kam er auf die Beine und bewegte sich, halb rutschend und halb stolpernd, auf einen der Wege zu. Er glaubte, dort einen Bekannten gesehen zu haben. Jede Bewegung ließ sein Gesicht erbeben, und irgend etwas pochte wie verrückt in seinem Kopf. Otjo warf sich in den Schnee und bewegte sich dort langsam vorwärts. Er war sich nun doch nicht mehr so sicher.

Der schwere Dunst der ausgeatmeten Luft nahm ihm beinahe die Sicht, als er vorsichtig um die Ecke in den Gang hineinspähte.

Überall verstreut lagen Patronenhülsen. Bläuliche Schwaden zogen, durch die kalte Luft zu Boden gedrückt, den Gang entlang. Das Peitschen der Schüsse fing sich zwischen den Schneewänden und hallte wider, sich dabei mit den Schallwellen neuer Schüsse vermengend.

Otjo hatte den falschen Gang gewählt. Hier hockte der Feind und schoß auf alles, was sich nur bewegte. Vor ihm lagen einige Kais, und so war er nicht aufgefallen, als er sich langsam fortbewegte. Mit vor Anstrengung zitternder Hand hob er die Waffe.

»Ihr werft jetzt alle die Gewehre weg! Drag ist tot! Ihr habt verloren!« Er stand auf und wurde nun auch für seine Leute sichtbar.

Einige bemerkten ihn sofort und hörten auf zu schießen. Bei anderen dauerte es länger, doch auch sie stellten schließlich das Feuer ein. Ihr Anführer war gefallen, der Kampf für sie verloren.

Der Schock saß tief. Kais der ›Freien‹ rannten nun ebenfalls auf sie zu und hielten sie in Schach.

Drags Brustkorb hob sich nur leicht unter den Atemzügen. Er hatte die sanften Rutschbewegungen bemerkt, die sich ergaben, wenn er zu tief ein- und ausatmete.

Er hatte Kjel für sich und die seinen erobert. Kjel begann zu blühen unter seiner Herrschaft. Nicht lange, und ein machtvoller Staat wäre daraus geworden. Und jetzt sollten alle seine Träume und Ziele dahin sein?

Er war einmal vertrieben worden. Man hatte ihn heruntergestoßen von dem Sockel, den er sich selbst geschaffen hatte. Hatte er nicht geschworen, daß ihm das niemals wieder geschehen sollte? Nun lag er hier und drohte bei der kleinsten Bewegung in das Nichts unter ihm zu stürzen.

Wenn er die Geräusche richtig deutete, waren die Kämpfe beendet. Ein letzter Keim von Hoffnung drängte sich an die Oberfläche seines Bewußtseins. Bald könnten seine Leute kommen und ihn hochziehen, und dann würde er die Aufrührer öffentlich foltern und töten lassen. Niemand wäre sicher vor seiner Rache.

Er wußte noch nicht, welche Strafe er sich für den Anführer einfallen lassen würde, aber, bei Aristo, er würde mit Bestimmtheit den Tag seiner Zeugung verfluchen.

Die Stille auf der anderen Seite hielt an. Wo zur Verdammnis blieben seine Männer? Wenn sie ihn nicht bald holten, würden sie mit den anderen bestraft werden. Drag fühlte sich hilflos und ohnmächtig gegenüber dem, was ihm drohte, wenn er sich zu sehr bewegte. Jede Faser seines Körpers war gespannt. Mitunter meinte er, die leichteste Bewegung unter sich zu spüren, und fürchtete, auch dann abzurutschen, wenn er reglos liegen blieb.

Alles in ihm drängte danach zu schreien. Laut zu schreien, damit jemand käme und ihn herausholte. Doch gleichzeitig würde er fallen. Er konnte einfach nur liegenbleiben.

Etwas schlug leise neben ihm auf. Er wandte seinen Kopf und rutschte wieder ein Stück, wenn auch nur wenige Millimeter. Ein Schrei wollte sich aus seiner Brust lösen, doch er setzte alle seine verbliebenen Kräfte ein, um ihn zu unterdrücken.

Er sah das Ende eines Seils. Es lag nur etwa drei bis vier Zentimeter von seiner rechten Hand entfernt.

Es gab keine andere Gelegenheit. Er schrie all die aufgestaute Angst heraus und griff nach dem Seil. Gleichzeitig stürzte er über den Rand der Klippe.

Ein kräftiger Ruck riß an seinem Körper und schien seine Arme auszukugeln, als er sich instinktiv an dem Seil festkrallte. Die Wellen des Schreies rasten durch die Berge und die Ebene tief unter ihm.

Aufgeregte Stimme über ihm ließen ihn innehalten. Sein logisches Denken war ausgeschaltet. Nichts in seinem Handeln war planmäßig. Seine Gefühle und Instinkte waren die eines Tieres, auch den höherentwickelten Wesen wie den Kais von der Natur für eben jene Situationen mit auf den Lebensweg gegeben.

Nur beiläufig bemerkte er, daß es nicht seine Leute waren, die ihn über den vereisten Schnee nach oben zogen. In diesem Moment war es ihm gleich. Er sah zwar, daß seine Männer gefesselt worden waren und von zerlumpten Gestalten bewacht wurden, sein Gehirn verarbeitete all dies aber erst lange, nachdem er selbst gefesselt und abgeführt worden war.

In diesem harten Winter in Kjel gab es lange Prozesse bis tief in die Nächte hinein. Otjo hatte sich zum neuen Herren über Kjel wählen lassen, der Aristo-Kult unter den Einheimischen war schon fast wieder verschwunden, und man schaute voller Zuversicht auf das nächste Jahr, das hoffentlich wieder einen fruchtbaren Frühling und eine ertragreiche Ernte bringen würde.

Die beiden Männer, die den auf dem Boden liegenden Lem erschossen hatten, wurden nach wenigen Tagen durch Erfrieren hingerichtet. Dasselbe geschah mit einigen anderen, die sich schwerster Verbrechen an dem Volk von Kjel schuldig gemacht hatten.

Das Urteil über Drag und die verbliebenen etwa zwei Dutzend Männer dauerte lange, und seine Verkündung war oft aufgeschoben worden. Als man es jedoch verkündete, war sein Inhalt eindeutig: Man beschloß, Drag und seine Leute ohne Waffen und Hilfsmittel und nur mit dem bekleidet, was sie am Leib trugen, auf der Höhe des Winters auszusetzen und sich selbst zu überlassen. Dazu ließ man sie an Seilen hinunter auf die unpassierbare Gebirgsstraße.

Eine Rückkehr war ausgeschlossen. So wanderten sie über Stunden, von oben beobachtet, den Paß abwärts und in die Ebene hinein. Das Hochland von Kjel sahen sie niemals wieder.

Den Instinkt, den Drag am Seil hängend entwickelt hatte, behielt er noch für lange Zeit. Anfangs nur mit bloßen Händen, später mit einfachen Hilfsmitteln aus Holz und Stein gelang es ihm, immer gerade soviel Getier zu erlegen, das für sein Überleben und das seiner Männer notwendig war.

So kamen sie über den Winter, der letztendlich auch von ihm Opfer forderte. Zwei seiner Männer starben, und vier Finger seiner linken Hand froren ab in einer Nacht, in der die endlose Müdigkeit ihn bei der Wache überrascht und in den Schnee gezwungen hatte.

Aber auch dieser Winter ging, und Drags Gruppe war

immer weiter nach Süden gekommen. Mit Unbehagen bemerkten sie, wie immer öfter Flieger des legendären Titan-Net den Himmel kreuzten, und einige Male entwischten sie nur mit Mühe motorisierten Patrouillen des Roboterimperiums.

Auch bemerkten sie, daß sich Titan-Net nach Norden ausbreitete. Hatten sie von Kjel aus höchst selten einen Flieger am Horizont bemerkt, so sahen sie jetzt mehrmals täglich riesige Frachtflieger, die Vogelschwärmen gleich nach Norden zogen. Daß Titan-Net im Süden stark war, war sogar in Kai-Ryo bekannt gewesen. Diese Aktionen deuteten jedoch auf eine geplante Ausdehnung nach Norden hin. Mit höhnischer Verachtung dachte Drag an Kjel und wie es von Robotern versklavt werden würde.

Sie wanderten noch einige Tage nach Süden. Nur etwa eine Tagesreise zu Fuß entfernt befand sich das Gebiet der Drulls. Das Land war übersät von undurchdringlichen und teilweise versumpften Waldgebieten.

Als sie vereinzelte und festungsgleich daliegende Gehöfte überfielen, erfuhren sie, daß der Krieg zwischen Drulliern und Titan-Net nach den drullischen Erfolgen in den unwegsamen Wüsten und Eisgebieten im letzten Jahr in diesem Frühjahr wieder eskaliert war.

Die eigentliche Frontlinie lag nur wenig weiter im Süden, und Drag beschloß, hierzubleiben. Mit Waffen, die sie bei einem der Überfälle auf ein Gehöft erbeutet hatten, schafften sie es, ein paar nur schwach eskortierte Transporte Titan-Nets abzufangen und dabei eine ganze Anzahl auch schwerer Waffen zu erbeuten.

Immer öfter überschritten sie die Frontlinie und fielen in Drulldörfern ein. Nicht einmal das überall stationierte drullische Militär konnte sie aufhalten. Sie hörten zwar gerüchteweise von Rebellengruppen, die, fern von irgendeiner Ordnung, ebenfalls in dieser Gegend operieren sollten und angeblich nicht nur aus Drulls bestanden, doch sie bekamen niemals welche zu Gesicht und glaubten an einen Versuch ihrer Opfer, sie einzuschüchtern.

Nahrung fanden sie hauptsächlich in der Tier- und Pflanzenwelt der Wälder, und sie lachten über die Versuche Titan-Nets, die Eindringlinge in den dichten Wäldern zu finden.

In der letzten Zeit hatten sie sich ein Areal ausgesucht, das Titan-Net anscheinend für besonders wichtig hielt. Es war nur eine Tagesreise entfernt und bestand aus einer großen Ebene, die nach drei Seiten von dichten Wäldern und nach Süden von einer Hügelkette umschlossen war.

Über das Jahr hinweg beobachteten sie, wie spezielle Arbeitsroboter breite Straßen in die Ebene und tiefe Schächte in die Hügel gruben. Es war ihnen sogar gelungen, einen Transporter mit Arbeitsrobotern abzufangen und zu knacken, aber lediglich zwei der sechs Roboter konnten sie zum Funktionieren bewegen. Die anderen sprachen nicht auf die Umprogrammierungsversuche an und mußten deaktiviert werden.

Gegen Ende des Jahres schienen die Bauarbeiten abgeschlossen, und Titan-Net stationierte eine ganze Anzahl schwerer Panzer und Artillerie dort. Während an dieser Stelle Ruhe einkehrte, hallten von Norden weiterhin die Explosionen von Sprengungen heran. Titan-Net bereitete hier also etwas vor, doch sie konnten sich nicht vorstellen, was es sein mochte.

Der Winter kam wieder einmal schneller, als sie es erwartet hatten, und er ging später, als sie es sich wünschten. Der Frühling war naß und regnerisch und machte den ohnehin versumpften Wald gänzlich unpassierbar. So nutzten sie die Zeit, um den Arbeitsrobotern die Grundregeln der Verteidigung einzuprogrammieren, damit sie in Zukunft vollzählig auf Beutejagd gehen konnten. Die umfangreichen Sicherungen der Behausung wurden nochmals verstärkt.

Dies war die Zeit, als sie von Westen häufiger den Geschützdonner der schweren Titan-Net-Artillerie hörten. Dort bahnte sich anscheinend eine Schlacht an. Drag überlegte ein ums andere Mal, ob sie im Falle größerer kriegerischer Auseinandersetzungen hier sicher wären, doch er kam zu dem Schluß, daß auch ein neuer Herr des Landes sie nicht eher finden würde als Titan-Net mit all seinen technischen Hilfsmitteln. Außerdem stiege die Auswahl an Waren bei lebenden Nachbarn rapide.

Eines Nachts – Chromos befand sich an der Wende von einem nassen Frühling zu einem heißen Sommer, und die Nächte waren oft noch feucht – erhellten Blitze von Südwesten den Himmel, und stundenlang waren Explosionen und Geschützfeuer zu hören.

Eilig brachen sie auf, um zu prüfen, ob sie irgendwie davon profitieren könnten, doch als sie ankamen, war alles bereits vorbei. Die Ebene war angefüllt mit den verschiedensten Titan-Net-Kampfmitteln. Nirgendwo waren Beschädigungen auszumachen, nur auf der anderen Seite der Hügel standen die verbrannten Wracks zerschossener Einheiten.

Auch im Wald rauchte es. Demnach war anscheinend eine Offensive der einen Seite von der anderen zurückgeschlagen worden. Sie beschlossen, noch einige Tage hierzubleiben und zu beobachten, wie sich die Lage entwickelte.

Zwei Tage später wurden sie vom Donnern kräftiger Turbinen geweckt. Nur wenige Minuten später hatten sie den Punkt erreicht, von wo aus sie den besten Blick auf die Ebene hatten. Sie waren zu viert. Drag hatte die anderen sechs einige Stunden zuvor in der Nacht nach Norden geschickt, um die Straßen zu überwachen und vielleicht einen Transport aufzubringen.

Eine große Anzahl von drullischen Kampffliegern überquerte die Ebene und warf Unmengen von Brand- und Splitterbomben ab. Nach kurzer Zeit schon war die Ebene bedeckt von brennenden Einheiten. Die Titan-Net-Truppen bewegten hastig ihre Fahrzeuge nach Norden, doch nur wenige waren in der Lage zu fliehen. Gleichzeitig ertönte Geschützdonner von jenseits der Hügel, und bald tauchten drullische Kampfpanzer und Soldaten auf den Kämmen auf und stürmten in die Ebene.

Die Verluste auf beiden Seiten waren groß, und Drags Leute beobachteten fasziniert das Schauspiel, das sich ihnen bot. Die Hügel waren schnell genommen, und es sah ganz so aus, als könnten die drullischen Soldaten Titan-Net zurücktreiben. Zwischen den brennenden und bereits verkohlten Wracks entstanden erbitterte Stellungskämpfe, denen Titan-Net bald schon nichts mehr entgegenzusetzen hatte.

Doch da tauchten, von den Drulls unbemerkt, am östlichen Rand der Ebene Bodentruppen auf, die die mittlerweile bis zum ersten Verteidigungsgraben vorgerückten Einheiten in die Zange und unter Beschuß nahmen. Noch dazu erschienen auf den gut ausgebauten Straßen von Norden schwere Einheiten von T-7-Panzern, welche die schon geschwächten drullischen Panzereinheiten ebenfalls bis zur ersten Verteidigungslinie zurücktrieben. Drag konnte mit bloßem Auge erkennen, wie R-1b-Roboter den Graben von Osten her aufrollten und auf keinen nennenswerten Widerstand mehr stießen.

Auch diese Offensive war augenscheinlich gescheitert.

Die Flieger waren längst abgedreht, und von Süden rückten keine Truppen mehr nach. Einige Minuten später mußten sie mitansehen, wie die überlebenden Soldaten zusammengetrieben und zu den Transportern gebracht wurden. Schon bald setzten sich diese in Bewegung und rollten nach Norden.

Auf der Ebene kehrte Ruhe ein, und die T-7 verteilten sich strategisch, um etwaige noch verbliebene Gegenwehr von vornherein zu ersticken, doch nichts regte sich mehr.

Eine Stunde später machten sich die Arbeitsroboter ans Werk und begannen beschädigte Tanks instandzusetzen und die Wracks zu beseitigen. Drag wartete bis zum Abend, bekam jedoch keine Gelegenheit mehr zu einem Plünderungszug und kehrte zurück in den Unterschlupf.

6

»Da kommt was? Wie, da kommt was? Ich sehe nichts.«

»Dann halt die Klappe, Mann. Es kommt was, ich höre es doch.« Miros Stimme war gereizt. Er war sich so sicher, daß da von Süden etwas herankam, wie daß morgen früh wieder die Sonnen von Chromos aufgehen würden. San war ihm schon lange ein Dorn im Auge. Bei der nächstbesten Gelegenheit würde er sich mit ihm aussprechen müssen, und das würde kein Plausch werden. Und jetzt redete er ihm noch drein.

»Mach den Hülsenwerfer fertig«, befahl er Fegg, der ihn skeptisch ansah. Auch er hatte nichts gehört, aber er tat, wie ihm geheißen.

Minuten später war es soweit. Um eine sanfte Biegung

etwa hundert Meter südlich von ihnen schob sich eine Gruppe von drei Providern. Auch Miro hob den Hülsenwerfer und legte ihn vor sich auf einen alten Baumstamm, der wahrscheinlich schon vor Jahren von einem Sturm umgeworfen worden war.

»Du nimmst den ersten und ich den letzten. Der zweite kommt dann nicht mehr weit. Ha, ich möchte jetzt schon Drags Gesicht sehen, wenn wir ihm einen Provider voll Waffen nach Hause bringen.«

Die anderen drei hatten schon längst die Stoner mit Panzerbrechern geladen und warteten in der zweiten Reihe, daß sie vorstürmen konnten. Sie machten sich keine großen Sorgen. Noch nie war bei einer derartigen Aktion einer der ihren schwerer verletzt, geschweige denn getötet worden. Warum sollte dieses Mal etwas schiefgehen? Titan-Net schien ohnehin Schwierigkeiten zu haben. Bis auf den Aufmarsch in der Ebene hatten sie kaum mehr schweres Gerät aufzuweisen gehabt. Transporte wurden nur noch selten begleitet, und dies war einer jener Konvois, die überhaupt nicht bewacht wurden.

Die Fahrzeuge waren bis auf eine Distanz von etwa zwanzig Metern heran, als Miro den Befehl zum Feuern gab. Mit einem hohlen Röhren lösten sich die armdicken und ungefähr dreißig Zentimeter langen, ›Hülsen‹ genannten Sprenggranaten aus dem Justierrohr und rasten den Zielen entgegen. Der vordere Teil des dritten Providers zerbarst mit einem ohrenbetäubenden Knall und ließ den Rest des Wagens schleudernd zum Stehen kommen.

Der erste Provider erhielt einen Volltreffer in das Fahrwerk und hielt brennend. Die drei Wartenden sprangen vor und rannten zur Straße hin. Miro, Fegg und San folgten. Sie hatten die Hülsenwerfer zur Seite gelegt und hielten die Stoner gefechtsbereit vor sich.

Einige R-1b sprangen aus den Führerhäusern und wurden beinahe augenblicklich deaktiviert. Die schwache Gegenwehr versiegte. Plötzlich lösten sich aus den Aufbauten der beiden vorderen Provider einige Gestalten.

Ein Truppentransporter, schoß es Miro durch den Kopf. Es ist ein verdammter Truppentransport!

Sie hielten auf die ersten Gestalten und drückten ab. Einige fielen, andere begannen zu schreien.

»Stopp!« schrie Miro. »Das sind keine Blechköpfe!« Sofort verebbte das Feuer, und sie näherten sich vorsichtig.

»Das sind Drulls«, flüsterte San zu sich. »Schöne Scheiße.«

Das monotone Dröhnen der Motoren hatte sie schon zu lange eingelullt, als daß sie noch etwas anderes wahrnahmen. Fast alle waren längst eingenickt und holten sich ihre Entschädigung für das, was hinter ihnen lag.

Nur Quaila konnte keine Ruhe finden. Nachdem er anfänglich auch gegen die Müdigkeit zu kämpfen gehabt hatte, fand er nun doch keinen Schlaf. Er rechnete abwechselnd sich und Markow die Schuld an ihrem Versagen zu.

Die Luftunterstützung war zweifellos hilfreich gewesen; ohne sie wären sie niemals so weit gekommen. Doch Markow hätte wissen müssen, daß sie viel zu wenige sein würden, um einer solchen Übermacht standhalten zu können. Andererseits, es wäre seine eigene Pflicht gewesen, ihm zu widersprechen und notfalls das Kommando zu verweigern. Was ihn mit Sicherheit vor das Kriegsgericht gebracht hätte.

Wie er es drehte und wendete, es wäre so oder anders zum Schlimmsten gekommen. Wenn sie aber in ihren Stellungen geblieben wären, hätten sie möglicherweise noch einige Zeit aushalten können. Nun jedenfalls stand für Titan-Net der Weg nach Süden sperrangelweit offen.

Eine Reihe von Explosionen schreckte sie auf und riß die meisten aus ihrem unruhigen Schlaf. Als das Fahrzeug abrupt zum Stehen kam, wurden sie unsanft durcheinandergeworfen. Nach einigen weiteren Schüssen wurde es ruhig, und schon wenig später wurden die Drucktüren am Ende des Wagens geöffnet. Vom Licht geblendet stiegen sie vorsichtig aus und schauten sich um.

Ihr Wagen war eingekeilt zwischen den beiden anderen rauchenden Einheiten. Einige drullische Soldaten lagen tot oder verwundet auf dem Boden, zwischen zerfetzten Roboterleibern.

Erst jetzt wurde Quaila auf die sechs Gestalten aufmerksam, die mit ihren Gewehren im Anschlag ein wenig abseits standen und die Soldaten in Schach hielten.

Es waren Kais. Als Offizier konnte Quaila natürlich auch einige andere Sprachen zumindest ansatzweise, darunter fiel auch die der Kais. Seine Verwirrung war komplett. Unzweifelhaft hatten die Kais diesen Konvoi angegriffen, aber ihre eigentlichen Siedlungsgebiete befanden sich weit im Norden. Was trieben sie also hier in Titan-Net-Land? Er löste sich aus der Gruppe und ging auf die abgerissenen Gestalten zu.

»Hauptkatai Quaila, drullische Armee, Abschnitt Nord-7!« Er grüßte militärisch.

Die Kais sahen ihn verständnislos an und hoben ihre Gewehre.

»Sie sind festgenommen, Hauptkatai. Genau wie Ihre Leute«, sagte Miro. »Unser Herr wird über Sie bestimmen. Und sagen Sie Ihren Soldaten, daß sie mit uns zu kommen haben. Alle Waffen sind abzugeben. Wer das nicht befolgt oder zu fliehen versucht, wird erschossen. Ich hoffe, wir haben uns verstanden.«

Quaila nickte und ging zu seinen Leuten zurück. »Alles herhören. Das sind Kais. Ich habe zwar keine Ahnung, was sie hier im Süden wollen, aber sie haben uns soeben zu Gefangenen erklärt. Sie waren es, die den Konvoi überfallen und uns so wohl gerettet haben. Aber ich warne euch: Sie haben damit gedroht, jeden zu erschießen, der zu fliehen versucht oder Waffen behält. Falls ihr also noch etwas habt, was die R-1b nicht entdeckt haben, gebt es besser ab. Uns bleibt nichts anderes übrig, als später weiterzusehen und mit ihrem Anführer zu verhandeln.«

Brit wurde schwindelig, als sie über ihre Lage nachdachte. Gab es einen Ausweg? Sie hatten also Titan-Net entkommen können, doch was würde als nächstes geschehen? Nach Halt suchend griff sie neben sich, um sich an der Außenwand des Providers abzustützen. Statt dessen berührte sie einen Soldaten, der sich unbemerkt neben sie gestellt hatte. Sie wandte den Kopf und erschrak. Es war der Soldat, der sie und Len vor einer Ewigkeit belästigt hatte. Er grinste und zog die Augenbrauen hoch.

»Brit, da bist du ja!« Len griff an ihre Schulter und schüttelte sie. Den Soldaten zu ihrer Rechten streifte er lediglich mit einem scharfen Blick.

»Oh, Len, ich dachte schon, dir sei etwas passiert.«

Ein letztes schmutziges Lachen, und der Kerl war wieder verschwunden. Die fremden Soldaten machten sich nun daran, sie einzeln zu durchsuchen und in Gruppen zusammenzufassen. Len und Brit wurden getrennt. Jeder

der Kais bewachte eine der kleinen Gruppen und führte sie nacheinander in den Wald.

Schon nach Minuten hatten sie jede Orientierung verloren. Der Boden war feucht, und ihre schweren Stiefel machten ihnen das Vorwärtskommen nur noch schwerer. Brit befand sich in einer Gruppe, die von einem Kai namens Miro geleitet wurde. Als sich die Fremden kurz vor dem Abmarsch noch einmal in ihrer harten und kehligen Sprache verabredeten, glaubte sie diesen Namen verstanden zu haben. Möglicherweise hatte sie sich auch geirrt. Immerhin waren ihr die immer kurzen Namen der Kais aufgefallen, die oftmals nur aus wenigen Buchstaben zu bestehen schienen.

Miros blonde Haare hingen lang und wirr auf seine Schultern herab. Seine verschlissene Uniformjacke, die vor langer Zeit noch in Kjel geschneidert worden war, stand offen und entblößte seine unbehaarte Brust. Auch seine Beine steckten in schweren Stiefeln, da er aber keinerlei Probleme zu haben schien, vermutete Brit, daß er und seine Kameraden sich schon einige Wochen, vielleicht sogar Monate in den Wäldern aufhielten. Miros Kleidung war schweißnaß, und nach anfänglicher Wachsamkeit hatte er das Gewehr locker über die Schulter gehängt. Nahezu ständig stieß er wilde Flüche in seiner Sprache aus.

Die Umgebung wurde nur spärlich von Dämmerlicht erhellt, das von oben zwischen den Baumwipfeln durchsickerte. Riesige Stämme lagen auf ihrem Weg, und knietiefe Wasserlachen. Sie schwiegen.

Urplötzlich stieß Miro einen Schrei aus und bedeutete ihnen, sich hinzulegen. Er selbst sprang hoch, ergriff einen Ast und kletterte behende den Baum hinauf.

Ein dumpfes Klopfen kam immer näher und zeugte von

einem schweren Kampfhubschrauber, der mit Sicherheit auf der Suche nach den Geflüchteten war. Der Lärm verhielt eine Weile, zog einen Kreis und verschwand. Laut auf die am Boden Liegenden einredend, sprang Miro vom Baum und trieb sie zur Eile an.

Len keuchte schon. Die Anstrengungen schienen kein Ende nehmen zu wollen. Er erkannte kaum, worüber er immer wieder stolperte und an was er sich die Kleidung zerriß. Einmal glaubte er ein großes schwarzes Tier gesehen zu haben, das sich gerade außerhalb des Sichtkreises befand und sie mit funkelnden Augen beobachtete.

Nur Minuten später erhaschte er wieder einen Blick darauf, diesmal links von ihnen, auch jetzt nur schemenhaft zu erkennen. Entweder es gab mehrere von ihnen, oder dieses Tier war verdammt behende.

Es war einfach unglaublich. Sie waren nur wenige Stunden vom zivilisierten Süden entfernt und doch in einer vollkommen anderen Welt. Wahrscheinlich hatte nie zuvor ein denkendes Lebewesen diese Wälder betreten, geschweige denn sich Notizen gemacht über diese Ungetüme.

Der Kai San, der die Gefangenen begleitete, hatte sich zurückfallen lassen, um die Gruppe vor sich und in den Augen zu haben. Len lief als Vorletzter vor ihm.

Urplötzlich löste sich hinter ihnen ein Schuß. Das Projektil raste, eine Leuchtbahn hinter sich herziehend, durch die Bäume und riß einige Meter weiter ein klaffendes Loch in einen Baum. Das krachende Splittern des zusammenfallenden Baumes und ein ohrenbetäubendes Brüllen mischten sich, als ein hinter dem Baum kauerndes Ungetüm aufsprang und blitzartig verschwand.

Also sehe ich diese Kreaturen nicht alleine, dachte Len. Der Kai mußte sie gut kennen, um sie selbst dann noch zu sehen, wenn sie sich zu verstecken versuchten. Len war neugierig geworden und beobachtete seine Umgebung jetzt intensiver.

In den letzten Minuten hatte San sie öfter anhalten lassen, war auf einen Baum geklettert und mit sorgenvoller Miene alsbald wieder aufgetaucht. Auch die anderen hörten nun schwach das Geräusch von schweren Rotoren, die zielstrebig näherkamen.

San ließ sein Marschgepäck von den Schultern rutschen und bedeutete ihnen, stehenzubleiben. Er schrie etwas in seiner rauhen Sprache, doch niemand verstand ihn. Erst als er mit ausgebreiteten Armen auf sie zurannte und die kleine Gruppe auseinandertrieb, wurde ihnen klar, daß sie sich im Wald verteilen sollten. So würden sie für die feinen Hitzesensoren der herannahenden Kampfhubschrauber schwerer zu entdecken sein und sich nur wenig von streunenden Tieren unterscheiden.

Len bekam einen harten Stoß in den Rücken und fiel mit seinem Brustkorb auf einen umgestürzten Baumstamm. Augenblicklich war die Luft wie abgeschnürt, und er begann zu röcheln. San fluchte und rannte nun seinerseits in den Wald.

Nach kurzer Zeit stand Len wieder auf den Beinen und sprang durch das dichte Unterholz. Das Knattern der Rotoren wurde lauter und lauter, und bald schon hörte er nicht einmal mehr die knackenden Zweige unter seinen Stiefeln. Sein Atem ging schnell und schwer. Einer Maschine gleich hämmerten seine Füße auf den Boden, als er dem Dröhnen aus der Luft entfliehen wollte.

Gleich hinter und über ihm löste sich kreischend eine der hitzesuchenden Raketen und schlug für ihn nicht sichtbar ein paar hundert Meter entfernt in den Waldboden. Die aufsteigende Flammenwand nahm er nicht wahr, dafür den bald alles überlagernden Brandgeruch.

Etwas Gewaltiges schwebte langsam über ihn hinweg. Der Feind dort oben feuerte wahllos in den Wald und kam damit glücklicherweise nicht einmal in Lens Nähe. Mehrere Explosionen hallten durch den Wald und rissen an ihrem Aufschlagsort klaffende Löcher in das Grün, die noch in Jahren zu sehen sein würden.

Zweige peitschten schmerzhaft in Lens Gesicht, und bald hingen auch die Reste seiner Uniform in Fetzen an ihm herunter. Er wußte schon nicht mehr, aus welcher Richtung er gekommen war, und bald ließ er sich an einigen umgestürzten Bäumen nieder und riß, nach Schutz suchend, an kleinerem Gesträuch, bis er einen Hohlraum unter den Stämmen entdeckte, in den er sich zurückzog.

Überall um ihn herum hörte er das schwere Hämmern der Maschinengewehre und das Fauchen der Raketen, die dicht über den Baumwipfeln durch die Luft zischten, bis sie irgendwo ein mögliches Ziel ausmachten und in dessen Nähe einschlugen.

Der Spalt zwischen dem Holz des Baumes und der klammen Erde war gerade ausreichend für Len. Nach nur wenigen Minuten waren die Feuchtigkeit und der schwere Geruch faulenden Holzes um ihn und an ihm. Etwas tropfte auf seinen Kopf, und er schüttelte sich angeekelt. Die Nässe kroch in ihn hinein wie in einen Schwamm.

Eine Explosion in unmittelbarer Nähe ließ die Pflanzen vor ihm erzittern, und unwillkürlich zog er sich noch tiefer in das schlammige Loch zurück. Len sehnte sich nach Wärme und Licht, aber alles, was ihm die Kais gelassen hatten, waren seine verdreckte Uniform und der Helm.

Etwas Zwanghaftes übermannte ihn, und er preßte

beide Hände an die Ohren und sein Gesicht in den weichen Untergrund. So lag er eine vermeintliche Ewigkeit und bemerkte nicht, wie die feindlichen Hubschrauber abdrehten, als sie die ausgemachten Ziele vernichtet zu haben glaubten. Unter ihnen lagen große Flächen brennenden Waldes, deren aufsteigender Rauch die Sonnen verdunkelte und Teile des Waldes in ein unwirkliches Dämmerlicht tauchte. Das knisternde Geräusch sterbender Pflanzen zog durch den Wald und die Schreie verletzter Tiere, die nicht verstanden, was ihnen widerfahren war.

Nach einiger Zeit nahm Len die Hände von den Ohren und sah auf. Seine Umgebung hatte sich auf den ersten Blick nicht verändert, nur die Stille hatte etwas derart Lautes, daß man allein sie zu hören glaubte. Langsam kroch er unter dem Baumstamm hervor und spähte durch die Blätter.

Es war ruhig. Weder das pfeifende Geräusch schwerer Rotoren noch das dumpfe Mündungsfeuer der Bordwaffen störte die überirdische Ruhe. Dafür war der Geruch verbrannten Holzes, der durch den Wald zog, sogar auf der Zunge zu schmecken.

Vorsichtig richtete Len sich auf und sah sich um. Tüchern gleich schwebten weißliche Rauchschwaden zwischen den Bäumen und beschränkten den Sichtkreis auf wenige Meter. Len versuchte, sich zu orientieren, doch alles schien sich verändert zu haben. Er konnte die Richtung, aus der er gekommen war, lediglich erahnen.

Noch ein wenig benommen, machte er sich auf den Weg. Ihm gingen die anderen nicht aus dem Kopf. Wie viele mochten das Glück gehabt haben, diesen Angriff zu überleben? Wo würde Brit sein, wenn er wieder zu den anderen stieß?

Abrupt blieb er stehen. Er war sich sicher, etwas gehört zu haben. Das Geräusch wiederholte sich nicht, doch nachdem er einige weitere Schritte gemacht hatte, drang es wieder an seine Ohren.

Der Klang schwerer, sehr schwerer Füße, die sich ihm behende näherten!

Sofort ging Lens Atem schneller, und der Rauch ließ seine Lungen brennen. Unsicher blickte er sich um, doch er fand keinen Ast, der niedrig genug gewesen wäre, daß er sich an ihm hätte hochziehen können. Für einen Moment dachte er daran, zu dem Baumstamm zurückzulaufen, aber er konnte sich nicht wirklich an die Richtung erinnern. Also blieb er stehen und suchte hinter einem der gewaltigen Baumstämme Deckung.

Langsam rutschte er in die Hocke und verhielt sich absolut still. Er schien fast mit dem Wald zu verschmelzen. Sein Atem ging ruhiger, und körperliche Anspannung ergriff von ihm Besitz. Durch seine Tarnkleidung wirkte er wie ein Stein, einzig seine Augen bewegten sich blitzschnell und beobachteten die Umgebung.

Das Stampfen war verstummt, und er glaubte, irgendwo dort im Dunst etwas sehr Großes zu sehen.

Dann kam es näher.

Es war unglaublich. Zwei kleine dunkle Augen starrten zu ihm herüber, die über einem gewaltigen Maul saßen, daß sich etwa einen halben Meter vor dem eigentlichen Kopf befand. Der massige und von großen Hornplatten geschützte Körper ruhte auf vier kurzen, aber gut gebauten Beinen, die jederzeit zu schnellen Bewegungen fähig zu sein schienen.

Len erinnerte sich an die schnellen Schatten, die sie kurz vor dem Überfall gesehen hatten. Das mußte eines der legendären Alborits sein, die alten Legenden zufolge in grauer Vorzeit über Chromos geherrscht hatten und als Fleischfresser die ersten Siedlungen der Drullier überfallen hatten. Sie galten allgemein als ausgestorben, doch diese urwüchsige Wildnis war der ideale Lebensraum für ihre ungestörte Verbreitung geworden.

Der Alborit trabte langsam näher, und seine Nasenflügel bewegten sich aufgeregt. Len wußte nicht, ob diese Tiere mit ihren kleinen Augen gut sehen konnten, doch schienen sie über ein ausgezeichnetes Geruchsvermögen zu verfügen. Er preßte sich noch enger an den Baum. Das Alborit blieb in einiger Entfernung stehen.

Lens Sinne waren nur noch auf dieses Tier ausgerichtet. Gerüche und Geräusche drangen nicht mehr in sein Bewußtsein vor, als er in panischer Angst zu diesem Koloß starrte. Einen Augenblick meinte er, das Alborit würde ihm direkt in die Augen sehen, doch dann wandte es den Kopf und schnüffelte unsicher.

Len begann zu schwitzen. Die Angst brach aus ihm heraus, und obwohl er wußte, daß sein Angstgeruch das Tier noch aufmerksamer machen mußte, vermochte er nichts dagegen zu tun.

Das Alborit machte einige unsichere Schritte, blieb stehen und begann dann, den Baum zu umkreisen, an dessen Fuß sich Len zu verstecken versuchte. Nach wenigen Sekunden war es außer Sichtweite, und Lens vormals gelähmter Verstand begann wieder fieberhaft nach einem Ausweg zu suchen.

Doch selbst wenn er diesen Augenblick nutzte, um wegzurennen – sobald er sich bewegte, würden sämtliche Sinnesorgane des Alborits ein perfektes Zusammenspiel leisten. Wenn seine Augen auch schwach sein sollten, für seine schnellen Bewegungen waren sie wahrscheinlich wie geschaffen und in Kombination mit dem Geruchssinn für ihn eine tödliche Bedrohung.

Das Krachen von morschen Zweigen zu seiner Rechten bedeutete ihm die Rückkehr der Urzeit-Kreatur. Nach einigen Augenblicken stand es wieder vor ihm. Len hielt still.

Der schwere Kopf wiegte sich, um die Fährte seines Geruchs wieder aufzunehmen. Plötzlich kam das Tier näher. Mit unsicheren, aber festen Schritten trat es vor ihn. Das Maul schoß bis auf ungefähr einen halben Meter vor. Die Nüstern blähten sich, als wollten sie ihn aufsaugen.

Lens angstvoll geweitete Augen blickten direkt in die des Alborit. Speichel rann aus dem Maul der Kreatur und tropfte auf den Boden. Len fühlte den unbändigen Drang in sich, aufzustehen und fortzurennen, wenigstens aber den Blick abzuwenden, doch er zwang sich zu bleiben, wo er war. Die Dauer dieses Musterns kam ihm vor wie eine Ewigkeit, seine Augen wurden trocken und schmerzten. Tränen liefen über seine Wangen, und noch immer hielt er diesem Blick stand.

Dann war es vorbei.

Das Alborit öffnete sein Maul, keuchte kurz und wandte sich ab. Ein Schwall schlechter Luft raubte Len den Atem und ließ ihn nach Luft schnappen. Das Alborit machte einige wenige Schritte und trabte dann zwischen den Bäumen davon.

Erst jetzt stieg die gesamte Angst hoch, die Len in den letzten Minuten unterdrückt hatte. Er übergab sich und blieb entkräftet liegen. Dann wurde er ohnmächtig.

Brit fühlte den harten Lauf eines Gewehres in ihrem Rücken. Nachdem der Beschuß aus den Kampfhubschraubern begonnen hatte, hatten sie und einige andere unter umgestürzten Bäumen oder im Unterholz Schutz gesucht. Einige Raketen waren ziemlich nahe bei ihnen eingeschlagen, doch der Großteil des Angriffs fand hinter ihnen statt und schien sich auf die nachfolgenden Gruppen zu konzentrieren.

Sie dachte an Len, als sie das nicht nachlassende Geschützfeuer hörte. Die Firebird, die anfangs über ihren Köpfen geschwebt hatten, hatten ihre Positionen verlassen und waren ebenfalls zur Unterstützung der anderen geeilt.

Eine weitere Rakete bohrte sich in unmittelbarer Nähe in den Boden. Eine Wand heißer Luft, gemischt mit Holz- und Metallsplittern, raste über ihren Unterschlupf hinweg, und kurz darauf hörte sie jemanden schreien. Sie erfuhr nie, wer genau es gewesen war.

Als es endlich vorbei war, krochen sie und zwei andere Soldaten der drullischen Armee hervor und blieben, wo sie waren. Es würde ohnehin keinen Sinn haben zu flüchten. Auch wenn sie aus dem Wald herausfänden, würden sie doch mit größter Wahrscheinlichkeit wieder gefangengenommen, von welcher Seite auch immer. Und bevor sie in die Hände Titan-Nets fielen, blieben sie doch lieber bei den Kais. Das waren wenigstens lebendige Wesen.

Rufe wurden laut, und langsam fanden immer mehr der Versprengten wieder zusammen. Irgendwann erschien auch der Kai, den man Miro nannte, und begann, die Verbliebenen durchzuzählen. Fünf oder sechs der Drulls fehlten, und aus Miros Gebrüll wurde deutlich, daß er dies sehr wohl bemerkt hatte. Gedrückte Stille lastete unter den Versammelten, und ausgerechnet auf Brit wurde der Kai aufmerksam. Er schrie sie an, und obwohl sie seine Worte nicht verstand, ahnte sie doch anhand seiner Gestik, daß er wollte, daß sie nach den Verschwundenen suchen sollte.

Als sie nicht reagierte, drehte er sie brutal um und stieß ihr seinen Lauf in den Rücken. Unmut brach aus unter ihren Kameraden. Miro hörte das Gemurmel, trat einige Schritte zur Seite und richtete sein Gewehr auf die anderen. Dabei schrie er etwas. Als sein Tonfall ruhiger wurde und er leiser sprach, ahnten die Drullier, daß Miro vielleicht mehr Angst hatte als sie. Auch er schien ratlos, und er war alleine unter Drulls, die ihn leicht würden entwaffnen können, selbst wenn einige dabei ums Leben kämen. Andererseits kannte nur er den Weg, der aus diesem Wald herausführte.

Schließlich schien er einzusehen, daß es keinen Sinn hatte, noch länger zu warten. Aus keiner Richtung hörten sie Lebenszeichen, und von der nachfolgenden Gruppe war ebenfalls nichts zu hören.

Miro ließ seinen Blick von einem zum anderen schweifen. Er sah in verdreckte Gesichter, in denen der Schweiß helle Bahnen hinterlassen hatte. Plötzlich dachte er an den Freiheitskampf der Drullier, von dem er schon einiges gehört hatte, betrachtete die heruntergekommenen Uniformen mit den Abzeichen der Einheiten, schaute auf die fremden Schriftzeichen und sah zuletzt in das entschlossene Gesicht der Soldatin Brit Darburg.

Achtung keimte in ihm auf. Eine Achtung, die ein zur Selbstherrlichkeit erzogener Kai nicht richtig zu deuten wußte und mehr ahnte als fühlte. Miro schulterte sein Gewehr und ging wortlos voraus. Die anderen folgten ihm.

Als Len wieder erwachte, fiel ihm als erstes die frische Luft auf, die er mit jedem Atemzug einsog. Der Rauch hatte sich verzogen, und die Sonnen, deren Licht durch die Baumwipfel fiel, waren ein ganzes Stück weitergewandert. Er fühlte, daß in wenigen Stunden schon die Nacht hereinbrechen würde, und so stand er auf. Seine Beine waren schwach und die ersten Schritte wackelig, aber nach einigen Minuten ging es wieder soweit, daß er zügig vorankam.

Nichts deutete darauf hin, daß er in die richtige Richtung ging, doch wenn er schon eine wählen mußte, dann wenigstens eine, an die er glaubte.

Eine Grube tat sich vor ihm auf, deren Grund mit etwas Wasser bedeckt war. Die Metallteile, die im Erdreich steckten, deuteten darauf hin, daß hier eine der Hitzeraketen eingeschlagen war. Vorsichtig stieg Len die feuchten Wände hinab und suchte sich ein handliches Stück Metall, dessen von der Explosion zerrissener Rand genau die richtige Schärfe hatte, um wenigstens überhaupt eine Waffe darzustellen.

Als er versuchte, wieder aus dem Krater herauszusteigen, rutschte er mehrmals ab und schaffte es nur mit größter Mühe, die schlammige Wand zu erklimmen. Während er lief, wog er das Metall in der Hand und machte einige Schläge durch die Luft, um den Umgang mit ihm zu üben. Was auch immer kommen mochte, vollkommen wehrlos war er nun nicht mehr.

Len lief und lief, und weiterhin deutete nichts darauf hin, daß er hier schon gewesen war. Oft sah er Bäume, die von Schüssen durchsiebt worden waren, und einmal machte er in einiger Entfernung Uniformteile aus, doch er wollte gar nicht wissen, wer oder was dort lag.

Ein Blick zum Himmel zeigte ihm, daß schon wieder eine Stunde vergangen sein mußte. Bei dem Gedanken an eine Nacht hier im Wald schüttelte er sich und legte einen leichten Lauf ein.

Die Krater, die den sanften Waldboden durchbrachen, mehrten sich und ließen Len ahnen, daß er sich ganz in der Nähe des Ortes befand, wo die Firebird die kleine Gruppe überrascht und das Feuer auf sie eröffnet hatten. Er steigerte seine Geschwindigkeit in der Hoffnung, noch jemanden zu finden, ganz gleich ob Kai oder Drull.

Er steuerte einen der riesigen Baumstämme an, als ein großer Vogel mit einem schrillen Schrei aufstieg und ihn für einen Moment ablenkte, wodurch er eine Wurzel, die hier aus dem Boden ragte, übersah.

Ein Ruck ging durch seinen Körper, als er aus dem Schritt gerissen wurde, und die Luft entwich aus seiner Lunge, als er der Länge nach hinschlug. Sein Brustkorb schmerzte, und er rang panisch nach Luft, als er sich bemühte, wieder auf die Beine zu kommen. Seine Hände wanderten zum Hals, als er endlich auf den Knien hockte, und kurz darauf stockte ihm wieder der Atem.

Direkt neben dem Baum lag ein drullischer Soldat vollkommen reglos auf dem Rücken. Die Augen waren geschlossen, und Len hatte das Gefühl, daß er diesen Soldaten kannte. Wäre er nicht gestürzt, hätte er ihn vermutlich nicht entdeckt. In der Erwartung, was er zu sehen bekäme, krampfte sich sein Magen zusammen, aber dennoch rutschte er zu ihm hinüber.

Das Gesicht des Soldaten war bleich, und er schien leblos zu sein, aber etwas stimmte nicht. Erst Augenblicke später bemerkte Len, daß sich die Brust des Drulls hob und senkte. Er atmete, wenn auch schwach. Er betrachtete sein Gesicht und überlegte, woher er es kannte. Blitzartig fiel es ihm ein.

Es war dieser Dreckskerl, der Brit belästigt hatte.

Für einen Moment überlegte Len, ob er ihn nicht einfach liegen lassen sollte, doch dann siegte die Vernunft.

Zu zweit hatten sie wahrscheinlich größere Chancen, hier wieder heil herauszukommen, als jeder für sich.

Er berührte den Soldaten am linken Arm, als er eine langgezogene Wunde entdeckte, die jedoch schon verkrustet war und nicht mehr blutete. Anscheinend hatte irgendein Splitter ihn gestreift.

Seine Augen wanderten zu dem Namensschild auf seiner Brust, und er entzifferte den Namen: Dars Poole.

Len lockerte den Sitz des Splitters in seinem Hosenbund und versicherte sich, daß er ihn schnell erreichen würde, falls etwas Unvorhergesehenes passierte. Dann schüttelte er den Bewußtlosen. Doch erst nachdem Len ihn mehrmals ins Gesicht geschlagen hatte, rührte dieser sich.

Flatternd öffneten sich seine Lider, und Unglauben überzog sein Gesicht, als er Len über sich sah. Stöhnend richtete er sich auf.

»Was machst du denn hier?«

»Ich sah dich hier liegen. Du kannst dich ruhig bedanken. Immerhin habe ich dir mit ziemlicher Sicherheit das Leben gerettet.«

Dars murmelte etwas, und Len glaubte ein ›Schwätzer‹ zu verstehen. Ein Stöhnen drang aus Dars' Mund, als er versuchte, sich mit dem verletzten Arm aufzustützen. Er fluchte.

»Hat dich schön erwischt, wie?« fragte Len sarkastisch.

»Ich hörte nur diesen lauten Knall irgendwo vor mir, und dann hat es mich von den Beinen gerissen. Verdammt. Das fehlte noch.« Er sah auf die Wunde.

»Stell dich nicht so an. Ist nur eine Fleischwunde. Du lebst ja noch.«

Dars sah ihm in die Augen. »Warte ab, du kriegst schon noch, was du verdienst.«

»Sicher«, antwortete Len, »aber vielleicht sollten wir uns das für später aufheben und erst mal hier versuchen, hier rauszukommen. Sonst kriegen wir nämlich beide, was wir verdienen.« Er griff nach dem unverletzten Arm und half dem Verwundeten auf die Beine.

»Aus welcher Richtung bist du gekommen?« fragte Dars.

Len zeigte in den Wald. »Von dort. Und wo müssen wir hin?«

»Keine Ahnung. Aber ich kam nicht weit. Ich glaube, in diese Richtung.«

Len schüttelte den Kopf. »Nein, ich habe diese Richtung in Erinnerung.«

»Dann sollten wir vielleicht den Mittelweg nehmen«, grunzte Dars und ging los. Len folgte ihm. Bald erkannte er, daß Dars recht haben mußte. Die Einschläge mehrten sich, und zwischen den Bäumen erkannten sie immer öfter Opfer des Angriffes. Als Dars plötzlich eine andere Richtung einnahm, folgte Len ihm kommentarlos. Dars schien einen guten Orientierungssinn zu besitzen.

»Ich bin mir fast sicher, daß die Kais in diese Richtung wollten. Lassen wir uns überraschen.«

»Und was fangen wir an, wenn wir in ihrem Lager sind?« fragte Len.

»Das werden wir dann schon sehen«, antwortete Dars knapp. Er hatte für sich schon eine Lösung gefunden.

Brit war erschöpft. Die Nacht war schon lange hereingebrochen, und der Marsch schien kein Ende nehmen zu wollen. Stundenlang waren sie gelaufen. Einige waren vor Erschöpfung bereits zusammengebrochen, aber Miro trieb sie immer weiter an.

Ihr ganzer Körper schmerzte. Besonders die Rückenmuskulatur war durch die Strapazen verspannt und brachte sie mit jedem Schritt dem Wahnsinn näher.

Von Lens Gruppe hatten sie in all den Stunden nichts mehr gehört, aber auch nichts von der Gruppe Quailas, die ja noch vor ihnen gewesen war, bevor der Angriff begonnen hatte. Sie hoffte, daß sie, ohne Schaden genommen zu haben, das Lager erreicht hatten, zumal sie auf ihrem Weg keine Anzeichen von Verwundeten oder Gefallenen dieser Gruppe bemerkt hatten.

Sie waren näher zusammengerückt. Hatten sie auch vorher nicht gewußt, an welchen Merkmalen der Kai den Weg wiedererkannte, nahmen sie ihre Umgebung jetzt nurmehr schemenhaft wahr. Dicht an dicht stolperten sie durch das Gestrüpp. Wenn auch nur einer zurückbleiben sollte, würde man ihn niemals wiederfinden.

Die Tiere dieses Urwaldes begannen auf Beutejagd zu gehen und schickten ihre Schreie durch die Nacht. Brit und die anderen hörten sie sehr wohl, doch Miro hielt nicht inne. Er schien sich sehr sicher zu sein, daß sie ungefährlich waren.

Ungefähr eine halbe Stunde später, Brit war zwischenzeitlich unglücklich auf ihre Hand gefallen und bemerkte nun, wie das Gelenk anschwoll, blieb Miro stehen und lauschte. Unwillkürlich wurden auch die anderen still, sogar das Murmeln verstummte.

Nun hörten auch sie es. Ein kaum vernehmbares Surren, auf das ein klickendes Geräusch folgte, als sei etwas Metallisches eingeschnappt.

Miro nahm langsam und lautlos sein Gewehr. Mit einer Handbewegung bedeutete er den anderen, zurückzubleiben, und schlich um den Baum herum, der zwischen ihnen und dem Geräusch stand. Instinktiv kniff er die Augen zusammen, als könne er dadurch besser sehen.

Direkt vor ihm, nur einige Meter entfernt, stand eine Gestalt zwischen den Bäumen, deren Panzer im schwachen Licht schimmerte.

Ein Demon-Roboter. Mit einem weiteren Surren justierte die Gestalt das Gewehr in ihren Händen auf den Baum, hinter dem Miro sich befand. Miro griff in die Tasche, die auf seinem Hosenbein aufgenäht war, und suchte nach einem kleinen Kästchen.

Der Demon machte einen kleinen Schritt zur Seite und ging seinerseits in Deckung. Miro durchwühlte seine Tasche. Gleich würde der Demon das Feuer eröffnen.

Endlich hatte Miro gefunden, was er suchte. Er nahm den kleinen Sender in die Hand, richtete ihn auf den Demon und drückte auf einen Knopf. Augenblicklich ließ der Roboter das Gewehr sinken und trat aus seiner Deckung hervor.

Miro bedeutete den anderen, ihm weiter zu folgen. Wortlos ging er an dem Demon vorbei. Wieder einmal hatten sich die umgebauten Titan-Net-Beutestücke als hilfreich erwiesen.

Die drullischen Soldaten folgten argwöhnisch. Nacheinander zwängten sie sich an dem Roboter vorbei, der unbeweglich in die Richtung starrte, aus der sie gekommen waren.

Kurze Zeit später gelangten sie an eine weitläufige Lichtung, die nach oben hin mit einer überspannenden Decke aus Zweigen und erbeuteten Tarnnetzen vor einer Entdeckung geschützt war. Aus den Schornsteinen von mehreren flachen Häusern drang Rauch. Durch Stoff gedämpfte Lichtstrahlen, die nicht einmal die nächste Umgebung zu erhellen vermochten, drangen aus den Fenstern.

Durch das Fehlen der Bäume wurde auch im Halbdunkel das Ausmaß der Anlage deutlich. Sie hätte etwas so unwirklich Friedliches an sich gehabt, wäre sie nicht durch zwei tiefe, ringförmige Gräben vom übrigen Wald abgetrennt gewesen. In gleichmäßigen Abständen erwuchsen flache Hügel vor dem äußeren Graben, aus denen die Läufe schwerer Waffen lugten.

Dies war zweifellos eine ehemalige Siedlung von Waldbauern. Deren Besitz beschränkte sich üblicherweise auf eine Lichtung und das, was darauf paßte: einige wenige Häuser und Felder für das, was der Bauer für sich und seine Familie benötigte.

Nur ganz kurz fragte Brit sich, wohin die Bauern gegangen sein mochten und warum, doch die Realität gewann schnell wieder die Oberhand. Brit war gezwungen, dem Kai durch die Gräben zu folgen. Andere Kais kamen dazu und richteten Waffen auf sie. Nach kurzer Zeit schon waren sie an die Wand eines der Häuser getrieben und nochmals nach Waffen durchsucht worden.

Verwirrt schauten die Drulls sich um. Sie waren alleine unter Kais, deren Sprache sie nicht einmal verstanden. Irgendwer zerrte und stieß immer wieder an ihnen herum, man redete auf sie ein, und niemand wußte wirklich, was die Fremden wollten. Ein Kai spazierte vor ihnen auf und ab, sprach zu ihnen und lachte. Das Timbre seiner Stimme ließ deren Inhalt nicht erkennen, wohl aber verriet es eine gewisse Neugier, dann jedoch wieder Zorn oder Verachtung. Oft drehte er sich um, wies einen der Kais zu sich, sprach zu ihm und schickte ihn wieder weg.

Er sah beinahe so aus wie die anderen Kais. Brit konnte zwischen ihnen zumindest keine wirklich großen Unterschiede ausmachen, doch irgend etwas war anders. Sie bemerkte, daß er an der linken Hand nur noch einen Finger besaß, aber das war es nicht. Es war der Ton seiner Stimme, der ihn von den anderen unterschied, und natürlich die Reaktion der Kais auf seine Worte. Er hatte das an sich, was über Sprachen und Volkszugehörigkeiten hinweg die Anführer ausmachte.

Auf seinen Befehl hin kamen zwei bewaffnete Kais auf sie zu und trieben sie zu einem etwas abgelegenen Schuppen, der trotz seines offensichtlichen Alters in einem sehr guten Zustand war. Vor dem großen Tor standen zwei weitere Wachen, die sich beeilten, es zu öffnen.

Hinter den Gefangenen fiel das Tor mit lautem Knall in den Rahmen. Es war dunkel. Leises Stimmengewirr empfing sie. Sie waren nicht allein hier drinnen.

Drag zog Miro zur Seite.

»Wie viele kommen noch? Wir können nicht unendlich viele Drulls durchfüttern.«

»Hinter mir hatte San noch eine Gruppe. Ich weiß nicht, was aus ihnen wurde. Ich konnte meine Gefangenen gerade rechtzeitig in den Wald jagen, wie du es uns damals beibrachtest. Ich habe von San nichts mehr gehört. Hinter uns wüteteten die Droiden. Insgesamt waren es wohl an die dreißig.«

Drag dachte nach. »Wir werden morgen über die Gefangenen beraten. Gute Arbeit, Miro. Du kannst dich jetzt ausruhen.« Miro trat weg, dankbar über das Lob ihres Anführers.

Drag beschloß, einige Schritte zu machen und nachzudenken. Der schwere und fruchtbare Boden klebte unter seinen Stiefeln, und wie immer des Nachts schien alles intensiver zu sein als tagsüber. Die Geräusche, die Gerüche – er vernahm sogar das vertraute Klicken, wenn ein Wachposten sein Gewehr überprüfte.

Bald war er am inneren Ring angekommen und machte kehrt. Das war seine Welt. Wie klein sie geworden war.

Wieder, wie fast jede Nacht, dachte er an Kjel zurück. Erst jetzt fiel ihm immer wieder auf, wie schön das Hochtal gewesen war, und der bodenlose Zorn auf seine Bewohner kehrte zurück.

In diesen Momenten war er stets kurz davor, seine Zelte hier abzubrechen, alle Vorsichtsmaßnahmen zu vergessen und zurückzukehren. Er hatte Kjel erst zum Blühen gebracht, dessen war er sich sicher. Und wenn er jemals zurückkäme, würde er sie sterben sehen. Die, die ihn fortgejagt hatten, oder ihre Kinder und Frauen, wenn sie selber nicht mehr am Leben waren.

Das war sein Ziel. Das war alles, was sein Leben ausmachte. Was immer er sich auch hier aufbaute, Kjel würde er nicht vergessen, und er würde Kjel irgendwann an ihn selbst erinnern. Alles, was er tat, war eine Vorbereitung seiner Rückkehr. Er dachte an die Sonnen hinter den Bergen von Kjel. Er dachte an die Jahreszeiten und den Winter, der sein letzter gewesen war. Er hatte niemals geendet für ihn. Drags Leben war Winter geblieben, wie der Schmerz geblieben war, als er seine Finger verloren hatte.

Doch Drag dachte an den Frühling, an Tauwetter, der das Eis und den Schnee fortwünsche von seinem Selbst. Was würden die Jahre ausmachen, die er noch benötigte, um seine Pläne zu vollenden? Was waren viele Monate, wenn die Waffen, die er sich in der Zeit anzueignen vermochte, die Zerstörungen in Kjel noch größer machen würden?

Kjel. Sein Land. Und was war, würde auch wieder so werden. Er war sich so sicher.

Lange Zeit schon wanderten sie nebeneinander, ohne auch nur ein einziges Wort zu wechseln. Len war sich seines Hasses gegenüber Dars ziemlich sicher, doch vor dem Hintergrund ihrer jetzigen Situation kam ihm ihr Verhalten mehr als albern vor. Mehrfach hatte er versucht, ihn anzusprechen, doch Dars hatte es vorgezogen zu schweigen.

So liefen sie also jeder für sich gemeinsam durch einen ihnen unbekannten Wald. Irgendwann hatte Dars wieder durch einen leichten Schlenker die Richtung gewechselt. Len war ihm gefolgt, ohne weiter zu überlegen. Für diesmal hatte er sich mit der Führungsrolle Dars' abgefunden. Er wußte nicht warum, aber es schien wirklich so, daß Dars einen ausgeprägten Orientierungssinn besaß.

Oft glaubte er, sie hätten sich verlaufen, da Dars mehrmals abrupte Richtungswechsel machte, die Hauptrichtung aber immer beibehielt. Es war bald früher Morgen, und der Himmel über ihnen hatte unbemerkt sein Dunkel etwas erhellt, als mit einem Male ein grelles Licht auf sie fiel.

Das Licht befand sich etwa in Kopfhöhe und kam langsam näher. Len versuchte durch den Schein hindurch etwas zu erkennen, doch er wurde zu stark geblendet. Als das Licht sich ein wenig senkte, erkannten sie schemenhaft eine Waffe in den Händen der Gestalt. Zögernd hoben sie die Arme.

Minutenlang standen sie so, ohne daß jemand sich bewegte. Len begann sich zu fragen, was das alles sollte. Wer bedrohte sie da, und warum sagte er nichts? Wenn man sie töten wollte, hätte man es längst tun können, so aber kamen sie auch nicht weiter.

Plötzlich fiel ihm das eigentümlich Surren auf. Jetzt war ihm die Sprachlosigkeit seines Gegenübers klar. Vor ihnen stand eine Demon-Einheit.

Stimmen wurden laut. Rauhe, kratzige Stimmen in einer kehligen Sprache. Offensichtlich Kais. Jetzt verstand er gar nichts mehr.

Die Kais kamen heran und griffen sie. Hart drückte man ihre Arme auf den Rücken und stieß sie in die Richtung, aus der die Kais gekommen waren.

Nach wenigen Minuten gelangten sie an eine große Lichtung. Die Häuser bestanden aus dem haltbaren und nichtrostenden Almium, eine Neuheit auf dem Lande; in der Stadt jedoch gab es kaum ein Haus, welches noch nicht damit umgerüstet worden wäre. Neugierige Blicke begleiteten sie, als sie an Gräben vorbei zu einem noch aus altem Baumaterial bestehenden Schuppen gebracht wurden.

Die beiden Wachen vor dem großen Tor öffneten es schnell einen Spalt, durch den Len und Dars unsanft ins Innere gestoßen wurden. Jemand lachte draußen, dann entfernten sich die Schritte, und es wurde still.

Dars kroch zurück zur Tür und lehnte sich gegen sie. Len hob den Kopf, wischte sich den Staub aus dem Gesicht, drehte sich auf die Seite und schlief ein.

Kurz vor dem Morgengrauen gab es noch einen kurzen Aufruhr, als abermals die Tür geöffnet wurde und man eine kleine Gruppe von Drulls hineinstieß. Bald wurde es wieder still.

7

Schmale, warme Sonnenstrahlen fielen durch die Ritzen zwischen den alten Brettern und stachen Brit direkt in die Augen. Sie erwachte. Für einen Moment konnte sie sich nicht erinnern, wo sie sich befand. Dann fiel ihr Blick auf die Leiber um sie herum, und sie erkannte ihre Kameraden und Kameradinnen.

Ihrer inneren Uhr nach zu urteilen, mußten die Sonnen gerade aufgegangen sein. Das leichte Rauschen einer Vielzahl atmender Münder lag in der Luft, und beinahe hätte sie sich umgedreht, um weiterzuschlafen, doch als die Erinnerungen über sie hereinbrachen, war sie sofort hellwach.

Sie fühlte die Versuchung, alle zu wecken und nach Len und den anderen zu fragen, aber sie gönnte ihnen den Schlaf. Niemand wußte, was dieser Tag bringen würde. So stand sie vorsichtig auf, reckte die schmerzenden Glieder und ging zwischen den Schlafenden hindurch. Sie sah in die Gesichter, aber sie erkannte nicht sofort ein bekanntes.

Angst stieg in ihr hoch. Wo waren Len, Quaila und Mammbur? Zumindest von Len wußte sie, daß er in einer der letzten Gruppen gewesen war.

Sie ließ ihre Blicke weiter über die Schlafenden streichen. Sicher, viele Gesichter waren so verschmutzt, daß man sie unmöglich erkennen konnte, aber sie würde nicht aufgeben. Plötzlich verhielt sie ihren Blick, als sie in Richtung des Tores in das Licht blinzelte. Dort, auf dem Boden . . . diese Gestalt kannte sie doch!

Hastig stieg Brit über eine der Schlafenden und kniete sich neben der Gestalt nieder. Er war Len. Anscheinend war er es gewesen, den man mitten in der Nacht zu ihnen geworfen hatte. Brits Hand drängte zu seinem Gesicht, aber sie zwang sie, kurz über seinen Augen zu verharren.

Sie fühlte echte Freude. Sie wollte ihn umarmen, streicheln, einfach aufwecken. Obwohl sie alle in Gefangenschaft waren, fühlte sie sich jetzt doch irgendwie geborgen. Seit Wochen hatte sie mit niemandem so viel und so gut geredet wie mit Len. In der jetzigen Situation schien ihr jeder kurze Blickwechsel in der Vergangenheit als bedeutend.

Irgendwo tief in ihr war sie sogar etwas befremdet. Was waren das für Gefühle, die sie für den Jungen aufbrachte? Er war ein Kamerad, mit dem sie sich gut verstand, wie es auch sein sollte, aber . . .

Dieses ›Aber‹ war es, das sie nicht weiterdenken ließ. Sie freute sich ganz einfach, daß er wieder hier war, und irgendwo gestand sie sich auch ein, daß es möglicherweise doch mehr gab zwischen ihnen. Auf einmal fühlte sie wieder Mut und Kraft.

Vorsichtig setzte sie sich neben ihn und schaute ihn an. Dieses verrückt-wirre blonde Haar. Es war schmutzig und verfilzt, aber es leuchtete. Die dichten Augenbrauen über den hellen, grünblauen Augen, die kleine Nase und der Mund. Alles an ihm gefiel ihr, und nun gab es nichts mehr, das diese Ahnungen beiseiteschieben wollte. Er gefiel ihr, auch wenn er etwas kleiner war als sie.

Ihre Hand wanderte zu seiner, die vor seinem Gesicht im Staub lag. Erst strichen ihre Finger über seinen Handrücken, wischten Staub beiseite, dann wanderten sie zu seinen Fingern. Ganz langsam glitten sie über die Gelenke, streichelten über die zarten Härchen. Bald hielt sie die ganze Hand einfach fest in der ihren und schaute ihm in seinem tiefen Schlaf zu.

Ein breiter Streifen hellen Lichts fiel auf sein Gesicht. Er verlief von der Stirn über die Nasenwurzel genau zwischen den Augen hindurch bis zum Kinn. Nur etwas weiter links oder rechts, und er würde erwachen.

Trotz des Risikos, ihn zu wecken, näherte sich ihre Hand seinem Gesicht. Ihre sanften Finger folgten der

Linie, und noch immer wurde er nicht wach. Aus einer ihrer Brusttaschen fingerte sie ein Stück Stoff, benetzte es mit ihrem Speichel und begann, sein Gesicht zu säubern.

Sie hatte es beinahe geschafft, als er sich regte und ganz auf den Rücken drehte. Erschrocken hielt sie inne, doch Len erwachte noch immer nicht. Unwillkürlich fiel ihr Blick auf seine Hose, als sie etwas Metallisches aufblitzen sah. Sie senkte den Kopf und erkannte eine längliche Metallscheibe mit scharfen Rändern.

Einer Eingebung folgend zog sie sie vorsichtig heraus, wickelte sie mit dem Tuch ein und verstaute sie in der Tasche an ihrem Bein. Erst jetzt, mit einiger Verspätung, kam der Schreck. Was hätte geschehen können, wenn man diese Waffe entdeckt hätte?

Sie streckte wieder ihre Hand aus und berührte Lens Haar. Staubpartikel tanzten durch die Luft, durch den Lichtstrahl, und verschwanden wieder im Dämmerlicht.

Brit hörte sich nähernde Stimmen von draußen und zog sich hastig ins Dunkel zurück. Im nächsten Moment wurde die Tür aufgestoßen. Ein Soldat, der unmittelbar davor gesessen hatte, wurde zur Seite gestoßen und schrie kurz und erschrocken auf.

Einige Gestalten standen im Gegenlicht. Eine davon brüllte ein paar Sätze in der Sprache der Kais. Unruhe kam auf, als die Drulls wach wurden. Der Kai wiederholte seine Sätze, und aus einer etwas entfernten Ecke kam eine Antwort in derselben Sprache. Verwundert bemerkte Brit, daß Hauptkatai Quaila doch hier war, als er in die Mitte trat und sich von den Kais abführen ließ. Hinter ihm wurde die Tür wieder geschlossen.

Man führte Quaila zielstrebig zwischen den Häusern hindurch zur anderen Seite der Lichtung. Mehrfach versuchte er ein paar Worte mit den Kais zu wechseln, doch sie blieben stumm bis auf ein paar Flüche, die sie mitunter ausstießen. Quaila hatte den Eindruck, als stritten die Kais sich über irgend etwas. Wenn er auch deren offizielle Sprache einigermaßen beherrschte, die vielen umgangssprachlichen Wörter fehlten ihm dennoch.

Kurz vor dem inneren Graben hielten sie an, und man ließ ihn alleine. Zuerst vermochte er es nicht zu deuten. Er konnte nicht glauben, daß man ihn, einen Gefangenen, alleine ließ.

Keine der Wachen war in seiner Nähe. Vor ihm lagen die beiden Gräben, und eine befestigte Stellung befand sich vielleicht fünfzehn Meter zu seiner Rechten entfernt. Eine Flucht schien möglich, doch wo sollte sie hinführen?

Also wartete er. Verschiedenes ging ihm durch den Sinn. Doch alles, was er dachte, war wie ein Nebel, der ihn umgab. Überall um ihn her und doch nicht faß- und greifbar.

Bald begann er auf und ab zu gehen und kleine Steine mit den Sohlen seiner schweren Kampfstiefel umherzuschieben. Die Luft, die er atmete, war rein und kühl, beinahe wahnwitzig die Vorstellung, daß es dieselbe war, die er noch vor Tagen in den frühen Morgenstunden eingeatmet hatte. Seinem Orientierungssinn nach befanden sie sich nur Stunden entfernt von ihrem Ausgangspunkt, und trotzdem waren er und seine Soldaten weiter entfernt von der Heimat als jemals zuvor.

»Sie müssen Hauptkatai Quaila sein, wie mir meine Leute berichteten?«

Eine seltsam gefühllose Stimme war hinter ihm erklungen, und Quaila drehte sich um.

»Richtig. Und mit wem habe ich die zweifelhafte

Ehre?« Er fühlte es, sein Kaiisch mußte furchtbar sein. Er blickte in ein Gesicht mit zwei dunklen Augen, einer ausgeprägten Nase und einem Mund, dessen Züge von offensichtlicher Härte geschliffen worden waren. Sein Gegenüber lachte mühsam. Kurzes, flaches Husten unterbrach seine Worte.

»Hauptkatai Quaila. Sie beabsichtigen nicht etwa, Scherze zu machen, oder? Nun, da ich Euch kenne und, nebenbei gesagt, auch mit dem gebührenden Respekt behandeln werde, obwohl Ihr mir keinesfalls an Rang ebenbürtig sein könnt, seid doch versichert, daß ein Kai meiner Position den ranghöchsten Offizier der, sagen wir, gefangenen drullischen Einheit sehr wohl zu respektieren vermag. Um Eurer Frage nachzukommen, ich bin Drag, König des freien Reiches zu Kjel und Oberbefehlshaber dieser Expeditionstruppen.«

Quaila nahm seinen Mut zusammen. »Ihr meint den Haufen Kais hier? Gut, wogegen richtet sich Eure Expedition?«

Für den Bruchteil von Sekunden verfinsterte sich Drags Gesicht. »Ihr seht hier die Expeditionstruppen von Kjel, dem mächtigsten Staat der Kais nach dem Fall von Kai-Ryo.«

»Ihr sprecht von Kai-Ryo, Drag. Wann ist Kai-Ryo gefallen? Verzeiht mir unwissendem Frontkommandanten, aber durch all unsere blutigen Kriege mit Titan-Net haben wir nicht mehr den rechten Überblick über andere Konflikte auf Chromos.«

»Man sagt mir Milde nach, Quaila. Korrupte Beamte und Politiker haben das Volk von Kai-Ryo und den umliegenden Ländern aufgehetzt, woraufhin diese in einem Staatsstreich die rechtmäßige und vom Volk legitimierte Führung hinwegzufegen versuchten. Natürlich gab es große Verluste unter den Rebellen. Keine Regierung, die rechtens ist, würde sich dieses gefallen lassen. Aber durch verschiedene schmutzige Tricks vermochte man es letztendlich doch, die wirklichen Herren von Kai-Ryo zu stürzen und zu verjagen. Anhand dieser Schilderung werdet Ihr ahnen, daß ich der tatsächliche Herrscher von Kai-Ryo war. Nach unserem taktischen Rückzug erkannten die Kais von Kjel das Unrecht und krönten mich zu ihrem König.«

»Was beabsichtigt Ihr mit uns, Drag?«

»Oh, entschuldigt meinen Redefluß. Darauf kommen wir später zu sprechen. Ich wollte Euch, dem ruhmvollen Drull-Kommandanten, natürlich zuerst versichern, daß wir weder Banditen noch Knechte dieser Roboter sind.«

Quaila räusperte sich. »Wie kommt Ihr dann zu den Demon-Einheiten, die ich vereinzelt entdeckt habe?«

»Meine Männer sich technisch sehr begabt. Sie haben ein paar dieser Einheiten erbeutet und umfunktioniert. Glaubt mir, Quaila, unsere Ziele sind vielleicht nicht so verschieden, wie es scheint. Wenn wir uns länger unterhalten, stellen wir möglicherweise sogar fest, daß wir gegen denselben Feind kämpfen.«

»Gut, dies möge dahingestellt sein. Was aber können wir von Euch erwarten, König Drag von Kjel?«

Drag machte urplötzlich kehrt, ging einige Schritte, kam zurück und holte mit seinem linken Arm weit aus. In diesem Moment fiel Quaila auf, daß Drag an seiner linken Hand nurmehr einen Finger besaß.

»Wie ich es Euch schon erzählte, Hauptkatai Quaila, möglicherweise haben wir den gleichen Feind. Trifft dies zu, dann sollten auch unsere Ziele die gleichen sein. Und wenn dem so ist, dann sind wir uns überhaupt ziemlich ähnlich.«

Der Kerl ist total durchgedreht, völlig verrückt, dachte Quaila, aber er war bemüht, einen höchst interessierten Eindruck zu machen.

»Eure Leute haben also die Möglichkeit«, fuhr Drag fort, »den Kampfeinheiten des Königreiches von Kjel zur Hand zu gehen. Während wir unsere Kampfaufträge erfüllen, werden Eure Leute die Arbeiten erledigen, die innerhalb des Lagers anfallen. Ich dachte an einen dritten Verteidigungsring.«

Zwangsarbeit; der Kerl denkt an Zwangsarbeit, dachte Quaila erschüttert. Aber er hörte weiter zu.

»Natürlich werden Eure Leute den meinigen totalen Gehorsam leisten, und natürlich wird die Zuwiderhandlung eines Befehles der Meinen mit dem Tode bestraft, aber auch dies sollte sich mit den üblichen Vorschriften der drullischen Armee decken. Ihr bemerkt also, Hauptkatai Quaila, wir sind tatsächlich nicht so verschieden von euch, wie es unserer Sprache nach den Anschein haben mag.«

»König von Kjel«, begann Quaila sorgsam. »Wenn wir demnach Gleichgesinnte sind im Kampf gegen den gemeinsamen Feind Titan-Net, sollten dann meine Leute ich und nicht auch unsere Fähigkeiten und Meinungen einbringen können?«

»Ihr wollt mitbestimmen, Quaila? Nun, man kann euch ein gewisses diplomatisches Geschick wohl kaum absprechen, aber zuerst einmal seid Ihr und Eure Leute meine Gefangenen. Alles weitere wird von Eurer Mitarbeit abhängen.«

Drag drehte sich um und ging, doch sofort waren wieder die Wachen zur Stelle, die Quaila eben hierhergebracht hatten. Diesmal führten sie ihn über einen anderen Weg zurück, ganz so, als solle er sehen, wie gut das Lager gesichert war. Nun standen deutlich sichtbar überall Posten. Und Hauptkatai Quailas Stimmung war noch weitaus schlechter als noch zu Beginn der Unterredung.

Der Tag sollte sich so trostlos hinziehen, wie er begonnen hatte. Nur kurze Zeit, nachdem man Quaila wieder zu seinen Leuten gesperrt hatte, waren Wächter erschienen, die die Gefangenen in kleine Gruppen einteilten. Dann wurden sie zu verschiedenen Stellen des Grabensystems geführt, die auszubessern oder zu erweitern waren.

Während Quailas Unterredung mit Drag hatten Brit und Len überprüft, wer von ihren Kameraden noch fehlte und seit den Angriffen im Wald nicht wieder aufgetaucht war. Insgesamt waren sie auf sechs Vermißte gekommen, und zwei, von denen sie nichts Genaues wußten.

Zu den Vermißten gehörte auch Katai Mammbur. Manche meinten, er wäre schon vor dem Abtransport durch Titan-Net verschwunden gewesen, andere gaben hingegen an, ihn nachher noch gesehen zu haben.

Als man sie zur Arbeit einteilte, wurden Brit und Len wieder getrennt. Beide arbeiteten in Sichtweite an demselben Teilstück des äußeren Grabens. Doch obwohl sie nur wenige Meter voneinander entfernt waren, die immer anwesenden Wachen mit den großkalibrigen Gewehren schafften eine unendliche Distanz.

Der Abend war schnell gekommen. Den ganzen Tag über war Quaila immer wieder zu Unterredungen abgeholt worden. In der Hauptsache war es Drag gewesen, der mit ihm sprechen wollte, aber auch andere, weniger bedeutende Kais waren unter seinen Gesprächspartnern gewesen, und er wurde den Eindruck nicht los, daß sie herausfinden sollten, ob er Drag angelogen hatte, indem er ihm bestimmte Dinge verschwiegen oder anders erzählte hatte.

Als es endlich dunkel geworden war, sperrte man sie wieder in den Schuppen. Zu seiner Überraschung mußte auch Quaila die Nacht auf dem harten Boden verbringen, doch hatte er so die Gelegenheit, seine Mannschaft über seine Gespräche zu unterrichten.

»Ihr habt wahrscheinlich bemerkt, daß ich im Laufe des Tages einige Unterredungen mit dem Anführer der Kais hatte, einem gewissen König Drag von Kjel. Im Laufe dieser Gespräche habe ich herausgefunden, daß man uns keineswegs feindselig gegenübersteht. Vielmehr befinden sich die Kais ebenfalls im Krieg mit Titan-Net, und das hier ist sozusagen ihr Außenposten. Bei einigen Kämpfen haben sie es geschafft, feindliche Demon gefangenzunehmen und für ihre Zwecke umzuprogrammieren. Von hier aus starten sie ihre Angriffe. Weil der Wald so dicht ist, hat Titan-Net es trotz all seiner Technik bis jetzt nicht geschafft, sie zu finden und zu vernichten.«

»Nun hört auf mit der Lobhudelei und kommt zur Sache, Hauptkatai. Was haben diese *Helden* noch für uns vorgesehen außer Zwangsarbeit?« Obwohl es dunkel war, erkannte doch jedermann die Stimme Dars', der sich durch diverse Rüpeleien den Tag über bei fast allen bekanntgemacht hatte. Nun keimte bei einigen Bewunderung für ihn auf.

»Ja, im Prinzip ist es das.« Quaila hielt einen Moment inne. »Was König Drag mir zu erklären versuchte, war folgendes: Dieser Kampf der Kais gegen Titan-Net entlastet ja auch unsere Fronten. Da sie aber zu wenige sind, um Krieg zu führen und gleichzeitig den Stützpunkt auszubauen, kamen wir ihnen gerade wie gerufen. Drag sagte mir fest zu, daß er uns zu unseren Linien zurückgeleiten würde, sobald wir den Wald in westlicher Richtung gerodet und eine dritte Verteidigungslinie erbaut haben.«

»Hoh!« rief Dars wieder höhnisch. »Und dann lassen sie uns gehen, obwohl wir ihnen so nützlich geworden sind? Ich glaube denen kein Wort, Quaila. Wenn dieser König so mächtig ist, warum sitzt er dann mit ein paar Kais in diesem Loch und führt einen aussichtslosen Krieg gegen Titan-Net, den zu gewinnen wir schon Schwierigkeiten haben?«

»Da redet einer von gewinnen«, sagte jemand aus dem Dunkel und kicherte hysterisch.

»Ruhe. Wenn dieser König also so mächtig ist, dann soll er doch seine eigenen Sklaven seinen Bau herrichten lassen. Soll er sie doch rufen. Und uns zurückführen. Wenn Ihr also morgen wieder Euren Plausch mit dem König haltet, Hauptkatai, so überzeugt ihn doch davon, daß wir mit einer neuen Front auch ihn entlasten könnten. Ich glaube niemandem mehr.«

»Vielleicht sollten Sie mit Drag sprechen, Dars Poole. Möglicherweise erreichen Sie ja mehr als ich. Glaubt mir, ich habe alles versucht und mit mehreren Kais gesprochen. Wir sind nicht in der Lage, Forderungen zu stellen. Wir können nichts anderes tun, als zu hoffen und zu gehorchen, und das so gut wie möglich. Natürlich, es ist unwürdig, unter Zwang für andere zu arbeiten, aber wenn Drag Wort hält, sollten wir schon bald wieder frei sein.«

»Und wenn nicht, sind wir bald tot. Ja, ja«, kam Dars' Stimme wieder aus dem Hintergrund.

»Poole, ich darf Sie daran erinnern, daß nach Anordnungen des ROOM auch in Gefangenschaft sich nichts an diversen Rangordnungen ändert. Sie wissen doch hoffentlich, daß Ihr Verhalten ein Nachspiel haben wird?!«

Dars Pooles Stimme war laut und deutlich. »Wenn wir eine Gelegenheit haben, meinen Bemerkungen ein Nachspiel folgen zu lassen, danke ich ohnehin den Göttern«, sagte er und erntete die Zustimmung vieler.

Dann kam die Nacht, und nach der schweren Arbeit und den bewegten letzten Tagen schliefen auch die letzten Zweifler begierig ein.

Lediglich Dars Poole hielt sich mit aller Kraft wach. Auch er war müde, sicherlich. Aber er wollte keine Minute einer Möglichkeit versäumen, die Lösung, die er für sich geplant hatte, in Gedanken zu realisieren und zu verfeinern. Mit dem Ansatz eines Ergebnisses im Hirn schlief auch er irgendwann ein.

Der Morgen begann, wie der letzte Tag geendet hatte. Als Gefangene ohne Perspektive wachten die ersten auf. Ihnen gingen die Worte Quailas im Kopf herum. Zu tröstlich waren sie gewesen, als daß man sie ohne weiteres Nachdenken einfach vergessen wollte. Einige Tage harte Arbeit, und dann nach Hause. Allen war klar, daß es so einfach nicht sein würde, nicht sein *konnte*, und doch, vielleicht war den Kais zu trauen.

Irgendwann wurde auch Len durch das leise Gemurmel geweckt. Mit schweren Lidern richtete er sich auf und sah sich um. Er erkannte eine kleine Gruppe, die sich um Hauptkatai Quaila geschart hatte und sich, wie es schien, heftigst mit ihm unterhielt. Etwas abseits von den anderen saß Poole an die Wand gelehnt. Len konnte ihn nicht richtig erkennen, weil er im durch die Ritzen fallenden Gegenlicht saß, aber er war es unzweifelhaft.

Obwohl er ein Drull war wie sie alle, war er anders. Er sprach nur das Nötigste und hielt sich ansonsten sehr zurück. Wenn Len an den Vorfall im Dorf zurückdachte, kurz bevor sie zur Schlacht ausrückten, erschien sein Verhalten noch sonderbarer. Immerhin hatte er Brit und ihn ohne Grund angegriffen.

Am Vortag hatte Len einige Male die Gelegenheit gehabt, ein paar Worte an Dars zu richten, doch dieser hatte geschwiegen oder nur eine kurze Antwort gegrunzt. Und das trotz ihrer gemeinsamen Flucht durch den Wald. Möglicherweise bedeutete das Dars nicht viel, für Len hingegen hatte es ihr Verhältnis etwas geändert. Er glaubte nicht, daß sie sich dadurch nähergekommen wären, aber es war eben anders geworden.

Die restlichen Drulls schliefen noch tief und fest.

Als Brit durch das laute Öffnen der Tür und barsche Befehle geweckt wurde und nur undeutlich bewaffnete Kais wahrnahm, glaubte sie zuerst, daß sie noch in ihrem Schlafsaal läge, an dem Tag, bevor sie ausrückten. Irgendwie kam ihr die Situation bekannt vor. Gleich würde sie aufstehen und ihre Befehle entgegennehmen, doch schon wenig später war sie wach genug, um die Realität zu erkennen. Leider. Ein weiterer Tag Zwangsarbeit lag vor ihnen.

Der muffige Geruch im Inneren des Schuppens hatte sich in den beißenden Gestank Dutzender Drulls gewandelt, die sich seit Tagen nicht hatten waschen können. Als sie ins Freie traten, schwindelte ihr für eine Sekunde, und sie sog gierig die kühle Morgenluft ein. Len war sofort zur Stelle und blieb bei ihr, damit sie heute in eine gemeinsame Gruppe kämen. Aus den Augenwinkeln beobachtete sie ihn. Anscheinend hatte er nichts bemerkt von dem, was sie gestern getan hatte, als er noch schlief.

Man zwang sie wieder, sich in einer Reihe aufzustellen. Dann wurden sie gezählt und wie am Vortag in Gruppen eingeteilt.

Anfangs hatten sie Glück. Ihre Aufgabe war es, einen

der kleinen Bunker fertigzustellen, die sich in regelmäßigen Abständen in den Wehrgräben befanden. Außer Brit und Len waren noch drei andere Drulls in ihrer Gruppe, und die Arbeit ging schnell voran.

Es waren noch etwa zwei Stunden bis Mittag, als Brit zum ersten Mal etwas Sonderbares auffiel. Dieser Drag stand an einer Wand der flachen Häuser angelehnt und sah zu ihnen herüber. Minuten später erkannte Brit mit Unbehagen, daß er gar nicht die Gruppe, sondern ganz allein sie beobachtete.

Ein lautes Stöhnen, gefolgt von einem Schrei, lenkte sie ab. Unter der Last eines schweren Steins war ein Drull zur Seite gefallen. Nachdem Brit ihm auf die Beine geholfen hatte und sich wieder unauffällig nach dem Kaiführer umsah, war dieser verschwunden.

Len sah, daß Brit den Kopf gesenkt hielt und nachdachte. Dann ging ein kurzer Ruck durch ihren Körper, und sie arbeitete weiter, als sei nichts gewesen. Er nahm sich vor, sie bei der nächsten Gelegenheit zu fragen, was vorgefallen war, aber er ahnte, daß er es doch vergessen würde.

Es war ein verflucht heißer Tag geworden. Chromos' Sonnen hatten noch nicht einmal ihren höchsten Stand erreicht, als die Drulls vor Anstrengung schon keuchten. Unbeweglich standen die Wachen im Schatten der Häuser und unterhielten sich leise oder sahen den drullischen Soldaten einfach bei der Arbeit zu.

Len hatte längst das Oberteil seiner Uniform abgelegt, und selbst Brit arbeitete nur noch in dem dünnen Hemd, daß sie vorschriftsgemäß unter dem derben Stoff der Uniform zu tragen hatten. Len ertappte sich dabei, wie er mehr als einmal ihre Figur betrachtete, die in dem schlichten Hemd weitaus besser zur Geltung kam als sonst.

Er nieste. Es war schier zum Verzweifeln. Die Hitze hatte den Boden, in dem sie gruben, austrocknen lassen. Der mit jedem Spatenstich aufwirbelnde Staub drang in ihre Münder, Nasen und Lungen und machte das Atmen zu einer Qual. Ihr Schweiß vermischte sich sofort mit den Staubteilchen und verstopfte die Poren, so daß sie noch mehr schwitzten.

Die Kais kannten kein Erbarmen. Wenn sich einer der Drulls einen Moment nur ausruhte, kam die Wache herangeschlendert, das Gewehr in beiden Händen, und forderte ihn mit einigen spitzen Worten auf, wieder an die Arbeit zu gehen. Dieser Methode konnte man einen gewissen Erfolg nicht absprechen.

Die Grube war fast fertig. Wenn der aus einer Ecke ragende Stein beseitigt war, würde mit dem Ausschalen begonnen werden können. Wenn alles gut lief, sollten sie morgen um diese Zeit mit dem Bau fertig sein.

Len und die Drulls packten den Stein, während Brit ihn mit einer langen Stange von unten anzuhebeln und zu bewegen versuchte. Sie setzte ihre ganze Kraft ein und legte ihr Gewicht mit auf die Stange, während die anderen an dem Brocken zerrten, und endlich, ganz langsam, bewegte er sich Millimeter um Millimeter. Der Schweiß rann von Brits Stirn und brannte in ihren Augen, oder er suchte sich seinen Weg über den Nasenrücken und tropfte zu Boden, wo er von dem Staub gierig aufgesogen wurde. Sie hatte das Gefühl, als sei sie mit Wasser übergossen worden. Ihr Blick verschwamm.

Plötzlich fühlte sie sich beobachtet. Sie sah auf, und dort war er wieder. Drag. Er stand am Rande des Grabens und sah auf sie herunter.

Die Stange glitt aus ihren feuchten Händen und schlug in ihren Unterleib. Sie spürte keinen Schmerz. Alles, was sie empfand, waren die Blicke des Kais, die über sie glitten. Er sagte kein Wort.

Auch die anderen hatten ihn bemerkt und sahen ebenfalls hoch zu ihm, doch sein Blick lastete allein auf Brit. Ein flüchtiges Lächeln spielte um seine Lippen, und verwirrt bemerkte Len, daß sie es erwiderte. Es war, als seien sie, die Umstehenden, ausgeschlossen von etwas Großem und Mächtigen, daß sich zwischen Brit und diesem Kai abspielte.

Sogar die kaiischen Wachen schienen verwirrt. Zögernd kamen sie näher, blieben aber in einiger Entfernung stehen, als hätte ihnen jemand Einhalt geboten.

Irgendwann wandte sich Drag ab, siegessicher grinsend, und ging ohne ein Wort davon. Erst jetzt spürte Brit die Schmerzen, drehte sich um und erbrach sich in eine Nische des Grabens. Betroffen beobachteten sie die anderen.

Die Wachen gingen zurück an ihre angestammte Plätze. Als sei nichts geschehen, kehrte auch Brit zurück und nahm wieder die Stange. Sie gingen wieder an die Arbeit; niemand verlor weder ein Wort noch einen Gedanken an das, dessen Zeuge sie geworden waren.

Auch Dars Poole war Zeuge des Vorganges gewesen, wenn er seine Bedeutung auch noch nicht erkannte. Er hatte lediglich durch die flirrende Hitze gesehen, daß der Kai-Anführer und diese Darburg daran beteiligt waren. Er mußte unbedingt herausfinden, was zwischen den beiden vorgefallen war.

Es ließ ihm keine Ruhe, und so arbeitete er höchst unkonzentriert. Einem der Kais fiel auf, daß er manchmal minutenlang in den Staub starrte und dann eher langsam weiterarbeitete. Die anderen Drulls seiner Gruppe hatten ihn anfangs zur Arbeit angetrieben, aber seine jähzornigen Ausbrüche, die zu seiner sonstigen Zurückhaltung so ganz im Gegensatz standen, hatten sich seit gestern herumgesprochen, so daß sie es nicht wagten, ihn handfester zur Mitarbeit zu überreden.

Der Kai trat an den Graben heran und richtete einige scharfe Worte an ihn. Dars sah nicht einmal auf. Die anderen zogen sich unwillkürlich zurück, blickten auf den Boden und taten höchst beschäftigt. Niemand wollte Zeuge der sich anbahnenden Auseinandersetzung werden oder gar Partei ergreifen.

Dars schaufelte einen kleinen Schuttberg zur Seite und hielt wieder inne. Er legte den Kopf in den Nacken, und seine Blicke gingen zum Himmel, der durch die Tarnnetze wie zerschnitten wirkte. Der Kai stand direkt vor ihm, aber Dars' Blick ging durch ihn hindurch.

Die Wache wiederholte ihre Worte und registrierte erstaunt, daß dieser kleine Drull gar keine Notiz von ihm nahm. Im Gegenteil; der aufmüpfige Kerl lehnte sich sogar an die Wand des Grabens. Für den Kai war die Zeit des Handelns gekommen. Er sprang in den Graben und brüllte den Drull an. Als dieser nicht reagierte, packte er ihn am Oberarm und zog ihn zu sich heran. So blieben sie einige Zeit stehen und musterten sich gegenseitig. Der Kai nahm das Gewehr, drückte es Dars in die Seite und schob ihn vor sich her. Sie erreichten gemeinsam einen der wenigen Aufstiege und verschwanden zwischen den Häusern.

Dars Poole triumphierte.

Hauptkatai Quaila war wieder einmal zu einer Unterredung geholt worden. Einer Unterredung, die, wie die anderen zuvor, zu nichts führen würde und lediglich dazu diente, ihn auszuhorchen. Ob er schon von den Rebellen gehört hatte, wie und wo die drullischen Frontlinien verliefen, wie stark die drullischen Streitkräfte waren. Quaila hatte keine Antworten gegeben, und Drag hatte sein Verhalten sogar großzügig als eines Offiziers würdig gepriesen. Und doch war eine Wißbegierde in seinem Gesicht zu erkennen gewesen, die Quaila anfangs sogar schwankend gemacht hatte.

So saßen sie also wieder einmal an einem kleinen Tisch unter dem Vordach eines der größeren Häuser, und fast sah es so aus, als wollten sie in dieser Umgebung um jeden Preis Frieden spielen.

Quaila sah seine Soldaten und wie sie in der Hitze schwitzten. Er wünschte sich nichts mehr, als ihnen zur Hand zu gehen. Er war überzeugt, daß es zu Drags Plänen gehörte, ihn jede Nacht zusammen mit seinen Mannschaften schlafen zu lassen, die sehr wohl sahen, daß ihr Kommandeur nicht arbeitete, sondern statt dessen mit dem gegnerischen Anführer zu Tisch saß.

Und schon wieder drehte sich das Gespräch um die drullischen Truppen weiter südlich. Quaila ließ das Gerede unwillig über sich ergehen, aber irgendwann reichte es ihm. Er schlug mit der flachen Hand auf den Tisch.

»König, wann werdet Ihr es begreifen daß ich Euch nichts sagen werde? Es geht euch einfach nichts an, wo unsere Truppen stehen. Wenn ich Euren Worten glaube, dann befindet Ihr Euch im Kampf mit Titan-Net, genau wie wir. Warum, zum Verderber, wollt Ihr also alles über die drullischen Streitkräfte erfahren? Das macht keinen Sinn, wie ich euch schon gestern sagte.«

»Quaila«, erwiderte Drag leise und sich über die Aussprache des Drulls amüsierend. »Natürlich sind wir im Krieg mit Titan-Net. Wir sind Kais, und Stolz hat mit unserer Art zu glauben eine ganze Menge zu tun. Es gibt eine Einheit von Rebellen, die in dieser Gegend ihr Unwesen treibt. Meine Kundschafter haben berichtet, daß die Rebellen vornehmlich aus Drulls bestehen. Was liegt also näher, als einen Drull-Kommandanten zu fragen, ob er schon einmal von ihnen gehört hat? Seht, der Krieg mit Titan-Net bringt uns genauso wie euch in Gefahr, aber die Rebellen drullischer Abstammung bedrohen uns ebenfalls.

Quaila, seht euch um. Wem tun wir hier etwas? Wem nehmen wir Land weg? Wir verstecken uns vor Titan-Net und schlagen aus dem Hinterhalt zu. Welchen Grund soll es also geben, uns zu verfolgen, wie es die drullischen Rebellen es tun? Habt Ihr eine Erklärung?«

Quaila sagte gar nichts. Ihm war schon seit längerem aufgefallen, daß Drag jede Tatsache so darstellte, daß er und seine Leute immer zu den Benachteiligten gehörten. Was auch passierte, die Kais waren immer unschuldig. Aber es gab keinen Grund, militärische Geheimnisse zu verraten. Er hatte nie etwas von Rebellengruppen der Drulls gehört, möglicherweise waren sie ja vor ihm geheimgehalten worden.

»König, ich glaube, ich sollte jetzt meinen Leuten bei der Arbeit helfen. Wenn Ihr Wort haltet, und ich glaube, das werdet Ihr, dann können wir um so schneller verschwinden.«

Drag sprang auf und legte Quaila die Hand auf die Schulter. »Das ist doch nicht Euer Ernst. Kennt die drullische Armee für ihre Offiziere keine Schonung? Habt Ihr nicht schon genug durchgemacht?«

Quaila wehrte sich gegen den Druck und stand auf. »Doch, das haben wir. Und deshalb ist es nur unser Recht, wenn wir so schnell wie möglich zurückkommen.«

Drag winkte eine der Wachen herbei. Er sprach schnell auf den Mann ein in einem Dialekt, den Quaila nicht verstand. Doch bald erfuhr er dessen Bedeutung. Der Kai führte ihn auf Umwegen an seinen arbeitenden Leuten vorbei. Quaila spürte die Blicke auf sich lasten, als man ihn in das kühle Dunkel des Schuppens sperrte. Der Hauptkatai verfluchte zum ungezählten Mal alle Kais dieser Welt.

Drag lächelte, als er wenige Minuten nach Quailas Abgang einen ungewöhnlichen Gast empfing.

Am Nachmittag hatte man Dars Poole zurückgebracht und in Lens Gruppe integriert. Sein Gesicht war geschwollen und seine Augen waren blutunterlaufen. Man erkannte deutlich, daß er von den Kais mißhandelt worden war.

Anfangs versuchten ihm seine Kameraden durch Blicke, Gesten und kurze Worte Mut zu machen. Die wachhabenden Kais waren nach der Mittagshitze jedoch wieder so aufmerksam geworden, daß an mehr nicht zu denken war. Außerdem reagierte Dars kaum darauf. Es schien, als wäre er dadurch noch verschlossener geworden.

Auffällig war lediglich, daß er entgegen seines sonstigen Verhalten ihre Nähe suchte. Sobald sich jemand unterhielt, machte Dars Anstalten, sich zu ihm zu gesellen, als habe er Bedarf, an ihren Worten teilzunehmen. Und doch blieb er immer im letzten Moment auf einer gewissen Distanz.

Aber die Arbeit wog schwerer auf den Drulls, als daß sie eine tatsächliche Möglichkeit gehabt hätten, sich untereinander wieder aufzubauen. Die Hitze hatte die

Luft zu einer warmen und feuchten Masse werden lassen. Der helle Sonnenschein war einem bedrohlichen Dämmerlicht gewichen. Es schien, als würde es am Abend ein gewaltiges Gewitter geben. Auch die Schatten der Erdhügel, die überall aufgeworfen wurden, waren länger geworden.

Die Drulls arbeiteten weiter. Bis morgen Mittag würden sie den zweiten Verteidigungsring vollendet haben und konnten mit dem geforderten dritten beginnen. Mit etwas Glück würden sie also in wenigen Tagen frei sein, sollten die Kais Wort halten.

Len mußte immer wieder zu Dars hinsehen. Er war befremdet über das, was man ihm angetan hatte. Sicherlich konnte man die Mentalität der Kais in keinem Fall mit der der Drulls vergleichen – die Kais waren ein ungemein rauhes Volk und kamen zudem noch aus dem bei weitem nicht so zivilisierten Norden –, doch Len wußte, daß es zwischen allen Völkern das ungeschriebene Gesetz gab, Gefangene nicht zu mißhandeln. Zwangsarbeit wie die, die sie zu verrichten hatten, war schon hart an der Grenze des allgemein akzeptierten, doch diese Art der Maßregelung wurde bei gebildeten Völkern verachtet.

Nebenbei bemerkte Len, daß sich zu den ursprünglichen beiden Wachen zwei weitere hinzugesellt hatten. Len wertete dies anfangs als Vorsichtsmaßnahme wegen Dars, konnte dann aber beobachten, daß auch bei den anderen Gruppen die Wachen verstärkt wurden.

So half er also den anderen, die Wände des Bunkers mit Steinmasse auszugießen, die bis morgen früh getrocknet und somit auch gegen heftigsten Beschuß gesichert wäre. Irgendwann fiel sein Blick wieder auf Brit, und er erkannte eine Unsicherheit und Verstörtheit bei ihr, die er so noch nie bemerkt hatte.

Sie sah so aus wie heute morgen, als dieser Kaikönig sie so merkwürdig angeschaut hatte. Er hatte es für einen einmaligen Vorgang gehalten, doch nun hatte sie wieder dieses seltsame Gehetztsein im Blick. Brit arbeitete stur und sicher wie eine Maschine. Len warf rasch einen Blick um sich, aber Drag war nicht zu sehen. Was also war der Grund?

Als er Minuten später einen schrillen Schrei hörte, ahnte er, daß etwas passiert war. Er blickte auf und sah Brit davonlaufen. Unruhe kam unter den Wachen auf. Zwei lösten sich von der kleinen Gruppe und rannten ihr oben am Rand des Grabens hinterher.

Weshalb diese Flucht? Len verstand Brit nicht. Es hatte ohnehin keinen Sinn. Wenn sie weiterrannte, würde sie wieder zu ihnen stoßen. Wenn man sie aufhielte, hätte sie auch nichts gewonnen.

Auf einmal stand Drag am Rand des Grabens und strahlte wieder diese überirdische Ruhe aus. Er sah auf Brit hinab, und wieder erstarben ihre Bewegungen. Es war, als lausche sie unhörbaren Worten. Dann machte sie kehrt und ging langsam wieder zu ihrer Gruppe zurück. Auch den ihr folgenden Wachen war die Verwunderung anzusehen. Drag war so schnell wieder verschwunden, wie er aufgetaucht war.

Brit ließ sich von den Kais widerstandslos festnehmen. Die Wachen nahmen sie fest bei den Armen und schleiften sie fort.

Die Nacht war schon hereingebrochen, als Brit zurückgebracht wurde. Der Schein einiger schwacher Lampen erhellte die Szene, als man die Tür des Schuppens öffnete und sie ins Innere stieß. Noch während die Tür erneut verriegelt wurde, ließ sie sich fallen und lehnte sich gegen das rauhe Holz der Wand. Sofort war Len neben ihr.

»Was ist passiert? Was haben sie mit dir gemacht?«

Mühsam hob sie den Blick und sah in seine Augen. In einiger Entfernung erkannte sie schemenhaft die anderen, die einen kleinen Halbkreis um sie gebildet hatten.

Brit hob die Arme, und Len umfaßte ihre Hände leicht mit den seinen. Mit erstaunlicher Kraft zog sie ihn zu sich herunter. Überrascht von dieser Bewegung fiel Len nach vorne über und bemerkte verwundert, daß sie ihn an sich zog und ihr Gesicht an seine schmutzigen Uniform preßte. Laut schluchzend begann sie zu weinen. Zögernd griff er nach ihrem Kopf und begann erst leicht, dann anhaltender, ihre verfilzten Haare zu streicheln, während das gedämpfte Weinen an seiner Brust immer lauter wurde.

Zorn stieg in ihm auf und grenzenloser Haß, der seiner sonstigen linearen Nüchternheit eigentlich fremd war. Was hatten diese Hunde nur mit ihr angestellt?

Aus dem Raunen um sie herum schloß er, daß die anderen genauso schockiert waren wie er selbst. Aus den Augenwinkeln bemerkte er, wie Hauptkatai Quaila langsam näherkam, sich aber dennoch in respektvollem Abstand hielt. Len versuchte ihm mit einer raschen Handbewegung zu bedeuten, daß er und die anderen sich zurückziehen sollten. Erleichtert bemerkte er, wie der Offizier mit leisen Worten die Kameraden dazu aufforderte, sich von den beiden zurückzuziehen.

Nach langen Minuten ebbte das Schluchzen ab, und auch Brits Körper zitterte nicht mehr ganz so stark wie zu Anfang. Um ihr ein Gefühl der Geborgenheit zu vermitteln, drückte Len sie noch etwas fester an sich und wartete weitere Minuten, bis Brit sich plötzlich etwas von ihm zurückzog und ihn anschaute.

Len lächelte, wohl wissend, daß es nur wie eine Farce wirken konnte. Er tat es trotzdem.

»Was ist denn geschehen?« Seine Hand wollte über ihre Wange streichen, doch sie hielt sie fest und führte sie sanft, aber bestimmt wieder zurück.

»Ich will nicht darüber reden.«

Len sah an ihr vorbei zu Boden und sog die Luft ein.

»Brit, ich will dir helfen. Sprich darüber. Egal, was sie dir angetan haben, nur wenn du darüber sprichst, wird es besser werden. Du mußt deine Last mit jemand anderem teilen.«

Sie lehnte ihren Kopf an die Wand.

»Nein, du mußt mich verstehen. Ich will nicht.«

Es war zum Verzweifeln. Len hatte sich in den Kopf gesetzt, ihr zu helfen, und nun ließ sie es nicht einmal zu. Er beobachtete sie, wie sich ihr Brustkorb noch immer relativ schnell hob und senkte. Nervös klopfte er mit seinen Händen auf die eigenen Oberschenkel. Was sollte er nur tun? Er ahnte das Schlimmste, aber er konnte auch nicht weiter in sie dringen, wenn sie das nicht wollte. Er beschloß, noch einen Versuch zu starten.

»Brit, hör mal. Egal, was geschehen ist, ich bin bereit, dir zu helfen. Laß mich zu dir. Was ist passiert?«

In ihren Augen leuchtete es plötzlich zornig auf.

»Na, was wird wohl passiert sein?« schrie sie. »Wovor hast du denn Angst, das passiert sein könnte? Warum könnt ihr mich nicht alle einfach in Ruhe lassen? Der Tag war schrecklich genug für mich!«

Wütend stand Len auf.

»Brit, das ist kindisch. Ich will dir wirklich nur helfen. Wir alle hier helfen uns doch auch gegenseitig.«

»Ja? Wer denn? Bis jetzt helfen sich doch alle nur selbst. Wer hilft sich denn? Wer hat überhaupt eine Möglichkeit dazu? Diese Tiere da draußen machen doch mit uns, was sie wollen.«

Jemand tauchte rechts neben ihnen auf. Sie erkannten Dars.

»Und unser Anführer trifft sich täglich mit diesem Drag zum Plausch«, sagte er.

Brit hob die Faust, und fast hätte sie zugeschlagen. »Seit wann bist du denn einer von uns? Du lebst doch ohnehin nur für dich. Was mischt du dich hier also ein? Verschwinde!« Jetzt schrie sie. »Verschwinde! Hau ab! Haut alle ab!«

Dars zog sich wieder ins Dunkel zurück, und auch Len entfernte sich ein wenig, jedoch nicht so weit, daß er nicht sofort zur Stelle sein könnte, falls sie ihn brauchte.

Wilde Gedanken schwirrten ihm durch den Kopf. Am liebsten würde er sofort wieder zu ihr gehen, aber nach dieser Abfuhr...? Was konnte er dafür, daß man sie so schlecht behandelt hatte? Woher nahm sie das Recht, ihn auf diese Art und Weise vor den anderen bloßzustellen? Wenn er sich tatsächlich nur für sich selbst interessierte, könnte es ihm doch egal sein, wie es ihr ging.

Er ging zur Wand und setzte sich auf den Boden, etwa fünf Meter von Brit entfernt. Dort hing er weiter seinen Gedanken hinterher, als er einige interessante Gesprächsfetzen auffing.

»Wie fliehen? Wie stellst du dir das vor? Und wohin sollen wir denn fliehen? Aus diesem Dickicht finden wir allein doch nie heraus.«

»Hierbleiben bringt uns auch nicht weiter. Wollen wir denn für alle Zeiten Sklaven sein?«

Es war die Stimme Dars', da war sich er fast hundertprozentig sicher. Aus dem Gemurmel schloß Len, daß er einige Gefährten um sich versammelt hatte und tatsächlich eine Flucht plante.

Da sie augenblicklich noch leiser sprachen, konnte Len nicht viel mehr verstehen, als daß sie morgen versuchen wollten, einige Wachen zu überwältigen und mit den erbeuteten Waffen in den Wald zu fliehen. Für ihn ein reines Selbstmordkommando, kannten sich die Kais doch in den umliegenden Wäldern viel besser aus als sie.

Len überlegte hin und her, ob er sich in die Diskussion einschalten oder zumindest Quaila Bescheid geben sollte, doch als er plötzlich eine Hand an seiner Seite spürte, war all dies vergessen. Es war Brit, die sich wortlos an ihn schmiegte. Sogleich fühlte er sich besser.

»Es tut mir leid, was ich eben gesagt habe. Ich habe es nicht persönlich gemeint, glaube mir.«

»Ich weiß«, lenkte Len ein und drückte sie an sich. »Du mußt nichts sagen, wenn du nicht möchtest.«

Aber Brit sprudelte los, hörbar erleichtert, daß sie nun alles erzählen konnte, was sie so sehr bedrückt hatte.

»Es war schrecklich, Len. Die Kais brachten mich zu Drag. Er erzählte mir von seinem Land, Kjel, und daß er seinen Einfluß von dort aus über den nördlichen Kontinent ausdehnen will, wenn er erst einmal mit Titan-Net fertig ist. Ich glaube, er ist größenwahnsinnig, Len. Er ist verrückt. Drag glaubt wirklich daran, Titan-Net besiegen zu können und mit Hilfe des danach unweigerlich entstehenden Machvakuums Chromos unter seine Kontrolle zu bekommen.«

Len hielt sie weiterhin fest und hörte einfach zu.

»Du glaubst nicht, was er mir für ein Angebot gemacht hat. Er sagte, er hätte mich schon lange beobachtet, und ich wäre die passende Königin des Großreiches von Kjel. Ich solle mich mit ihm zusammentun, dann sei ich gerettet.«

»Das kann doch nicht sein!«

»Doch, er meint, dies sei die einzige Möglichkeit für mich, hier lebend herauszukommen.«

»Moment, er sagte doch, er würde uns gehen lassen?« Len war fassungslos. Er hatte nie wirklich geglaubt, das man sie gehen lassen würde, nachdem die Stellung ausgebaut war, aber nun so plötzlich auch all seiner Hoffnungen beraubt zu werden, war doch ein schwerer Schlag.

Brit lachte hohl. »Ja, Len. Sie wollen uns gehen lassen. Aber Drag meinte, er habe die Nachricht erhalten, daß Titan-Net sich verstärkt gegen ihn wenden wolle; er könne nicht für unsere Sicherheit garantieren. Es sei denn, ich würde mich ihm anschließen.

Egal, wie ich mich entscheide, wir sind verloren. Entweder bringt er uns eiskalt um, oder er stellt uns bei einem Angriff in die ersten Reihen, um seine eigenen Leute zu schonen. Wenn wir nichts unternehmen, gibt es für uns keine Zukunft mehr.«

Len spürte, wie ihr Griff um seinen Arm fester wurde. »Und was geschah dann?« fragte er.

»Er sagte, daß wir uns näher kennenlernen sollten«, fuhr Brit mit erstickter Stimme fort. »Wir hätten noch so viel zu besprechen, und ob ich nicht ... die Nacht bei ihm verbringen wollte.«

»Und dann?«

»Dann kam plötzlich einer seiner Kais hereingestürmt und redete auf ihn ein. Daraufhin stieß er mich weg, und ich wurde zurückgebracht.«

Len dachte angestrengt nach. »Brit, ist dir irgend etwas aufgefallen, was uns helfen könnte?«

»Nun, an seiner Wand hing eine Karte, aber ich verstehe kein Kaiisch und konnte die Eintragungen nicht entziffern, obwohl ich ganze Zeit darauf gestarrt hatte, um ihm nicht ins Gesicht sehen zu müssen. Sie hing genau hinter ihm.«

»Versuch, sie zu beschreiben. Was war eingezeichnet? Konntest du erkennen, in welche Richtung wir uns wenden müssen, wenn uns vielleicht eine Flucht gelingt?«

»Nein, unmöglich. Die Zeichnung in der Mitte der Karte muß dieses Lager gewesen sein, da es sehr detailliert eingetragen war, aber rundherum war nur Grün. Einige Linien könnten Pfade dargestellt haben. Etwas weiter entfernt, auf der rechten Seite der Karte, waren ein paar Kreuze, und noch weiter entfernt ein großer Kreis, aber mit einer unterbrochenen Linie, als wäre man sich nicht sicher, ob sich dort tatsächlich etwas befindet.«

Len dachte nach. Aus dieser Richtung waren manchmal Kais gekommen, die von Patrouillen zurückkehrten.

»Ich denke, daß sie dort vielleicht etwas entdeckt haben, das sie noch auskundschaften. Sonst war nichts zu erkennen?«

»Nein. Da waren zwar unzählige Eintragungen, aber ich kann diese Sprache nicht lesen.«

»Verdammt auch! Ich hole Quaila. Er kann Kaiisch, und vielleicht ist diese Karte auch ihm aufgefallen, als er seine Unterredungen mit Drag hatte.«

Einige Augenblicke später war Len wieder da, und Brit erzählte dem Offizier von ihren Beobachtungen.

»Nun«, begann er langsam, »ich habe nichts dergleichen bemerkt, als ich heute mit ihm sprach. Aber vielleicht ist dies ein Indiz dafür, daß er es so eilig hat mit der dritten Verteidigungslinie. Wenn wir nicht in einer so schlechten Position wären, würde ich vorschlagen, daß wir den Bau verzögern. Ich weiß zwar nichts von drullischen Befestigungen in der Gegend, aber vielleicht haben seine Leute ein Kommando von uns entdeckt und befürchten einen Angriff.«

»Das wäre ein Grund, wieder Hoffnung zu haben«, flüsterte Brit. »Aber was, wenn es keines unserer Kommandos ist?«

»Dann ist es höchstwahrscheinlich Titan-Net, und wir sterben genauso wie die Kais, wenn sie uns entdecken.«

Len dachte kurz an Dars und seine Fluchtpläne und ob er Quaila davon erzählen sollte, entschied sich jedoch dagegen. Erst wollte er mit Dars sprechen. Vielleicht hatte er sich auch verhört oder alles falsch eingeschätzt, dann fiele ein falsches Licht auf ihn.

San stand Wache und blickte angestrengt in den Wald. Dort draußen standen ihre Demon-Einheiten und überwachten das Gelände. Grund genug für ihn, etwas über ihre Situation nachzudenken.

Seit Tagen war ihm schon aufgefallen, daß sein Konflikt mit Miro sich einem Höhepunkt näherte. Seitdem Miro von Drag öffentlich für die Gefangennahme der Drulls belobigt worden war, war er immer öfter von ihm zu Gesprächen herangezogen worden, was, wie er wußte, auch anderen Kais nicht gefiel, da sie Miro als zu rechthaberisch und arrogant kennengelernt hatten.

Miro hatte auf seinem letzten Streifzug in den östlichen Wäldern etwas entdeckt, soviel war klar. Warum informierte sie Drag also nicht alle, sondern nur ihn und seine wenigen Eingeweihten? Es mußte etwas Wichtiges sein, da ihr Anführer die Wachen hatte verdoppeln lassen. Fast jeder mußte nun zweimal pro Nacht raus und einige Stunden die Augen offenhalten, während andere die ganze Nacht durchschlafen konnten. Selbstverständlich gehörte auch Miro zu den Privilegierten, die nur jede zweite Nacht zur Wache abkommandiert wurden.

Dann war San auch nicht klar, warum unbedingt eine

dritte Verteidigungslinie her mußte. Nun, sie hatten Gefangene, die beschäftigt werden mußten, aber sie waren nicht einmal genügend Leute, die zwei vorhandenen Gräben zu besetzen, wenn der Ernstfall einträte.

Wollte Drag sie etwa auf seine Seite ziehen? Sollten Drulls mit für ihre Sicherheit sorgen? Das war unvorstellbar. Kais sahen in den Drulls niedere Wesen, die sich in den falschen Konflikt eingelassen hatten. Titan-Net würde bald mit ihnen fertig sein. Ein Volk aus Bauern, die nur durch ihre Technik einen Lebensstandard erwirtschaftet hatten, der weit über dem der anderen Völker Chromos' lag. Sie konnten ja nicht einmal mit ihrer eigenen Technik umgehen, wie es der Kampf gegen Titan-Net, ein Geschöpf eben jenes drullischen Volkes, täglich aufs Neue bewies. Hätten diese Bauern nicht die Waffen ihrer alten Armee, würden sie schon lange in den Minen arbeiten.

Mit Verachtung dachte San an die Drulls, die sie bei ihren Überfällen auf die vereinzelten Gehöfte getötet hatten. Damals hatten sie auch keine Gefangenen gemacht. Wenn es nach ihm gegangen wäre, hätten sie auch die drullischen Soldaten gleich nach dem Überfall auf den Konvoi getötet und für Titan-Net sichtbar als Beweis ihrer Stärke hinterlassen.

Wer sollte sie denn stoppen? Titan-Net entstammte immerhin dem Hirn drullischer Wissenschaftler und besaß auch in seiner Grausamkeit eine Logik, auf die sie glücklicherweise keine Rücksicht nehmen mußten.

San balancierte schon einige Minuten auf einem kleinen Stein, der sich unter der Sohle seines rechten Stiefels befand. Mehr unbewußt versuchte er nun, ihn aus dem festgetretenen Boden zu lösen, als er, durch ein Geräusch aufgeschreckt, seinen Blick wieder hob.

Genau vor ihm stand ein drullischer Soldat in einer Uniform, die er nicht kannte. In seiner Rechten hielt er einen dieser kleinen, handlichen Bolzenwerfer, die so gut wie keinen Lärm machten, wenn sie abgefeuert wurden.

Drulls, dachte San. Wo kommen die Drulls her?

Dann starb er ohne einen Laut.

Drag saß in dem kleinen Raum, der ihm als Machtzentrum diente. Bei ihm waren drei weitere Kais, darunter Miro, die sich über die Karte beugten.

»Die letzten Informationen, die wir bekommen haben, berichten über die Spuren von Patrouillen, die sich unserem Lager nähern«, sagte Miro.

»Wie alt ist diese Information?«

Miro sah Drag in die Augen. »Die letzte Beobachtung liegt erst wenige Stunden zurück.«

»Wissen sie von uns?«

»Wir denken, nicht. Wenn Titan-Net mit all seiner Technik uns nicht findet, wie sollten es dann diese Bauern?«

»Das weiß ich nicht«, brüllte Drag plötzlich los. »Aber ich will, daß ihr es herausfindet! Wie kommen diese Rebellen überhaupt in diese Gegend?«

»Nun«, begann Miro vorsichtig. »Wenn wir die Niederlage der drullischen Armee in Betracht ziehen, die sich vor einigen Tagen hier zugetragen hat, wollen sie möglicherweise das Gebiet aufklären, das Titan-Net zurückerobert hat. Auf dem Weg dorthin liegt zwangsläufig unser Lager.«

»Ja«, entgegnete Drag hämisch. »Wie ich hörte, haben die Rebellen sich aber vom drullischen System abgespalten. Was interessiert sie dann eine Niederlage der Armee?«

»Vielleicht weniger die Niederlage der Armee, als vielmehr der Grund für Titan-Nets Sieg?« gab Miro zu bedenken.

Drag sah ihn an. Dieser Miro war nicht wie die anderen Kriecher, die sich vor ihm duckten. Er zeigte nicht diese schleimige Art der Unterwürfigkeit ihm gegenüber. Ihn würde er sich merken.

»Mir reicht es jetzt. Ich lasse mir nicht mehr länger etwas vormachen. Ihr holt jetzt diesen Quaila. Der kann mir nicht erzählen, daß er von den Rebellen nichts wüßte. Und wenn er noch immer schweigt, wird er so lange gefoltert, bis er uns auch den Kosenamen seiner Mutter verrät. Das wirst du erledigen, Miro.«

Miro lächelte. Er machte auf der Stelle kehrt und verließ den Raum.

Sie hatten mit gezielten Schüssen die Demon-Einheiten ausgeschaltet und waren zügig bis zum ersten Verteidigungsring vorgestoßen. An dieser Stelle der Lichtung hatten sie sich der Wachen entledigt. Die Aufgabe der drullischen Rebellen war es, die gefangenen Soldaten der drullischen Armee aus den Händen der Kais zu befreien.

Erst nachdem sie einen versprengten Drull in den Wäldern gefunden hatten, der von der Verschleppung seiner Einheit berichtete, waren sie überhaupt auf die Kais aufmerksam geworden.

Bald darauf wurden sie fündig. Nicht nur einige Kais waren hier; dies war fast schon eine Festung. Merkwürdig, daß sich die Kais so weit südlich aufhielten, doch Fragen würden erst später gestellt werden.

Zehn Mann und zwei Neokatais lagen nun versteckt im Schutz des Grabens und beobachteten das Gelände. Die kleinen Fenster der Häuser waren mit dunklen Tüchern verhängt worden, aber wenn man genau hinsah, erkannte man die dünnen Streifen hellen Lichts, das trotz aller Vorsicht in die Dunkelheit sickerte. So war es ihnen möglich, auch ohne Nachtsichtgeräte die groben Ausmaße der Häuser mit bloßem Auge wahrzunehmen.

Neben den lautlosen Bolzenwerfern für den Nahkampf hatten sie die Standard-Stoner und einige tragbare Raketenwerfer dabei, die hauptsächlich Verwirrung stiften sollten, würde man sie entdecken.

Das mutmaßliche Gefängnis ihrer Landsleute war schnell ausgemacht. Es war das einzige, in dem kein Licht brannte und um das in Abständen von nur wenigen Minuten gleich mehrere Kais patrouillierten.

Eine Kampfgruppe löste sich lautlos von der anderen und folgte dem Lauf des Grabens. Zwei weitere Wachen waren schnell überwältigt. In einer Entfernung von etwa fünfzig Metern zur anderen Gruppe hielten sie inne, verteilten sich auf eine Breite von zehn Metern und sicherten mit ihren Waffen den Bereich zwischen den einzelnen Gebäuden, der von hier aus einzusehen war.

Die andere Gruppe zielte auf jeden sich bewegenden Schatten, und erst als sie sicher waren, daß der vor ihnen liegende Abschnitt des zweiten Grabens feindfrei war, zogen sie sich langsam hoch und robbten die fünf Meter zur zweiten Verteidigungslinie. Als sie den Rand erreichten, ließen sie sich einfach fallen. Ein hin und wieder sichtbares Lächeln auf den schweißnassen Gesichtern spiegelte die Freude über das bis dahin geglückte Vorgehen wider.

Plötzlich hielten sie inne. Direkt vor ihnen, nur wenige Meter hinter dem noch im Bau befindlichen dritten Graben, stand ein Kai regungslos im Dunkeln. Es war offensichtlich, daß er etwas gehört hatte und nun überlegte, ob er sich vielleicht getäuscht hatte. Er starrte genau in ihre Richtung.

Neokatai Moorn ragte mit beiden Schultern und dem Kopf über den Grabenrand hinaus. Er hatte das unbeschreibliche Verlangen, sich zu ducken, aber er wußte genau, daß man ihn mit Sicherheit entdeckte, sobald er sich auch nur einen Zentimeter bewegte. Er konnte nicht einmal die Waffe heben. Er betete zu den Göttern, daß auch seine Leute blieben, wo sie waren.

Der Kai machte einen Schritt zur Seite, wandte seinen Blick jedoch nicht ab.

Ich muß ihn erledigen, bevor er schreien kann, dachte Moorn. Er kann mich genau sehen, verdammt. Aber er weiß nicht, wer oder was ich bin. Vielleicht sieht er in mir auch nur einen Stein.

Moorn sah, wie sich die Hände des Kais dem Magazingürtel unterhalb seines Bauches näherte, und er spannte alle seine Muskeln. Im Bruchteil einer Sekunde hätte er den Bolzenwerfer oben und abgedrückt. Das Teuflische war nur, daß dieses Ding in der Dunkelheit bei einer Entfernung von über zwei Metern mehr als unsicher war. Doch wenn er die Waffe wechseln wollte, hätte er sich mehr bewegen müssen, als ihm lieb war.

Moorn konnte nur raten, was die Hände dort taten. Ein leises, reißendes Geräusch veranlaßte ihn beinahe, blind loszuballern. Es wurde gefolgt von einem leisen Plätschern, und Moorn hätte am liebsten laut losgelacht.

Der Kai pinkelte.

Grelles Licht riß die Szene aus dem schützenden Dunkel, und im gleichen Moment begann der Kai zu brüllen, als er sah, wer da nur wenige Meter vor ihm im Graben stand.

Miro war den schmalen, weißgetünchten Gang entlang gegangen und malte es sich in Gedanken schon aus, was Drag sagen würde, wenn er Informationen aus dem Drull herausbekäme, die sonst niemand hatte. Als er die Automatik der Außentür betätigte, hörte er noch das leise Gespräch der Männer, die in den angrenzenden Räumen schliefen oder sich unterhielten.

Als sich die Tür komplett geöffnet hatte, sah er vor sich im Lichtschein eine Wache, die breitbeinig dastand und sich erleichterte. Er wollte den Mann gerade wegen dieser Disziplinlosigkeit zusammenstauchen, als dieser zu schreien begann.

Urplötzlich war die Hölle los. Schüsse krachten. Miro sah noch, wie der Soldat zusammenbrach, als im selben Moment genau neben ihm ein silberner Bolzen einschlug und ein faustgroßes Loch in den Putz riß.

Für Sekunden war ihm durch den aufspritzenden Kalk die Sicht genommen. Instinktiv ließ er sich nach hinten fallen, und die Tür schloß sich wieder. Von den Schüssen alarmiert, quollen Kais auf den Flur. Am anderen Ende des Ganges stand Drag und versuchte, durch sein Gebrüll die Männer zur Ordnung zu rufen.

Moorn hatte keine andere Wahl mehr. Er befahl zweien seiner Männer, auf alles zu schießen, was sich bewegte, und hastete mit den anderen aus dem Graben in Richtung des Gefängnisses.

Alle Vorsicht gegenüber Titan-Net-Aufklärern war vergessen. Überall auf dem Gelände entflammten Suchscheinwerfer und machten die Nacht zum Tage. Aus allen Richtungen kamen Geschosse und fuhren in Wände und Boden.

Neokatai Send, der mit seinen Leuten den Raum zwischen den einzelnen Häusern zu sichern hatte, geriet plötzlich unter Feuer. Immer mehr Kais sprangen aus den Fenstern oder verließen die Gebäude durch rückwärtige Türen. Die Rebellen wußten nicht, wie vielen Gegnern sie gegenüberstanden, sie wußten nur, daß sie aus fast allen Fenstern der Ostseite unter schwersten Beschuß genommen wurden.

Moorn hatte den Schuppen erreicht, befand sich jedoch an der rückwärtigen Wand und konnte nicht zur Vorderseite vordringen, da dieser Bereich von der zweiten Kampfgruppe beschossen wurde. Er preßte seinen Mund an einen Spalt und rief.

»Drulls, seid ihr da drin?« Aufkommende Rufe gaben seiner Vermutung Recht. »Hört zu! Weg von der Wand; legt euch alle auf den Boden. Gleich seid ihr frei.« Er zählte bis zehn und gab dann das Kommando, die dünne Bretterwand mit den Stonern zu zerschießen. Nach Sekunden schon war ein Loch entstanden, durch das man leicht steigen konnte. Die ersten Gestalten erschienen, zwängten sich durch die Öffnung und hasteten auf den nächsten Graben zu und von dort in den Wald, in die Richtung, die Moorn ihnen gewiesen hatte.

Die zunehmende Anzahl der Schüsse zeigte Moorn, daß die Gegenwehr der Kais sich zu formieren begann. Lange würden sie die Stellung nicht mehr halten können.

Die leeren Gesichter und die zerschlissenen Uniformen der Gefangenen machten ihm mehr zu schaffen, als er gedacht hatte. Diese Augen, die immer wieder zu ihm hinschauten, bevor sie in der Dunkelheit und im Wald verschwanden. Einer der letzten, die das Gebäude verließen, war ein drullischer Offizier, ein Hauptkatai, wie er anhand der Rangabzeichen zu erkennen glaubte. Der

Offizier schien warten zu wollen, doch Moorn drängte ihn in die Richtung, die er auch den anderen gewiesen hatte. Als niemand mehr folgte, gab er seinen Leuten den Befehl zum Rückzug.

Dars Poole ging hastig auf und ab und erwägte alle Möglichkeiten, die ihm offenstanden. Er hatte gewartet, war sich noch unschlüssig, ob er gehen oder bleiben sollte.

Durch die Suchscheinwerfer und die ausbrechenden Feuer war es mittlerweile auch im Inneren des Schuppens so hell geworden, daß er mühelos alles erkennen konnte. Der Beschuß aus den leichten Stoner-Gewehren war den dumpfen Einschlägen der aus den Geschoßwerfern abgefeuerten Raketen gewichen. Es war offensichtlich, daß das Drullkommando sich zurückzog und dabei mit den schweren Waffen die verbliebenen Häuser so weit wie möglich zu zerstören versuchte, schon um die schwere Munition auf der Flucht los zu sein.

Beißender Rauch stieg ihm in die Nase, und eine plötzliche Druckwelle warf ihn zu Boden. Als Dars die Augen wieder öffnete, waren sein Körper und der umliegende Boden mit Funken übersät, und gleich neben der eigentlichen Tür klaffte ein geradezu grotesk großes Loch.

Dars schlug die schwelenden Holzpartikel von seiner Uniform und bewegte sich auf die Öffnung zu. Bald wurde das Ausmaß der Schäden deutlich. Dieser Stützpunkt der Kais würde nur schwer wieder herzurichten sein. Selbst wenn Titan-Net das Lager bisher nicht gefunden hatte, der vorangegangene Lärm und die lodernden Flammen mußten jeden Spionagesatelliten alarmieren.

Das ihrem Gefängnis gegenüberliegende Gebäude hatte unter den Angriffen augenscheinlich besonders stark gelitten. Die Wände waren übersät mit den Einschlägen der Geschosse, mehrere klaffende Lücken zeugten vom Aufprall der Kleinstraketen. Der hintere Teil des Hauses brannte, und die vormals undurchdringlich scheinende Metalltür hing weit offen und schief in ihren Führungsschienen.

Plötzlich wurde Dars klar, daß es für eine Flucht zu spät war. Doch was auch immer mit ihm geschehen würde, seine Chancen würden sich in jedem Fall erhöhen, wenn er eine Waffe besaß.

Er warf einen kurzen Blick nach draußen, rannte dann über die schmale Straße und flüchtete sich mit einem weiten Sprung in den zerstörten Eingangsbereich des Hauses. Dichter Rauch hing in der Luft und zog nur äußerst langsam türwärts. Das Mauerwerk bewegte sich unentwegt und gab Geräusche von sich, als würde es jeden Moment einstürzen.

Gleich im ersten Zimmer auf der rechten Seite entdeckte Dars mehrere gefallene Kais, deren Waffen teilweise noch gar nicht benutzt worden waren. Durch die eingestürzte Außenwand konnte er die Geschosse sehen, die die Kais hinter den Drulls herschickten, von denen nun keine Erwiderung mehr kam. Noch hatten sich die kaiischen Partisanen allerdings nicht aus ihren Stellungen herausgewagt.

Ein lauter Knall hinter ihm ließ Dars zusammenfahren. Als er sich umdrehte, sah er, daß sich Teile der Deckenverkleidung des Ganges gelöst hatten und zu Boden gestürzt waren. Aus den weiter entfernt liegenden Räumen des Hauses vernahm er nun schwache Schreie, die er in dem infernalischen Lärm zwar nicht verstand, wohl aber erkannte, daß es Kaiisch war.

Er hatte keine Ahnung, warum, aber irgend etwas trieb

ihn dazu, nach der Ursache der Rufe zu forschen. Im übernächsten Zimmer fand er sie: Es war Drag, der Anführer der Kais, der unter einem Haufen von Schutt und Steinen begraben lag, gleich neben sich eine großkalibrige Handwaffe, nach der er in dem Moment griff, als Dars in der Tür erschien. Er reckte und mühte sich, aber seine Hand erreichte doch nur den Lauf und schaffte es nicht, die Waffe heranzuziehen.

Der gefangene Drull und der Anführer der Kais sahen sich an. Aus Drags Augen sprach blanke Angst, die genau an der Stelle saß, wo bis vor kurzem nur Hochmut ihren Platz gefunden hatte. Es kam Dars vor wie eine kleine Ewigkeit, in der die Waffe immer schwerer in seiner Hand lastete.

8

Unbehelligt und unkontrolliert hatte man sie in das Lager der Drulls geführt, unsichtbar verfolgt von Spähern, die überall im Wald verteilt waren. Es war noch sehr früh am Morgen eines neuen Tages, und alle hatten das Bedürfnis, sich einfach irgendwo hinzulegen und zu schlafen.

Unterwegs hatte man nicht mit ihnen gesprochen. Als sie nun das Lager betraten, erkannten sie in dem grauen Licht unzählige Zelte, die sich in der Tarnfarbe des Waldes so weit erstreckten, wie das Auge reichte. Die drullischen Soldaten wiesen die Befreiten nun in einige der Zelte ein. Die Planen waren noch frisch und kaum verschmutzt. Es war offensichtlich, daß diese Zelte erst vor Stunden aufgestellt worden waren.

Brit stolperte beinahe über ihre Beine, so müde war sie. Sie hatte so viele Fragen, aber nur einen einzigen Wunsch: einfach einige Stunden ungestört zu schlafen. Als sie endlich in ihrem Zelt lag, dachte sie noch kurz an Len, der die ganze Zeit mit ihr gegangen war, dann schlief sie ein.

»Kommen Sie bitte mit mir.«

Quaila drehte sich etwas zur Seite. Der Soldaten sah ihn abwartend an.

»Wohin soll es denn gehen?«

»Man möchte mit Ihnen sprechen«, entgegnete der Soldat nur und ging voran. Beinahe widerwillig folgte Quaila ihm. Er führte ihn ein ganzes Stück durch diese Zeltstadt, so daß Quaila einen gewissen Eindruck von der Größe des Lagers bekam. Er fragte sich immer wieder, wo er hier eigentlich war. Es waren Drulls, sie trugen drullische Armeeuniformen, aber die Abzeichen darauf waren anderen Ursprungs. Es waren Symbole der Zeit vor Titan-Net und dem ROOM. Und, was am stärksten auffiel, es gab nicht eine einzige künstliche Einheit hier. Fast kam es Quaila so vor, als hätte man ihn in die Vergangenheit zurückversetzt.

Tief atmete er die frische Luft ein. Aber es war jetzt schon zu spüren, daß auch dieser Tag wieder verdammt heiß werden würde.

Endlich blieb der Soldat stehen, öffnete den Verschlag eines Zeltes, salutierte kurz und zog sich zurück. Quaila stand vor der Öffnung und schaute hinein. Schwacher Lichtschein fiel aus einer Ecke auf den Boden und erhellte einige kahle Stühle und einen Tisch. An der Wand glaubte er einige Karten zu erkennen.

Quaila gab sich einen Ruck und betrat das Zelt. Die Luft war etwas schlechter als draußen und schmeckte abgestanden. Auf den ersten Blick schien das Zelt leer, und Quaila begann sich schon zu fragen, was er hier eigentlich sollte. Er machte einen weiteren Schritt ins Innere.

»Hauptkatai Quaila, nehme ich an. Freut mich, Sie zu sehen!«

Langsam wandte er sich in die Richtung, aus der die Stimme kam, und bemerkte einen kleinen Mann in einer Ecke des Zeltes. Er trug eine mit etlichen Orden geschmückte blaue Uniform der fliegenden Streitkräfte. Quaila machte einen Schritt auf ihn zu und kniff die Augen zusammen. Er kannte diesen Mann!

»Benuntai Gerr? Sind Sie das wirklich?« murmelte er fast lautlos.

Der kleine Mann trat aus dem Dunkel und ergriff beide Hände des Offiziers.

»Hauptkatai Quaila. Wir haben uns lange nicht mehr gesehen, habe ich recht?«

»Das ist auch kein Wunder. Alle Welt nahm an, Sie wären tot«, antwortete Quaila noch immer ungläubig.

Gerr deutete mit der Hand auf einen der Stühle und nahm selbst auf der anderen Seite des Tisches Platz.

»Auf eine gewisse Art und Weise bin ich auch tot – und sogar ganz froh darum.«

Quaila starrte auf seine Hände und begann sich zu fragen, ob er nicht vielleicht durchgedreht war und das alles nur träumte. Er hatte von dieser Art von Lagerkoller gehört.

»Nein, lassen wir die Scherze«, rief er sich zur Ordnung. »Sie sitzen hier, und wenn ich nicht ganz verrückt bin, sind Sie auch nicht tot. Was ist also geschehen, und wo bin ich hier?«

»Alles der Reihe nach, lieber Quaila. Eines aber vorweg: Das drullische Volk ist in großer Gefahr. Ich denke dabei nicht an Titan-Net. Es gibt etwas, das noch viel gefährlicher ist als der Robotherrscher. Bevor ich Sie aber über alles unterrichte, stelle ich Ihnen frei, mir zuzuhören oder dies abzulehnen.«

»Und was wären die Folgen?« fragte Quaila argwöhnisch.

»Nun ja, wenn Sie mir zuhören und sich auf meine Seite stellen, ist alles in Ordnung. Wenn Sie mir die Zustimmung versagen, wird Ihnen nichts geschehen, aber wir können Sie auch nicht nach Hause lassen, da diese Operation streng geheim ist. Dasselbe gilt für den Fall, daß Sie mir erst gar nicht zuhören wollen.«

»Das nenne ich eine reiche Auswahl«, entgegnete Quaila sarkastisch. »Also, dann erzählen Sie mal. Vor allen Dingen, wie und warum Sie verschwunden sind. Die offizielle Version war, daß Sie und Ihre Staffel während eines Einsatzes abgeschossen wurden, obwohl andere vermuteten, Sie hätten sich abgesetzt, da man nie Trümmer gefunden hat. Was stimmt denn nun?«

Gerr lehnte sich zurück und faltete die Hände über dem Bauch. »Quaila, Sie waren bis zu meinem Verschwinden Offizier meines Benuns, und sie hatten mehrfach Luftunterstützung durch meine Einheiten angefordert. Ist Ihnen denn wirklich niemals aufgefallen, daß Sie nie oder nur sehr selten automatisierte Einheiten zugeteilt bekamen, obwohl Sie direkt an der Front standen? Denken Sie mal an die anderen Frontabschnitte weiter östlich. Diese sind mit Demon und anderen Einheiten regelrecht überhäuft worden, obwohl es dort lange Zeit überhaupt keine Konflikte gegeben hat.

Oder nehmen Sie die lange angekündigten Wunderwaffen. Wir alle haben auf sie gewartet, geliefert wurden Sie nahezu zeitgleich an drei Benuns, die so weit weg von jeder Art von Frontaktivitäten waren, daß die Belieferung ausgerechnet dieser Truppenteile schon fast eine Posse darstellte. Nicht zuletzt deswegen, weil speziell diese Benuns, die eigentlich für die Ausbildung neuer Einheiten zuständig waren, nur wenige Tage später durch kombinierte Angriffe aus der Luft mit nachsetzenden Bodentruppen vollständig vernichtet wurden. Wir alle haben auf diese Waffen gewartet; bekommen haben sie die, die sie niemals hätten einsetzen können. Zumindest nicht in dem Umfang, der ihnen gerecht geworden wäre.

Oder, um ein anderes Beispiel zu nennen: Ich weiß nicht, ob Sie jemals von der sogenannten Sostrum-Bombe gehört haben. Eine vollkommen neue Bombenart, deren einzige Wirkung es ist, starke elektromagnetische Strahlung freizusetzen, die jede Art von elektronischem Kontrollsystem innerhalb von Sekunden zerstören würde. Eine absolute Gefahr für den Feind, doch sie liegt noch immer ungetestet in den Forschungslabors von Hallwa.«

»Was wollen Sie damit sagen?«

Gerr lachte laut auf. »Quaila! Was ich damit sagen will? Überlegen Sie doch mal!«

»Sie haben sich doch nicht abgesetzt, weil die Planung nicht funktionierte.«

Gerr schüttelte den Kopf. »Hauptkatai, Sie haben noch immer nicht begriffen, worum es hier geht. Vielleicht wollen Sie es auch nicht begreifen. Wer macht denn die Planungen?«

»Der ROOM.«

»Und wer organisiert die Entwicklung neuer Waffen und Systeme?«

»Auch der ROOM.«

»Na, kommen Sie dahinter?« Gerr lächelte.

»Ich ahne, was Sie sagen wollen, aber ich kann mir nicht vorstellen, daß Sie es so meinen! Sie wollen doch nicht andeuten, daß der ROOM versehentlich die falschen Frontabschnitte und Truppenteile beliefert.« Quaila sah ihn fragend an.

»Ganz recht, das will ich wirklich nicht damit ausdrücken.« Gerr beugte sich vor und blickte Quaila direkt ins Gesicht. »Quaila, machen Sie die Augen auf. Ich will damit sagen, daß der ROOM, schon weil er durch seine eigenen Entwicklungen die Wirkung der neuen Systeme genau kennt, diese Waffen *mit Absicht* dahin schickt, wo sie nicht gebraucht werden, wo Titan-Net wiederum aber keine Schwierigkeiten hat, sie sich zu holen. Um es klar zu machen: Wo liegen die Unterschiede bei ROOM und Titan-Net? Nennen Sie mir einen! Es gibt keine!« Er hob seine Stimme. »Es sind beides Maschinen. Und es sind der Zufälle zu viele. Es steckt ein System dahinter. Neue Einheiten werden entwickelt. Der ROOM gibt die Aufträge dazu. Die fertigen Einheiten werden an äußerst schwache Garnisonen geliefert, die kurz darauf überfallen werden. Mehrfach sind unsere eigenen Leute von drullischen Waffen angegriffen worden, die Titan-Net übernommen oder nachgebaut hat. Das ist ein Fakt.«

Quaila wollte etwas erwidern, doch mit einer raschen Handbewegung schnitt Gerr ihm das Wort ab. »Denken Sie an sich, Quaila. Wissen Sie noch, wie oft Sie um Unterstützung angefragt haben? Erinnern Sie sich an den Vorfall damals, als Sie mit einem Transporter vor meinem Bereichskommando vorgefahren sind und Ihre Leute mich festnehmen sollten, nur weil ich einen ganzen Monat lang Ihnen die Unterstützung verweigert habe? Quaila, Sie haben es allein mir zu verdanken, daß Sie nicht vors Kriegsgericht kamen. Die Maschinen standen auf der Rollbahn. Um es deutlich zu sagen: In der ganzen langen Zeit ist keine einzige Maschine aufgestiegen! Vielleicht sagen Sie mir jetzt, wer wohl den Befehl dazu gegeben hat.« Er winkte ab und gab die Antwort selbst. »Es waren Anweisungen direkt aus dem Zentralgehirn. Es war der ROOM, der die Maschinen nicht freigeben wollte, angeblich, weil ein Luftangriff andernorten bevorgestanden hat. Es ist aber nie dazu gekommen. Aus genau diesen Gründen, und weil ich von einigen anderen weiß, die ebenso denken wie ich, habe ich damals persönlich einen Aufklärungsflug mit einer Staffel Firebird geleitet, bei dem wir uns dann abgesetzt haben.«

»Ich verstehe nur nicht, daß Sie all die Zeit über hier ein Lager halten konnten. Wie ist es möglich, daß weder wir noch der Feind Sie entdeckt haben?« fragte Quaila.

»Auch dies ist im Grunde ein Werk des ROOM. Sie müssen wissen, daß ich und einige andere schon lange vorher über die Zukunft unseres Volkes nachgedacht haben. Als der ROOM dann einem guten Bekannten von mir, der Wissenschaftler im militärischen Bereich des ROOM war, den Auftrag gab, ein Antiradarsystem zu entwickeln, hatten wir sogar wieder ein wenig Hoffnung, daß sich doch alles zum Besseren wenden würde. Das Gerät war bald fertig. Glücklicherweise, muß ich heute sagen, bekam ich ein erstes Muster und konnte es an meinen Systemen ausprobieren. Und es funktionierte. Als ich floh, nahm ich dieses System mit, und wir bauten es nach. So ist es nun möglich, unser Lager gegen feindliche Strahlung abzuschirmen. Leider ist es nicht mehr zur letzten Perfektion gelangt. Kommt eine feindliche Einheit zu nah heran, hat sie uns plötzlich auf dem Schirm; aber dann ist es meistens schon zu spät für sie.«

»Und warum entwickeln Sie das System nicht weiter?« fragte Quaila verwundert.

»Das können wir nicht. Der Mann, der alle Pläne kannte, ist tot. Kurz bevor das Gerät tatsächlich vollendet war, wurden er und seine Laboratorien durch Titan-Net-Höhenbomber zielgenau zerstört. Zum Glück wußte niemand, daß zuvor ein Exemplar nach draußen gelangt war. Wenn ich Ihnen jetzt noch sage, daß dieses Labor unterirdisch lag, inmitten eines Wohngebietes, in dem sich keinerlei militärische Ziele befunden haben, was denken Sie dann?«

»Ich hatte davon gehört. Ein im Grunde genommen sinnloser Angriff mit Hunderten von Toten. Aber jetzt wird mir vieles klar.« Quaila schüttelte den Kopf. Natürlich, mit einiger Beobachtungsgabe müßte jeder darauf kommen, was wirklich vor sich ging. Aber wie viele mochten wohl etwas ahnen und dennoch schweigen?

»Gerr, entschuldigen Sie die Unterbrechung, aber mich interessiert momentan vor allem die Frage, wie und warum Sie uns gefunden haben.«

»Das war tatsächlich ein mehr als glücklicher Zufall. Eigentlich stoßen wir sonst nie so weit nach Westen vor, aber eine Patrouille fand eines Tages einen schwerverletzten Katai, der ihnen von Drulls erzählte, die von einer Horde Kais gefangengehalten würden. Ihm war es gelungen zu fliehen, aber er hatte die Gruppe bis in die Nähe eines Lagers verfolgt. Dort wurde er dann von Demon-Einheiten entdeckt. Trotzdem er schwer verletzt war, gelang es ihm irgendwie, die Demon abzuhängen. Als meine Leute ihn fanden, hatte er schon zuviel Blut verloren, aber er konnte ihnen noch den Weg zum Lager beschreiben, bevor er starb. – In der Vergangenheit wurden immer wieder Gehöfte und kleine Siedlungen überfallen und niedergebrannt. Bislang konnte sich niemand erklären, wer dafür verantwortlich war. Ein weiterer Grund nachzusehen, was dort vorging. Und glücklicherweise konnten wir Sie ja auch befreien.« Gerr verstummte und sah Quaila an.

Draußen war es hell geworden. Lichtstrahlen, die durch die Baumwipfel sickerten, zeichneten sich auf der Zeltplane ab, und jetzt fiel Quaila auch das Singen der Vögel auf. Er hatte lange nicht mehr darauf achten können.

Ein Soldat kam herein und stellte schweigend einige Gefäße mit einem heißen Getränk auf den Tisch. Dann machte er wieder kehrt und verschwand.

Quaila atmete tief durch. »Gerr, wissen Sie, wie der Katai hieß, den Ihre Männer fanden?«

Gerr stand auf und ging zu einem der kleinen elektronischen Datenspeicher, die jeder Befehlshaber der Armee bei sich trug. Mit einem kleinen Summen aktivierte er sich, und einige Sekunden später hatte Gerr den Namen. »Er hieß Mammbur. Katai Mammbur. Kannten Sie ihn?«

»Er war mein Adjutant. Ich dachte mir schon, daß er es gewesen sein mußte. Mit seiner letzten Tat hat er uns möglicherweise das Leben gerettet.« Sein Gesicht war angespannt.

Ein entferntes Dröhnen und Brummen zerstörte mit einem Schlag die Stille, die nur für Sekunden um sie herum geherrscht hatte. Quaila sprang auf, doch Gerr bedeutete ihm, sich wieder zu setzen. Er erklärte, daß der Fuhrpark der Rebellen mittlerweile aus einigen Dutzend mittleren und schweren Panzern bestand, sowie aus der Hubschrauberstaffel, mit dem Gerr sich seinerzeit abgesetzt hatte.

Als Gerr Quailas ungläubiges Gesicht sah, breitete er

vor ihm eine Karte aus, auf der nördlich des Lagers ein schmaler Strich eingezeichnet war. Er erklärte dem Hauptkatai, daß dies ein provisorischer Flugplatz sei, der voraussichtlich noch heute fertiggestellt würde. In den nächsten Tagen bekämen sie dann eine Reihe von kleineren Jägern und sogar einige taktische Bomber. Die Waffen bekäme er von Vertrauten seiner alten Stäbe, die sie entweder als untauglich oder sogar zerstört klassifizierten. Bislang hatte der ROOM noch keinen Verdacht geschöpft. Man hoffte, daß der ROOM und Titan-Net nicht auch noch Abschußlisten austauschten, denn dann käme die Verschleierung unweigerlich ans Tageslicht.

»Ich sehe ein, Benuntai Gerr, daß Ihre Rebellenbewegung eine gewisse Stärke gewonnen hat. Wie aber wollen Sie die einsetzen?«

»Es gibt eine Reihe von Einsatzplänen, die ich aber jetzt noch nicht vollständig enthüllen möchte. Nur soviel: Wenn der richtige Tag gekommen ist, werden meine Truppen im ganzen Land die Datenleitungen des ROOM von seinem Rumpf abtrennen. Eine andere Gruppe um ein Mitglied des drullischen Verteidigungsrates wird gleichzeitig die Vernichtung des ROOM-Komplexes in Angriff nehmen, unterstützt von den Fliegern, die wir hier zusammengezogen haben, und vielleicht auch noch von anderen.

Wichtig ist, daß innerhalb weniger Stunden jede einzelne Position innerhalb des Reiches von Drulls besetzt werden kann. Nicht ein Befehlsstrang des ROOM darf aktiv bleiben. Falls doch, müssen wir eben die Waffen einsetzen, die wir zu unserer Unterstützung hier und an anderen Orten gesammelt haben. Wenn das geschafft ist, muß die Defensivkraft der drullischen Armee so weit gestärkt werden, daß wir sämtliche Stellungen halten können, bis die neuen Waffen diesmal zielgerichtet nachproduziert sind. Bis zu diesem Tag üben meine Leute, indem sie Einrichtungen Titan-Nets weit im Norden angreifen. Das Antiradarsystem war in der Tat ein Geschenk des Himmels.«

Es war schon später Nachmittag, und die beiden Sonnen Chromos' hatten ihren höchsten Punkt längst überschritten, als sich die befreiten Drulls zu einer Besprechung trafen. Hauptkatai Quaila unterrichtete sie über die Ergebnisse seiner Besprechung mit Benuntai Gerr und empfahl ihnen, sich auf die Seite der Rebellen zu stellen, nachdem er selbst gründlich über diesen Schritt nachgedacht hatte und zu dem Schluß gekommen war, daß dies die beste Möglichkeit darstellte, seinen Leuten irgendwann eine sichere Heimkehr zu ermöglichen. Er stellte ihnen frei, ihm zu folgen, aber es war nicht einer unter ihnen, der ihm nicht folgen wollte.

Nachdem sie darüber abgestimmt hatten, sich in die Reihen der Rebellen zu integrieren, wiesen ihnen die Rebellenoffiziere ihre neuen Aufgaben zu. Len wurde in die Unterstützungsbrigade versetzt, wo es seine Aufgabe war, die Waffensysteme und Fahrzeuge instandzuhalten und zu modernisieren, während Brit ins Nachrichtenkommando berufen wurde.

Glücklicherweise war ihrer beider Dienst nahezu zeitgleich beendet, und so trafen sie sich nahe der Unterkünfte. Sie waren beide müde. Es war ein harter Tag gewesen, an dem sie eine Vielzahl von neuen Eindrücken zu verarbeiten hatten und ihre Gedanken mehr als einmal hinabgestiegen waren in das Dunkel der letzten Tage, die sich wie Wochen in ihre Seelen geprägt hatten.

Sie schlenderten langsam durch das Lager, erkannten mehrere Dutzend dieser großen Zelte und bestimmt einige hundert drullische Soldaten. Es war nicht ganz leicht, die neue Lage zu verarbeiten. Sie wurden zwar beide von einer Art Aufbruchsstimmung erfaßt, die sich aber noch nicht gegen die durchgestandene Angst durchzusetzen vermochte.

Letztendlich waren sie nun in Sicherheit, aber was bedeutete das in einer Welt, die seit Jahrzehnten unter einem mörderischen Krieg litt und in der sie von nun an nicht mehr nur gegen Titan-Net, sondern auch gegen Kais und die eigene drullische Armee zu bestehen hatten? Auch wenn Len ihr die neuen, angeblich günstigeren Aussichten näherzubringen versuchte, Brits jetzige Aufgabe bestand darin, auch gegen die reguläre Armee der Drulls zu kämpfen, und das weckte Gedanken an ihr Zuhause.

Während der letzten Wochen hatte sich der Radius ihrer Erinnerungen immer weiter eingeengt, bis sie nurmehr an ihre Eltern gedacht hatte. In dieser Situation aber, als sie sich nach langer Zeit endlich wieder frei unter dem klaren Nachthimmel bewegte, wanderten ihre Gedanken und Sehnsüchte wieder hin zu ihren Freunden.

Lens Erzählungen und seine leichte Art von Scherzen verblaßten angesichts der Gedanken an Mawi, ihre beste Freundin, die ihr täglich über das Visiphon, den visuellen Telekommunikationsapparat, über ihre Fortschritte in bezug auf ihren Kollegen Nat berichtet hatte. Was hatten sie gelacht, und wie waren sie bestürzt gewesen, als er sich damals – ja, es war erst wenige Monate her – mit einer anderen bei einem der in Mode gekommenen Endzeitfeste hatte sehen lassen. Mawi hatte sich bei ihr ausgeweint, über das Visiphon natürlich, denn sie war eine der Freundinnen, die man in der Hauptstadt Hallwa nie persönlich, sondern nur durch Zufall über das Visiphon kennenlernte.

Aus irgendeinem Grunde fühlte Brit sich jetzt, in dem Lager einer im Grunde feindlichen Armee, näher an Zuhause als zuvor. Wenn sie auch zu der offiziellen drullischen Armee gehört hatte, so wußte sie doch, daß sie nun dazu beitrug, ihre Heimat vielleicht zu retten. Jeden Argwohn verdrängte sie. Wenn sie an dieses Unternehmen nicht glaubte, an was sollte sie dann noch glauben? Abrupt kehrte sie in die Wirklichkeit zurück.

»Was hast du gesagt, Len?«

Len lachte, und da war es wieder, diese Lächeln eines kleinen Jungen, das sie anfangs so beeindruckt hatte.

»Komm, Brit, du willst mir doch nicht sagen, daß du nichts von dem mitbekommen hast, was ich die ganze Zeit erzählt habe?«

»Doch, doch«, antwortete sie geistesabwesend und dachte schon wieder an Mawi, von der sie sich noch nicht einmal verabschiedet hatte, bevor sie in die Armee eingetreten war. Es war alles sehr schnell gegangen in diesen Tagen.

Len faßte sanft ihre Schulter, hielt sie fest und drehte sie langsam herum.

»Was habe ich denn gesagt?«

Sie wußte es nicht. Bei den drullischen Göttern, sie hatte ihn die ganze Zeit reden hören, aber sie erinnerte sich an kein einziges verfluchtes Wort mehr von dem, was er gesagt hatte. Sie schaute ihn an.

Kleine Nachtfliegen summten um sie herum. Die Luft war kühl, aber von einer Frische, die ihre müden und ausgelaugten Glieder belebte.

Sie spürte es, daß er sie durchschaute.

»Also gut, ich habe nicht genau zugehört. Tut mir leid.

Ich wollte nicht unhöflich sein, aber ich mußte auf einmal an früher denken, als alles noch in Ordnung war, an meine Freundinnen . . .«

Len unterbrach sie, indem er sie überraschend an sich drückte.

»Als alles noch in Ordnung war . . . Schöne Worte. Als für uns *alles noch in Ordnung war,* sind unsere Brüder und Freunde auch schon gestorben, auf welchen Schlachtfeldern auch immer. Der einzige Unterschied ist der, daß es damals alles viel weiter weg war. Wir waren jünger, nicht betroffen, und alles andere war eine Realität wie die, die uns zur Unterhaltung über die AVs präsentiert wurde. Jetzt aber sind wir hier, und auch wenn wir nicht hier wären, kämen wir bald doch in die gleiche Situation. Brit, die Lage steht nun mal sehr schlecht, und unser Zuhause, unsere Vergangenheit, unser beider ›Früher‹ wird kontrolliert von etwas, daß sich kaum unterscheidet von dem, was unsere Leute seit vielen Jahren bekämpft haben. Indem wir hier unsere Aufgabe tun, helfen wir unserem Volk mehr, als wenn wir auf seiten derer kämpfen, die es dem Untergang weihen wollen.«

Ungläubig sah sie ihn an. Das war nicht der Len, den sie kannte. Das war *ein* Len, aber war es *der* Len? Sie hatten sich aneinandergehängt in der letzten Zeit, weil sie beide niemand anderen hatten, aber nun glaubte sie, ihn fast nicht zu kennen. Das war nicht Len, der Junge. Vor ihr stand Len, der Mann, der beschlossen hatte, für etwas zu kämpfen, der sich gefordert sah. So wie er sich in diesem Moment darstellte, würde er kämpfen bis zum Sieg – oder bis zu dem Moment, wo er mit schwindender Kraft würde eingestehen müssen, daß ihm außer der Resignation nichts blieb. Er hielt sie noch immer umklammert, und seltsamerweise fühlte sie sich zu dem

Mann vor ihr mehr hingezogen als zu dem Jungen, der noch vor ein paar Minuten bei ihr gewesen war.

Es war, als hätte sie plötzlich einen Schleuse gefunden für ihre Ängste und Zweifel, für all das, was sie aufwühlte und ihre Stärke bisweilen in Schwäche verwandelte. Augenblicklich schien ihre Angst abzufließen in ihn und spurlos zu verschwinden.

Brit begann zu weinen.

Es war schon tief in der Nacht, und sie hatte lange wachgelegen, als ihr endlich die Augen zufielen. Sie hatte nachgedacht über ihre Familie, ihre Freunde und Bekannten und nicht zuletzt über Len. Nun war sie sich sicher, daß sie mehr für ihn empfand, als ihn bloß zu mögen.

Als der Boden zu zittern begann, wurde ihr Instinkt geweckt. Das Donnern schwerer Düsen machte sie wach, und bestürzt sprang sie hoch und rannte zum Eingang des Zeltes, während das Dröhnen über ihnen lauter wurde.

Als sie aus dem Zelt schaute, erkannte sie die Schatten drei großer Bomber, die sich gegen den Nachthimmel abzeichneten, langsam das Lager in geringer Höhe überflogen und nicht weit entfernt im Norden zur Landung ansetzten. Das Zittern des Bodens verebbte, und bald war es wieder vollkommen still.

Plötzlich fühlte Brit, daß sie hier Teil von etwas wirklich Einzigartigem war. Das drullische Volk, im allgemeinen als bauernschlau und folgsam verschrien, sammelte sich hier draußen in der Wildnis, um etwas Eigenes zu erbauen und durchzusetzen, eigene Entscheidungen zu verfolgen.

Es kam ihr fast unwirklich vor. Sie saß hier im Dunkeln, hinter sich den gewaltigen Lärm der Düsen, und war ein Teil von etwas, was man später vielleicht als ›Aufbruch der Drulls‹ bezeichnen würde.

Als der Lärm und das Pfeifen in den Ohren verklungen waren, fühlte sie sich wieder so einsam wie zuvor. Kurz bevor sie endgültig einschlief, wünschte sie sich noch, daß sie sich an die Maschinengeräusche bald ebenso gewöhnt haben würde wie die anderen Soldatinnen im Zelt, die schon länger bei den Rebellen arbeiteten und von denen keine einzige aufgewacht war.

Ihr letzter Gedanke vor der unergründlichen Tiefe des Schlafs drehte sich um den Soldaten, der sie und Len immer wieder belästigt hatte. Er war seit der Befreiung nicht mehr aufgetaucht, und das war gut so.

9

»Brit! He, Brit!«

Verwundert wandte sie sich dem Ursprung der Stimme zu, die so früh am Morgen schon ihren Namen rief. Sie lachte.

»Len! Wer sonst außer dir sollte in der Frühe schon nach mir schreien?«

Er lehnte an einem Baum, seine wie immer wirren Haare schimmerten sanft. Vom anbrechenden Tag war noch nicht viel mehr zu sehen als ein Silberstreif am Horizont, und doch pulsierte schon überall im Lager das Leben. Rufe und Befehle drangen von fern zu ihnen, vereinzelt war auch das Aufheulen schwerer Motoren zu vernehmen. Brit ging ein paar Schritte durch das feuchte Gras und blieb vor Len stehen.

»Was machst du hier? Hast du nichts zu tun? Ich bin auf dem Weg zum Kommando.«

»Doch, doch, ich muß auch gleich weg. Ich wollte dir nur noch etwas erzählen.«

Da stimmte doch etwas nicht! Warum sah er jetzt zu Boden, und warum hielt er sich noch hier auf? Wollte er seinen Vorgesetzten gleich in den ersten Tagen Anlaß zum Ärger geben?

Dann sah sie seinen Blick, und plötzlich ahnte sie etwas. Irgendwie wußte sie genau, was er gleich sagen würde, vorausgesetzt, er überwand sich.

Ihr wurde abwechselnd heiß und kalt. Wenn er wirklich das sagte, was sie dachte, was sollte sie antworten? Sie hatte es lange geahnt, auch selbst schon daran gedacht, aber momentan wußte sie nicht, ob sie weglaufen oder hierbleiben sollte.

Blitzschnell schossen ihr Hunderte Gedanken durch den Kopf. Dinge, die sie sagen oder machen könnte, Wege, wie sie sich verhalten sollte. Gleichzeitig krochen verschiedene Ängste in ihr hoch. Die Angst, allein zu bleiben, aber auch die Angst vor zuviel Nähe.

»Ich wollte fragen, ob du heute abend schon etwas vorhast.« Len hatte sehr langsam gesprochen, und Brit sah ihn zweifelnd an.

»Was hast *du* denn vor?« Sie versuchte zu lächeln, aber auch ihr Mund wußte nicht, ob er nun lächeln sollte oder nicht.

»Nichts weiter. Ich wollte dich nur sehen. Bis heute abend.«

Das konnte nicht sein! Brit war außer sich. Len hatte schon einige Meter hinter sich gelassen, als sie ihm nachlief, seine Schulter packte und ihn gegen einen Baum drückte.

»Das war alles?« Sie mußte sich zügeln, um nicht vor Zorn laut zu schreien und noch die anderen auf sie beide aufmerksam zu machen. »Dafür hältst du mich am frühen Morgen auf? Das ist doch wohl nicht dein Ernst?!«

Len schaute ihr in die Augen und war sogar etwas erschrocken über ihre Reaktion. Sicher, er war gekommen, um ihr etwas vollkommen anderes zu sagen, aber er konnte es nicht. Es war einfach unmöglich. Er versuchte es dennoch.

»Könntest du es dir vorstellen, daß wir beide, ich meine, du und ich . . .«, er stockte kurz, »vielleicht zusammenpassen? Ich meine . . . na ja, ich will sagen . . . wir kennen uns nun schon länger und haben einiges durchgemacht. Ich mag dich einfach mehr, als es normal wäre. Und da dachte ich . . .«

»Ich liebe dich auch, Len.« Sie nahm seinen Kopf in beide Hände und küßte ihn auf den Mund. Nun war auch sie sich sicher, für den Moment.

»Hast du es begriffen? Kannst du es? Sieh mal, ist doch gar nicht so schwer!« Mittlerweile haßte sie diese Sprüche, sogar diese Stimme. Ein junger Nachrichtenoffizier hatte sie in die Geräte eingewiesen, als sie heute morgen angekommen war. Für gewöhnlich besaß Brit eine sehr schnelle Auffassungsgabe, und es machte sie rasend, immer wieder von diesem jungen Möchtegern-General in seiner korrekt sitzenden Uniform umsorgt zu werden.

Es war nicht das erste Mal, daß sie an einem dieser Telekommunikatoren saß. Überdies war die Bedienung auch für Ungeübte alles andere als kompliziert. Und doch kam er immer wieder vorbei, um ihr über die Schulter zu schauen. Anfangs hatte sie noch geglaubt, es diene der

Geheimhaltung, und er kontrollierte, ob sie die Texte, die der Telekommunikator entschlüsselte und ausdruckte, auch korrekt weitergab. Mittlerweile war ihr jedoch aufgegangen, daß er sie entweder für ausgesprochen dumm hielt oder er sich ihr zu nähern versuchte. Jedenfalls deutete Brit die sanften Berührungen so, die immer dann vorkamen, wenn er ihr wieder einmal etwas zeigte, das er längst schon hätte erledigen können.

Noch etwas anderes war ihr klargeworden: Die militärische Lage dieser Rebellengruppe war alles andere als schwierig. Gleich in den ersten Stunden am Kommunikator hatte sie vier Nachrichten erhalten, die die Kennung des ROOM aufwiesen. Aus der Funktion ihres Vaters hatte sie gelernt, die eingehenden Nachrichten zu deuten, und es war offensichtlich, daß sie direkt aus der engsten Umgebung des Zentralgehirns kamen. Sie wußte allerdings nicht zu sagen, aus welcher Abteilung.

Sie hatte den Befehl, jegliche Meldung aus Stellen der Administration sofort weiterzugeben. Der junge Offizier las sie dann und setzte eine wichtige Miene auf, gab sie aber alsbald weiter an einen Boten, der die Nachricht zur Führung brachte.

Brit machte sich so ihre Gedanken. Einer der Standardsprüche ihres Vaters war gewesen: Der ROOM weiß alles. Damit hatte er sie zu beeindrucken vermocht, als sie noch klein war und diverse Geheimnisse vor ihren Eltern zu verbergen versuchte. Die Angst war in der Phase des Älterwerdens und des bewußten Wahrnehmens einer Art Ehrfurcht gewichen, da es ihr immer offensichtlicher wurde, daß der ROOM in der Tat wenn vielleicht auch nicht alles, so doch sehr vieles wußte. Und nun sollte er nicht wissen, daß einige Abteilungen Nachrichten an seine direkten Gegner verschickten?

Für Brit gab es nur wenige Schlüsse, die sie aus dieser Tatsache zu ziehen hatte. Entweder der ROOM wußte ganz genau, was hier gegen ihn vorging, oder er hatte seine volle Aufmerksamkeit auf andere Aufgaben konzentriert. Sie wußte von ihrem Vater, daß er dies manchmal tat, wenn die wirtschaftliche Situation schlecht war oder Katastrophen ganze Landstriche heimgesucht hatten.

Daraus, daß die Rebellen offensichtlich schon seit längerer Zeit Nachrichten von Mitarbeitern des ROOM bekamen, schloß sie, daß er all seine mentalen und elektronischen Aktivitäten auf einige wenige Bereiche zentriert hatte und noch nicht einmal die Aktivitäten des eigenen Stabes mehr kontrollierte.

Auch wenn ihr eigener Vater stets respektvoll vom ROOM gesprochen hatte, war es ihr doch nicht verborgen geblieben, daß er sich manchmal wie gehetzt umsah, und es Tage gegeben hatte, an denen er mehr als schreckhaft gewesen war. Die Überwachung seiner eigenen Mitarbeiter mußte wohl total gewesen sein.

Und jetzt diese offensichtliche Schwäche? Was ging vor in Hallwa und dem Technischen Bezirk Nr. 1, wie der gigantische, unterirdisch gelegene Komplex offiziell genannt wurde?

Für Brit warf dies alles die Frage auf, was es wohl sein mochte, das seine Aufmerksamkeit so gefesselt hielt. Es waren wohl kaum die wirtschaftlichen Zusammenhänge, da sie wußte, daß in dieser Hinsicht nur Befehle an die Zentralrechner der Industriegruppen gegeben wurden, die irgendwann zu großen Einheiten zusammengefaßt worden waren, um wirtschaftliche Zentren zu bilden. Diese Befehle wurden einfach ausgeführt. Im militärischen Bereich hingegen mußten die Befehle auf ihre Einhaltung geprüft und ungünstigen Entwicklungen gegengesteuert werden.

Im übrigen war die jeweilige Lage beinahe minütlich zu verifizieren. Also ging Brit davon aus, daß der ROOM momentan komplexe militärische Operationen zu kalkulieren hatte, was im allgemeinen dafür sprach, daß die Lage mal wieder ziemlich aussichtslos war.

Auch hier im Lager hatte sie aus beiläufig mitgehörten Gesprächen immer wieder den Namen des gefeierten Retters, Val Haris, gehört. Sie wußte nichts von ihm, nur den Namen und daß man ihm die Fähigkeit zur Herbeiführung der großen Wende im Kampf gegen Titan-Net zutraute. Und natürlich das Gerücht, er stamme von einer fremden Welt, doch das glaubte sie ebensowenig wie all die anderen Geschichten, die unter den Soldaten die Runde machten.

Bald dachte sie an ihre Eltern; sie sah die Gesichter ihrer Mutter und ihres Vaters genau vor sich. Zu ihrem Vater hatte sie nie ein tiefergehendes Verhältnis gehabt. Er hatte tagsüber und oft genug auch abends oder sogar nachts in seiner Dienststelle aufgehalten. Besonders, als die Kämpfe gegen Titan-Net wieder stärker geworden waren.

Doch jetzt, so weit vom Elternhaus entfernt, wünschte sie sich, wie früher in den Armen ihres Vaters zu sein, etwas Zeit mit ihm zu haben. Er hatte so alt ausgesehen, als sie sich damals verabschiedet hatte. Seine dunklen Haare schienen noch mehr als sonst von weißen Strähnen durchsetzt gewesen zu sein und seine Falten noch tiefer.

Und sie sehnte sich nach Mawi, eine Bildschirmprojektion, doch ihr hatte sie all ihre Wünsche, Sehnsüchte und Ängste ihrer Jugend mitgeteilt. Sie war ihr immer die beste Freundin gewesen, auch wenn sie sich nie wirklich getroffen hatten. Ihr Vater sei so wichtig, daß sie und ihre Familie von allen gesellschaftlichen Aktivitäten abgeschottet wurden, hatte sie Brit einmal erzählt. So war es eben jahrelang bei den Kontakten und Gesprächen über das Visiphon geblieben.

Als die tragbare MilOp-Konsole, an der sie saß, plötzlich laut zu piepen begann, schrak sie auf. Sie war so in Gedanken versunken gewesen, daß sie nicht mehr auf das Gerät geachtet hatte. Eine Nachricht kam herein, deren Herkunft nicht der ROOM war, sondern eine Aufklärungseinheit gute zweihundert Kilometer südlich von hier.

Sie spürte eine Bewegung hinter sich und war nicht verwundert, als sie den aufdringlichen Offizier erkannte, der sich ihr nicht einmal vorgestellt hatte.

Mit einiger Verzögerung erschienen Schriftzeichen auf dem Bildschirm. Sobald die Botschaft ausgedruckt war, riß der Soldat das Papier aus dem Gerät, fluchte lautstark und verschwand in Richtung Führung.

Brit wurde neugierig. Sie hatte nicht genau darauf geachtet, aber jetzt interessierte es sie doch, warum er sich die Mühe machte, die Nachricht selbst zu überbringen und diesmal nicht den Boten in Anspruch nahm. Sie brauchte nur auf einige wenige Tasten zu drücken, um sie wieder auf den Bildschirm zu holen, und nun wurde ihr die Eile klar.

Eine Aufklärungseinheit der regulären drullischen Armee hatte ein Dorf gefunden, das in ihrem Sektor lag und vor nur wenigen Stunden dem Erdboden gleichgemacht worden war. In den ausgebrannten Häuser hatte man einige Leichen einer Volksgruppe gefunden, die so weit südlich niemals zuvor gesichtet wurden. Man hatte tote Kais gefunden und spekulierte nun, ob Titan-Net sich mit den Kais im Norden verbündet hatte.

Brit wußte es besser. Sie wußte, daß die Kais noch lebten und jetzt bittere Rache genommen hatten an unschuldigen und wehrlosen drullischen Bauern.

»Es ist *was* passiert?« Quaila war außer sich.

»Hier!« bellte Gerr barsch und hielt ihm die Meldung hin. »Die Kais haben sich an der Zivilbevölkerung gerächt.«

»Ich dachte, Ihre Männer hätten mit dieser Brut Schluß gemacht?«

»Quaila, vergessen Sie nicht, daß Sie und ihre Leute durch meine Soldaten gerettet wurden. Ohne uns säßen Sie noch heute in Gefangenschaft.« Unwillkürlich reckte er sich, um seinen Worten Nachdruck zu verleihen, oder auch nur, um größer zu wirken.

»Ich mache niemandem einen Vorwurf. Wir wissen alle, daß es dunkel war und das Gelände unübersichtlich. Ich wollte nur anmerken . . .«

Gerr schnitt ihm das Wort ab. »Was Sie anmerken wollten, ist mir relativ gleichgültig. Lassen Sie uns nicht die Beherrschung verlieren. Wir haben im Moment wirklich ein Problem.«

»Was sollen die Kais für ein Problem darstellen? Sie haben genug Leute, und die Kais sind geschwächt. Warum machen wir also nicht kurzen Prozeß mit ihnen?«

»Quaila, Sie urteilen aus einer unrealistischen Position. Die Kais mögen geschwächt sein, gut. Das dürfte aber nur ihren Zorn anstacheln. Doch selbst wenn wir wollten, könnten wir nichts unternehmen.« Gerr hob seine Stimme. »Vergessen Sie nicht, daß unsere Mission streng vertraulich ist und daß jedes Aufsehen unsere Arbeit gefährden würde. Wir dürfen es uns nicht erlauben, daß jemand beginnt, Fragen zu stellen. Weder der ROOM selbst noch irgendein ehrgeiziger Benunkommandant.«

Quailas Zähne knirschten. »Ich gebe zu, daß Ihre Worte einleuchten. Aber es waren unsere Landsleute, die von den Kais niedergemetzelt wurden. Für wen kämpfen wir denn? Es waren Drulls!«

»Ja, es waren Drulls.« Gerr sprach jetzt ganz leise, beinahe unhörbar. »Aber es waren nur wenige Drulls. Unser Ziel sind die unglaublich *vielen* Drulls, die irgendwo dort draußen leben und bald keine Möglichkeit mehr haben, irgendwohin zu fliehen.«

»Soldatin Darburg?«

Brit drehte sich nur halb herum, als sie die Stimme des jungen Offiziers hörte. »Falls Sie einen Moment Zeit haben sollten, kommen Sie doch bitte mal mit nach draußen.«

Sie biß die Zähne zusammen und erhob sich. Im Grunde wollte sie wirklich nicht wissen, was der Kerl ihr zu sagen hatte. Langsam folgte sie ihm. Einige Meter vom Eingang des großen Zeltes entfernt blieb er stehen und wartete auf sie.

Er sah zu Boden, als wisse er noch nicht genau, was er sagen sollte. Brits Aufregung stieg an. Sie mochte ihn nicht. Er hatte sie keine Sekunde aus den Augen gelassen, seit sie im Nachrichtenkommando beschäftigt war. Seine Blicke waren überall, und angeekelt dachte sie an die vielen Berührungen, die er – dessen war sie sich sicher – absichtlich inszeniert hatte.

»Sehen Sie, wir haben ein kleines Problem. Heute nacht findet eine Kommandoaktion unserer Einheiten statt, die es erfordert, daß ein Nachrichtenoffizier dabei ist. Wie Sie wissen, gab es im Laufe des Tages einige Aufregungen...« Er wischte sich über die Augen. »Um es klarzumachen: Niemand von uns könnte die Nachrichtenstelle verlassen. Es sind einfach zu viele Dinge geschehen, als daß wir einen der erfahrenen und eingearbeiteten Mitarbeiter heute nacht hier entbehren könnten. Ich weiß, daß Sie und die anderen Ihrer Truppe in den letzten Tagen viel durchgemacht haben. Ehrlich gesagt liegt mir zuviel an Ihnen, als daß ich Sie rausschicken möchte, aber ich kann nicht anders. Hiermit haben Sie den Befehl, sich als Mitarbeiter des Nachrichtenkommandos heute abend am Flugfeld einzufinden. Kurz nach Sonnenuntergang geht es los.« Ohne ein weiteres Wort verschwand er wieder im Inneren des Zeltes.

Brit war fassungslos.

Die Sonnen standen schon tief, Insekten umschwirrten sie, und ihre Augen starrten ausdruckslos zwischen die Bäume. Wie oft war sie dem Tod entronnen? Sie hatte sich hier fast sicher gefühlt. Woher nahm man nun das Recht, sie wieder hinauszuschicken?

Langsam ging sie zurück und setzte sich an ihren Platz. Sie konnte sich nicht mehr konzentrieren. Die Bilder der vergangenen Kämpfe standen vor ihren Augen. Als sie sich damals freiwillig meldete, hatte sie nicht ahnen können, daß es einen Moment geben würde, wo alles sinnlos schien. Wo sie sich so ausgebrannt fühlte, daß sie glaubte, nicht eine Minute länger für die Armee oder sonstwen arbeiten zu können.

Aber zurück nach Hallwa konnte sie auch nicht. Ihre Finger verkrampften sich über den Tasten, sie nahm die Geräusche um sich herum nurmehr verschwommen wahr. Ihr Magen verkrampfte sich, und irgendwann hielt sie es nicht mehr aus.

Die Blicke der Anwesenden folgten ihr, als sie kurzentschlossen aus dem Zelt rannte. Unter einigen Bäumen in der Nähe blieb sie stehen. Sie holte tief Luft und versuchte, an etwas anderes zu denken als an das, was heute abend kommen würde. Im geöffneten Eingang des Zeltes erkannte sie ihren Vorgesetzten, und es wurde ihr klar, daß es sie nicht weiterbrachte, wenn sie hier stehenblieb. Wieder zwang sie sich, zurückzugehen, und irgendwie schaffte sie es sogar, die restlichen Stunden ohne weitere Schwierigkeiten hinter sich zu bringen.

Als sie später wieder ins Freie trat, wartete Len schon auf sie. Sie freute sich, ihn zu sehen, aber etwas in ihr ließ es nicht zu, daß sie es auch zeigte. Sie nahm ihn sanft in den Arm, stieß ihn aber nahezu sofort wieder leicht von sich. Len schaute verwundert.

»Was hast du? Wie war dein Tag? War es anstrengend?«

Brit dachte kurz nach, dann antwortete sie: »Ja, genau. Es war anstrengend, und ich bin wirklich müde. Ich denke, ich lege mich sofort hin.« Sie spürte sein Erschrecken fast körperlich.

»Du willst dich hinlegen? Komm, Brit, so schlimm kann es doch nicht gewesen sein. Ich meine, ich habe mich heute auch nicht gelangweilt, bestimmt nicht. Ich habe mich den ganzen Tag darauf gefreut, dich zu sehen, und wenn ich es mir recht überlege, hat mich eigentlich nur das gerettet.«

»Ja, Len.« Sie machte ein paar Schritte von ihm weg. »Ich habe mich auch gefreut. Es ist nur, ich habe nicht viel Zeit.«

Len kniff die Augen zusammen und ging ihr nach.

»Was soll das heißen? Erst bist du müde, jetzt hast du nicht viel Zeit.« Plötzlich kam ihm der Offizier in den Sinn, der sie eben beobachtet hatte, als sie sich trafen. Eine ganze Weile hatte er ihnen vom Zelt aus zugesehen und war dann wieder im Inneren verschwunden. Ein fürchterlicher Verdacht befiel ihn. »Wer war das eben? Hat es etwas mit ihm zu tun? Was will der junge Kerl von dir?«

Dieses Verhalten von Len begann sie aufzuregen. »Was meinst du? Was soll mit ihm sein? Er ist mein Vorgesetzter. Und du bist nicht mein Vater.«

Len lief rot an, faßte sich dann aber im letzten Moment und entgegnete: »Dein Vater nicht, aber ich dachte immerhin, daß ich dir nicht gleichgültig wäre.«

Brit legte ihre Hände auf seine Brust und sah ihm in die Augen. »Es ist nichts in der Art, was du denkst. Heute nacht findet ein Einsatz statt, an dem ich teilnehmen muß. Ich muß den Nachrichtenoffizier ersetzen, der hier unabkömmlich ist. Wir ändern nichts daran, Len. Ich muß mit.«

»Was ist das für ein Einsatz?« fragte er mit belegter Stimme.

»Ich weiß auch nicht viel darüber, und wenn ich mehr wüßte, ich dürfte es dir dennoch nicht erzählen. Das weißt du doch.«

Len drehte sich herum und begann laut zu fluchen.

»Dieser verdammte Scheißkerl. Wie kommt er dazu, ausgerechnet dich für heute nacht einzuteilen? Für die erste Nacht überhaupt! Das ist unglaublich. Du bist ein totaler Anfänger, was die Rebellen betrifft. Du kennst die Geräte nicht auswendig.«

»Len, ich bitte dich, sei ruhig.« Nun wurde auch Brit ärgerlich. »Und überhaupt; ich bin Soldatin einer drullischen Armee, ob nun der offiziellen oder der der Rebellen. Wie kannst du so mit mir reden? Es ist nicht meine Schuld, daß ich einen Einsatzbefehl bekam. Was machst du mit deinen? Diskutierst du sie mit deinem Vorgesetzten? Ich kann nichts daran ändern, und dein Geschrei wird auch nichts daran ändern, außer mich zu blamieren. Deshalb schweig jetzt!«

»Du wirst deinen Entschluß also nicht ändern?« flüsterte er.

»Nein«, entgegnete sie entschieden. »Ich kann es auch nicht.«

»Gut!« sagte Len, drehte sich um und ging.

Brit sah ihm hinterher und spürte einen Pfropfen in ihrem Hals aufsteigen. Was dachte er sich eigentlich? Sie war nicht sein Eigentum.

Mit schnellen Schritten lief sie zwischen die Bäume, dorthin, wo es ein wenig dunkler war. Sie spürte schon die Tränen aufsteigen. Warum hatte es so geklungen, als mache er ihr Vorwürfe? Und was sollten die Sprüche über sie und ihren neuen Vorgesetzten?

Es tat alles so weh. Nicht nur, daß sie noch immer – und noch mehr – Angst vor dem Einsatz hatte, jetzt nagten auch noch erste Zweifel an ihr, was ihre Beziehung mit Len anging. Er mußte doch gemerkt haben, wie schwer es ihr fiel, die Tatsachen zu akzeptieren. Warum hatte er nicht mit einem einzigen Wort versucht, sie zu trösten? Er war einfach gegangen.

Jetzt merkte sie, daß sie sich ihm unbewußt schon sehr viel mehr genähert hatte, als sie gedacht hatte. Es schmerzte und machte ihr Angst, daß Len möglicherweise auch in Zukunft mit ihr umgehen könnte, als sei er ihr Vater oder sie seine Untergebene. Sie wußte bald nicht mehr, was sie denken sollte. Was sie auch tat, keines ihrer

Probleme schien kleiner zu werden. Im Gegenteil taten sich nur noch immer neue auf.

Sie standen vor der Seitenwand eines der großen Transporthelikopter der RHINO-Klasse. An der Außenhaut war eine große Karte angebracht worden, auf der die Operation grafisch dargestellt wurde. Brit war ein wenig zu spät gekommen und hatte sich etwas desorientiert einfach zu den Anwesenden gestellt.

»Soldaten! Unsere Späher haben uns vor Stunden erst von einem neuen Transportweg Titan-Nets berichtet. Es handelt sich dabei um eine vierspurige Bahntrasse, die offensichtlich die Verbindung zwischen den Kampfgrenzen Nord-7 und Nord-23 darstellt. Gleichwohl unsere Einsatzgruppe aus Sicherheitsgründen nicht allzu lange verweilen konnte, stellte sie doch regen Verkehr in beide Richtungen fest. Wir gehen also davon aus, daß diese Verbindung von größter Bedeutung für den Feind ist. Ein Wort zu den Zügen: Sie haben die drullische Standardspurweite auf Magnetbasis. Ein weitere Beweis für die hervorragende Zusammenarbeit unserer Waffenfabriken mit dem Feind.«

»Wer ist das?« fragte Brit den neben ihr stehenden Soldaten.

»Vas Kandiris, einer der besten Einsatzgruppenführer«, flüsterte er ihr zu, hielt die Augen aber starr auf den Offizier gerichtet.

Kandiris unterbrach sich und fixierte Brit. »Wenn Sie dann mit Ihren Gesprächen fertig sind, dürfte ich vielleicht fortfahren«, sagte er scharf. »Die Züge werden begleitet von gepanzerten Kampfwaggons. Diese entsprechen ebenfalls den Spezifikationen unserer Einheiten. Vorsicht ist also geboten.«

Brit hatte diese gepanzerten Kampfwagen nie zu sehen bekommen, wagte aber nicht zu fragen. Sie würde sich überraschen lassen müssen.

»Zu unserem Auftrag. Diese Züge verkehren im Abstand von einigen Minuten, die Strecke ist also vielbefahren. Unsere Aufgabe wird es sein, Kontaktminen auf der Strecke anzubringen, die den nächsten Zug mit etwas Glück zum Entgleisen bringen. Obwohl sämtliche Züge vollautomatisch fahren und mit Sensoren ausgestattet sind, sollte der folgende Zug auf den entgleisten auffahren und die Trassen in beide Fahrtrichtungen für einige Tage blockieren. Sobald wir das geschafft haben, ziehen wir uns zum verabredeten Treffpunkt zurück und fliegen heim.« Er wies auf eine Stelle der Karte. »Der von unseren Spähern ausgewählte Ort ist sehr unübersichtlich. Sowohl für uns als auch für den Feind. Da die Überraschung jedoch auf unserer Seite ist, sollten wir recht wenig Probleme bekommen. Wenn alles gut verläuft, sind wir im Morgengrauen wieder hier. Hat noch jemand Fragen?«

Er sah ungeduldig in die Runde. Brit schwirrten Dutzende von Fragen durch den Kopf. Sie fühlte sich alles andere als gut vorbereitet, doch wieder wagte sie es nicht, den Offizier direkt anzusprechen. Auch sonst meldete sich niemand.

»Gut«, sagte Kandiris, »dann kann es ja losgehen.«

Einige Soldaten des Stützpunktes händigten jedem von ihnen einen tragbaren Raketenwerfer und zwei Kontaktminen aus. Diese Minen waren nur wirksam, wenn man die zugehörigen Speicherkarten einschob und den aufgedruckten Code eingab. Solange dies nicht geschehen war, waren sie wirkungslos. Hatte man den Sprengmechanismus aber erst entsichert, würde die leichteste Berührung ihre gigantische Sprengkraft freisetzen.

Brit erhielt anstatt der Minen eine tragbare MilOp-Konsole, die den Kontakt mit der Basis halten und alle Informationen über den Verlauf der Mission in die zentrale Nachrichtenauswertung zurückleiten würde.

Ein sanftes Beben ging durch den Hubschrauber, als die Rotoren aktiviert wurden. Sie stellten sich in eine Reihe, und Kandiris war der erste, der die offene Luke erklomm.

»Brit!«

Sie hörte diesen schon fast hysterischen Schrei und drehte sich um. Len rannte ohne sich umzusehen direkt auf das provisorische Rollfeld und hielt auf sie zu. Gleich wäre sie an der Reihe, einzusteigen.

»Brit! Warte doch!« Len war fast heran, und nun reichte man ihr die Hand, um ihr in ihrem schweren Kampfanzug hochzuhelfen. Sie zögerte.

Keuchend stand Len vor ihr. »Wo willst du hin?«

»Was?« fragte sie ungläubig. »Was willst du? Ich habe einen Einsatz!«

»Hast du nicht!« rief er gegen den Lärm an und griff nach ihrem Arm.

Brit verstand nicht. »Len, bist du übergeschnappt? Ich habe einen Einsatz. Ich muß weg!«

Len hatte sie gepackt und zog sie weg. »Du gehst nicht mit. Du kommst mit mir!«

Sie riß sich los. »Du hast mir nichts zu befehlen. Ich bin Soldatin und habe einen Auftrag. Du läßt mich jetzt!«

»Was ist hier los?« Über ihnen erschien Kandiris und sah mit zornesrotem Gesicht auf sie herab.

Len beachtete ihn nicht. Wieder griff er nach Brit. »Ich brauche dich. Du mußt hierbleiben. Du darfst nicht gehen.«

Brit wurde es heiß vor Wut. Wie konnte dieser Kerl sie

nur so blamieren? Sie begann zu schreien. »Ich habe Pflichten wie jeder andere, Len! Wie kannst du nur?« Tränen schossen in ihre Augen. Sie spürte eine Bewegung neben sich und bemerkte den Offizier, wie er aus der Luke sprang und auf Len zutrat. Mit einem gewaltigen Fausthieb schickte er ihn zu Boden. Dann ging er auf Brit zu.

»Sie sollten ihre privaten Belange von den dienstlichen trennen, Darburg. Sie sind raus.« Gleichzeitig rief er nach dem Piloten. »Sie kümmern sich darum, daß wir sofort Ersatz für die Nachrichtenoffizierin bekommen. Das ist ja zum Durchdrehen hier.«

Brits Gesicht war tränenüberströmt, als sie ihren Zorn dem Offizier entgegenbrüllte. »Ich kann nichts dafür! Ich fliege!« Mit diesen Worten stieg sie die Sprossen der Metalleiter empor und nahm Platz auf einem der harten Sitze. Durch das kleine Fenster erkannte sie Len, wie er sich mühsam wieder erhob.

Sie spürte, wie die Blicke der anderen auf ihr lasteten. Gleich nach ihr erschien Kandiris, gab dem Piloten das Signal zum Start und nahm Platz, ohne Brit eines weiteren Blickes zu würdigen. Len war noch immer benommen. Der Luftzug der Rotoren warf ihn immer wieder um. Nur seine Augen schienen sie direkt anzuschauen, als er dem sich entfernenden Hubschrauber nachsah.

Als er an Höhe gewann, hatte Brit wieder das vertraute Gefühl, als sacke ihr Magen einige Zentimeter tiefer, doch diesmal bemerkte sie es fast nicht. Sie glaubte zu hören, wie die anderen über sie sprachen, und als sie sah, wie Kandiris sich Notizen machte, wollte die Scham ihr Bewußtsein zerbrechen.

Len stemmte sich mühsam in die Höhe. Er verstand überhaupt nichts mehr. Er hatte es doch gut gemeint, und doch verließ ihn das Gefühl nicht, eine große Dummheit begangen zu haben. Langsam entfernte sich der Hubschrauber und verschwand hinter den Wipfeln der Bäume. Len lauschte dem Knattern der Rotoren, bis es in der Ferne verklungen war.

Was hatte er schon getan? Er wollte nicht, daß Brit ihr Leben aufs Spiel setzte. Nicht nach allem, was sie durchgemacht hatten. Er hatte so sehr daran geglaubt, alle Gefahren hinter sich gelassen zu haben, und nun ging es schon wieder los.

Langsam trottete er wieder zurück, beobachtet vom Bodenpersonal. Es war nur die Sorge gewesen, die ihn hierher getrieben hatte. Langsam wurde er sich der Tragweite seines Handelns bewußt. Er hatte sich unerlaubt aus dem Lager entfernt. Was würde mit ihm geschehen, wenn man ihn auf dem Rückweg erwischte? Und was noch schlimmer war: Etwas in seinem Inneren sagte ihm, daß er Brit möglicherweise verloren hatte.

Auf einmal fühlte er sich so schlecht. Er hätte ihr das nicht antun dürfen. Nicht vor all den anderen. Jetzt war es ihm auch gleichgültig, was mit ihm weiter geschah. Bewußt verfolgte er den ausgefahrenen Weg und ging auf die Wachen zu.

»Dort ist es!« flüsterte Kandiris.

Sie waren zu sechst. Der Offizier und vier der Soldaten schauten aus dem Schutz der Bäume auf die Bahntrasse, die sich in einer Entfernung von etwa fünfzig Metern unterhalb ihrer Position auf leicht abfallendem Gelände befand. Brit stand etwas versetzt hinter ihnen. Aufmerksam studierte sie den illuminierten Bildschirm und gab die Koordinaten ihres jetzigen Standortes ein.

Die Trasse sah aus wie ein helles Band aus Beton, das sich breit und wuchtig durch die Landschaft schlängelte. Rechts von ihnen wand sie sich aus dem Wald heraus, überquerte dieses unbewaldete freie Stück und verschwand mit einer scharfen Nordkurve nach etwa zweihundert Metern wieder zwischen Bäumen.

Aufmerksam hörte Brit zu, wie Kandiris den Soldaten den Einsatz erklärte.

»Wir haben hier eine der Lebensadern des Feindes vor uns. Ihr kennt eure Aufgabe. Wir werden die Minen an dieser Stelle anbringen.« Er zeigte auf die Biegung. »Wie wir wissen, scannt die Elektronik des Zuges die Fahrbahn auf Unebenheiten und Störungen, die ihn zum Entgleisen bringen könnten. Dies geschieht jedoch linear, das heißt, der Suchstrahl ist fest montiert. Der Nachteil – und unser Vorteil – dabei ist, daß er in Kurven für einige Momente abweicht, bis die Lok in die neue Richtung eingeschwenkt ist. Diese Tatsache werden wir uns zunutze machen. Die Möglichkeit, daß die Sensoren die Minen dennoch entdecken, ist zwar immer noch relativ hoch, aufgrund des hohen Energieverbrauchs des Suchstrahls scannt die Elektronik die sonstige Umgebung des Zuges aber nur dann, wenn er langsam zu fahren gezwungen ist.

Das ist der Stand, wie wir ihn von unseren eigenen Zügen kennen. Es ist nicht anzunehmen, daß der Feind an der Programmierung etwas geändert hat. Bevor wir beginnen, prüfen wir erst einmal, ob sich an den Intervallen etwas geändert hat. – Die Daten, Darburg!« rief er ohne jede Achtung nach hinten.

Brit biß die Zähne zusammen. »Laut des Berichts des Spähtrupps soll alle 4,35 Minuten ein Zug unsere Position in Richtung Westen passieren. Jeder dritte Zug trifft einen, der nach Osten fährt. Dann wieder dauert es 9,5 Minuten, bis ein weiterer von Osten kommt.«

»Die bloßen Daten hätten gereicht, Darburg.«

Sie schloß kurz die Augen. Neben ihr lag das Stoner-Gewehr. Wie leicht man doch seine Probleme lösen könnte, wenn man...

»Runter! Da kommt der erste!«

Die metallischen Rückenpanzer der Soldaten verschwanden, und auch Brit duckte sich, als das Kreischen der Schienen unter einer immensen Belastung näherkam. Neugierig hob sie das Nachtsichtgerät.

Ein im Dunkeln bläulich schimmernder Kranz wanderte über die Schienen, als der näherkommende Zug sie auflud und magnetisierte. Dann schob sich die riesige, mit dicken Stahlplatten bewehrte Lokomotive beinahe lautlos aus dem Wald. Sie wirkte wie ein überirdischer Schatten, angekündigt von einem blauen Flackern über den Schienen. Der ganze Zug selbst war unbeleuchtet und vermittelte, durch das Nachtsichtgerät betrachtet, die Eleganz eines großen, massigen Tieres.

Gleich hinter der Lok befand sich auf einem der überlangen Tiefladewaggons, die von ihren eigenen Truppen zum Transport schweren Gerätes genutzt wurden, ein stark gepanzerter Geschützturm, aus dem die Läufe mehrerer leichter Kanonen ragten. Ihr schauderte, als sie sich vorstellte, der Turm könnte plötzlich anfangen zu feuern.

Der Zug kannte aufgrund seiner Programmierung jede Einzelheit der Strecke und verlangsamte kurz vor der Biegung seine Fahrt. Hinter dem Geschützwagen folgten eine Anzahl Großraumgüterwaggons. Den Abschluß bildete ein weiterer Tieflader, auf dem sich wieder ein Geschütz befand.

So schnell, wie er gekommen war, verschwand der Zug wieder hinter der Biegung im Wald. Einige Minuten später zog wie erwartet der zweite Zug vorbei, und die Männer machten sich bereit. Nach dem nächsten würden sie so schnell wie möglich zur Biegung laufen und die Minen anbringen in der Hoffnung, daß der Zeitplan so eingehalten wurde, wie man ihn an sie weitergegeben hatte.

Kandiris stutzte. Wenn er sich nicht irrte, bewegte sich dort hinten etwas. Und er hatte recht. Genau an der Stelle, wo die Schienen den Wald verließen, trat eine Argawikuh auf die Trasse und begann genüßlich das saftige Grün abzugrasen. Kandiris machte seine Leute auf das Schauspiel aufmerksam. Mit etwas Glück würden sie auf diese Weise herausfinden können, wie wachsam die Waffensysteme der Transportzüge waren.

Bald war es soweit. Wieder kündeten das Kreischen der Gleise und das bläuliche Funkeln vom Nahen des dritten Zuges. Die Kuh machte einige erschreckte Schritte, blieb dann aber stehen und graste weiter.

Kandiris bemerkte, wie seine Hände in den dicken Handschuhen zu schwitzen begannen, als er das Nachtsichtgerät noch fester vor seine Augen preßte. Nichts durfte ihm entgehen. Die unbeleuchtete Lok schoß aus dem Wald, und tatsächlich ging ein fast unspürbarer Ruck durch die Waggons, als sie kurz abbremste.

Die Sensoren hatten die Kuh als Lebewesen erfaßt. Mit einem sirrenden Geräusch erwachte die Motorik des Geschützwagens zum Leben. In Bruchteilen von Sekunden wurden die Waffen justiert und abgefeuert.

Der zerfetzte Leib der Argawikuh stürzte neben die Trasse und blieb regungslos liegen. Als wenig später die letzten Waggons im Wald verschwanden, kam genau im gleichen Moment auf der Gegenseite der Zug nach

Osten zwischen den Bäumen hervor. Der Zeitplan stimmte also.

»Los jetzt, wir haben nur neun Minuten!« rief Kandiris leise und sprang auf.

Brit sah, wie die fünf Soldaten den sanften Abhang hinunterrannten. Schon bald waren sie an der Biegung angekommen und warfen sich auf die Knie, um ihre Sprengkörper anzubringen.

Die erste Mine war schnell gelegt. Kandiris hatte seine Männer angewiesen, sie in geringen Abständen an jedem der vier Gleise zu befestigen. Er plazierte sie in einer leichten Schräglage, so daß sie Kontakt mit dem stählernen Strang hatte und auch wirklich beim Überfahren hochging. Vorsichtig schob er die kleine Karte in die dafür vorgesehene Öffnung.

Die Mine stieß vier kurze und einen fünften, langen Piepton aus und signalisierte damit, daß sie in zwei Minuten scharf werden würde. Kandiris stand auf und lief ein paar Schritte, bevor er sich wieder zu Boden warf und an einem der inneren Gleise die nächste Mine aus seiner Feldtasche zog.

Wieder legte er sie leicht schräg neben die Schienen. Dann tasteten seine Finger nach der zweiten Chipkarte. Er war vollkommen außer Atem. Wenn er ehrlich zu sich selber war, wurde er langsam zu alt für diesen Beruf. Bis vor wenigen Wochen hatte er fast seinen gesamten Dienst an einem der MilOp-Terminals verbracht. Erst hier bei den Rebellen hatte er wieder gelernt, was es wirklich hieß, Soldat zu sein.

Um ihn herum war es stockfinster. Das Nachtsichtgerät war zu unhandlich, als daß er es ständig vor den Augen tragen konnte, und so baumelte es um seinen Hals.

Mit sicherem Griff bewegte er die Karte zur Mine hin

– und stutzte. Seine Hand war leer. Wo war die Karte geblieben?

Er erinnerte sich an ein leises Geräusch, kurz bevor er die Mine gegriffen hatte. Die Karte mußte ihm heruntergefallen sein, und durch die dicken Handschuhe hindurch hatte er es nicht bemerkt.

Unbewußt registrierte er, daß sich Schweiß auf seiner Stirn bildete, und in seinem Helm wurde es ungemütlich warm, als seine Finger suchend und vor Aufregung zitternd über den Beton schabten. Nahezu panisch sah er sich um.

Zwei der Soldaten verschwanden gerade wieder im Wald, und die anderen beiden hatten sich aufgerichtet und wandten sich eben um. In diesem Moment fand er die Karte und hob sie mit einem triumphierenden Grinsen hoch. Er legte die linke Hand auf die Mine und preßte mit der rechten die Karte in den schmalen Schlitz.

Sie paßte nicht. Er versuchte es noch einmal. Es ging nicht. Wieder wurde ihm heiß. Er drehte sie um. Nichts geschah. Er versuchte es mit der anderen Kante. Sie ließ sich einführen, rastete aber nicht ein. Sicher, er hatte sie ja umgedreht. Also wieder die andere Seite. Im gleichen Moment spürte er das Beben der Metallstränge.

Brit hatte die ersten beiden Soldaten leise jubeln hören, als sie zurückkehrten. Auch die nächsten beiden hasteten nun dem Wald zu. Einer saß noch unten zwischen den Schienen und fummelte an irgend etwas herum. Sie spürte, daß etwas nicht stimmte, aber sie wußte nicht, was. Sie wußte nicht einmal, wer noch da unten saß. Auch mit dem Nachtsichtgerät sah sie nicht mehr als einen Schemen, der sich bewegte.

Laut des Zeitplans mußte der nächste Zug in fünfundvierzig Sekunden eintreffen.

Sie hielt es nicht mehr aus. Sie war sich sicher, daß etwas schiefgegangen war. Brit rannte los. Erst jetzt bemerkten auch die anderen, daß etwas nicht stimmte.

Kandiris wandte den Kopf. Das Beben war stärker geworden, und auf der anderen Seite des Geländes schob sich das blaue Leuchten aus dem Wald. Mit einem satten ›Klick‹ rastete die Karte ein, und er sprang auf.

Unsicher sah er sich um. Wo hatten die anderen die Minen gelegt? Das Kreischen des Metalls hinter ihm schwoll an, und er lief ein paar Meter, bevor er wieder innehielt.

Vor ihm befand sich etwas Dunkles. War es einer der Sprengsätze oder ein Ast? Er tastete nach dem Sichtgerät, doch er hatte keine Wahl mehr. Aus den Augenwinkeln sah er einen Schatten, der sich groß und mächtig noch in einiger Entfernung auf ihn zubewegte, und er rannte weiter.

Brit hatte den halben Weg hinter sich gebracht, als sie den Soldaten dort unten von den Gleisen springen sah. Gleichzeitig tauchte der Zug von rechts auf. Ohne sich umzusehen, rannte der Soldat auf sie zu. Instinktiv griff sie nach dem Raketenwerfer und kniete sich nieder. Die Rufe hinter ihr machten deutlich, daß auch die anderen die Gefahr sahen.

Der Soldat rannte so schnell, wie er konnte, und kam doch nicht weit genug, während der Zug sich unaufhaltsam näherte. Selbst wenn seine Sensoren ihn nicht erfaßten, die zu erwartende Explosion der Minen war mit Sicherheit noch gefährlicher.

Brit wußte nicht, ob sie das Richtige tat, aber sie mußte handeln. Ein Schwall heißer Luft fuhr über ihr Gesicht, als sich die Rakete löste und auf die ersten Waggons hinter der Lokomotive zuhielt.

Kandiris wußte das Leuchten über sich zu deuten und warf sich zu Boden. Hastig kroch er noch einige Meter, doch in keinem Fall würde er rechtzeitig den Schutz der Bäume erreichen. Hinter ihm wurde es hell.

Die Rakete flog in einer bemerkenswert geraden Bahn direkt auf den dritten Waggon zu und detonierte in einer gewaltige Explosion. Mit ohrenbetäubendem Fauchen ergoß sich ein Strom brennender Flüssigkeit neben die Gleise und tauchte alles in ein unwirkliches Licht.

Der Zug machte eine Vollbremsung, und Leben kam in den Geschützwagen. In diesem Moment schlug die zweite Rakete knapp unterhalb des Turmes ein. Ziellos eröffneten die Geschütze das Feuer. Die bremsenden Räder kreischten unter der Belastung der nachdrängenden Wagen, die den Zug unbarmherzig vorwärts drückten.

Brit konnte nichts mehr tun. Sie warf den Raketenwerfer von sich und rannte zurück. Von hinten zernarbten Geschosse den Hang, und von oben lösten sich weitere Raketen.

Kandiris spürte immer wieder die Einschläge, die oftmals äußerst dicht neben ihm lagen. Ihm blieb nichts weiter übrig, als seine Arme um den Kopf zu legen, die Beine an sich zu ziehen und sich den Helm fest auf den Kopf zu pressen. Tausende von Gedanken jagten durch sein Hirn, und die meisten drehten sich ums Sterben.

Zwei weitere Raketen setzten durch direkte Volltreffer die Waffen des ersten Wagens außer Kraft, während der letzte gerade den Wald verließ. Noch immer standen die Räder der Lokomotive still, aber die Gesamtmasse des Zugs war zu groß.

Begleitet von lautem Kreischen und dem bläulichen Funkeln der Gleise erreichte die Lok die erste Mine. Durch die gewaltige Explosion ihrer Schwerkraft beraubt und durch den eigenen Schwung nach vorne gerissen, bäumte sich die Zugmaschine auf, als Brit sich mit einem weiten Sprung hinter die ersten Bäume warf. Mit hocherhobenem Vorderteil rutschte die Lok noch einige Meter und krachte dann schwer auf die anderen Gleise. Die nachfolgenden Wagen drängten weiter nach vorne, und der in Flammen stehende Geschützwagen traf die nächste Mine. In einer gewaltigen Explosion löste er sich auf und erhellte mit flackerndem Licht die Umgebung.

Auch der schon brennende Tankwagen ging nun in die Luft und brachte durch seine Druckwelle die folgenden beiden Wagen zum Entgleisen. Das Chaos war vollkommen. Ein brennendes Gewirr von Metall blockierte nun die Gleise in beide Richtungen, als der letzte Geschützwagen das Feuer eröffnete. Zielsicher streute er seine Geschosse zwischen die Bäume.

Überall um sie herum platzten die Stämme unter den Einschlägen. Bäume knickten um, Splitter prasselten gegen die Kampfanzüge, so daß sie gezwungen waren, sich zurückzuziehen. Als Brit sich noch einmal kurz umsah, erkannte sie wieder ein bläuliches Funkeln auf den geschundenen Schienen, und mit ohnmächtiger Faszination blieb sie stehen, ohne darauf zu achten, daß sie jeden Moment von einem der scharfkantigen Splitter getötet werden konnte. Das Heulen der Gleise übertönte jetzt sogar die fortwährenden kleinen Explosionen.

In voller Fahrt raste der zweite Zug in den letzten Waggon und brachte seine Kanonen zum Schweigen. Die Lok drückte das geborstene Metall auf ihrem Weg zusammen, sprang aus den Schienen und kam in der weichen Erde neben dem Bahndamm zum Stehen. Bäume wurden aus der Erde gerissen, als die Wagen des zweiten Zuges sich mit großer Kraft aus ihren stählernen Führungen befreiten und neben der Lok den Waldrand durchbrachen. Auch im hinteren Teil des Zuges, der noch durch die Bäume verdeckt wurde, kam es nun zu Explosionen.

Die anderen waren fort. Brit dachte an den Soldaten, der noch dort unten liegen mußte, und lief zurück. Bis auf das Prasseln des Feuers und das Knacken sich verformenden Metalls herrschte eine gespenstische Ruhe.

Unter ihr schien sich die Hölle aufgetan zu haben. Gerippen gleich sanken die metallenen Riesen in sich zusammen, umtost von unzähmbarem Feuer. Sie glaubte ihren Augen nicht zu trauen. Dort unten bewegte sich etwas, und ohne auf irgendeine Gefahr zu achten, rannte sie los.

Jemand stolperte ihr entgegen. Sofort war sie bei ihm und griff ihm unter die Schulter. Gemeinsam erreichten sie die ersten Baumstämme, deren zerfetztes, helles Holz in der Dunkelheit schimmerte.

Es ging um Sekunden. Jeden Moment mußte der dritte Zug eintreffen und mit ihm derjenige von der anderen Seite. Der Soldat lief nun sicherer, und Brit ließ ihn los. Rasch griff sie nach ihrer Gefechtskonsole, klemmte sie sich unter den Arm und hetzte hinter dem Mann her. Sie waren noch nicht weit gekommen, als hinter ihnen gleich zwei überaus kraftvolle Detonationen aufklangen. Mit einem solchen Erfolg ihres Einsatzes hatte wohl niemand gerechnet.

Lange Zeit waren sie hintereinander durch den nächtlichen Wald gerannt. Der Lärm der Zerstörung und der Feuerschein hatten sie noch minutenlang verfolgt. Als sie plötzlich aus der Richtung, in die sie sich bewegten, das vertraute Knattern der Rotoren hörte, hätte Brit vor Freude am liebsten laut aufgeschrien. Sie hatten es tatsächlich geschafft.

Der Helikopter war nicht beleuchtet, doch ihre Kameraden hatten mit Nachtsichtgeräten schon auf sie gewartet. Als man die beiden erkannte, senkten sie die Läufe ihrer Stoner und leiteten sie. Als sie vor der Luke standen und Brit schon ungeduldig darauf wartete, ins Innere zu kommen, drehte sich der Soldat vor ihr um.

»Danke!«

Brit sah genauer hin. Die Instrumente im Inneren des Hubschraubers leuchteten nur schwach, und so war sie sich nicht sicher, ob sie richtig gesehen hatte.

»Kandiris? Sind *Sie* das?«

»Richtig beobachtet, Darburg.« Er lächelte. »Und jetzt rein mit Ihnen!«

Verwirrt erklomm sie die Sprossen und setzte sich still auf einen der kahlen Stühle. Als sich der Hubschrauber lärmend erhob, war sie bereits in Gedanken versunken. Sie konnte es nicht glauben. Hatte Sie tatsächlich Kandiris gerettet, oder träumte sie nur?

10

»Guten Morgen, mein lieber Quaila. Haben Sie gut geschlafen?«

Quaila hatte gerade das Zelt des Rebellenkommandeurs betreten, als dieser schon mit ausgestreckten Armen auf ihn zukam, um ihn zu begrüßen. Er verstand nicht.

»Guten Morgen, Benuntai. Habe ich etwas verpaßt?«

Gerr lachte überschwenglich, ergriff seine Hand und schüttelte sie mit festem Griff. In seiner Verwirrung bemerkte Quaila einen weiteren Soldaten, der im Hintergrund an einem Tisch saß. Licht fiel ins Innere des Zeltes, als hinter ihm die Plane beiseite gezogen wurde und ein Soldat mit einem reichhaltigen Frühstück das Zelt betrat. Wortlos machte er sich daran, auf dem kleinen Tisch die verschiedensten Schalen und Becher zu verteilen.

Quaila machte einen kleinen Schritt auf Gerr zu und richtete leise ein paar Worte an ihn.

»Sagen Sie, ist heute ein besonderer Tag?«

Wieder lachte sein Gegenüber laut. »Aber nein, nicht ganz jedenfalls. Wenn Sie länger hier wären, wüßten Sie, daß ich jeden Morgen zu frühstücken pflege. Kleiner Scherz, Sie verstehen?«

Quaila verstand gar nichts. Hilflos blickte er zu dem Soldaten, der am Tisch saß, doch aus dessen ernster Miene konnte er auch keine Rückschlüsse ziehen. Trotz allem hungrig, folgte er Gerr und nahm Platz. Nach anfänglichem Zögern griff auch er zu und stillte ein Hungergefühl, das er in einer derartigen Intensität schon lange nicht mehr empfunden hatte. Nachdem sie gesättigt waren, lehnten sie sich zurück.

Von draußen sickerte das Dröhnen einer schweren Geländeeinheit herein, und Quaila wurde langsam ungeduldig. Aber Gerrs Verhalten mußte einen Grund haben, und so beschloß er, noch ein wenig zu warten. Dann war es soweit.

Gerr lehnte sich nach vorne auf den Tisch und schaute ihn gutgelaunt an.

»Hauptkatai Quaila, ich möchte Ihnen Hauptkatai Kandiris vorstellen, einen unserer besten Einsatzgruppenführer.«

Quaila warf einen Blick zu ihm hinüber, und Kandiris deutete eine leichte Verbeugung an, dann fuhr Gerr fort:

»Hauptkatai Kandiris leitete auch in dieser Nacht einen Einsatz, der von einem solchen Erfolg gekrönt wurde, wie es niemand für möglich gehalten hätte.«

Quaila dachte fortwährend, wie schön doch all dies wäre, wenn er nur wüßte, was es mit ihm zu tun hätte. Nun gab es wenigstens eine Erklärung für die überaus gelockerte Atmosphäre.

»In gewisser Weise sind Sie durch diesen Einsatz auch betroffen gewesen, obwohl wir es Ihnen nicht rechtzeitig übermitteln konnten. Hauptkatai Kandiris wird Ihnen alles viel besser erklären können.« Mit diesen Worten lehnte Gerr sich wieder zurück und lauschte aufmerksam den Worten Kandiris'.

»In Ordnung. Lassen Sie mich mit einer Frage beginnen: Was sagt Ihnen der Name Darburg, 25th Mech Fusiliers?«

Quaila war augenblicklich hellwach. »Eine von meinen Soldatinnen. Ist ihr etwas geschehen?«

»Nein«, Kandiris lachte und entblößte dabei unglaublich schiefe Zähne. »Im Gegenteil. Wenn sie nicht gewesen wäre, wäre *mir* möglicherweise etwas geschehen.« Mit Entzücken bemerkte er wachsenden Unglauben und Verwirrung in Quailas Blick. »Aber alles der Reihe nach. Unsere Späher hatten weit nördlich von hier eine vielbefahrene Bahnverbindung des Feindes entdeckt. Die Aufgabe, die sich uns stellte, war es nun, diese Strecke zu zerstören und für einige Tage außer Betrieb zu setzen. Da wir aber aus verschiedenen Gründen keinen unserer eigenen Nachrichtenoffiziere mitschicken konnten, griffen wir auf die Soldatin Darburg zurück, die, wie Sie vielleicht wissen, am gleichen Tag ihre Stellung im Nachrichtenkommando angetreten hatte und über ausgezeichnete Fähigkeiten für diese Aufgabe verfügte.

Darburgs Aufgabe war es lediglich, die Kommunikation mit unserer Zentrale hier aufrechtzuerhalten, während meine Männer und ich einige Minen anbrachten. Um es etwas abzukürzen: Ich hatte gewisse Probleme mit einer dieser Minen und schaffte es nicht rechtzeitig, vor dem Eintreffen des ersten Zuges die Stellung wieder zu erreichen. Darburg erkannte dies und rettete mir mit ihrem geistesgegenwärtigen Handeln das Leben. Daß der Aktion ein derart durchschlagender Erfolg beschieden war, ist möglicherweise ebenfalls ihr zuzuschreiben. Das Ergebnis ist nicht, wie erwartet, ein zerstörter Feindtransport, sondern mindestens drei. Wahrscheinlich raste sogar noch ein vierter Zug aus der Gegenrichtung in die Trümmer. Nach dem, was wir allein schon vor unserem Rückzug zu Gesicht bekamen, dürfen wir davon ausgehen, daß dieser Teil der Strecke einige Tage nicht befahrbar ist. Je nach Zugänglichkeit der feindlichen Räumfahrzeuge vielleicht auch eine Woche.

Was nun Sie betrifft: Auch wenn Ihre Soldaten, und damit auch Brit Darburg, mittlerweile in die, sagen wir, Obhut unserer Gruppe übergegangen sind, wollten wir es dennoch nicht versäumen, Sie zu unterrichten, daß wir Ihre Soldatin schon für eine weitere Geheimaktion ausgesucht haben.«

Ein gewisser Stolz beflügelte Quaila, als er seine schon früher gefaßte hohe Meinung über Brit Darburg bestätigt sah. Wenn er anfangs auch Bedenken gegen sie gehabt hatte – viele derjenigen, deren Eltern mit der Administration zusammenarbeiteten, waren von einer lähmenden Arroganz –, hatte sie es doch geschafft, alle insgeheim gegen sie sprechenden Bedenken zu zerstreuen. Andererseits betrübte ihn der Gedanke, daß sie nun zu der schnell sterblichen Gruppe der Einsatzsoldaten gehören sollte.

»Und was haben Sie mit ihr vor?« fragte er darum vorsichtig.

Gerrs Laune war noch nicht verflogen. Er schlug dem neben ihm sitzenden Kandiris auf die Schulter. »Sagte ich es nicht? Quaila hat richtiggehend Angst um seine Leute.«

»Das werde ich Ihnen gleich verraten«, ging Kandiris auf Quailas Frage ein. »Vorher muß ich Sie jedoch mit allem Nachdruck fragen, ob es irgendwelche Einwände gegen Brit Darburgs Person gibt, die Sie uns bei der Befragung verschwiegen haben oder die Sie vergaßen.«

Quaila faltete die Hände über seinen Knien und dachte nach, aber ihm fiel nichts ein, was gegen sie sprach. Er schüttelte den Kopf. »Ich kann mich nicht erinnern, daß sie sich bei irgendeinem Einsatz zurückgehalten hätte oder daß an ihrer Loyalität zu zweifeln gewesen wäre. Im Hinblick auf ihr Elternhaus und ihre jetzige Beschäftigung bei einer Rebelleneinheit muß ich aber ehrlich gestehen, daß mir für diese Situation alle Erfahrungswerte fehlen.«

»Das dachte ich mir«, murmelte Kandiris, zeigte aber keinerlei Anzeichen aufkommenden Unwillens.

»Was wir vorhaben, ist folgendes, Quaila.« Die ruhige Stimme des Benuntai erfüllte wieder den Raum, in dem es durch die aufsteigenden Sonnen merklich wärmer wurde. »Sie haben ja Kenntnis über die gegenwärtige Situation. Wir sind also so weit, daß wir eine ausreichende militärische Stärke gewonnen haben, die es uns ermöglicht, einen gewissen Druck auszuüben. Unsere Sympathisanten im Kreis des ROOM – dazu gehört insbesondere auch unser Freund im drullischen Verteidigungsrat – sind stabilisiert, der Nachrichtenfluß aus diesen Kreisen steigt stetig. Wir wissen, daß der ROOM ob der desolaten Lage der regulären Streitkräfte seine ganze Aufmerksamkeit auf Taktik und Produktion gerichtet hat. Seine mentalen Kräfte im Bereich der Überwachung sind schon so stark eingeschränkt, daß sogar die Unterhaltung des Volkes immer öfter ausbleibt. Nicht nur unsere eigenen Leute sind der Meinung, daß das drullische Volk ohne den wahrhaft genialen Taktiker Val Haris längst in den Untergang gezogen wäre.

Tatsache ist, daß der ROOM schwächer wird. Niemand weiß, warum, aber daß es geschieht, ist offensichtlich. Dies stützt unsere Thesen bis hinunter zur letzten Kleinigkeit. Der Einfluß des Feindes muß so stark geworden sein, daß der ROOM sich durch seine Abstimmungen mit ihm selber schwächt und behindert, was sicherlich so nicht vorgesehen war. Unsere Informanten berichten von sich häufenden Konflikten Haris' mit den Nachrichtenträgern des ROOM, da er nur noch dann siegt, wenn er die ihm vorgegebenen Taktiken nicht oder nur sehr locker verfolgt.«

Kandiris fiel ihm ins Wort. »Wir haben viele wichtige Leute gewonnen, seit wir uns von der Administration losgesagt haben. Titan-Net ist geschwächt und muß seit dem Monddebakel auf seine Reserven zurückgreifen. Der ROOM wiederum scheint alles zu tun, um den Feind zu unterstützen, beziehungsweise nicht ernsthaft zu bedrohen. Die Situation ist günstig, und die Zeit drängt. Titan-Net hat eine wichtige Transportverbindung verloren, andererseits gab es auch heute nacht wieder Angriffe der flüchtigen Kais auf wehrlose Bauernsiedlungen.

Das Volk, nicht nur in Hallwa, aber besonders dort, ist seit der Reduzierung der televisionellen Unterhaltung in höchstem Maße beunruhigt, und über die Motivation der Mannschaften brauche ich Ihnen nichts zu erzählen. Wir stehen bereit, brauchen aber noch einen einzigen weiteren Verbündeten: Val Haris, den Mann, der von einem fremden Planeten kam, um uns zu helfen. Wir können es nicht riskieren, daß sich einer unserer höchsten Mitarbeiter Haris gegenüber zu erkennen gibt. Wir glauben ihn zwar einschätzen zu können, aber das bedeutet noch lange nicht, daß wir ihn kennen.«

»Und deshalb gibt es zwei Gründe«, ergriff Gerr wieder das Wort, »warum wir Ihnen all das erzählen. Erstens wird Hauptkatai Kandiris die Operation WAHRHEIT leiten und in dieser Zeit natürlich nicht für andere Aufgaben zur Verfügung stehen. Sie, Quaila, übernehmen seine jetzige Position und werden sich auf die Bekämpfung und Verfolgung der Kais spezialisieren. Eine Aufgabe, die, so hoffe ich in Anbetracht Ihres getrübten Verhältnisses zu diesen Partisanen, Ihnen mehr Spaß machen sollte, als hier herumzusitzen. Zweitens haben wir die Soldatin Darburg für die Aufgabe ausgesucht, nach Hallwa zurückzukehren und zu versuchen, mit Haris in Kontakt zu treten.«

»Brit Darburg? Meine Herren, überschätzen Sie sie da nicht ein wenig? Ihre Fähigkeiten in allen Ehren, aber wir sollten doch nicht vergessen, daß ihre Eltern Kontakte zum ROOM haben. Möglicherweise wird sie von ihren Gefühlen übermannt und trifft sich mit ihren Eltern. Nicht auszudenken, was dies für Folgen hätte.«

»Ist ja alles richtig«, antwortete Kandiris. »Aber erstens können sich ihre Informationen über den ROOM, die sie jahrelang aus erster Hand erhielt, für uns nützlich erweisen, zweitens wissen wir von ihrer Loyalität und Opferbereitschaft, und drittens ist es für jeden von uns, Ihre Leute einmal ausgenommen, Quaila, ausgeschlossen, zurückzukehren. Sogar mit neuen Identitäten wäre die Gefahr zu groß, daß man uns entdeckte. Man darf nicht vergessen, die meisten hier gelten als geflüchtet, nur die wenigsten als vermißt. Man würde sie sofort festnehmen. Ihre Leute hingegen wurden, aus der Sicht der drullischen Stäbe, in eine Schlacht geschickt und nicht wiedergesehen. Der Schluß liegt also nahe, daß Ihre Leute tot sind oder gefangengenommen wurden.

Und selbst wenn wir die Möglichkeit in Betracht ziehen, daß man Darburg erkennt – was sollte geschehen? Sie könnte sagen, sie sei geflüchtet. Viele der Soldaten, die nach Wochen wieder auftauchen, haben Traumata, können nicht mehr sprechen oder sich erinnern. Irgendwann werden sie aufgegriffen, nachdem sie lange unentdeckt umhergestreift sind. Niemand würde der einfachen Soldatin Brit Darburg Fragen stellen. Man weiß ja nicht einmal etwas von uns. Also . . .« Er lachte wieder und schlug mit den flachen Hände auf den Tisch.

»Dann sollten wir es also so machen, wie Sie es vorschlugen«, sagte Quaila und bereitete sich innerlich schon auf seine neue Aufgabe vor. Er würde sie genießen. Ausführlich ließ er sich im Laufe des Tages von Kandiris und seinen Leuten über die Lage in Kenntnis setzen und über die Vorgehensweise bei Einsätzen unterrichten.

Brit war fort.

Er hatte sie im ganzen Lager nicht gefunden, und er hatte wirklich überall nach ihr gesucht. Er wollte sich entschuldigen, versuchen, wiedergutzumachen, was er ihr gestern angetan hatte. Doch wo immer er auch hinkam, wen immer er fragte, niemand hatte Brit gesehen.

Schon heute morgen war er bei ihrem Zelt gewesen, doch die anderen hatten Len nur sagen können, daß sie von einem Offizier abgeholt worden war. So wußte er wenigstens, daß ihr nichts passiert war.

Während seiner Arbeitszeit konnte er sich nur schwer konzentrieren. Oftmals korrigierte er Fehler erst im letzten Moment und war sich keinesfalls sicher, ob er nicht noch mehr begangen hatte, die ihm später gar nicht mehr aufgefallen waren.

Nun wurde es wieder dunkel, und niemand, auch keiner seiner alten Einheit, hatte ihm helfen können. Len stand inmitten all dieser Zelte und hätte am liebsten angefangen zu schreien und zu toben. Wo um alles in der Welt konnte Brit nur stecken?

Dann sah er Quaila. Der Offizier trat aus einem der Zelte, von denen er wußte, daß diese als Besprechungs- und Planungsräume fungierten. Quaila würde ihm helfen können. Noch eine weitere Nacht der Unsicherheit würde er nicht überstehen, ohne verrückt zu werden. Schnellen Schrittes eilte er auf ihn zu.

Quaila hörte jemanden seinen Namen rufen und sah sich erstaunt um. Etwas in ihm sagte ihm, daß er die Stimme kannte. Er hatte einen wirklich langen Tag hinter sich. Eine Besprechung hatte die andere gejagt, und gerade noch hatte er sich auf einen ruhigen Abend ohne weitere Planungen und Waffendemonstrationen gefreut. Und nun rief jemand nach ihm, und diese Rufe klangen alles andere als erfreulich.

Er erkannte ihn sofort. Einer der jungen Soldaten, die unter ihm gedient hatten. Er hoffte, daß es nicht lange dauern würde, und wartete.

Schwer atmend blieb der junge Soldat vor ihm stehen.

»Len, was machen Sie hier? Geht es Ihnen gut?«

»Wo ist Brit?«

Quaila verstand nicht sofort. Dann fiel es ihm wieder

ein. »Sie meinen Brit Darburg? Warum fragen Sie? Ach ja, Brit und Sie, da war doch was?« Er grinste freundlich. Das Gesicht des jungen Soldaten aber blieb finster.

»Wo ist sie? Wissen Sie, wo Brit ist? Ich suche sie den ganzen Tag schon. Ihre Kameradinnen aus dem Quartier sagten, sie sei wohlbehalten von ihrem Einsatz zurückgekommen, aber schon früh von einem Offizier abgeholt worden. Sie müssen mir einfach sagen, wo sie ist.«

Quaila dachte kurz nach, dann legte er dem Jungen den Arm um die Schulter und ging ein paar Schritte. »Es geht ihr gut, Len. Sie müssen sich keine Sorgen machen. Sehen Sie, wir haben hier alle unsere Arbeit. Da können die meisten sich nur sehr schwer auch noch um private Belange kümmern. Ich habe Sie beide und Ihre Beziehung in solch schwierigen Zeiten immer bewundert. Aber ich muß Ihnen auch sagen, daß mir das, was mir gestern abend über Sie zu Ohren gekommen ist, absolut nicht gefallen hat. Ich hatte mir ohnehin vorgenommen, mit Ihnen beiden zu sprechen. Sie gehören jetzt zwar diesem Verband hier an, aber irgendwie kann ich einen Teil meiner früheren Autorität nicht so einfach ablegen.«

Len riß sich von ihm los. »Was soll das, Hauptkatai? Sagen Sie mir, was hier los ist!«

Quaila wurde ernster. »Wie ich Ihnen schon sagte, Len, wir alle haben unsere Aufgaben. Ich habe meine, Sie haben die Ihrigen, und die Soldatin Darburg hat ebenfalls ihre eigene Aufgabe. Ich kann Ihnen nur so viel sagen, daß sie nicht mehr im Nachrichtenkommando arbeitet. Sie wurde mit einer wichtigeren Sache beauftragt.« Mit diesen Worten drehte er sich weg und ging.

Len wurde zornig. So ließ er sich nicht abspeisen. Wütend rannte er Quaila nach und riß ihn herum.

»Sie werden mir sagen, wo sie ist!« schrie er so laut,

daß die ersten Soldaten stehenblieben, um dem Disput zuzuschauen. »Das können Sie mit mir nicht machen! Ich weiß, daß ich mich gestern abend verdammt schlecht benommen habe, und ich bin mir auch bewußt, daß dieses Verhalten eines drullischen Soldaten nicht würdig war. Aber das gibt Ihnen nicht das Recht, meine Freundin zu versetzen, ohne mir zu sagen, wohin!«

Zornesrot und mit versteinertem Gesicht sah Quaila dem Jungen in die Augen. »Sie lassen mich sofort los«, flüsterte er, »sonst vergesse ich mich.«

Fast erschrocken ließ Len die Schulter des Offiziers tatsächlich los.

»Daß ich Sie nicht auf der Stelle wegen Tätlichkeiten im Dienst festnehmen lasse, haben Sie nur meinem Verständnis für die Gefühle junger Leute zu verdanken.« Quaila trat einen Schritt zurück. »Wie können Sie sich überhaupt anmaßen, die Entscheidungen des Kommandierenden in Frage zu stellen? Ihre Freundin hat eine ganze Menge mehr an Tapferkeit, Loyalität und soldatischen Tugenden vorzuweisen. Wir brauchen hier keine zwangsweise eingezogenen Bauernsöhnchen, die bei jeder Kleinigkeit zu flennen beginnen, sondern Helden. Ohne Soldaten und Soldatinnen wie Ihre Freundin würden wir alle schon seit Jahren in den Bergwerken des Feindes schuften und die letzten Reste an Aldinium mit den bloßen Fingernägeln aus dem Schutt wühlen.

Sie haben anscheinend gar nichts begriffen. Sie tun Ihren Dienst nach Vorschrift. Sie lassen sich führen. Aber wenn Sie mich fragen, eine Armee hat nichts an all denen, die sich führen lassen. Sie gewinnt durch diejenigen, die mitdenken. Ich bin froh, daß ich nie gezwungen war, mit Demon-Einheiten arbeiten zu müssen, sondern mit lebenden, denkenden Wesen. Und wenn Sie nicht sofort verschwinden und an Ihre Arbeit gehen, wandern Sie in den Bau. Haben Sie das verstanden?«

Ohne ein weiteres Wort wandte er sich ab und ließ Len stehen. Als einige der Umstehenden begannen, über Len zu lachen, tat ihm schon wieder leid, daß er einen seiner Männer so hatte behandeln müssen, nach allem, was sie durchgemacht hatten.

Quaila blieb stehen, überlegte kurz und ging dann zurück. Er erkannte gleich, daß Len kurz davorstand, in Tränen auszubrechen, und er tat ihm leid.

»Um Ihnen die Sorgen zu nehmen, Len: Ihre Freundin ist in Hallwa.«

Lens Kopf ruckte hoch, und Quaila sah schon die Frage in seinen Augen, die er nicht zu stellen wagen würde. Also nahm Quaila sie ihm ab. »Sie führt eine Geheimmission in der Hauptstadt aus. Absolut ungefährlich. Sie soll nur Informationen über bestimmte Dinge sammeln. In wenigen Tagen ist sie wieder zurück. Machen Sie sich keine Sorgen.« Damit drehte er sich wieder um und verließ Len endgültig.

Len sah ihm nach. Er hatte einen Plan.

Len hatte sich die Gemeinsamkeit der Rebellen zunutze gemacht und war an den spärlich verteilten Wachen vorbei dorthin geschlichen, wo er tagsüber die schweren drullischen Transporter reparierte oder die Kennzeichen der Rebellen anbrachte. Er wußte, daß einige Fahrzeuge noch nicht mit den neuen Zeichen versehen worden waren, und hatte sich den herausgesucht, bei dem er am Vortag mit der Wartung begonnen hatte.

Zu diesem Transporter hatte man ihm – was bei Reparaturen üblich war – die Codekarte ausgehändigt, mit der man problemlos die Türen öffnen und den Motor aktivieren konnte. Schwieriger würde es werden, durch die nach außen gerichteten Posten zu kommen, aber daran dachte Len nicht weiter. Er mußte Brit finden, nur das war wichtig.

Unschlüssig saß er in der Fahrerkanzel und spähte durch die schmalen Schlitze nach draußen. Um ihn herum war es still, und er machte keinerlei Bewegungen aus. Irgendwo mußte zwar eine Wache sitzen, aber er hoffte, daß die hier eingeteilte Mannschaft nicht zu den aufmerksamsten gehörte. Wieder wunderte er sich fast über sich selbst, als er daran dachte, wie egal ihm das alles war. Vielleicht wollte er es auch einfach nur versucht haben, um sich selbst etwas zu beweisen.

Er wußte nicht einmal, wie er das Lager in diesem Gefährt ungesehen verlassen sollte. Und was sollte passieren, wenn er es wider Erwarten doch geschafft hatte? Er kannte keine Straßen in der Gegend, und die Richtung vermochte er nur zu erahnen. Gesetzt den Fall, er käme bis vor die Tore von Hallwa, wie gelangte er hinein?

All dies war unbedeutend. Die Elektronik war hochgefahren und signalisierte ihre Bereitschaft durch Dutzende von Lämpchen und Anzeigen, die sein Gesicht mit ihrem sanften, hellgrünen Licht übergossen. Noch hatte er den Motor nicht gestartet.

Er hatte bei der Überprüfung heute mittag festgestellt, daß es ein Triebwerk der neueren Generation war, mit gedämpfter Lautstärke und einer größeren Leistung als die alten Modelle. Aber er hatte auch registrieren müssen, daß die Geräusche beim Anlassen genauso laut waren wie immer. Erst danach regelte die Elektronik den Schall herunter. Wahrscheinlich, damit der Fahrer Gelegenheit hatte, durch den Klang beim Anlassen auf diverse Unregelmäßigkeiten zu achten, die den Statussensoren entgangen sein mochten.

Transporter dieser Art waren dafür bekannt, daß sie extreme Distanzen überwinden konnten, ohne aufzutanken. Und daß er nicht aufgetankt war, dessen war Len sich sicher. Die Anzeige bewies, daß der Tank nur noch etwa zu drei Vierteln gefüllt war. Er hoffte inständig, daß man dem neuen Modell wenigstens einen größeren Tank spendiert und nicht aufgrund technischer Neuerungen den vorhandenen noch kleiner dimensioniert hatte.

Er schaute auf den Chronometer, der knapp unterhalb der Sehschlitze ebenfalls in sanftem Grün glomm. Bald würde er sich entscheiden müssen. Vielleicht sollte er einfach zurückgehen und sich schlafen legen. Dann wäre er alle Probleme los, die sich durch eine Flucht ergäben.

Nein, es war ja keine Flucht. Er ließe seine Kameraden ja nicht im Stich. Er suchte nur seine Freundin und würde so schnell wie möglich zurückkommen. Aber er war sich im klaren darüber, daß seine Tat einer Desertation gleichkam und durch nichts gerechtfertigt werden könnte.

Blieb also nur übrig, auf Brit zu warten – oder jetzt den Motor zu starten.

Warten konnte er nicht, das wußte er. Brit allein in Hallwa, eine Hauptstadt überfüllt mit Flüchtlingen aller Gesellschaftsschichten, eine Stadt im Krieg und ständigen Angriffen ausgesetzt. Er ahnte, daß es außerordentlich schwer werden würde, sie dort zu finden, aber er wußte auch, daß er nicht untätig würde auf sie warten können.

Er führte die Karte sanft ein, und augenblicklich startete der Motor. Wohlweislich hatte Len die Scheinwerfer nicht aktiviert. Er schaltete seine Kopfhörer auf die Außensensoren.

Nichts rührte sich. Leise jubilierte er. Der Motor wurde

beinahe augenblicklich leiser, und bis auf die Zustandsanzeige vor ihm und das fortgesetzte leichte Zittern, das durch den Rumpf zog, fiel nicht weiter auf, daß der Transporter abfahrbereit war.

Er bedauerte es nur, daß er das vertraute Stoner-Gewehr nicht mitnehmen konnte. Alles, was er hatte auftreiben können, war eine schwere Strahlenpistole gewesen, die er seinem Zeltnachbarn gestohlen hatte, während dieser schlief. Sie ruhte auf einer kleinen Ablagefläche in Griffweite und schimmerte matt.

Len wählte die kleinste Stufe der Scheinwerfereinstellung, da er wußte, daß diese vorgeschrieben war, wenn ein Verband sich nachts durch freies Gelände bewegte. Dann fuhr er los, angestrengt nach draußen horchend und auf die kleinste Bewegung achtend.

Noch immer tat sich nichts. Hinter dem Fahrzeugstellplatz folgte ein schmaler Weg von etwa zweihundert Metern Länge, soviel wußte er. Was dahinter kam ... nun, man würde sehen müssen.

Langsam und darauf bedacht, keine Aufmerksamkeit zu erregen, rumpelte Len mit seinem Transporter durch den Wald. Natürlich würde irgendeiner der versteckt angebrachten Feldsensoren die Daten der sich bewegenden Einheit auf irgendeinen Bildschirm bringen, doch er hoffte mit der Unaufmerksamkeit des wachhabenden Aufklär-Offiziers und damit, daß auch die Wachtposten nicht weiter auf ihn achteten, da sie mit einer solchen Aktion nicht rechnen konnten.

Mit etwas Glück würden sie auf die Kennung seines Fahrzeuges hereinfallen, da es offiziellen Rebelleneinheiten verboten war, ohne mehrfache Genehmigungen das Lager überhaupt zu verlassen. Für längere Fahrten außerhalb des Standorts hatte man immerhin die Fahrzeuge mit drullischen Zeichen. Daraus, daß man begonnen hatte, auf allen beweglichen Einheiten Rebellensymbole anzubringen, schloß Len, daß man beabsichtigte, in naher Zukunft die eigene Stärke auch offen zu demonstrieren.

Der Posten lag vor ihm. Der sichtbare Teil bestand aus einer stählernen Panzersperre, die etwa einen Meter aus dem Boden ragte und darin auch wieder versenkt werden konnte. In Wald versteckt wußte er einige kleinere Bunker. Len hielt vor der Panzersperre und atmete tief durch. Aus dem Wald trat ein Soldat im Kampfanzug und mit vorgehaltener Waffe. Er bedeutete ihm, die gepanzerte Seitenscheibe herunterzulassen. Len tat, wie ihm geheißen.

»Ausweis! Einsatzbefehl!« sagte der Posten schroff. Alles schien vorbei, da kam Len eine verwegene Idee. Den Ausweis, den er schon sichtbar aus dem Fenster gehalten hatte, zog er wieder zurück. Er fuhr die Scheibe ganz herunter und lehnte sich aus dem Fenster.

»Was soll das, Soldat? Wo ist Ihr Kamerad?« Er steigerte seine Lautstärke noch. »Hat man Ihnen nicht beigebracht, zu zweit zu kontrollieren?« Mit einem schnellen Griff nahm er die Waffe und richtete sie auf den verdutzten Soldaten. »Sie Idiot! Wenn ich der Feind wäre, wären Sie jetzt tot. Also, wo ist Ihr Kamerad?«

»Hinten, im Bunker«, stammelte der Soldat unsicher.

Len schnaufte laut. Er drehte sich um und suchte fieberhaft ein Stück Papier und etwas zum Schreiben. Dann kehrte er ans Fenster zurück. Er erkannte, daß der Soldat dabei war, sich wieder zu fassen, und versetzte ihm einen weiteren Rüffel. Er warf ihm Papier und Stift vor die Füße.

»Hier, Sie schreiben mir jetzt Ihren Namen und den

Ihres Kameraden auf. Und morgen früh melden Sie sich bei Hauptkatai Quaila. Verstanden?«

Amüsiert und doch selbst am ganzen Leibe zitternd beobachtete er, wie der Soldat tatsächlich zwei Namen notierte und ihm das Blatt zurückreichte. Dann fuhr, nachdem der Posten einige Ziffern in eine tragbare Kontrolleinheit eingegeben hatte, der Stahlblock in die Erde, und Len gab Gas. Als er die Sperre passiert hatte, lehnte er sich wieder aus dem Fenster und sah zurück. »Hauptkatai Quaila, verstanden?« rief er. Der Soldat salutierte dienstbeflissen.

Elektronisch schloß sich die Scheibe wieder, und Len lachte laut los. Irgendwer von der Aufklärung funkte jetzt wahrscheinlich an den Wachbunker, und da der Posten schlecht zugeben konnte, daß sein Kamerad nicht zur Stelle war und jemand ohne Ausweis und Einsatzbefehl das Lager verlassen hatte, würde er bestimmt bis zur Wachablösung die Klappe halten. Vielleicht hielt man ja ihn selbst für Quaila, der den Soldaten zu sich bestellt hatte.

Ihm wurde schwindelig, als er hörte, was letzte Nacht geschehen war. Man hatte Hauptkatai Quaila schon am frühen Morgen zu einer Zusammenkunft gerufen, und als jetzt der junge Soldat, der in der vergangenen Nacht Wache an einem der südlichen Zugänge zum Rebellenlager geschoben hatte, vor ihm stand und ihm von dem Zwischenfall berichtete, brauchte er Len nicht mehr suchen zu lassen.

Er gab dennoch den Auftrag, wohl wissend, daß man ihn nicht finden würde. Anscheinend hatte er sich in dem Mann getäuscht. Und er selbst trug sogar noch eine Mitschuld, hatte er ihm doch erzählt, daß Brit Darburg nach

Hallwa unterwegs war. Aber wie hätte er ahnen sollen, daß dieser Verrückte ausgerechnet einen der von ihm betreuten Transporter stehlen würde, um seiner Freundin nachzufahren?

»Der kommt nicht weit«, drang eine Stimme in seine Gedanken, und er konzentrierte sich wieder auf die Unterhaltung zwischen Gerr und Kandiris.

»Ich glaube doch«, gab er leise von sich, und plötzlich wurde es still. Die anderen Offiziere sahen ihn schweigend an.

»Wie kommen Sie darauf?« fragte Gerr. »Es wäre nicht der erste Heißsporn, der abzuhauen versucht, weil ihm hier alles zuviel wird. Bislang haben wir noch jeden zurückgeholt«

Quaila schüttelte den Kopf. »Leider liegt dieser Fall anders.« Und er erzählte ihnen von seiner Begegnung mit Len am vorigen Abend. Als er geendet hatte, sprang Kandiris auf.

»Sie Schwachsinniger! Wie kommen Sie dazu, unsere geheimen Aktionspläne herauszuposaunen? Wie konnten Sie uns nur so hintergehen?«

Nun stand Gerr seinerseits auf und drückte Kandiris wieder auf dessen Stuhl. »Lassen Sie uns ruhig bleiben, Kandiris. Es hilft niemandem, wenn wir jetzt durchdrehen. Denken wir nach. Wo kann er hin, und vor allen Dingen, wie weit kann er kommen?«

Kandiris sprang wieder auf.

»Wo er hin will? Nach Hallwa natürlich. Darburg suchen. Wir müssen ihn aufhalten!« Er eilte zum Ausgang des Kommandeurszeltes.

»Sie bleiben hier, Kandiris.«

Nur widerwillig blieb der Hauptkatai stehen und starrte auf den Benuntai. Dieser erhob sich.

»Quaila, ich muß Kandiris Recht geben. Gleichwohl ich Ihnen nicht die alleinige Schuld anlasten möchte, müssen wir eine Entscheidung treffen. Das berührt nicht Ihre Stellung in unserer Truppe, aber Ihr Mann muß wirklich unter allen Umständen aufgehalten werden. Nicht auszudenken, daß er in die Hände der drullischen Armee fiele und uns verriete. Und was noch schlimmer wäre: Stellen wir uns doch nur mal vor, er erreicht wirklich Hallwa und findet die Soldatin Darburg. Er könnte zusammen mit ihr festgenommen werden oder sie zum Abbruch ihrer Mission überreden oder möglicherweise Val Haris in irgendeiner Weise mit hineinziehen. Nein, der Mann ist zu gefährlich. Kandiris, Sie haben den Befehl, den Soldaten zu stoppen. Wie, ist mir egal. Nur ohne Aufsehen.«

Kandiris salutierte und verließ das Zelt. Quaila erhob sich ebenfalls, nickte kurz und ging zielstrebig auf sein eigenes Zelt zu. Er wollte nichts als alleine sein.

11

Mit heulenden Motoren versuchte sich ein Schwebewagen seinen Weg durch die verstopften Straßen zu bahnen. »Machen Sie die Straße frei! Gehen Sie weiter!« tönte die Stimme des Fahrers durch den Lautsprecher, doch kaum jemand folgte seinen Anweisungen. Hier ging es nur im Schrittempo voran.

Brit war bestürzt. Das war nicht das Hallwa, das sie kannte. Wenn sie sich an die drullische Hauptstadt erinnerte, sah sie saubere Straßen und funkelnde Türme. Im

Moment blickte sie nur auf überfüllte Wege und apathisch vor sich hin tappende Ströme von Flüchtlingen, von denen die meisten augenscheinlich keine Bleibe hatten, wie leicht an ihrem zerschundenen und ungepflegten Äußeren zu erkennen war.

Brit war müde. Ihre Beine schmerzten nach der langen letzten Nacht. Mehrmals hatte sie versucht zu schlafen, doch die vielen Straßenkontrollen hatten sie jedesmal wieder geweckt. Wenn sie gar nicht geschlafen hätte, wäre sie wahrscheinlich auch müde, aber geistig vielleicht etwas wacher gewesen. So jedenfalls fühlte sie sich einfach nur ausgelaugt.

Noch am selben Abend, an dem sie den Einsatzbefehl erhalten hatte, waren sie aufgebrochen. Ein Soldat aus Kandiris' Truppe hatte den kleinen Kommandowagen gefahren und sie mitten in der Nacht bei einer Stellung der drullischen Armee abgesetzt, deren Anführer auf Seiten der Rebellen stand. Von da aus war es mit einem neuen Wagen sofort weiter in Richtung Hallwa gegangen.

Je näher sie der Stadt kamen, desto häufiger hatten sie Spuren vergangener Kämpfe gesehen und desto öfter waren sie kontrolliert worden. Anfangs hatte Brit jedesmal vor Angst ihr Gesicht abgewandt; als sie jedoch merkte, daß ihre neuen Identitätskarte ohne Zögern akzeptiert wurde, war sie lockerer geworden.

Die größte Überraschung hatte jedoch am Kontrollpunkt des nordöstlichen Stadttores auf sie gewartet. Eingekeilt in einen Strom von Hunderten von Flüchtlingen, hatte man sie einfach durchgewinkt.

Sie konnte es kaum glauben. Sie war in Hallwa. Sie war zu Hause, doch alles war anders.

Nur beiläufig dachte sie an ihre Eltern und an Mawi. Mit ganzer Kraft unterdrückte sie alles, was sie zu ihnen zog. Sie würde ihre Aufgabe erfüllen müssen. Nur dieser Weg garantierte irgendwann eine sichere Rückkehr und eine friedliche Zukunft.

Sie wußte, wo sie Val Haris mit größter Wahrscheinlichkeit finden würde. Kandiris hatte ihr erzählt, daß sich unter dem Hallwa-Palast, dem größten Hotel der Hauptstadt, ausgedehnte Bunkeranlagen befänden, in denen Haris untergebracht war.

Des weiteren hielt der ›große Stratege‹, wie man ihn im offiziellen Sprachgebrauch nannte, einmal in der Woche von einem der großen Balkone aus eine Rede ans Volk. Für sie die beste Gelegenheit, zu ihm durchzukommen. Ihre neue Identitätskarte wies sie als Verbindungsoffizier aus und sollte ihr so die meisten Kontrollen umgehen helfen.

Brit orientierte sich kurz und machte sich dann auf den Weg durchs Gewühl.

Er hatte seine alte Uniform ausgezogen und dort zurückgelassen, wo er die zivile Kleidung gefunden hatte.

Das Dorf war fast leer gewesen. In der vergangenen Nacht hatten feindliche Bomber die meisten der ärmlichen Häuser zerstört, und ihm war es gelungen, sich unter die letzten Flüchtlinge zu mischen, die, zusammengepfercht auf noch fahrtüchtigen Landmaschinen, die Siedlung verlassen und sich auf den Weg in die Hauptstadt gemacht hatten.

Frühmorgens hatte er aus einiger Entfernung eine Militärpatrouille beobachtete, die durch das teilweise noch brennende Dorf gefahren war, um die Leute zur Flucht aufzufordern. Titan-Net schien in den letzten Wochen immer stärker geworden zu sein.

Also hatte er seinen Beobachtungsposten verlassen und sich neue Kleidung gesucht. Ausgerüstet nur mit dem, was sich in der Feldtasche auf seinem Rücken befand, begab er sich dann wortlos zu den anderen, meist älteren Drulls, die ihn zwar fragend ansahen, aber ansonsten nicht weiter beachteten. Noch ein weiterer Flüchtling, der ihnen auch nichts anderes erzählen konnte, als sie selbst erlebt hatten.

»Wo steht der Feind?« hatte ihn lediglich ein älterer Mann gefragt, dem die militärische Herkunft seiner Feldtasche aufgefallen war, doch er hatte nur mit den Schultern gezuckt und in eine andere Richtung gesehen. Daraufhin ließ man ihn in Ruhe.

Auf ihrer Fahrt Richtung Süden passierten sie mehrfach drullische Verteidigungslinien, aus deren Stellungen ihnen Soldaten nachschauten, deren Gesichter nicht mehr Hoffnung ausstrahlten als die der Flüchtlinge. Vermehrt konnten sie bald auch erkennen, daß die eingegrabenen Einheiten zu beiden Seiten des Weges immer öfter aus mechanischen Systemen bestanden.

Je näher sie der Hauptstadt kamen, desto mehr Demon und vollautomatische Waffensysteme bekamen sie zu Gesicht. Entweder stellte dies die Elite dar, deren Waffen sie damals nicht zur Verfügung gehabt hatten, oder die Verluste an eigenen Leuten waren so hoch geworden, daß man letztendlich auf die Roboter zurückgreifen mußte.

Gegen Mittag erreichten sie dann die riesigen Stahltore am Westrand der Stadt, Dämmen gleich, die gegen das Vordringen des Feindes errichtet wurden, nun aber weit offenstanden, um den Ansturm der Flüchtenden nicht zu behindern.

Er stand auf und hielt sich am Gestänge der riesigen und vor sich hinrumpelnden Landmaschine fest. Sein

Blick richtete sich auf die riesige Hauptstadt, die zumindest nach außen hin nichts von ihrem Glanz eingebüßt hatte. Dann bemerkte er, daß es augenscheinlich keine Kontrollen mehr gab. Das paramilitärische Wachpersonal stand untätig neben der Straße. Drulls waren zu Drulls geworden, auf ihre bloße Rassenzugehörigkeit reduziert. Es war die Stunde des Zusammenhaltens. Lediglich größere Gefährte wurden kurz überprüft.

Er zog die Feldtasche fest an sich und sprang. Sofort wurde er von der Menge aufgesogen und war Teil des Stroms, der die Tore Hallwas umspülte und hinter sich ließ. Konzentriert bereitete er sich auf seine Aufgabe vor.

Len hätte jubeln können. Er war die ganze Nacht gefahren, ohne daß man ihn aufgespürt oder kontrolliert hätte. Seine anfängliche Müdigkeit war freudiger Erwartung und Tatendrang gewichen, als er feststellte, daß sogar das überall stationierte Militär ihn durchließ, wenn er mit offenem Fenster an ihnen vorbeifuhr und ihnen zeigte, daß er zu ihnen gehörte.

Nur ein einziges Mal wollte jemand seinen Ausweis sehen, winkte ihn aber schon durch, als Len Anstalten machte, ihn aus dem Fenster zu reichen. Die Armee mußte augenblicklich andere Sorgen haben, als durchfahrende Militärfahrzeuge zu kontrollieren.

Gleich nach dem Antritt seiner Fahrt hatte er das Kommunikationsdisplay aktiviert und auf audiovisuelle Wiedergabe geschaltet. Ohne auf den Text achten zu müssen, hörte er der sanften Maschinenstimme zu, die die Nachrichten selbständig vorlas.

So erfuhr er, daß es in der letzten Nacht einen gewaltigen Einbruch der Front hinter den Linien von Ost-79 gegeben hatte, einer nie zuvor bedrängten Linie, an der fast ausschließlich frische Einheiten zu Trainingszwecken stationiert waren. Laut den Militärnachrichten waren große Züge mechanischer Einheiten auf dem Weg in dieses Gebiet, zentral geleitet von Val Haris selbst.

Vorsichtig allen Schlaglöchern ausweichend, näherte Len sich Hallwa. Er hatte die Stadt nie gemocht; sie war ihm zu groß, zu aufregend und einfach zu voll. Schon aus weiter Entfernung konnte er die großen Türme sehen, die irgendwann zu Zeiten des Überflusses erbaut worden waren.

Nein, er fühlte sich auf den Hof seiner Eltern wohl. Wie hatte Quaila ihn genannt? Bauernsohn! Lächerlich. Was konnten ihm die Städte schon bieten? Nichts, nach dem er sich wirklich sehnte. Mit Befriedigung dachte er daran, daß auch die großen zivilisierten Städte letztendlich doch nur von den Angehörigen seines Standes ernährt wurden.

Und nun gab es doch einen Grund für ihn, eine dieser Städte zu besuchen, und noch dazu die Hauptstadt selbst.

Brit Darburg. Er gestand sich zum wiederholten Male ein, daß er sie vermißte.

Es war Mittag, und die Sonnen hatten ihren höchsten Punkt erreicht. Mit gedrosseltem Tempo war Len an das Ende der lange Schlange gefahren, die sich vor dem nordöstlichen Stadttor gebildet hatte. Dergleichen hatte er nie zuvor gesehen.

Auf Hunderte von Metern war die Straße schwarz von Drulls. Für seinen riesigen Transporter war sie gerade breit genug, aber es würde sicher Stunden dauern, bis er im Inneren der Mauern Hallwas anlangte. So lange konnte er nicht warten. Mit Sicherheit wurde er verfolgt, und er wußte nicht, wieviel Vorsprung er hatte.

Aus Mangel an Ortskenntnis war er einfach geradeaus

gefahren, hatte immer die am besten ausgebauten Straßen genommen und tatsächlich Glück gehabt. Das bedeutete aber auch, daß er den kürzesten Weg genommen hatte, den Weg, den etwaige Verfolger ebenfalls benutzen würden. Bisher hatte er viel Glück gehabt. Also beschloß er, sein Schicksal ein weiteres Mal herauszufordern.

Mit einem scharfen Ruck lenkte er den Transporter über den Straßenrand, schob die aufgebrachte Menge vor sich her und rumpelte den kleinen Abhang hinunter, der die Straße einige Meter über das umliegende Land erhob. Hinter ihm wußte er Dutzende Fäuste, die sich über ebenso viele Köpfe reckten, deren Münder ihn ob seiner Rücksichtslosigkeit verfluchten.

Mit hoher Geschwindigkeit raste Len neben der überfüllten Straße her, wurde von den Unebenheiten mehrfach schmerzhaft gegen die Instrumente geworfen und erreichte wenige Minuten später tatsächlich die Stadtmauer, an dessen Fuß einige Polizisten standen und die Flüchtlinge aufmerksam beobachteten.

Verunsichert registrierte er, daß sie ihre Gewehre hoben und nicht etwa, wie er insgeheim erwartet hatte, ihm den Weg frei machten. Er bremste scharf ab, riß die Tür auf und sprang den verwunderten Sicherheitskräften entgegen.

»Paßt mir auf den Transporter auf! Ich bin gleich zurück!« Die Männer konnten ihm nur nachsehen, wie er in der Menge verschwand. Vor ihnen stand ein Transporter, dessen Kennung ihn als Eigentum der Fronttruppen auswies. Unschlüssig untersuchten sie ihn einige Minuten und beschlossen dann, den Vorfall zu melden. Schon kurze Zeit später stellte sich der Transporter als vermißte Einheit heraus, und die vage Beschreibung Lens ging an alle Einsatzkräfte der Sicherheitsdienste.

Hauptkatai Kandiris war nahe daran zu verzweifeln. Ja, man erinnere sich an einen Transporter der genannten Bauart, und richtig, man habe ihn durchgelassen, ohne weiter zu kontrollieren. Es lag ja auch kein Grund vor, sich damit aufzuhalten. Dafür mußte er selbst bei jedem Posten seine gefälschte Identitätskarte vorzeigen.

Voller Wut raste er mit seinem kleinen Kommandeurswagen durch die sonnenüberflutete Landschaft, immer auf der Hut vor den gefürchteten Straßenschäden. Keine einzige Minute durfte er verlieren. Es war bereits Mittag, und er hatte den Kerl noch immer nicht. Er würde nicht lange mit ihm verhandeln, soviel war sicher. Wenn Kandiris mit ihm fertig wäre, würde es nie wieder einen Grund geben, sich um den Kerl Sorgen zu machen.

In rasender Fahrt passierte er einen der Hauptverkehrsknotenpunkte und folgte den Hinweisschildern, die zum nordöstlichen Tor wiesen. Schon von weitem bemerkte er den Flüchtlingsstrom, doch er sah auch etwas, das seine höchste Aufmerksamkeit weckte.

Abseits der Straße unterhalb der Stadtmauer stand ein Transporter des Typs, den er suchte. Mit einem triumphierenden Aufschrei riß er den Wagen von der Straße und folgte den Spuren des tief in den Boden eingesunkenen Transporters.

Eine ganze Anzahl von Polizisten stand um den Transporter herum. Also hatte sich der Kerl doch nicht geschickt genug angestellt. Wie er im Gefängnis an ihn herankam, würde er sich später überlegen. Ihm würde schon etwas einfallen.

Zielstrebig war Brit zu einer der Stadtbahnen gegangen, die, verborgen in durchsichtigen Röhren, die Stadt netzartig durchzogen. Sie erinnerte sich, daß die Bahnen im Abstand von nur einigen Minuten fuhren, doch jetzt stand sie schon bald zwanzig Minuten hier, ohne daß eine zu sehen oder zu hören gewesen wäre.

Eingekeilt zwischen Dutzenden von wartenden Drulls wurde sie Zeuge mehrerer Überfälle, ohne daß sich jemand einmischte oder den Betroffenen zu Hilfe kam. Sie war erschüttert. So etwas hätte es früher nicht gegeben.

Mehrfach hörte sie abfällige Bemerkungen, und wann immer sie in die entsprechende Richtung sah, verstummten die Redner. Es war offensichtlich, daß man sie meinte. ›Verlierer‹ war noch das harmloseste Wort, das sie zu Ohren bekam. Die Leute hatten anscheinend jeden Respekt vor einer Uniform verloren – auch etwas, das früher unmöglich gewesen wäre.

Mit lautem Pfeifen verlangsamte die einfahrende Bahn ihre Geschwindigkeit und kam vor den Wartenden zum Halten. Trotzdem sie augenscheinlich voll besetzt war, drängten sich die Leute in sie hinein.

Auch Brit fand gerade noch eine Ecke, in die gezwängt sie das Ende der Fahrt abwartete. Durch die beobachteten Überfälle vorsichtig geworden, legte sie eine Hand auf die Waffe an ihrem Gürtel. Nicht auszudenken, was geschehen mochte, wenn es einem der Umstehenden gelänge, ihr die Pistole zu entreißen.

Mit einem Ruck, der die Passagiere noch mehr aneinanderpreßte, begann die Bahn wieder Fahrt aufzunehmen. Brit schaute aus den kleinen Fenstern und erhaschte dann und wann einen Blick auf die Stadt, wenn das milchige Glas der Röhre Öffnungen hatte oder durch Feindeinwirkung manchmal auf einer Länge von mehreren Metern vollständig verschwunden war.

Überall das gleiche Bild. Die Häuser waren heruntergekommen, und die Straßen, wohin sie auch blickte, überfüllt. Wieder und wieder fragte sie sich, was nur aus Hallwa geworden war.

Nach endlos scheinenden Minuten kam die Bahn wieder zum Stehen. Der Leuchtanzeige an der niedrigen Decke entnahm sie, daß es nur noch eine weitere Station wäre, bis sie in der Mitte der Hauptstadt angelangt wäre. Die Masse an Drulls, die hier die Wagen verließen, riß sie mit, und sie hatte Mühe, wieder ins Innere zu gelangen.

Kurz bevor die Türen sich schlossen, schaffte sie es. Wehmütig dachte sie an früher, als sie mit eben dieser Linie oft unterwegs gewesen war. Dann schlossen sich die Türen mit dem hohen Warnton, den sie immer schon gehaßt hatte, und sie war wieder umgeben von einer lebenden Masse, die ihre ganz eigenen, nicht immer angenehmen Gerüche ausströmte. Aber irgendwie war all das immer noch besser als die nach Ozon und Schmierstoffen stinkenden Roboter.

Kurze Zeit später hielt der Zug erneut, und Brit war heilfroh, endlich zurück ins Freie zu kommen, wie chaotisch das auch sein mochte. Mit schnellen Schritten eilte sie der ihr folgenden Herde davon, nur um außerhalb der Röhre wieder eingekeilt zu werden. Hunderte von Schwebewagen und Tausende von Drulls raubten ihr die Sicht auf die ausgedehnten Erholungsanlagen der Innenstadt, die momentan offensichtlich für Flüchtlinge reserviert worden waren.

Es war merkwürdig. Obwohl sie gesehen hatte, wie voll Hallwa war, hatte ihr inneres Auge dennoch den Blick auf die Parkanlagen und Vergnügungszentren erwartet und war nun befremdet von dem, was es wirklich zu sehen bekam.

Vor ihr erstreckte sich eine große freie Fläche, die normalerweise im sanften Grün der verschiedensten Zierpflanzen und Bäume schimmerte und nun ebenfalls schwarz von Leben war. Seufzend machte sie sich daran, sich durch die Leute zu drängeln, um zur anderen Seite des Platzes zu kommen, an dessen Ende sich der Hallwa-Palast in den Himmel erhob.

Len hatte es geschafft; er hatte es wirklich geschafft. Die Tore lagen hinter ihm, und er war schon ein gutes Stück vorangekommen, als er sich zwang, sich zu beruhigen und zu orientieren.

Nun war er in Hallwa, aber wo war Brit? Sicher, sie mußte hier irgendwo sein, aber wie sollte er sie finden, und wo sollte er überhaupt mit der Suche beginnen?

Schon sehr bald, eigentlich schon, als er den Wächtern entflohen und in die Stadt vorgedrungen war, hatte er eingesehen, daß er ohne System nicht weiterkommen würde. Er war nicht eben groß und hatte inmitten all der Leute ohnehin Probleme, festzustellen, in welche Richtung er gerade getrieben wurde. Doch was sollte er tun?

Er ließ sich treiben in der Hoffnung, es würde die richtige Richtung sein. Mittag war gerade vorbei, und mit ein wenig Glück hätte er bei Einbruch der Dunkelheit schon einen Plan.

»Hier soll ich durch? Sie wissen nicht, was Sie da reden, Mann!« Kandiris wies zornig auf die Menge und drehte sich wieder zu dem Polizisten um. »Es muß doch wohl einen anderen Weg geben, zum Hallwa-Palast zu kommen, als sich da hindurchzuwühlen.«

»Nein, Hauptkatai. Das heißt, es gibt schon einen anderen Weg, aber der ist nur für die Sicherheitskräfte reserviert.«

»So, für die Sicherheitskräfte«, sagte Kandiris ruhig. »Und was bin ich? Ein Hologramm? – Vergessen Sie nicht, daß ich einen kriminellen Deserteur jage!« brüllte er plötzlich. »Muß ich Ihnen erzählen, wie es an der Front aussieht? Wir können es uns absolut nicht leisten, den Mannschaften schlechte Beispiele zu bieten. Der Mann, der hier durchkam – wohlgemerkt, bei *Ihnen* durchkam –«, seine vor Aufregung zitternde Hand wies in Richtung der Innenstadt, »hat mehrmals versucht, Angehörige der drullischen Streitkräfte zur Flucht zu überreden. Ich werde diesen Mistkerl kriegen! Und ich lasse nicht mit mir spaßen. Sie sitzen hier in Sicherheit. Können Sie sich vorstellen, jeden Tag vom Feind angegriffen zu werden, der Ihre Leute in Stücke schießt? Was, wenn wir alle desertierten? Dann steckt auch Ihr sicherer Hintern ganz schön tief drin!« schrie er voller Wut. »Also zeigen Sie mir jetzt, wie ich zum Hallwa-Palast komme! Und das plötzlich!«

Eingeschüchtert schluckte der Polizist, machte dann aber den Weg frei und führte Kandiris durch das Wachgebäude zu einer in der Rückwand eingelassenen Tür.

»Durch diese Tür gelangen Sie in die Unterstadt. Die Gänge verbinden auf dem kürzesten Weg alle Sicherheitsstellen mit den wichtigsten Gebäuden. Wenn Sie auf Wachen treffen, zeigen Sie Ihren Ausweis. Gehen Sie geradeaus und folgen Sie nicht den Seitengängen. Das ist sehr wichtig. Einige führen zum ROOM.«

»Schön«, knurrte Kandiris. Mit den alten Herrn wollte ich schon lange mal plaudern.«

Der Polizist schüttelte den Kopf. »Sie würden ohne Anruf erschossen. Abgesehen von den Panzertoren, durch die Sie ohnehin nur mit Dutzenden von Erlaubnissen kommen.«

»Aha«, sagte Kandiris. »Wissen Sie was? Sie gehen mit mir!«

»Das kommt gar nicht in Frage!« rief der Polizist entrüstet. Kandiris sah durch das Visier des Helmes, daß seine Augenbrauen sich ungläubig zusammenzogen. »Ich habe hier eine Aufgabe. Ich kann hier nicht weg.«

Kandiris nickte gelassen. »Ich sollte vielleicht mal mit Ihren Vorgesetzten sprechen«, drohte er.

»Das wäre in der Tat angebracht, Hauptkatai.« Der Polizist ging zu einem der Kommunikatoren. »Ihre vorgesetzte Dienststelle soll der meinen einfach die Wichtigkeit Ihres Auftrags bestätigen. Reine Formsache.«

Kandiris schoß das Blut in den Kopf. Nun hatte er sich doch zu weit vorgewagt. Mit einer schnellen Handbewegung zog er seine Pistole, gerade als der andere eine Verbindung aufnehmen wollte.

»Ich hatte Sie gebeten, mich zu führen, und das werden Sie auch tun!«

Der Polizist drehte sich um, sah auf den Lauf und nickte, als hätte er alles schon geahnt.

»Ich hatte mir doch gleich gedacht, daß mit Ihnen etwas nicht stimmt.«

»Doch«, sagte Kandiris munter. »Mit mir schon. Und jetzt melden Sie sich bei Ihren Kollegen ab. Und Sie werden den Raum dafür nicht verlassen«, fügte er hinzu, als er sah, daß der Polizist die Tür für seine Begriffe zu weit öffnen wollte.

Es war leichter, als er gedacht hatte. Der Polizist rief ein paar Worte nach draußen, öffnete dann die hintere Tür mit einem Zahlencode, und gemeinsam betraten sie die Unterstadt.

Der Drull mit der großen Feldtasche auf dem Rücken erregte Aufsehen. Mehrere Leute hatten sich schon an dem harten Inhalt gestoßen, wenn er abrupt in der Menge seine Richtung änderte. Es störte ihn nicht im geringsten, daß hinter ihm Leute vor Schmerzen aufschrien, wenn sie mit den harten Kanten in Berührung kamen. Stur verfolgte er seine Ziele.

Nach einigen Minuten hatte er die andere Seite einer Straße erreicht, die von den verschiedensten Geschäften gesäumt wurde. Die meisten boten Bewußtseinsreisen an oder sonstige Aktivitäten, die das alltägliche Leben und Leiden vergessen ließen. In eines dieser Gebäude zog es ihn.

Sofort war jemand zur Stelle, der ihm für einen geringen Preis unendliche Geistesgenüsse versprach. Der Drull willigte ein und betrat eine der Kabinen, die man ihm zugewiesen hatte. Gutgelaunt ließ er sich an eine Maschine anschließen, die über Sensoren an seiner Haut direkt seine Nerven ansprechen und ihnen fremde Welten und Gefühle vorgaukeln würde.

Es dauerte nur Minuten, dann war seine kurze Reise vorüber, und mit noch besserer Laune verließ er das Geschäft wieder. Als er durch die Tür verschwand, fiel dem Angestellten auf, daß der fremde Drull mit der armseligen Kleidung seine vorher so schwer wirkende Feldtasche in der Hand hielt, als sei sie plötzlich leichter geworden. Nicht zum ersten Mal staunte der Mann über die wundersamen Kräfte der Maschinen, deren Wirkung viele den Laden gestärkt verlassen ließen. Den Drull jedoch zog es auf überfüllten Straßen der Innenstadt entgegen.

Durchgeschwitzt und nahezu heiser erreichte Brit den schmalen und durch Wachen abgesperrten Vorplatz des Hallwa-Palastes. Unzählige Male hatte sie sich durch Bitten, Rufe und manchmal durch bloßes Schreien den Weg freimachen müssen. Wenn dies alles nichts geholfen hatte, setzte sie auch mal ihre Fäuste ein, um sich eine Schneise durch die Menschenmenge zu bahnen.

Bereitwillig hielt sie nun ihren Ausweis hoch und wurde von den Wachen nach einigen prüfenden Blicken auch durchgelassen. Erleichtert sah sie sich um. So mancher Drull, der hinter oder neben ihr gestanden hatte, warf ihr wütende Blicke zu, da sie nun der walzenden Menge entkommen war. Doch das kümmerte sie nicht mehr. Sie genoß es sichtlich, einfach nur die Arme ausstrecken zu können.

Prüfend sah sie in die Höhe. Der große Balkon befand sich genau über ihr, und sie schätzte, daß er sich auf der Ebene des fünften Stockwerkes befinden mußte.

Bewußt atmete sie die Luft ein. Es war natürlich eine Illusion, aber irgendwie kam sie ihr augenblicklich frischer vor. Ihr schwindelte, als sie an den glatten Außenmauern emporsah und zu schätzen versuchte, wie hoch das Gebäude sein mochte. Fast wirkte es, als stütze dieser gigantische Turm mit seiner silbernen und spitz zulaufenden Kuppel den Himmel, der von zarten weißen Wolken behangen war und mit seiner grenzenlosen Freiheit den Zuständen hier unten in der Hauptstadt so vollkommen zu widersprechen schien.

Entschieden betrat sie das Hotel und wandte sich an einen jungen Drull, der eine sonderbare Phantasieuniform trug. Alles, auch das aufgeräumt wirkende und nüchtern schmucklos gehaltene Innere dieser imposanten Halle, war neu für sie. Nie zuvor war sie hierhin verschlagen worden, und auch ihre Eltern waren, wenn sie sich recht erinnerte, lediglich ein einziges Mal hiergewesen. Für ihren Vater hatte es eben immer nur seine Dienststelle gegeben.

Der junge Mann führte sie zu einem in einer verzierten Säule verborgenen Terminal und hielt wortlos seine Hand auf. Nach einem kurzen Zögern gab sie ihm ihre Identitätskarte, und in der Tat war sie es, die er wollte.

»Ihr Name ist Alleba, Brit? Verbindungsoffizier 1st Mech Fusiliers? An wen geht die Rechnung?«

Ihre Gedanken rasten. Was sollte sie nun sagen? »Ja, richtig! Ich bezahle sofort nach Erhalt der Rechnung.« Sie hatte von Kandiris eine Karte bekommen, mit der sie alle anfallenden Rechnungen begleichen sollte. Brit hoffte wirklich, daß mit ihr auch alles in Ordnung war. Sicherlich gab es kein Konto der Rebellen, von dem die Credits einfach abgezogen werden konnten.

Der junge Mann nickte. »Sicher. Wie lange werden Sie bleiben?«

»Zwei bis drei Tage«, antwortete sie und hoffte, daß es wirklich nicht länger dauern würde. Sie hatten ihr zwar erzählt, daß es schnell gehen würde, aber sie wußten auch nicht von den Tausenden von Flüchtlingen.

Der Portier händigte ihr eine weitere Plastikkarte aus, auf die der Computer die persönlichen Daten der Identitätskarte übertragen hatte, und beschrieb ihr den Weg zu einem Zimmer im siebten Stock. Brit betrat einen der sechs Fahrstühle, die säulenähnlich die runde Halle umgaben.

Es stank fürchterlich hier unten. Kandiris konnte sich beim besten Willen nicht vorstellen, wie die Sicherheitskräfte den Gestank aushielten, wenn sie auf dem Weg zu ihren Einsatzorten hier durchkamen. Die Abwasserkanäle konnten nicht weit sein. Da die spärliche Beleuchtung durch schwache Lichtleiter erzeugt wurde, die außerdem noch in sehr unregelmäßigen Abständen an der Decke der niedrigen Gänge angebracht waren, stolperte er des öfteren, während der Polizist anscheinend keine Probleme hatte und sich hier bestens auskannte.

Mehrere Dutzend Seitengänge hatten sie passiert, ohne daß der vor ihm gehende Polizist eine dieser Abzweigungen weiter beachtet hätte. Kandiris war an einem der Gänge kurz stehengeblieben und hatte einen starken Luftzug bemerkt, als befände sich weit hinten im Dunkeln eine gigantische Turbine.

Er war sich nicht sicher, doch er hätte beinahe schwören können, daß Schreie an sein Ohr gedrungen waren. Er wollte gar nicht wissen, was die Sicherheitskräfte hier unten trieben, doch lag es im Bereich des Möglichen, daß sie hier ungestört folterten und mordeten. Von Skrupeln des ROOM in der Realisierung seiner Pläne war jedenfalls noch niemals etwas bekannt geworden. Schnell war er weitergegangen.

Einmal hatte er minutenlang ein hohes Summen bemerkt, das immer lauter wurde, je weiter sie vordrangen. Als es absolut unüberhörbar geworden war, war der Polizist an eine stählerne Tür herangetreten und hatte sie mit seiner Codekarte geöffnet.

Kandiris vermochte nur für einen Moment ins Innere zu erhaschen. In dem winzigen Raum befand sich ein einzelner Wächter, der vor einer ganzen Anzahl von Monitoren saß und gebannt auf das starrte, was er zu sehen bekam. Kandiris erhaschte einen kurzen Blick auf Menschen, die sich stritten, und einige andere, die friedlich um einen schmalen Tisch herum saßen. Dann schloß sich die Tür wieder.

Kandiris glaubte nicht, daß der Wächter sich das Programm des staatlichen Holo-Sendezentrums angeschaut hatte. Andererseits traute er es dem ROOM ohne weiteres zu, daß er seine eigenen Untertanen bespitzeln ließ.

Als sie in die schmale Röhre zurückgekehrt waren, war das Summen verstummt, bis es nach einigen Metern wieder begann, diesmal hinter ihnen. Kandiris interessierte es schon, was geschehen wäre, hätten sie die betreffende Stelle passiert, ohne daß man das Summen abgestellt hätte. Im Moment fehlte ihm aber die Lust an jeglicher Unterhaltung. Sein Begleiter wider Willen hätte ihm vermutlich ohnehin nicht die Wahrheit gesagt.

Dieser Vorgang wiederholte sich ungefähr fünf Mal, bis der Polizist nach einer guten Stunde endlich auf eine sehr schmale Treppe wies.

»Über diesen Weg kommen Sie direkt nach oben. Wundern Sie sich nicht; er endet auf einem kleinen Hinterhof, der von der Straße durch eine Tür getrennt ist, die man nur in eine Richtung öffnen kann.«

»Irgendwelche Sicherungen?« fragte Kandiris.

»Nein«, antwortete der Polizist. »Würde es jemand schaffen oder wagen, hier herunterzusteigen, hätten wir ihn an der nächsten Lichtschranke.«

»Und was würdet ihr mit ihm anstellen?« fragte Kandiris mit echter Neugierde.

Seltsamerweise grinste der Polizist. »Nun, die Unterstadt ist verbotenes Gebiet. Niemand darf hier runter. Wenn es doch einer versucht . . . Nun, übertriebene Neugier macht unnütz, wenn Sie verstehen. Aber das brauche ich ja nicht jemandem zu erzählen, der selbst für die Sicherheit arbeitet.«

»Recht haben Sie«, entgegnete Kandiris. »Wir interessieren uns sehr für die Sicherheit. Vor allem für unsere eigene.« Mit diesen Worten hob er seine Waffe und drückte ab. Dann verbarg er den toten Polizisten in den Schatten eines der vielen Seitengänge. »Tut mit leid, Junge«, sagte er noch. »Aber bestimmt hast du es verdient. Und wenn nicht, dann helfe ich immerhin, dein Volk zu retten.« Eilig rannte er die Stufen hoch.

Als er frische Luft in seiner Nase spürte, beschleunigte Kandiris seine Schritte. Der Aufgang endete tatsächlich in einem winzigen Hinterhof. In eine der Wände war eine Tür eingelassen. Ohne Probleme oder lästige Abfragen ließ sie sich öffnen, und sofort fiel sein Blick auf den wahrhaft gigantischen Hallwa-Palast, der sich nur wenige hundert Meter entfernt zu seiner Rechten befand.

Als Kandiris über sich das schrille Kreischen von Düsenmotoren hörte, blickte er unwillkürlich zum Himmel auf.

*

Brit war angekommen. Fast ungeduldig schob sie ihre Hotelkarte in die dafür vorgesehene Öffnung, lauschte dem sanften Klicken und sah zufrieden zu, wie die Tür sich einen Spaltbreit öffnete und dann vollständig aus dem sichtbaren Bereich verschwand. Staunend trat sie ein.

Es war ein schlichter Raum, doch interessierte sie vor allem, in welcher Position sich ihr Zimmer zu dem darunterliegenden Balkon befand. Ihr erster Weg führte sie zum Fenster, daß sich ebenfalls mit einem bloßen Tastendruck entfernen ließ.

Hier oben war die Luft wirklich frisch. Unter ihr lärmte die ewig wogende Menge, über ihr gleißten die Sonnen.

Erst in diesem Moment fiel ihr auf, was für ein schöner Tag heute war. Mit einer gewissen Überschwenglichkeit schaute sie direkt auf den mit roten Teppichen ausgelegten Balkon unter ihr. Befände sich ihr Zimmer auch nur eine einzige Etage weiter unten, würde sie Val Haris in die Arme springen können, dachte sie nicht ohne Vergnügen.

Von hier aus hatte sie einen ausgedehnten Blick über die Innenstadt, die sich in alle Richtungen erstreckte. Zwar nahmen ihr Hunderte von Wohntürmen die Sicht, doch man bekam dennoch eine recht gute Vorstellung von dem Straßennetz.

Was ihr fast sofort auffiel, waren die mächtigen Flugabwehrgeschütze, die auf allen Dächer installiert waren. Sie kannte diese Waffen von früher. Sie bestanden je nach Ausführung aus acht bis zwölf Rohren, die mit Raketen bestückt waren. Wenn die Sensoren Flugzeuge mit der Kennung des Feindes identifizierten, wurde Alarm gegeben, und die Raketen suchten sich selbständig ihr Ziel.

Ihr Blick schweifte wieder zum grenzenlosen Horizont. Sie sah direkt nach Süden, dorthin, wo nach einigen hundert Kilometern das große Meer an die Küste brandete. Wie lange schon hatte sie sich vorgenommen, einmal dorthin zu fahren und das Meer zu sehen, dessen Schönheit und Weite sie bislang nur über die AVs kennengelernt hatte? Eigentlich hatte sie das Hoffen schon lange aufgegeben, aber wenn es irgendwann Frieden gäbe, da war sie sich sicher, würde sie dorthin fahren.

Ein noch leises Pfeifen, das beständig lauter wurde, durchschnitt die Luft. Sie konnte die Ursache für dieses Geräusch noch nicht sehen, aber es war offensichtlich ein Flugzeug, das sich von der anderen Seite des Hotels näherte, so daß Brit es erst würde sehen können, wenn es das Gebäude überflogen hatte.

Len war es wirklich leid. Es war eine Tortur, sich hier und auf diese Weise fortbewegen zu müssen. Den Polizisten, die er ab und an zu Gesicht bekam, wich er jeweils in einem großen Bogen aus; man konnte ja nie wissen.

Er wunderte sich, wo all diese Flüchtlinge die Nächte verbrachten. Es überstieg seine Vorstellungskraft, wie man diese Tausende von Menschen unterbringen wollte.

Er hatte Hunger, der in der letzten halben Stunde immer größer geworden war, doch wie sollte er ihn stillen? Er hatte weder Geld noch irgend etwas, das er tauschen oder verkaufen konnte, wie er es bei vielen der Flüchtlinge gesehen hatte, die am Straßenrand saßen und ihre letzte Habe anboten. Len hatte keine Vorstellung, wann in der Geschichte Chromos' es dem drullischen Volk schon einmal so schlecht gegangen war.

Vor einiger Zeit war er dazu übergegangen, sich im Schatten der Häuser fortzubewegen, eng an die Mauern gepreßt und so weitaus schneller vorankommend, als wenn er direkt durch die Menge stapfte.

Die Straße verlief an diesem Punkt durch eine kleine Senke, um dem darüberliegenden Glastunnel der Stadtbahnen Platz zu machen. Auf der anderen Seite sah Len einige Polizisten, die Absperrungen in Richtung Innenstadt aufgebaut hatten.

Eine Vielzahl von Gedanken raste durch seinen Kopf. Weitergehen war zu riskant. Wenn man ausgerechnet ihn kontrollierte, würde man ihn sicherlich auf der Stelle festnehmen. Schon weil er eine Uniform trug, fiel er auf, und seiner Identitätskarte nach gehörte er auf keinen Fall hierher, sondern zu seiner Einheit.

Bremsen kreischten, als über ihm eine Bahn die Senke überquerte und etwas weiter zu seiner Rechten zum Stehen kam. Das war eine Möglichkeit! Len machte kehrt und rannte die Stufen zu dem kleinen Bahnsteig hinauf.

Als er die übervolle Bahn sah, nutzte er die Chance und sprang geradewegs in die Menge, als die Türen sich schlossen. Er hatte geplant, eine einzige Station zu fahren und dann auf der Straße weiterzusuchen. Es war sowieso gleichgültig, wo er suchte. Brit konnte wirklich überall sein.

Neben ihm unterhielten sich einige Leute über den großen Strategen Val Haris, und daß er am nächsten Morgen vom großen Balkon des Hallwa-Palastes, dem größten Hotel der Hauptstadt, eine Rede halten würde. Man sagte, daß er den Leuten Hoffnung machen wollte und die militärische Lage zum Besseren gewandt hätte.

Nun hatte Len ein Ziel. Dort würde vielleicht auch Brit sein, und wenn dem so wäre, würde er sie auch finden. An der nächsten Station würde er den Zug verlassen und sich auf die Suche nach dem Hallwa-Palast machen.

Mit einem seiner Ärmel wischte er die verschmutzten Scheiben frei, die sich in Augenhöhe als schmale Schlitze über die ganze Länge des Zuges erstreckten. Er sah hinaus und war nahe daran zu resignieren.

Überall das gleiche Bild. Drulls, wohin man auch sah. Verstopfte Straßen, eingekeilte Schwebefahrzeuge, und hin und wieder ein paar beschädigte Häuser. Darüber spannte sich ein strahlend blauer Himmel, über den sich ein noch winziger Punkt bewegte und schnell größer wurde.

Eines der Häuser nahm Len die Sicht, und als er wieder in sein Blickfeld kam, war der Punkt am Himmel schon um ein Vielfaches größer. Er konnte noch nicht genau ausmachen, was für eine Art von Flieger es war, aber wenn er richtig schätzte, näherte sich das Objekt von

Nordwesten. Bald erkannte er anhand der dicken, aber kurzen Flügel, daß es sich bei dem Objekt nur um einen Bomber handeln konnte. Plötzlich drehte er ab, und Len sah, daß zwei weitere Punkte sich vom Bauch des Fliegers gelöst hatten und zur Erde fielen, während der Bomber selbst an Geschwindigkeit gewann und bald wieder im Blau des Himmels verschwand.

Schnell, unglaublich schnell fielen die Objekte zu Boden, breiten Rohren ähnlich, die langsam um die eigene Achse wirbelten.

Viele Male hatte Len Bombenangriffe erlebt, zuletzt, als sie die vom Feind besetzten Hügel angegriffen hatten, aber noch niemals hatte er Gelegenheit gehabt zu beobachten, wie schnell und beinahe elegant die Bomben wirkten, wenn auf ihrem Zielkurs zu Boden stürzten.

Atemloses und ungläubiges Staunen bemächtigte sich seiner, als er gewahr wurde, daß die Flugbahn der Objekte geradewegs in seine Richtung zielte.

Len konnte es nicht fassen. Wenn das ein feindlicher Bomber war, warum gab es keinen Alarm? Niemand außer ihm schien zu beobachten, was da am Himmel über Hallwa vor sich ging. Man schnaufte, schrie und redete um ihn herum und hatte keinen einzigen Blick für das, was außerhalb der stinkenden Bahnwagen vor sich ging.

Len konnte nichts tun. Er war eingekeilt, er würde vielleicht nicht einmal den Blick abwenden können. Weiter starrte er auf die fetten, langgestreckten Bomben. Sie hatten etwas Machtvolles, aber wie sie auf diese wirbelnde Art herunterkamen, sah es beinahe schon lächerlich aus. Sie wurden größer und größer, und noch immer schienen sie auf die Bahn fixiert, als der Zug abrupt in eine Kurve gelenkt wurde.

Len verlor die Balance und den Blick nach draußen, als zwei gewaltige, kurz aufeinanderfolgende Explosionen die Wagen erschütterten. Etwas prasselte mit dumpfen Schlägen gegen die Außenwände, und dann fiel der Strom aus.

Die Leute begannen zu schreien und zu drängen und durcheinanderzufallen, als der Magnetismus der Gleise aussetzte und der Zug abrupt zum Stehen kam. Mit hastigen Handgriffen aktivierte Len den Öffnungsmechanismus der Tür und sprang ins Freie, dankbar, der qualvollen Enge entkommen zu sein.

In einiger Entfernung brannten die Ruinen einer ganzen Häuserzeile. Hätten die Ingenieure der Stadtbahnen nicht ausgerechnet an jener Stelle eine Kurve eingerichtet, hätte der vollbesetzte Zug einen Volltreffer erhalten.

Etwa fünf Meter tiefer, auf der mit Trümmern übersäten Straße, rannten die Leute um ihr Leben. Die, die noch laufen konnten, schleppten Verletzte mit sich oder stießen andere auf ihrer Flucht einfach beiseite.

Es war so absurd. Nach Jahren des Krieges und der Wachsamkeit überflog eine feindlicher Maschine die Hauptstadt, warf ein paar Bomben ab und verschwand wieder.

Auch Len entfernte sich von der Unglücksstelle. Bald würde es hier von Sicherheitskräften nur so wimmeln. Die Röhre, die normalerweise die Gleise umgab, war verschwunden, und er hatte Mühe, auf den Millionen von Splittern nicht auszurutschen. Vorsichtig überquerte er die Spuren und begann auf der anderen Seite mit dem Abstieg.

So weit man blicken konnte, waren die Fassaden der Häuser auf dieser Seite übersät mit den Einschlägen der Trümmer, die von den Explosionen herübergeschleudert worden waren. Als Len die Straße am Fuß des Bahndammes betrat, begannen endlich die Luftschutzsirenen zu heulen.

Die Nacht war schon lange herein gebrochen, und der Drull stand vor einer der gigantischen Holo-Projektionswände, über die unablässig die neuesten militärischen Erfolge der verschiedenen Fronten flimmerten.

Die allererste Meldung hatte über den feindlichen Bombenangriff am heutigen frühen Nachmittag berichtet, bei dem eine noch nicht ermittelte Anzahl von Drulls getötet worden war und dessen Detonationen man in der ganzen Stadt hatte hören können. Mit Freude hatte er die folgenden Bilder betrachtet, die einen vollständig verwüsteten Schauplatz zeigten, den er kannte.

In einem kleinen Laden, der Bewußtseinsreisen anbot, war eine weitere und offensichtlich nicht von feindlichen Flugzeugen abgeworfene Bombe explodiert und hatte immense Schäden verursacht. Die plastischen Bilder der rauchenden Trümmer gaben dem Beobachter einen realistischen Eindruck dessen, was sich dort abgespielt haben mochte.

Insgeheim jubelte der Drull. Sein Haß auf die Bewohner der Stadt war grenzenlos, und mit Sicherheit würde man ihn für diesen Erfolg reich belohnen und achten. Sie würden ihn mögen, nichts anderes war wichtig.

Die nächste Meldung verwirrte ihn jedoch wieder. Eine Delegation würde im Laufe des morgigen Tages die Stadt besuchen. Eine Delegation des kaiischen Volkes, die nun die Drulls in ihrem Befreiungskampf unterstützen wollten. Die Bilder zeigten die Idylle eines Bergstaates, und ein Name fiel, den der Drull schon gehört hatte. Der

Herrscher dieses kaiischen Staates würde mit einigen seiner Vertrauten kommen und sich über die allgemeine Lage unterrichten lassen. Sein Name war Otjo.

Der Drull hatte es nun sehr eilig. Er wartete das Ende der Nachrichten nicht mehr ab, sondern packte seine erleichterte Feldtasche fester und verschwand im Dunkeln.

Schon bald hatte er unter einer unbeleuchteten Brücke eine kleine Nische gefunden, in die er sich hineindrückte. Er zog einen winzigen Kommunikator aus der Tasche, der ihn über eine festeingestellte Frequenz sofort mit seinen Auftraggebern verband.

Neugierig hörte die andere Seite zu und erteilte einige knappe Befehle, die der Drull sich sorgsam merkte. Ja, er würde sich morgen früh am Westtor einfinden. Hören hieß Gehorchen.

Brit hatte den Nachmittag abwechseln vor dem AV und am Fenster verbracht. Sie war ihrem Ziel so nahe, daß sie es nicht wagte, die Mission zu gefährden, indem sie das Zimmer verließ und jemand sie möglicherweise erkannte. So ließ sie sich berieseln von den neuesten Erfolgsmeldungen einerseits und den schnellen Aufklärungsergebnissen der hiesigen Sicherheitskräfte in bezug auf das Bombenattentat am Nachmittag andererseits.

Ein vom Lande geflüchteter Drull war verhaftet worden, der nach Aussage des Sprechers an schweren geistigen Krankheiten litt. Wiederholt schüttelte Brit den Kopf. Was war nur aus dieser Stadt geworden?

Der Sprecher berichtete weiter, daß die einheimische Bevölkerung nun offen gegen die Aufnahme der Flüchtlingsströme protestierte, aus Angst, ein derartiger Vorgang könnte sich wiederholen. Jetzt noch ein Bürgerkrieg, dachte Brit. Warum ergaben sie sich dann nicht gleich dem Feind? Anscheinend hatte alles keinen Sinn mehr.

Sie wehrte sich gegen die aufkommenden Zweifel und wußte, daß sie hier raus mußte, wenn sie nicht daran ersticken wollte. Sie hatte Hunger und beschloß, in einem der Restaurants des Hotels etwas essen zu gehen. Sie konnte sich ja eine verschwiegene Ecke suchen.

Mit einem der Schwebelifte fuhr sie ins erste Untergeschoß, in dem sich die verschiedenen hoteleigenen Vergnügungsmöglichkeiten und einige gute Lokale befanden. Tatsächlich hatte sie bald einen Tisch gefunden, der etwas abseits gelegen und nicht von allen Seiten einzusehen war. Das Restaurant war lichtdurchflutet und von unaufdringlicher Sterilität. Metall und helles Plastik herrschten vor, und Brit fühlte sich sogleich wohl.

»Mein Name ist Glas. Was darf ich Ihnen bringen?«

Brit erschrak. Eines der Kunstwesen aus den Forschungslabors der drullischen Wissenschaftler stand vor ihr. Man hatte diese Personen irgendwann gezüchtet, um einen Ersatz für die hohen militärischen Verluste der Vergangenheit zu schaffen. Da sie jedoch in der Herstellung sehr teuer und vor allem aufwendig waren, andererseits aber durch normale Abnutzung nicht sterben konnten, hatten die Forscher sich bald wieder auf mechanische Kampfmaschinen konzentriert, die billiger und vor allem wieder zu reparieren waren.

Die ersten tausend Kunstwesen hatte man bald als Diener und Arbeiter in schwierigen Bedingungen freigegeben. Sie waren kleinwüchsig, von sehr heller Hautfarbe und außerdem haarlos, aber nicht unintelligent, weshalb sie beschlossen hatten, aus Protest gegen die ihnen unwürdig erscheinende Behandlung durch ihre Schöpfer keine drullischen Namen anzunehmen, sondern sich statt dessen nach Gegenständen zu benennen. Das hier war also Glas.

Nachdem Brit ihren Schrecken überwunden hatte, bestellte sie ein einfaches, aber äußerst sättigendes Gericht. Mit großem Appetit verspeiste sie die Mahlzeit und lehnte sich danach entspannt zurück.

Am Nebentisch, von dem ihrem durch ein mit Pflanzen bewachsenes Gitter getrennt, entstand etwas Unruhe, als einer der dort Sitzenden plötzlich aufstand und ging. Brit versuchte durch die Lücken in der grünen Wand mehr zu erkennen. Sie sah die Silhouetten von zwei Personen, konnte aber nur einen von ihnen genauer beobachten. Er war von hochgewachsener Statur, trug die graue Uniform des drullischen Heeres, und auf seiner Brust prangten einige Orden.

Anhand der Abzeichen auf den Schultern und am Kragen mutmaßte Brit, daß er einen hohen Rang bekleiden mußte, konnte aber nicht genau sehen, welchen. Die Züge des Mannes waren feingeschnitten, und sein braunes Haar fiel ihm etwas ins Gesicht. Angeregt unterhielt er sich mit dem schräg ihm gegenüber Sitzenden, der Brit den Rücken zuwandte. Ihre Stimmen drangen mühelos durch die Blätterwand, und Brit konnte nicht umhin, die Unterhaltung mitzuhören. Plötzlich war ihr, als sei ein Name gefallen, den sie kannte, obwohl sie ihn nicht richtig verstanden hatte. Auf einmal war sie hellwach.

Glas kam und fragte nach weiteren Wünschen, doch Brit wies ihn unwirsch ab. Hätte sie weiter darüber nachgedacht, hätte es ihr leidgetan, ihn so zu behandeln, doch ihre Aufmerksamkeit war auf etwas ganz anderes gerichtet.

Dieses Mal hatte sie den Namen richtig verstanden. Der Mann, dessen Kopf sich gerade über den Teller beugte, war mit Haris angeredet worden, und sie kannte nur einen dieses Namens: Val Haris. Ohne weiter zu überlegen, stand sie auf und trat an seinen Tisch. Die beiden Männer sahen sie überrascht an, und ihr entging die Handbewegung des anderen nicht, der zu etwas an seinem Gürtel griff. Wahrscheinlich stufte er sie als potentielle Attentäterin ein, doch das war ihr momentan gleichgültig.

»Entschuldigung«, sagte sie unsicher, hatte sich aber sofort wieder gefaßt. »Sie sind Val Haris, der große Stratege?«

Haris lächelte, und seine braunen Augen ruhten auf ihrem Gesicht. »Ja, der bin ich. Mit wem habe ich die Ehre?«

»Alleba, Verbindungsoffizier, 1st Mech Fusiliers.«

»Das trifft sich ja gut. Sie gehören also zu einer meiner Einheiten? Aber ich kenne Sie gar nicht.«

»Ich bin neu dort«, murmelte sie und verfluchte sich und diejenigen, die ihr diese Identität gegeben hatten.

Haris war bemüht, das entstandene Schweigen zu überbrücken, und lud sie ein, sich zu setzen. Brit blieb stehen. »Könnte ich kurz mit Ihnen sprechen?«

Haris' Begleiter stand auf. »Ich möchte Sie nicht enttäuschen, aber der große Stratege hat einen schweren Tag hinter sich und möchte nicht gestört werden.«

Haris sah den Offizier an und entgegnete: »Nein, keine Sorge. Es ist seine Aufgabe, die Leute von mir fernzuhalten. Aber diesmal machen wir eine Ausnahme. Was kann ich für Sie tun?«

Sie wußte nicht, wie sie es ausdrücken sollte. Ihre Finger spielten miteinander, und sie merkte es nicht einmal.

»Ich . . . Entschuldigen Sie, ich möchte wirklich nicht stören. Aber wenn Sie ein paar Minuten Zeit hätten, würde ich gerne kurz mit Ihnen reden. Unter vier Augen.«

Haris warf einen Blick auf das mißtrauische Gesicht seines Begleiters und erhob sich dann. »Warum nicht? Nur sollten wir meinen Sicherheitsoffizier nicht allzu sehr reizen und in der Nähe bleiben.«

»Ich sitze gleich am Nebentisch«, stammelte sie beinahe und ging mit weichen Knien voraus. Wenn sie nur vorher gewußt hätte, wie einfach es sein würde.

Sie nahmen Platz und sahen sich an. Mit einem Wink bestellte Haris neue Getränke. Als Glas gegangen war, ergriff er das Wort.

»Sie müssen entschuldigen«, sagte er mit einem Kopfnicken in Richtung des Nebentisches, »aber mein Sicherheitsoffizier wird schnell nervös. Er hält mich einfach für zu wichtig. Was kann ich also für Sie tun?«

Brit lächelte schwach. »Ich hätte lediglich einige Fragen, wenn es Sie nicht stört.«

Er machte eine wegwerfende Handbewegung. »Wo denken Sie hin? Wenn Sie nicht gerade verlangen, daß ich Staatsgeheimnisse verrate, habe ich keine Probleme damit. Also?« Er sah sie erwartungsvoll an.

»Nun . . .« Sie wußte nicht, wie sie beginnen sollte. »Ich habe bemerkt, daß die Stadt voll von Flüchtlingen ist«, begann sie zögernd. Als sie ihn weiterhin lächeln sah, fügte sie, schon etwas sicherer geworden, hinzu: »Was ja auch kaum zu übersehen ist, nicht wahr? Und heute mittag wurde ich Zeuge, wie ein feindlicher Flieger einige Bomben über der Stadt abwarf und dann unbehelligt wieder verschwand. Unsere Luftaufklärung hat ihn anscheinend nicht entdeckt.«

Seine Miene wurde ernst. »Dem bin ich natürlich nachgegangen. Man sagte mir, daß es einige Probleme mit den Sensoren gegeben hatte. Zwar nur für kurze Zeit, aber leider im falschen Moment. War das alles?«

»Nein, nein. Ich weiß nicht, wie ich es ausdrücken soll. Bis jetzt haben Sie jede Schlacht gewonnen. Aber man sagt, daß Sie Differenzen mit dem ROOM hätten, weil sie seine Anweisungen nicht befolgen und deshalb siegen.«

Seine Mundwinkel wurden auf einmal verkniffen. »Sagt man das?«

»Das sagt man«, bekräftigte sie. »Und man sagt noch mehr. Es heißt, daß der Krieg längst zu Ende wäre, wenn Sie und nicht der ROOM alle Entscheidungen fällen würden. Es gibt die Energiereserven von Mond Acht und eine Reihe neuer und geheimer Waffen, die aber weniger bei unseren Truppen als vielmehr beim Gegner auftauchen.«

»Sagt man auch dies?« Er war jetzt sehr ernst.

Brit war entschlossen, alles auf eine Karte zu setzen. »Ich habe weiter gehört, daß gewisse Kreise vermuten, daß der ROOM längst von Titan-Net unterwandert ist und die Waren- und Transportprioritäten nicht mehr selber steuert. Außerdem verliert der ROOM alle von ihm geleiteten Schlachten, während Sie seinen Entscheidungen nicht mehr folgen und nur deshalb gewinnen.«

»Das ist alles sehr interessant, das muß ich zugeben.« Plötzlich sprang er auf und rief laut den Namen seines Sicherheitsoffiziers. Erschrocken wich Brit zurück, als er sich vornüber beugte und ihr aus nächster Nähe direkt in die Augen sah. »Sie sagten doch, Sie gehören zu den 1st Mech Fusiliers? Schön zu wissen, daß jemand überlebt hat.«

Er drehte sich um zu dem Offizier und wies ihn an, er solle schon vorgehen, dann wandte er sich wieder Brit zu. »Die 1st Mech Fusiliers sind heute nacht im Abschnitt

Nord-76 durch Titan-Net-Panzer vollständig aufgerieben worden. Der Verbindungsoffizier der Einheit hatte mich noch kurz vor der endgültigen Vernichtung über die Lage informiert. Er war männlichen Geschlechts.« Mit diesen Worten richtete er sich wieder auf, sah sie noch einmal an und sagte mit einem merkwürdigen Unterton: »Wissen Sie, ich wüßte für mein Leben gern, wer Sie wirklich sind und woher Sie all diese Informationen haben. Guten Abend.«

Damit ging er.

Brit glaubte ihr Herz schlagen zu hören. Sie war aufgeflogen. Er wußte, daß sie nicht die war, für die sie sich ausgab, und trotzdem hatte er sie nicht festnehmen lassen. Was sollte sie davon halten? Anscheinend stimmte alles, was sie gesagt hatte. Und dennoch hatte sie ihn nicht aushorchen können. Er hatte die Unterhaltung abgebrochen und war verschwunden. Wo war der Sinn?

Mit zitternder Stimme rief sie nach Glas und gab ihm ihre Karte, damit er den Betrag an Credits abbuchen konnte.

Er hatte nur einen kurzen Augenblick durch die großen Scheiben des Eingangsportals nach draußen geschaut und noch immer ungläubig auf die Massen gestarrt, deren Zahl auch jetzt, nach Einbruch der Dämmerung, nicht abgenommen hatte. Hinter sich hörte er Schritte, und mehr aus Reflex sah er sich kurz um.

Endlich! Da war sie, die er stundenlang gesucht hatte.

»Darburg!«

Brit blieb kurz stehen, zwang ihren Blick aber wieder geradeaus und ging weiter. Die letzten Schritte rannte sie, als die Tür des Schwebeliftes sich öffnete und einige Gäste ausstiegen. Sie war wütend auf sich selbst. Wie konnte das passieren? Dies wäre der leichteste Weg, ihre Tarnung endgültig auffliegen zu lassen.

Das Geräusch schwerer Stiefel auf dem steinernen Fußboden hinter ihr wurde schneller, und als die Tür sich leise zischend schloß, merkte sie, daß sie nicht allein war. Sie mußte sich der Herausforderung stellen. Ruckartig wandte sie sich dem Verfolger zu.

»Kandiris!« entfuhr es ihr ungläubig. »Was machen Sie hier?« Sie hätte ihn überall vermutet, aber niemals in Hallwa.

»Ich mußte Ihnen folgen, Darburg. Ich werde Ihnen alles erklären, sobald wir in Ihrem Zimmer sind. Ich suche Sie schon seit Stunden. Die Zeit drängt.«

Brit wählte die Etage, und der Lift setzte sich in Bewegung. »Wie kommen Sie dazu, meinen Namen zu rufen? Sie waren es doch, der mir unter allen Umständen verbot, sogar mit meinen Verwandten Kontakt aufzunehmen«, sagte sie zornig.

»Das war nur zu Ihrer eigenen Sicherheit. Das wissen Sie!« entgegnete er.

»Ja, und deshalb schreien Sie meinen Namen quer durch die Eingangshalle. Wie sicher ich doch bin.«

Der Lift hielt, und die Tür zum siebten Stock öffnete sich. »Bitte, nicht hier«, sagte er, während er sich auf dem Gang vorsichtig umschaute.

Wenig später befanden sie sich in Brits Zimmer. Der Hauptkatai stand am Fenster und sah auf die Stadt hinab. Im Raum war es dunkel, und Kandiris' Umrisse hoben sich als schwarze Silhouette vom Sternenhimmel ab.

»Erklären Sie mir jetzt, was das alles soll?« begann Brit. »Ich bin unter falschem Namen hier abgestiegen. Niemand vermutet etwas. Warum also die Heimlichkeit?«

Er legte die Hände auf das kühle Fensterglas und dachte nach. Dann begann er zu sprechen.

»Hören Sie mir gut zu. Es tut mir leid, daß ich eben Ihren Namen gerufen habe. Ich war unkonzentriert. Es ist eben passiert, und Sie haben sich fantastisch verhalten. Aber wir haben ein anderes Problem. Ein viel größeres.«

»Und was soll das sein?« fragte sie.

»Ihr Problem ist Ihnen sozusagen gefolgt. Ihr Freund, dieser Len, hat herausbekommen, daß wir Sie nach Hallwa geschickt haben. Und in seiner grandiosen Sorge hatte er nichts anderes zu tun, als einen Transporter zu stehlen und hierher zu kommen. Deshalb bin ich hier. Er darf Sie nicht finden. Es ist schlimm genug, daß er in der Stadt ist, aber wer weiß, welchen Wahnsinn er erst unternimmt, wenn er Sie endlich aufgespürt hat. Ich verbiete Ihnen, das Hotel zu verlassen. Val Haris wird morgen hier eine Rede halten. Das ist Ihre Chance. Ihr Freund wird alles zunichte machen, wenn er Sie entdeckt und wieder anfängt, herumzutoben.«

»Ich habe bereits mit Haris gesprochen.«

Die plötzliche Stille schien erdrückend. Der Schatten am Fenster nahm die Hände vom Glas und drehte sich langsam um. Jenseits des Fensters war die Dunkelheit endlos.

»Sie haben mit Haris gesprochen?« fragte er ungläubig.

Brit erzählte ihm von ihrer Begegnung mit dem großen Strategen.

»Und er hat weiter nichts gesagt?« erkundigte sich Kandiris.

»Nein.«

Der Hauptkatai dachte nach. Demnach hatte Haris gemerkt, daß Brit nicht die war, für die sie sich ausgab. Was aber konnte der Grund dafür sein, daß er nicht weiter reagiert hatte? Er hätte sie festnehmen lassen können. Statt dessen hatte er sie angehört und war dann einfach gegangen. Wie war dies alles zu deuten? Es gab nur eine Lösung.

»Darburg, ich glaube, Sie haben genau das Richtige getan. Vielleicht hat es nur eines Anstoßes bedurft, um ihn zum Nachdenken zu zwingen.« Er lachte kurz und trocken. »Er wußte von Anfang an, daß Sie ihn getäuscht hatten. Und dennoch hörte er zu. Vielleicht ist ihm die wirkliche Gefahr nur durch Sie aufgegangen?«

»Unsinn«, entgegnete Brit. »Der Mann ist doch intelligent. Wenn es wirklich so ist, wie wir vermuten, muß ihm doch schon längst aufgefallen sein, daß der ROOM nicht mehr die Interessen des drullischen Volkes vertritt.«

»Sie dürfen nicht von drullischen Maßstäben ausgehen, Darburg. Er kommt aus einer ganz anderen Zivilisation. Was weiß er denn von unserem Planeten? Nichts, jedenfalls nicht mehr, als der ROOM ihn wissen läßt. Oh, ich bin mir sicher, daß auch er vielleicht länger schon Zweifel gehegt hatte. Aber versetzen wir uns doch in seine Situation. Er ist ein taktisches Genie, soviel ist klar, sein Wissen über Chromos muß aber Lücken haben. Und vielleicht waren Sie es, die seine Zweifel nur noch verstärkt hat.« Kandiris hatte begonnen, vor dem großen Fenster auf und ab zu gehen. »Der ROOM hat ihn herholen lassen. Nur er gewährt ihm die Sicherheit, auch wieder auf seinen Planeten zurückkehren zu können. Selbst wenn er in Sachen Taktik Probleme mit dem Zentralgehirn hatte, war ihm möglicherweise deren Größenordnung gar nicht bewußt. Ich kann mir vorstellen, daß er in dieser Nacht sehr nachdenklich sein wird.«

»Oder er gibt den Befehl, mich festnehmen zu lassen.«

Kandiris lachte wieder sein leises, unaufdringliches

Lachen. »Aber warum sollte er? Das hätte es doch gleich im Restaurant erledigen können. Nein, nein.« Seine schemenhafte Hand wischte mehrmals durch die Luft. »Wie Sie es beschrieben haben, war er bestürzt, vielleicht sogar schockiert. So reagiert nur jemand, dessen eigene Zweifel auf höchst überraschende Weise bestätigt werden. Ich denke, wir haben einen großen Schritt nach vorne getan.«

Brit durchbrach das wieder aufkommende, diesmal aber zufriedene Schweigen. »Was werden Sie mit Len tun, wenn Sie ihn finden?«

»Ich hoffe für Sie, daß wir ihn erst zu Gesicht bekommen, wenn alles vorbei ist.«

Brit wiederholte ihre Frage. Kandiris schwieg. Dann legte er die Hand auf seine Waffe und ging zur Tür. »Ich habe mir ebenfalls ein Zimmer genommen. Nach Val Haris' Rede haben Sie Ihre Chance. Wir werden morgen früh über alles weitere sprechen. Ruhen Sie sich jetzt aus.« Damit trat er auf den erleuchteten Korridor hinaus.

Brit dachte noch einige Minuten nach, dann ging sie hinüber zu ihrem Bett und ließ sich müde darauffallen. Nach wenigen Augenblicken sank sie in einen tiefen und traumlosen Schlaf.

Vor ihm erhob sich der Hallwa-Palast. Jetzt, nach Einbruch der Dunkelheit und mit dem Beginn der nächtlichen Verdunkelung, brannte nur noch hinter wenigen Fenstern Licht, und auch das würde bald verlöschen, wollten sich die Bewohner dieser Zimmer nicht schweren Strafen aussetzen. Das Treiben auf den Straßen hatte etwas nachgelassen, aber noch immer war es nicht leicht, ohne Umwege dorthin zu kommen, wohin man wollte.

Vor dem Eingang des Hotels hatten sich die Sicherheitskräfte verdoppelt. Jetzt war es ihm noch unmöglicher, dort hineinzukommen. Er hatte keinen unverdächtigen Ausweis und keine Credits. Er hatte gar nichts, und so blieb ihm nur der Blick hoch zu den Fenstern und den einsamen Lichtern, die hinter ihnen strahlten.

Am Himmel über ihm standen die Monde Chromos'. Am hellsten strahlte Mond Acht, auf dem pausenlos die Förderbänder liefen, um diese Stadt und diese Administration am Leben zu erhalten. Hunderte Drulls waren dort im Verlauf der Operation WETTLAUF gefallen, und wenn er daran dachte, fragte er sich immer öfter, wofür sie eigentlich gestorben waren. Für den ROOM, für den Feind oder letztendlich gar für beide? Welche Unterschiede gab es schon?

Nachhaltig strich er die Gedanken aus seinem Kopf. Was nützten sie schon? Dienten sie am Ende nicht nur dazu, ihn von seiner eigentlichen Aufgabe abzuhalten? Wollte er vielleicht gar nicht mehr daran erinnert werden?

Sicher war nur eines: Wenn er irgendwo in dieser verfluchten, riesigen Stadt die Frau finden sollte, wegen der er gekommen war, dann hier in diesem Hotel.

Len war mittellos und allein. Er hatte gar nichts. Nicht einmal mehr die Hoffnung, die ihn dazu bewogen hatte, nach Hallwa zu gehen und Brit zu suchen. Fast war es, als sei dies das Eingeständnis seines Scheiterns, aber je länger er den ganzen Tag über durch die Stadt gelaufen war, je mehr er gesehen hatte, desto lauter redeten die Stimmen in seinem Inneren auf ihn ein, einfach alles zu vergessen und heimzugehen. Nach Hause, dorthin, wo man auf ihn warten und ihn aufnehmen würde. Wo man ihn wirklich wollte.

Würde Brit ihn denn überhaupt sehen wollen? War sie nicht gefahren, ohne ihm auch nur ein einziges Wort zu sagen? Sie hätte ihn bitten können, auf sie zu warten. Das hatte sie nicht getan. Was tat er also hier? Für wen stand er auf diesem Platz, darauf wartend, daß man ihn überprüfen und festnehmen würde?

Es war hoffnungslos. Das hatte er mittlerweile begriffen. Merkwürdigerweise erst, als er an der pompösen Front des Hotels hinaufblickte, in dessen oberen Fenstern sich die Sterne spiegelten. All die Namen, Leute und Schicksale, die sich hinter ihnen verbargen. Welches Recht hatte er, sein eigenes für so wichtig zu nehmen?

Ihn fröstelte. Er hatte nur seine schlichte Felduniform, die er zuletzt auch im Lager getragen hatte. Nicht einmal die schmucke und dicker gearbeitete Ausgehuniform.

Langsam schüttelte er den Kopf. Das war doch nicht wirklich seine Welt. Jeder suchte sich doch die Welt, in der er leben wollte, wo man sich zu Hause fühlen konnte, und das würde er in der Stadt niemals können: sich zu Hause fühlen.

Aber wenn er seine Blicke über die matten Fenster schweifen ließ, ahnte er, daß es doch mehr gab. Daß da etwas war, was ihn halten und ihm möglicherweise die Kraft geben würde, auch hier glücklich zu werden in einer Umgebung, die nun wirklich nicht die seine war.

Enttäuscht wandte er sich ab und ging langsamen Schrittes durch eine der engen Seitenstraßen, die vom Platz weg in andere Teile der Stadt führten. Hatte er es sich denn wirklich so einfach vorgestellt?

Noch ein Gedanke kam in ihm auf. Was wäre, wenn Brit ihren Auftrag schon beendet hatte und in das Lager zurückgekehrt war? Unwahrscheinlich, aber möglich. Sie würde ihn nicht vorfinden, und er würde ohne sie nicht die Stadt verlassen, falls es überhaupt dazu kam und man ihn nicht vorher festnahm.

Len gähnte. Wie lange war er schon wach? Er erinnerte sich kaum, aber es mußten anderthalb Tage sein.

Falsch. Bevor er geflohen war, hatte er ja auch nicht geschlafen, oder? Er wußte es wirklich nicht mehr. Er wußte nur, daß seine Beine immer schwerer wurden. Seit einiger Zeit war sein Blick nur noch auf den Boden gerichtet gewesen, ohne daß er es bewußt bemerkt hätte. Als er ihn nun wieder hob, war die kleine Straße fast leer. Es war nun schon sehr dunkel, und alles, was er sah, erkannte er als dunkle Schemen gegen das Licht der Sterne.

Er mußte sich hinlegen. Ans Schlafen dachte er gar nicht. Einfach nur liegen und vielleicht ein paar Minuten die Augen schließen. War das nicht ein tröstliches Gefühl? Die Augen schließen. Plötzlich mußte Len an die Flüchtlinge denken, die vor Angst oder aus Sorge um ihre Heimat auch nicht schlafen konnten, und wieder erschienen ihm seine Sorgen so unbedeutend und klein.

Er riß seinen Kopf abrupt hoch. Nun war es geschehen. Er war beinahe im Stehen eingeschlafen.

Was würde man mit ihm anstellen, wenn man ihn hier auf der Straße fand – einen Soldaten, noch dazu in Uniform, der nachts nicht in seiner Unterkunft war? Diesen Fragen würde er nicht einmal durch die kühnsten Ausflüchte entkommen.

Das unbeleuchtete Haus, an dem er entlanggegangen war, wurde von eine Mauer abgelöst, die ihm zwar bis über den Kopf reichte, deren Krone sich aber nicht außerhalb seiner Reichweite befand. Dies könnte eine Möglichkeit sein.

Mit letzter Kraft zog er sich hoch und ließ sich auf der

anderen Seite wieder herunter. Er landete direkt in einem großen Busch. Ein kurzer Rundumblick zeigte ihm nichts Verdächtiges, also kniete er sich nieder und kauerte sich zusammen.

Das laute Rauschen eines Schwebewagens ertönte hinter der Mauer und entfernte sich. Lens letzte Gedanken drehten sich um die reichen Stadtbewohner, die leichten Mutes durch die Straßen schwebten, während zu Tode erschöpfte, desillusionierte Soldaten sie mit ihren schwerfälligen Ketten- und Radpanzern verteidigten. Dann wurde es sehr dunkel um ihn.

Er rannte um sein Leben, wühlte sich rücksichtslos durch Gruppen von Drulls, sprang über Flüchtlinge, die einfach mitten auf der Straße schliefen, weil sie keine Bleibe gefunden hatten, und stolperte über Hindernisse, die er zu spät bemerkte. Er hätte nicht sagen können, auf was er bei seiner wilden Flucht schon alles getreten war.

Man hatte ihn entdeckt; bestimmt hatte man ihn entdeckt. Diese bösen Augen, mit denen der Mann ihn durch den schmalen Schlitz aus der Röhrenbahn heraus angesehen hatte. Nur die Augen. Nichts als die Augen hatte er gesehen, und doch malte sein verwirrter Geist einen Körper daraus, groß, kräftig, mit hinterhältigen Absichten und bösem Charakter. Gewiß würde er an der nächsten Station aussteigen, ihm nacheilen oder die Sicherheitskräfte verständigen. Die würde ihn zusammen mit den Augen in eine Zelle sperren und für alle Zeiten gefangenhalten. Mit diesen schrecklichen Augen.

Tränen liefen über die Wangen des Drulls. Was hatte er schon getan, daß man ihn so behandelte? Ja, er hatte eines der Objekte aus seiner Feldtasche unter den Sitzgelegenheiten an der Haltestelle versteckt. Er hatte es weit nach hinten geschoben, wo man es nicht sehen konnte. Keiner würde sich daran stören.

Was also wollten die Augen von ihm? Sie hatten ihn ja nicht einfach angesehen. Wenn es nur das gewesen wäre. Sie hatten *gestarrt*. Sie wußten, was er getan hatte, aber sie verstanden nichts, nichts von alledem. Und weil sie nichts verstanden, wußten sie auch von nichts. Wußten nicht, warum er das tat, daß er nur seine Arbeit verrichtete, seine Aufgabe erledigte.

Die Aufgabe. Er wurde ruhiger und seine Schritte langsamer. Die Aufgabe. Dafür würde man ihn loben.

Aber die Augen wußten alles, denn sie würden ihn unablässig beobachten. Er lief wieder schneller, bis ihm der Atem ausblieb und er kurz stehenbleiben mußte.

Wütend sah er sich um. Kaum jemand beachtete ihn, und wenn, dann nur, weil er in diesem Tempo durch die Straßen geeilt war. Er hätte es herausschreien mögen. Daß sie alle überhaupt keine Ahnung hatten! Daß seine Kameraden ihn erst verlassen und dann verraten hatten! Daß erst andere ihn verstanden und ehrwürdig behandelt hatten! Was wußten diese vielen Drulls nur? Mit welchem Recht hatten sie sich ausgerechnet ihn ausgesucht, den es zu verfolgen galt?

Schon früher hatten seinesgleichen nicht mit ihm geredet, ihn oft einfach nur aus der Entfernung böse angesehen. Er wußte, warum. Wenn er ehrlich zu sich selbst war, konnte er sich wirklich vorstellen, warum die anderen so gewesen waren.

Sie verstanden ihn einfach nicht. Wenn er etwas gesagt oder getan hatte, hatten sie gelacht oder ihn nicht beachtet, als würde er verrücktes Zeug reden. Wie oft hatte er eine nette Unterhaltung gesucht und war bitter enttäuscht worden? Er erinnerte sich sogar, daß man ihn geschlagen hatte, nur weil er sich mit einer Soldatin unterhielt. So wahnsinnig waren die anderen.

Aber er mußte jetzt wirklich an seine Aufgabe denken. Morgen kamen seine Freunde. Ihnen würde er beweisen können, daß er hier in der Hauptstadt etwas geschaffen hatte. Betrübt dachte er daran, daß auch seine Freunde diesen Vorschlag anfangs nicht verstanden hatten, aber sie waren auch klug.

Nachdem sie begriffen hatten, durfte er gehen, und momentan war er doch wirklich an einem Punkt, wo er etwas vorzuweisen hatte. Und er besaß Informationen, über die sich seine Freunde freuen würden. Morgen kamen sie. Er dachte kurz daran, wie er sie problemlos in die Stadt bringen konnte, aber das hob er sich für den nächsten Tag auf. Er würde sehen. Auch dafür würde er eine Lösung finden.

12

»Glaubt nicht denen, die euch einreden wollen, alles sei zu Ende. Die Lage ist nicht hoffnungslos. Es ist wahr; im Norden ist die Front eingebrochen, genauso wie im Osten, aber wir werden die Horden des Bösen zurückschlagen, wie wir es schon so oft getan haben.«

Val Haris stand auf dem großen Balkon hoch über dem hoffnungslos überfüllten Platz. Seine Hände krallten sich fest um das schmale Geländer, als suchten sie Halt, und seine Stimme schallte, getragen von großen Verstärkern, über den Platz und darüber hinaus. »Wir müssen zusammenstehen. Das drullische Volk hat oft genug bewiesen, zu welch großen Leistungen es imstande ist.«

Etwas Ungeheuerliches geschah. Die Menge dort unten begann zu protestieren. Erste Buhrufe wurden laut. Haris sprach weiter, erzählte von neuen Waffen, Strategien, und daß sie bestimmt gewönnen, wenn sie nur fest an den Sieg glaubten. Die Protestschreie wurden immer noch lauter und pflanzten sich fort.

Brit und Kandiris sahen aus ihrem Fenster, daß es am Rande des Platzes erste Schlägereien zwischen Anhängern und Gegnern von Haris gab. Noch griffen die Sicherheitskräfte nicht ein.

Es war unglaublich. Die Stimme des großen Strategen kam nicht mehr durch. Große Teile des Platzes befanden sich in Aufruhr. Das Volk hatte die vielen leidens- und entbehrungsreichen Jahre satt.

Brit sah, wie die Offiziere, die sich hinter Haris aufhielten, an ihn herangetreten waren und ihn eindringlich beschworen, die Rede abzubrechen. Aber er gab noch nicht auf. In einem letzten Versuch wandte er sich an die Zuhörer und scheiterte abermals an den Tumulten. Entnervt wandte er sich ab und wollte zurück in das Zimmer gehen, als sein Blick nach oben wanderte.

Erschrocken blieb er stehen und winkte einen der Offiziere zu sich. Unter all den Zuschauern, die in den Fenstern über dem Balkon lehnten, hatte er ein bekanntes Gesicht entdeckt. Er befahl, die Person zu ihm zu bringen.

Kandiris riß an Brits Schulter. Ihm war der Blick des Strategen nach oben nicht entgangen. »Wir müssen weg. Er hat Sie gesehen.«

Hastig verließen sie den Raum und traten in den Flur. In einiger Entfernung befanden sich die Schwebelifte, doch es mußte noch einen anderen Weg geben. Sie passierten eine kleine Biegung, als sich hinter ihnen eine Lifttür öffnete und mehrere Soldaten herausquollen. Zielstrebig eilten sie zu den Zimmern am Ende des Flurs, die Fenster zur entsprechenden Seite besaßen.

Die beiden Flüchtenden hörten die Warnrufe hinter sich, als die Soldaten drohten, die Zimmer zu stürmen, wenn man ihnen nicht freiwillig öffnete.

Dann war es vorbei. Aus einem abgelegenen Treppenhaus stürmten plötzlich weitere Soldaten und ließen ihnen nicht einmal mehr die Zeit, sich zu verteidigen. Ihre Flucht war gescheitert, und es schien, als sei dies das Ende. Jetzt lag es an anderen, ihre Mission zu erfüllen, dachte Brit, als sie unsanft nach vorne gestoßen wurde.

Sie wurden auf die fünfte Ebene geführt, wo man ihnen die Waffen abnahm und sie in einem kleinen Zimmer einschloß, das nicht einmal ein Fenster hatte, lediglich eine Lüftung, die mit lautem Rasseln an den Nerven zerrte.

Es wurde ruhig um sie her. Sie sahen sich nicht an, und sie sprachen nicht miteinander. Irgendwie war alles gesagt, alles getan. Es gab nichts mehr, was sie noch unternehmen oder über das sie sich unterhalten konnten.

Die Lampe über ihnen knisterte leise, und Brit atmete tief durch. Wie viele Irrwege war sie gegangen, nur um hier zu landen? Was hatte sie nicht alles falsch gemacht? Eigentlich alles, seit sie in die Armee eingetreten war.

Das hohe Summen des elektronischen Schlosses ertönte. Die Tür wurde geöffnet, und zwei bewaffnete Soldaten betraten den Raum. Hinter ihnen erschien Val Haris. Er wies auf Kandiris und befahl den Soldaten, den Drull woanders zu verhören und ihn mit der Frau alleinzulassen.

Brit protestierte. »Haris, wir gehören zusammen. Wenn

Sie etwas erfahren wollen, müssen Sie schon uns beide befragen.«

Kurzerhand schickte er die Soldaten hinaus. Als diese zögerten wiederholte er scharf den Befehl. Dann schloß sich die Tür.

»Eine schöne Vorstellung«, sagte er ernst, als er sich einen Stuhl herangezogen und sich gesetzt hatte. »Die haben Sie doch inszeniert, oder?«

Die beiden verstanden nicht. Haris beschloß, ihnen auf die Sprünge zu helfen. »Ich weiß noch immer nicht, wer Sie beide sind, doch ich bin mir sicher, daß Sie etwas mit den Protesten vorhin zu tun hatten, oder?«

Jetzt verstand sie. »Nein! Haris, hören Sie zu. Es stimmt, ich habe Ihnen nicht die Wahrheit gesagt. Mein wirklicher Name ist Brit Darburg, 25th Mech Fusiliers.«

Der Stratege lachte. »Oh, Alleba, Darburg, oder wie immer Sie heißen. Zufällig gibt es auch diese Einheit nicht mehr.«

»Gut beobachtet«, antwortete sie gereizt. »Diese Einheit wurde nämlich in einem aussichtslosen Angriff auf vom Feind besetzte Hügel verheizt. Wir hatten nicht die kleinste Chance. Die wenigen, die überlebten, wurden auf ihrem Abtransport von herumstreunenden Kai-Partisanen gefangengenommen, bis Drullkommandos sie befreien konnten.«

In diesem Moment griff Kandiris in das Gespräch ein. Er hatte das Gefühl, daß man Haris vertrauen könne. Wieder hatte der große Stratege die Gelegenheit genutzt, um mit ihnen zu sprechen, anstatt sie einfach verhaften zu lassen. Das war die Chance, auf die sie gehofft hatten, und er, Hauptkatai Kandiris, würde sie nicht ungenutzt verstreichen lassen. Entweder sie schafften es, Haris zu überzeugen, oder sie würden verhaftet.

So erzählte er von den Rebellen und ihrem Rückhalt bis in höchste Führungsebenen. Brit beobachtete nervös das Mienenspiel des großen Strategen, der sich sichtlich beeindruckt zeigte. Als Kandiris geendet hatte, stand Haris auf.

»Ich glaube Ihnen. Ihre Erzählungen decken sich in der Tat mit meinen Beobachtungen, auch was bestimmte Personen in den Reihen des drullischen Verteidigungsrates angeht. Selbst wenn Sie die Namen nicht nennen wollten, es ist mir schon seit längerem aufgefallen, daß so mancher die offene Kritik wagte. – Sie kommen jetzt erst einmal mit mir. Ich erkläre Sie hiermit zu meinen persönlichen Beratern. Die Situation ist im Moment derart verworren, daß wohl niemand diese Entscheidung hinterfragen wird.«

Er rief die Soldaten wieder herein und wies sie an, den beiden die Waffen wiederzugeben. Dann bat er Brit und Kandiris, an einem Gespräch mit einer Delegation von Kais teilzunehmen, da er vermutete, daß es dabei möglicherweise Probleme geben würde. Gerade Brit wäre dank ihrer Gefangenschaft bei den Kais in der Lage, etwaige Mitglieder der Partisanen ausfindig zu machen. Offensichtlich traute er der Annäherung der Kais nicht so recht.

Brit und Kandiris hatten gewonnen. Jetzt würden die nächsten Stunden entscheiden, wie es weiterginge.

Len wurde wach, als sich über ihm etwas bewegte. Verwirrt öffnete er die Augen. Dann fiel ihm wieder ein, wo er sich befand.

Die Sonnen standen schon recht hoch am Himmel; er mußte bis weit in den Morgen hinein geschlafen haben.

In Panik sprang er auf. Wollte dieser Haris heute morgen nicht seine Rede halten?

Er konnte sich kaum an die letzten Stunden des gestrigen Tages erinnern. Seine Sinne waren benebelt. Da war dieses Hotel gewesen, in das er nicht hineinkam. Er hatte vermutet, daß Brit sich dort aufhielt.

Er richtete sich hinter dem großen Busch mit den fleischigen grünen Blättern auf; wahrscheinlich eine dieser modischen Züchtungen für die Stadtbewohner, die Zeit, Muße und vor allem Geld hatten, sich an derartigen Dingen zu erfreuen.

Eilig sprang er in die Höhe, ergriff das obere Ende der Mauer und zog sich daran empor. Er achtete nicht auf die verblüfften Mienen der Leute, die ihm nachschauten, als er sich auf der anderen Seite wieder hinabließ und den Weg einschlug, den er gestern nacht gekommen war.

In leichtem Trab bewegte er sich durch die Straßen. Verwundert stellte er fest, daß sie nicht so voll waren wie noch am Vortag, doch machte er sich darüber vorerst keine weiteren Gedanken.

Schon nach kurzer Zeit kam er in die Nähe des großen Platzes, wo er aufgebrachte Drulls zornig rufen hörte. Seine Ahnung wurde zur Gewißheit, als er um das letzte Gebäude bog und sich inmitten vieler tausend Demonstranten wiederfand, die lautstark ihren Unmut in Richtung des nun leeren Balkons herausschrien.

»Sie haben uns betrogen! All die Jahre hat man uns Lügen erzählt!« rief ein alter Mann zu seiner Rechten, und dies waren die Worte, die überall zu hören waren.

Er war zu spät gekommen. Wenn Brit hier war, fände er sie nun nicht mehr. Plötzlich wimmelte der Platz von Militär und Polizisten, die aus dem Hotel strömten und die Bürger zurückdrängten. Lauter werdendes Knattern kündigte zudem Verstärkung aus der Luft an, so daß Len es vorzog, den Rückzug anzutreten.

Wieder und wieder verfluchte er seine Dummheit, die ihn dazu bewogen hatte, ohne Geld nach Hallwa zu fliehen. Nicht einmal unauffällige Kleidung konnte er sich besorgen, und es schien nur eine Frage sehr kurzer Zeit, bis das sich verstärkende Sicherheitspersonal allgemeine Kontrollen durchführen würde, denen auch er sich nicht mehr würde entziehen können.

Er wußte nicht, was sich dort vor dem Hotel abgespielt hatte, und er nahm sich vor, eine der Holo-Projektionswände aufzusuchen, um dort vielleicht mehr zu erfahren.

Sie waren hier. Sie hatten es geschafft. Die Sonnen hatten sich in der letzten halben Stunde verdunkelt, und mit einiger Wahrscheinlichkeit würde es Regen geben.

Die Wachen waren nervös geworden und kontrollierten jetzt stärker, wer in die Stadt hineinkam und wer sie verließ, aber durch eine Fügung des gütigen Schicksals hatten sie die Tore passiert, kurz bevor die neuen Befehle für die Posten eingetroffen waren.

Beinahe hätte der Drull sie nicht erkannt. Es war lediglich der Tatsache zu verdanken, daß sie gestern abend eine bestimmte Zeit und einen Ort für das Treffen ausgemacht hatten. Als es dann soweit war, hatte er sie einzig aufgrund ihrer Größe erkennen können, da sie sich in dicke alte Lumpen gehüllt hatten. Um weniger Anlaß zu Argwohn zu geben, waren sie außerdem in Abständen von einigen Minuten durch die Tore getreten. Vielleicht war es aber auch der hilfreiche Segen Aristos gewesen, der auf ihnen lag, nachdem Drag sie gesegnet und in aller Form verabschiedet hatte.

Die Freude war groß gewesen, als tags zuvor der Spion, den der Partisanenanführer in die drullische Hauptstadt entsandt hatte, um dort Terror und Verwüstung anzurichten, über den Kommunikator die Ankunft seines Erzfeindes vermeldete.

Otjo sollte am nächsten Tag nach Hallwa kommen, um sich mit dem unwürdigen drullischen Volk zu verbünden. Derselbe Otjo, der Drag aus Kjel vertrieben hatte. Aber ›vertrieben‹ war nicht das richtige Wort. Es war ja nicht sein Volk gewesen, das seinen Glauben in Drags Herrschaft verloren hatte. Otjo hatte selbstherrlich einen unglücklichen Moment der Schwäche ausgenutzt und ihn ausgestoßen aus dem Land, das er von einem heruntergekommenen Bauernstaat zur höchsten Blüte geführt hatte.

Nun war die Zeit gekommen, um Rache zu nehmen.

Drag hatte Miro zu sich gerufen, der mit dem Spion in Verbindung stand und die gute Nachricht überbracht hatte.

»Miro«, sagte er. »Ich gebe dir den Auftrag, unsere Schmach zu rächen.«

Dann hatte er ihm erklärt, was er zu tun hatte. In der darauffolgenden Nacht saßen sie lange zusammen und sprachen über Kjel und wie es erst wäre, wenn sie endlich wieder dort einzögen. Sie beteten und sangen immer wieder Aristo an, auf daß er ihnen Kraft und Glück gebe. Am Morgen dann hatten sich ihre Wege getrennt, nicht wissend, daß diese Trennung endgültig sein würde.

Miro und vier weitere Kämpfer hüllten sich in Lumpen und machten sich auf den Weg nach Hallwa, während Drag und die restlichen seiner Männer nach Norden zogen, um heimzukehren in das gelobte Land.

»Wo ist es?« waren die ersten Worte, die der drullische Spion zu hören bekam. Das Wiedersehen hatte er sich anders vorgestellt. Die harschen Worte des Mannes, der der Stellvertreter seines Herren war, betrübten ihn. Er konnte nur ahnen, wer die anderen waren, da sie sich auf eine Art vermummt hatten, wie es Flüchtlinge zu tun pflegten, wenn sie überzählige Kleidung über die schon getragene streiften, um nur ja nichts zurückzulassen.

»Es ist schön, euch wiederzusehen«, erwiderte der Drull. Aber Miro sah ihn nur an, und so machten sie sich auf den Weg. Durch einen glücklichen Zufall – oder Aristos Fügung – war er heute in den frühen Morgenstunden an einer Holo-Wand vorbeigekommen und eigentlich nur stehengeblieben, weil Bilder des Röhrenbahn-Haltepunktes gezeigt wurden, an dem er gestern abend die unheimlichen Augen gesehen hatte – ein Erlebnis, das sich seitdem ständig zu wiederholen schien.

Die Bilder hatten die Wirkung der Bombe dokumentiert, die der Drull dort gelegt hatte. Wieder einmal war es allein sein Erfolg gewesen, und er hoffte inständig, daß auch Drag es endlich einsähe, daß er vollkommen auf ihn zählen konnte. In derartigen Gedanken versunken, hatte er minutenlang verweilt, als weitere Bilder sein Interesse erregten.

Man zeigte den Tagungsort, an dem die Delegation aus Kjel am Mittag konferieren würde, und glücklicherweise kannte der Drull diesen Ort. Er lag nicht weit von dem großen Hotel entfernt, das er schon gesehen hatte, wenn auch nur von außen.

Da noch genügend Zeit bis zum Treffen mit den Kais gewesen war, hatte er sich auf die Suche gemacht und war bald schon fündig geworden: ein niedriges, nur zwei Stockwerke hohes, aber in der Fläche großzügig dimensioniertes Haus, das von allen Seiten zugänglich war. Es handelte sich um ein Tagungsgebäude für Mitglieder der

Administration. Offensichtlich wurde es bewacht, und mit höchster Wahrscheinlichkeit würde die Bewachung noch verstärkt, wenn die Konferenzen erst einmal begonnen hatten.

Doch dank seiner Beobachtungen würden sie schon einen Weg finden.

Die obligatorischen Reden waren vorbei, die Grußworte des drullischen Volkes an das Volk der Kais aus Kjel und umgekehrt gesprochen. Nach dem Essen waren die beiden Delegationen zusammengekommen und hatten begonnen, sich gegenseitig über die jeweilige Lage zu informieren.

Während Haris und seine Mitarbeiter behutsam auf die Kais eingingen, hielten Brit und Kandiris sich wie verabredet zurück. Es war schon ein großes Wagnis für Haris gewesen, sie beide mitzunehmen. Einige Mitglieder des drullischen Verteidigungsrates waren anwesend, und nicht unbedingt jedem konnte man trauen.

Sie hörten heraus, daß anscheinend der Anführer der Kais, Otjo, den ersten Schritt auf die Drulls zugemacht hatte, nach Jahrhunderten der immer wieder aufgeflammten Feindschaft.

Der Feind war im Norden beständig weiter vorgerückt und stand nun kurz vor den Grenzen Kjels. Dabei war es vorerst geblieben; das Hauptinteresse der feindlichen Truppen mußte wohl den noch weiter nördlich gelegenen Bergketten gelten, wo hin und wieder Aldiniumkristalle gefunden wurden. Aber niemand konnte sagen, ob die mechanischen Truppen nicht plötzlich weiter gegen Kjel vorgehen würden. Mehrmals schon war der Bergstaat von Aufklärern überflogen worden. Man wußte also, daß das Hochtal bewohnt war, maß den Bewohnern aber anscheinend nicht viel Bedeutung zu.

Otjo war nun hier, um sich zumindest den psychologischen Beistand des drullischen Verteidigungsrates zu holen und vielleicht die Zusage, ihn im Ernstfall auch mit Truppen zu unterstützen. Dafür bot Otjo, der sich über die Lage in Hallwa anscheinend gut informiert hatte, ebenfalls Beistand dieser Art, falls es zu einer Krisensituation käme.

Wichtiger als alle gegenseitigen Versprechungen, das hatte Haris schnell eingesehen, war aber eine Zusammenarbeit auf militärischem Gebiet. Die uralten, überlieferten Kenntnisse, wenn man sie denn richtig nutzte, waren von unschätzbarem Wert.

Kandiris und Brit sahen sich an. Sie verstanden nicht viel von Politik und wußten auch nicht so recht, warum sie hier waren. Die beiden Delegationen versicherten sich zwar ständig gegenseitigen Respekt, Freundschaft und vieles mehr, wenn sie aber alles richtig verstanden hatten, stand der Feind sowohl an den Grenzen Kjels, wie er auch Hallwa bedrohte, denn die drullischen Fronten waren nach Haris' Aussagen tief eingebrochen. Daß dennoch Zeit für eine derartige Konferenz war, die kaum verwertbare politische Erfolge würde erbringen können, verwunderte sie.

Wenn sie an das protestierende Volk dachte, die allerersten Proteste seit sehr vielen Jahren, stellte sich die Gesamtlage als noch verworrener dar. Was war geschehen, daß die Bevölkerung, die so lange stillgehalten hatte, nun plötzlich offen ihre Meinung kundtat?

Es schien, als klammerten sich beide Parteien an diesen immerhin spektakulären diplomatischen Erfolg. Und doch war klar, daß sehr bald etwas geschehen mußte, wollte man zumindest die Einheit der Drulls nicht aufs Spiel setzen.

Sie waren informiert worden, daß der aufkeimende Protest von der Stadtgarde aufgelöst worden war; eine weitere Institution, die neben Polizei und regulärer Armee mittlerweile für Ruhe sorgen durfte in der Hauptstadt.

Allerdings stand die Stadtgarde in dem Ruf, ein treuer Anhänger des ROOM zu sein. Zwar war Val Haris als Oberstratege ihr Vorbild, dennoch blieb sie direkt dem ROOM unterstellt.

Brit hatte sich die Kais genau angesehen, aber kein bekanntes Gesicht entdecken können. Sie waren alle zwar korrekt, aber etwas einfacher gekleidet, was wohl auf ihre Lebensumstände zurückzuführen war.

Der Anführer, Otjo, war ein noch junger Mann, der sich gewandt in ihrer Sprache auszudrücken verstand, so daß mancher in der drullischen Delegation sich insgeheim gefragt hatte, welchen guten Lehrer er wohl gehabt hatte. Er schien über einen festen Charakter und eine gesunde Freundlichkeit zu verfügen, obwohl er in seinem Äußeren eher finster und verschlossen wirkte. Sein Auftreten wiederum war nahezu weltmännisch und schien auf eine gute Herkunft hinzuweisen. Im Gegensatz dazu hatten sogar seine höchsten Berater und Minister wieder etwas eher Provinzielles.

Kandiris wurde unruhig. Diplomatie war bestimmt nicht sein Geschäft, aber er wußte einfach, daß mittlerweile alles gesagt war und es Wichtigeres zu tun gab. Sie würden sich bald, sehr bald zusammen mit den verdeckten Rebellen des drullischen Verteidigungsrates treffen müssen.

Nun zählte fast schon jede Stunde. Die militärische Lage

war verworren, das Volk unruhig. Wie würde der ROOM reagieren, nicht zu vergessen die lokalen Befehlshaber, die nicht über die analytischen Fähigkeiten des Zentralgehirns verfügten? Möglich, daß Panik die Oberhand gewann und zu unüberlegten Aktionen führte. Es war unbedingt nötig, daß man über diese Dinge sprach und nicht über abstrakte Beistandsgelübde, die beide Parteien im Ernstfall nur mit in den Untergang ziehen würden.

Brit hing ebenfalls ihren Gedanken nach. Sie dachte an Len und daß er irgendwo hier in der Stadt war. Sie hoffte, daß sich die Lage nicht zuspitzte und ihn in Bedrängnis bringen würde. Andererseits war da das Risiko, daß er sie jeden Moment finden und sie alle durch das, was er möglicherweise unüberlegt sagte, in Gefahr brachte. Sie hoffte nur, daß er intelligent genug war, keine Dummheiten zu begehen, wenn er sie tatsächlich aufspürte.

Aber wenn sie ehrlich war, bedrückte sie der Gedanke, daß er etwas vollkommen Falsches vermuten könnte, wenn er sie mit Kandiris zusammen sah. Es war wie ein beißendes Gefühl in ihrem Hinterkopf, die ungewisse Angst, daß er mit einem Mal vor ihnen stehen könnte.

Ungeduldig warteten sie auf das Ende der Gespräche. Die Unterhaltung drehte sich jetzt um anscheinend vollkommen unwichtige Nebenfragen, als sie plötzlich Schüsse hörten.

Die um den Tisch Sitzenden sahen sich an. Einer der Kais erhob sich mit gezogener Waffe, als Brit einen Schatten auf das große, von blühenden Pflanzen umrankte Fenster zufliegen sah.

Ihr Schrei ging unter in einer ohrenbetäubenden Explosion. Die Druckwelle warf sie alle von ihren Stühlen, und Brit sah noch, wie der gerade aufgestandene Kai stöhnend zu Boden stürzte.

Der große Konferenzraum war vollständig verwüstet. Kleinere Brände brachen aus, die sich schnell verteilten.

Als Brit die Augen wieder zu öffnen wagte, sah sie Kandiris und einige andere Offiziere zur Tür und zum Fenster rennen, während sich andere um die zum Glück nur leicht Verletzten kümmerten. Auch sie rappelte sich wieder auf. Erst in diesem Moment wurde ihr bewußt, daß sie direkt neben Val Haris lag, der sie kreidebleich und mit weit aufgerissenen Augen anstarrte. Doch allem Anschein nach war er unverletzt.

Aus dem Inneren des Gebäudes und vor dem zerstörten Fenster gewannen die Schüsse an Intensität. Einer der Offiziere, mit denen Kandiris vor einigen Momenten den Raum verlassen hatte, taumelte verwundet wieder herein. Brit half ihm, sich zu setzen, und begann, sein verletztes Bein provisorisch abzubinden.

»Wir werden angegriffen, aber man kann nicht erkennen, von wem. Sie haben sich in den Gängen verschanzt und versuchen, bis hierher vorzudringen.« Bei diesen Worten verzog der Offizier sein Gesicht vor Schmerzen und sank aufstöhnend gegen die Wand.

Verbissen versuchten die Kais um Miro, ihre Stellung zu halten. Immer wieder sprangen sie vor, schossen auf die angreifenden Drulls und gingen sofort wieder in Deckung. Leblose Körper bedeckten den Boden des langen Ganges des T-Korridors. An beiden Abzweigungen hatten sich die Kais verschanzt, doch langsam zeichnete sich ihre Niederlage ab. Sie wurden zunehmend bedrängt und vermochten kaum noch, Gegenwehr zu leisten. Einer der Kais spannte seine Muskeln an, sprang vor und schoß. Fast augenblicklich wurde er getroffen. Mit einem Stöhnen sackte er vornüber.

»Hier rüber!« rief Miro, als immer mehr Schüsse gegen die Wand prasselten.

Die beiden Kais sprangen auf seine Seite, während Miro und der dritte Kai ihnen Deckung zu geben versuchten. Einer der beiden stolperte und ging stöhnend zu Boden. Während die anderen ihre Gegenwehr wieder aufnahmen, zog Miro den Verletzten in die Deckung und untersuchte ihn. Der Kai begann zu wimmern.

»Mein Bein! Diese Schmerzen!«

Miro betrachtete das Bein. Mehrere Einschüsse hatten es furchtbar zugerichtet.

»Ich schaff' es nicht. Hilf mir. Bitte!«

Miro schnaufte. Was erwartete er denn? Daß sie ihn tragen würden? Er würde sie doch nur bei ihrer Flucht behindern. Er legte dem nun sitzenden Kai seine Hand auf die Schulter.

»Du hast dich tapfer geschlagen. Drag wird stolz auf dich sein. Doch du bist unsere letzte Chance. Du mußt sie aufhalten, damit wir unsere Mission erfüllen können.«

Mit diesen Worten drückte er ihm das Stoner-Gewehr in die Hand und half ihm, an der Ecke in Stellung zu gehen. Dann gab er den beiden anderen Kais Zeichen, ihm zu folgen. Miro sah dem Verletzten in die Augen, in denen sich nur noch Verzweiflung widerspiegelte, und machte ihm noch einmal Mut.

»Du bist ein wahrer Held. Möge Aristo dich reich belohnen.«

Angewidert wandte er sich ab und stürmte davon.

Der Drull hockte an einer schattigen Straßenecke gegenüber dem Gebäude, aus dem Schüsse und Schreie zu ihm herüberwehten.

Sie hatten geplant, die Wurfmine zu zünden, in das Gebäude zu stürmen und ihre Arbeit so rasch zu beenden, daß noch Zeit für eine Flucht blieb, doch mit einem derartigen Widerstand war nicht zu rechnen gewesen. Zudem waren weitaus mehr Wachen postiert, als sie beim Auskundschaften des Geländes entdeckt hatten.

Er sah sich hektisch um. Seine Aufgabe war es gewesen, die Kais zu warnen, falls Sicherheitskräfte im falschen Moment aufgetaucht wären. Er befand sich in sicherer Entfernung und mußte hilflos mitanhören, wie auf die Partisanen geschossen wurde. Die Chancen, dort wieder herauszukommen, sanken mit jeder weiteren Sekunde. Sie hatten es gerade mal bis zum Eingang geschafft, als sie von Wachen überrascht worden waren und sich in den verwinkelten Gängen verschanzen mußten.

Er blickte auf seinen Kommunikator. Was sollte er ihnen sagen? Sogar auf dem Dach bezogen nun mehrere Soldaten Stellung, und es würde nicht mehr lange dauern, bis Verstärkung anrückte.

Der Drull ließ den Kommunikator fallen und rannte davon. Er fühlte sich schlecht, aber er hatte sie ja nicht verraten. Sie hatten einfach Pech gehabt. Er würde ohnehin nichts für sie tun können, das würde auch Drag verstehen. Er würde es einfach verstehen müssen.

Die inzwischen fast leere Feldtasche rutschte von seinen Schultern und fiel achtlos auf die Straße. Erschrockene Passanten, die die Explosion und die nachfolgenden Schüsse gehört hatten, flohen mit ihm aus Angst, die Kämpfe würden auch auf die Straßen übergreifen.

Dars wandte sich in Richtung eines der Stadttore. Er wollte nur fort von hier, bevor man ihn holte und bestrafte. Nur eine weitere Ecke, und er erreichte eine der

Hauptstraßen, die fast immer zu einem der Stadttore führten.

Ein harter Schlag traf Len ins Gesicht und warf ihn rücklings zu Boden. Benommen versuchte er wieder auf die Beine zu kommen, als er sein Gegenüber ebenfalls aufspringen sah. Der Mann mußte in vollem Lauf gewesen sein, als er mit ihm zusammenstieß.

Len wunderte sich. Etwas an dem Drull kam ihm bekannt vor. Er stand auf und wollte auf ihn zugehen, als er plötzlich in den Lauf einer Waffe starrte. Langsam hob er die Arme. Dann erkannte er schlagartig, wer da vor ihm stand.

»Dars? Dars Poole? Junge, ich bin es, Len. Wo kommst du denn her? Wir dachten, du wärest tot.«

»Nein«, keuchte Poole. »Ich lebe noch. Mich hat man nicht besiegt.«

»Was redest du denn?« fragte Len. »Nimm die Waffe runter.«

»Das habt ihr euch so gedacht, nicht wahr? Erst die anderen und jetzt ich. Aber nein, jetzt seid auch ihr mal dran.« Die Augen funkelten irr, und die Hand mit der Waffe zitterte immer stärker.

Len wurde langsam mulmig. »Dars, was soll das? Ist das der Dank? Erinnerst du dich nicht, daß ich dir damals im Wald geholfen habe? Ich meine, wir haben uns doch gegenseitig geholfen.«

»Geholfen? Im Stich gelassen habt ihr mich! Alle haben . . .«

Plötzlich hielt Dars inne und schien zu lauschen. Dann ließ er die Waffe blitzschnell unter seiner Kleidung verschwinden und rannte weiter. Betroffen sah Len ihm nach und verstand gar nichts mehr, als aus der Richtung, aus der Dars gekommen war, laute Sirenen aufklangen.

Die langen Gänge schienen kein Ende zu nehmen. Sie stürmten blindlings durch das Gebäude. Ihre Verfolger ließen sich nicht blicken; sie schienen sie abgehängt zu haben. Als vor ihnen Treppen auftauchten, rannten sie triumphierend darauf zu.

Da fielen plötzlich Schüsse aus einem der Seitengänge. Sie wurden von diesem Angriff völlig überrumpelt und versuchten verzweifelt, in Deckung zu springen. Getroffen sank Miro zu Boden. Einer der Kais griff seinen Arm und zog ihn zu sich in den Schutz der Wand.

Miro lag völlig reglos da. Blut tränkte seine Lumpenkleider. Als die Kais sahen, daß ihr Anführer tot war, sprangen sie auf und schossen blindlings ins Dunkel des Ganges.

Zeit. Das war das, was sie hatten, aber nicht die Attentäter. Die Soldaten wußten, daß die drei Verräter über kurz oder lang zum Treppenhaus vorstoßen mußten. Es war ein Leichtes, die Lampen im Seitengang verlöschen zu lassen und im Dunkeln auf sie zu warten, wenn es durch die Schreie ihrer Kameraden auch schwer zu ertragen war.

Doch schließlich erreichten die Attentäter die Stelle des Ganges, die ihnen zum Verhängnis werden sollte. Den ersten streckten die Soldaten bereits im Laufen nieder. Die anderen warfen sich in Deckung. Aber die Feuerpause währte nicht lange.

»Aristo wird euch richten!«

Dieser Schrei gellte durch den Korridor, als die beiden Gestalten aus ihrer Deckung sprangen und blind drauflos feuerten.

Sie fielen im Geschoßhagel der Soldaten. Eine bedrückende Stille setzte ein, die nur von einem leisen Piepton unterbrochen wurde.

»Deckung!« rief jemand plötzlich.

Sie sahen noch die Wurfmine, die in dem Gefecht offensichtlich zu Boden gefallen war, als der Korridor auch schon in einer gewaltigen Detonation verschwand.

Als der Donner der Explosion verebbte, erschien ein Offizier in der Tür des Konferenzraumes und trat zu Haris und dem verletzten Otjo.

»Es waren Kais, Stratege. Zwei Leichen konnten wir bergen, die restlichen drei wurden durch die Explosion eines Sprengsatzes . . . nun, es blieb nicht viel übrig von ihnen.«

»Danke, Neokatai.« Kandiris drehte sich zu Otjo. »Haben Sie gehört ? Es waren Ihre Leute!«

»Unmöglich. Das kann nicht sein. Alle, die mit mir reisten, sind hier anwesend.«

Kandiris sah ihm direkt in die Augen. »Und wie erklären Sie sich den Vorfall dann?«

Otjo runzelte die Stirn. »Ich kann es nicht. *Noch* nicht.«

Val Haris mischte sich in die Unterhaltung ein. »Es wird Zeit, daß wir uns an einen sicheren Ort begeben.« Er informierte die anderen und begab sich zusammen mit Kandiris, Brit, Otjo und den anderen Delegierten zum Hinterausgang.

Die Gestalt in der zerfetzten Kleidung verschmolz mit den Schatten der Nische, um dort zu warten. Miros Hände schlossen sich um das kühle Metall seines Stoner-Gewehrs.

Narren, dachte er. Begingen praktisch Selbstmord, nur weil er getroffen zu Boden gegangen war und kurz die Besinnung verloren hatte.

Er hatte sie alle getäuscht. Die Soldaten im Seitengang, weil sie durch die Explosion der Mine nicht sofort würden feststellen können, wie viele Kais dort gestorben waren. Den zurückgelassenen Kai, der ihnen für ein angebliches Heldentum Zeit verschafft hatte. Und natürlich diesen Narr Dars, der tatsächlich glaubte, er gehöre zu ihnen. Dabei würden Kais und Drulls niemals Freunde werden.

Miro mußte ein bitteres Lachen unterdrücken.

Auch Otjo wurde getäuscht von ihm und wußte es nicht einmal. Er glaubte, sie wären alle tot, wog sich in Sicherheit. Aber Miro würde ihn eines Besseren belehren. Er wußte, daß Otjo hier vorbeikommen würde. Seine Hand glitt in die Tasche und beförderte einen metallenen Gegenstand hervor.

Plötzlich hörte er ein Geräusch.

Val Haris drängte sie durch den Korridor auf den Ausgang zu. Draußen wartete bereits ein Transporter, der sie in Haris' unterirdisches Hauptquartier bringen sollte.

Miros Grinsen wurde breiter. Der Wurf würde ein Kinderspiel sein. Tod dem Ketzer, der bald vor Aristos Thron seine gerechte Strafe empfangen sollte.

Sein Zeigefinger schwebte leicht über dem Aktivierungsknopf, ehe er ihn niederdrückte. Er atmete tief durch und holte aus.

Brit wollte sich gerade zu Kandiris umwenden, als sie einer Gestalt gewahr wurde, die im Dunkel einer Nische lag. Sie sah in ein verzerrtes Gesicht, und ihre Gedanken wirbelten durcheinander. Ohne lange zu überlegen zog sie ihre Pistole, stieß Otjo beiseite und feuerte auf die Gestalt.

Schmerz wallte durch Miros Körper. Alles begann sich um ihn zu drehen. Er bäumte sich gegen den Tod auf. Es durfte nicht sein. So durfte es nicht enden. Seine Mission. Seine Pläne. Drag ...

Miros Hand verkrampfte sich um die Mine, bevor sie schließlich erschlaffte.

»Aristo, rette mich ...«, flüsterte er noch mit letzter Kraft, ehe sein Kopf nach hinten sackte und die Mine aus seiner Hand glitt.

Sicherheitskräfte und Sanitäter waren überall. Haris trieb sie zur Eile an. Noch heute mußte eine endgültige Entscheidung fallen. Je eher sie ihren Kampf beginnen würden, desto größer waren die Aussichten auf Erfolg.

Einige der Kais aus der Delegation waren verletzt, unter ihnen auch Otjo. Seine schlimmsten Befürchtungen wurden bestätigt, als er in dem Toten einen Vertrauten Drags erkannte, desjenigen Mannes, der sie alle lange Jahre unterdrückt hatte. Er vermochte nicht zu begreifen, wie Miro und die anderen in die Stadt gekommen waren; er ahnte nur, daß seinem Land größte Gefahr drohte. Wenn Drag noch am Leben war und sogar über genug Macht verfügte, ihm ein Mordkommando nachzusenden, dann stellte er eine ernstzunehmende Gefahr für Kjel dar.

Noch innerhalb der nächsten Stunde wurden Otjo und die anderen Mitglieder der Delegation mit schnellen drullischen Transporthubschraubern nach Kjel zurückgebracht.

Brit war die letzte, die das Gebäude verließ, und gerade als sie im Begriff war, die unteren Stufen der Außentreppe hinter sich zu lassen, erschrak sie. Auf der anderen Seite der Straße hatte sich eine Menge von Schaulustigen gebildet, und inmitten dieser erkannte sie ein Gesicht, das sie tief in ihrem Innersten schmerzlich vermißt hatte.

Len warf die Arme hoch, rief ihren Namen und rannte über die Straße. Es war unglaublich; sie hatten sich endlich gefunden, nachdem alles schon so ausweglos schien.

Ein Transporter war vorgefahren, der sie in das unterirdische Hauptquartier bringen sollte. Kandiris hörte Brits Stimme, dann eine andere, die ihren Namen rief, und sah Len über den Platz laufen. Wutentbrannt verließ er das Fahrzeug und ging auf den Deserteur zu. Brit erkannte seinen Zorn und stellte sich schützend vor Len.

»Aus dem Weg, Darburg!« knurrte Kandiris, doch Brit wich nicht.

Len trat hinter ihr vor. »Lassen Sie mich erklären, Hauptkatai.«

Kandiris brachte ihn mit einer wütenden Handbewegung zum Schweigen. »Sie wissen, was auf Fahnenflucht steht, Soldat«, knurrte er. »Sie werden jetzt beide den Transporter besteigen. Das ist ein Befehl. Auf ihre Vergehen kommen wir später zurück.«

Auf der Fahrt berichtete Len über seine Begegnung mit Dars, und erst in diesem Moment erfaßten sie alle Zusammenhänge. Wahrscheinlich hatte Dars sich schon längere Zeit in der Stadt befunden, um für die Partisanen zu spionieren, und so erfahren, daß deren ärgste Feinde zu einem Besuch erwartet wurden.

Sie wußten nicht, daß Dars Poole zu diesem Zeitpunkt nicht mehr lebte.

Er hatte begriffen, daß für ihn alles vorüber war. Es gab nichts mehr, was er tun konnte, und nichts, um irgend etwas wiedergutzumachen. Er wußte wohl, daß er in jeder Beziehung versagt hatte und es keine Entschuldigung dafür gab. So hatte er beschlossen, wenigstens über sein Ende selber zu bestimmen.

In einem abgelegenen Winkel der Stadt hatte er sich selbst gerichtet.

Der gepanzerte Wagen war vor dem Hallwa-Palast vorgefahren. Val Haris sprang als erster aus der geöffneten Luke und ging mit schnellem Schritt voraus. Verwundert folgten Len, Brit und Hauptkatai Kandiris. Das Erstaunen wuchs noch, als er tatsächlich die Türen zum Eingangsbereich passierte, die Angestellten kurz grüßte und auf einen der Schwebeaufzüge zusteuerte. Er bemerkte Brits skeptischen Gesichtsausdruck, als sich die Türen automatisch schlossen.

»Was wäre unauffälliger für ein Hauptquartier als ein Hotel?« Ein mattes Lächeln lag in seinen Mundwinkeln.

»Heißt das, hier befindet sich das Zentralgehirn?« fragte Len ungläubig.

Nachdem der oberste Stratege über die Tasten für die Etagenwahl einen komplizierten Code eingegeben hatte, sank der Lift in die Tiefe. »Nicht direkt hier, nein.« Er schaute nach unten, zum Boden des Aufzugs. »Das administrative Zentrum befindet sich unter uns – *sehr* tief unter uns«, setzte er bestärkend hinzu.

Die Fahrt dauerte nur einige Minuten, kam den Insassen aber um ein Vielfaches länger vor, und insgeheim waren sie erleichtert, als das Tempo sich verringerte und die Türen leise zischend geöffnet wurden.

Wie aus dem Nichts tauchten Soldaten auf und nahmen Haltung an. Aus dem Halbdunkel eines naheliegenden Büros trat ein Nachrichtenoffizier und übergab Haris einen Papierstapel, der aus Unterlagen und Kartenmaterial bestand. Mit kritischen Blicken musterte er die Uniformen der anderen, die rangmäßig weit unter dem lagen, was sonst bis hierhin vorgelassen wurde. Haris gab ihm im Gegenzug einen Zettel und bat ihn, diese Personen in den Kartenraum zu bestellen.

Sie gingen weiter bis zu einer Stelle, an der sich der schmale und überraschend sauber wirkende Tunnel verbreiterte und seine Decke sich um einige Meter anhob. Am Ende dieses Ganges war ein für hiesige Verhältnisse riesig wirkendes Tor in das massive Gestein eingelassen worden. Daneben befand sich ein kleines Terminal, in dessen schlitzartige Öffnung Haris seine Identitätskarte einführte. Gleichzeitig sprach er in ein Mikrophon, daß noch drei Gäste bei ihm seien, woraufhin die Tür fast lautlos zurückwich und ihnen den Weg freimachte.

Hinter der stählernen Tür tat sich eine wahrhaft gigantische Halle auf, vollgestopft mit Hunderten von MilOp-Terminals, viele davon so groß, daß sie die gesamte Höhe der Wand einnahmen. Sie alle errechneten Strategien oder kalkulierten militärisch-wirtschaftliche Prozesse.

All diese Maschinen basierten auf dem gleichen Prinzip wie die tragbaren Kleinkonsolen, waren aber natürlich ungleich leistungsfähiger und ausgereifter. Dies hier war die Krone des technologischen Wissens der drullischen Zivilisation.

In der Mitte der Halle begegneten sie einem faszinierenden Phänomen. Haris konnte sich ein Lächeln nicht verkneifen, als die drei Soldaten auf das Hologramm zutraten und vor Staunen kein Wort mehr herausbrachten.

Es war ein Hologramm, das die Oberfläche des Planeten Chromos zeigte, aber nicht nur das. Es war so detailliert, daß jeder Hügel, jede Bergspitze zu erkennen war, ging man nur nahe genug heran. Ein perfektes Modell.

Haris betrat das Areal, dem die Projektion entsprang, und winkte ihnen zu, ihm zu folgen. Millionen von sanften Lichtblitzen begleiteten die Strahlen, die mehrmals in der Sekunde die Projektion auffrischten, um alle Veränderungen zu dokumentieren.

»Dies ist, wie Sie sehen«, begann Haris, »ein Modell Chromos', wie es unsere neuen Sensoren auf Mond Acht und in der Umlaufbahn unseres Planeten empfangen. Mit dieser holographischen Projektion ist es möglich, einen genauen Überblick über bestimmte Situationen zu erhalten. Natürlich erkennen die Sensoren außerhalb des Planeten nur die geographischen Gegebenheiten, werden aber unterstützt von unseren stationären Systemen. Sehen Sie genau hin.«

Er machte eine kurze Pause und sprach dann laut: »HolOp, Hallwa!« Augenblicklich veränderte sich der Maßstab, und über die gesamte Fläche erstreckten sich nun die Straßen und Häuser der Hauptstadt. Er hob die Hand, um die Aufmerksamkeit wieder auf sich zu lenken, und sagte dann leise: »Und jetzt achten Sie genau auf die Mitte des Hologramms.« Wieder schwieg er für einen Moment. »HolOp, Hallwa-Zentrum.«

Erneut veränderte sich die Oberfläche, und die Häuser erschienen ihnen so nah und plastisch, als könnten sie mit den Fingern in die Fensterhöhlen greifen. Brit keuchte vor

Überraschung. Direkt vor ihr ragte der Hallwa-Palast auf, vor dessen Portal der Transporter stand, mit dem sie gekommen waren. Nur war er jetzt auf Miniaturgröße geschrumpft.

»Wo sind die Leute?« fragte Len und deutete auf die Straßen, die aussahen wie leergefegt.

Haris schüttelte den Kopf. »Die werden nicht dargestellt. Die Sensoren erfassen lediglich anorganisches Material. Metall, Stein, eben Objekte wie feindliche Einheiten, nicht jedoch lebende Wesen und damit auch keine Tiere. Wie ich hörte, arbeitet man daran, das System auch in dieser Hinsicht zu perfektionieren, aber mit etwas Glück wird es dazu nicht kommen.«

Haris bemerkte, wie die drei ihn entgeistert anstarrten. Dann erkannte er den Grund und wußte sie zu beruhigen. Niemand konnte ihn hier hören. Das HolOp war nur darauf programmiert, Befehle zu verstehen und umzusetzen, die sich auf die verschiedenen Darstellungsformen bezogen.

»Sie brauchen sich keine Sorgen zu machen. Alle Geräte, die Sie hier sehen, haben eine direkte Leitung zum ROOM, und trotzdem ist dies hier einer der ganz wenigen Räume, die vollkommen abgeschottet sind gegen jeden Einfluß von außen. Durch diese Mauern dringen keine Strahlen, Projektile, Richtsensoren und was Sie sich sonst noch vorstellen mögen. Es klingt vielleicht unglaublich, aber an diesem Punkt hier sind wir dem Zentralgehirn so nahe wie an keinem anderen Ort auf Chromos, und trotzdem hat es hier keinen direkten Einfluß.«

»Was tun Sie, wenn Sie mit dem ROOM sprechen wollen oder müssen?« fragte Kandiris ehrfurchtsvoll, angesichts all dessen, was ihn hier umgab.

»Dann verwende ich eine dieser Anlagen oder eine tragbare Einheit, die mit meinem persönlichen Code versehen ist und mir jederzeit eine Verbindung ermöglicht.«

Das Öffnen des großen Tores unterbrach seinen Redefluß. Zwei ältere Drulls betraten den Raum, beide in die prächtigen Uniformen des drullischen Verteidigungsrates gekleidet. Interessiert kamen sie näher. Haris stellte sie einander vor. Bei den beiden Älteren handelte es sich um Land Markow und den Oberkommandierenden der drullischen Streitkräfte, Mandar Kutoris.

Hauptkatai Kandiris glaubte seinen Augen nicht zu trauen. Er kannte diesen Mann. Einer der obersten Befehlshaber sollte zu den Rebellen gehören? Ein Land? Markow bemerkte die Verwunderung und lächelte.

»Sie haben doch nicht ernsthaft geglaubt, all Ihre kleinen Waffenschiebereien hätten durchgeführt werden können, wenn niemand sie gedeckt hätte, oder?« sagte er zu dem verwirrten Hauptkatai.

Als Markow hörte, zu welcher Einheit Brit und Len gehörten, erkundigte er sich interessiert nach dem Verbleib des Truppenteils und eröffnete ihnen, daß er damals den Einsatz befohlen hatte. Freude überzog sein Gesicht, als sie auf seine Frage nach Hauptkatai Quaila antworteten, daß er lebte und unverletzt geblieben war.

Haris unterrichtete sie mit knappen Worten über die Situation und den Plan, den er sich in den letzten Stunden gemacht hatte.

»Ich dachte mir folgendes: Wichtig ist, daß ab einem festgesetzten Zeitpunkt der ROOM keinerlei Kontrolle mehr über irgendeine Einheit oder sonst einen Bestandteil der drullischen Wirtschaft hat. Laut Hauptkatai Kandiris ist es der Rebellion gelungen, an jedem Entscheidungspunkt des ROOM Vertraute zu gewinnen. Sie können die zentrale Befehlsgewalt sofort ersetzen, wenn diese ausbleibt. In der Tat sehen wir das Zentralgehirn geschwächt wie nie zuvor und offensichtlich auf bloße Verteidigung reduziert. Voraussetzung für das Gelingen ist zum jetzigen Zeitpunkt lediglich, ein gleichzeitiges Abschalten der Befehlsstränge zu gewährleisten und die Ratsgarde zurückzuhalten.«

»Wir müssen jedoch in Betracht ziehen«, meldete sich Mandar Kutoris zu Wort, »daß Titan-Net durch einen Ausfall des ROOM plötzlich nicht mehr kontrollieren kann, was bei uns vorgeht. Im günstigsten Fall wird er sich daraufhin für einige Zeit zurückziehen. Oder aber – was ich für wahrscheinlicher halte – er schlägt kurzfristig und mit aller Macht zu. Ich muß nicht ausführen, welche Folgen das für unsere Truppen hätte.«

Sie überlegten, dann meldete sich Land Markow zu Wort.

»Ich schlage also vor, daß wir das Zentralgehirn so schnell deaktivierten, daß Titan-Net erst gar nicht merkt, daß etwas nicht in Ordnung ist. Gleichzeitig können wir mit der sofortigen Alarmierung der Streitkräfte unsere Position stärken. Niemand würde vorerst erfahren, daß die militärische Führung ihre Befehle nicht mehr vom ROOM entgegennimmt. Die Vergangenheit hat deutlich genug gezeigt, daß wir dann am stärksten waren, wenn die Direktiven nicht befolgt wurden. Mittlerweile glaubt das Volk nicht mehr an den ROOM, sondern an die Person Val Haris'.«

Die Gesichtszüge des Strategen blieben skeptisch. »Ich sehe nur eine Schwierigkeit: Der ROOM läßt sich nicht derart schnell deaktivieren, daß er Titan-Net nicht mehr davon unterrichten könnte.«

Der Land nickte. »Sie haben natürlich recht – was die

konventionelle Methode angeht. Ich aber denke an die Sostrum-Bombe, die sich nicht weit von hier in den Entwicklungslaboratorien befindet. Wie viele andere Geheimwaffen ist sie nie richtig getestet worden, und ich glaube, wir alle wissen, warum. Offiziell hieß es, daß kein Bomber nahe genug an Titan-Net herankäme, um sie abzuwerfen und mit Erfolg zu zünden. Aber wenn wir an die vielen Unterkommandozentren des Feindes denken, kann es gerade für eine Erprobung eigentlich nie an Zielen gefehlt haben.«

Kutoris ging nachdenklich ein paar Schritte hin und her und wandte sich dann an Markow. »Sie wissen doch genau, daß mit allen elektronisch betriebenen Systemen auch die Lebenserhaltungsaggregate hier unten ihren Dienst einstellen würden. Es müßte sich also ein Freiwilliger finden, der nach dem Zünden der Bombe höchstwahrscheinlich nicht mehr rechtzeitig durch Rettungstrupps geborgen werden könnte.«

»Und außerdem«, unterbrach Brit, »hieß es doch eben, daß diese Gewölbe gegen jede Art von Strahlung geschützt wären.«

»Nicht unbedingt«, meldete sich der große Stratege wieder zu Wort. »Gegen einfallende Strahlung von außen sind die unterirdisch angelegten Hallen und Gänge natürlich gesichert, nicht aber gegen eine Explosion aus deren Innerem. Wahrscheinlich würde es funktionieren, aber ich teile Kutoris' Zweifel in bezug auf ein freiwilliges Opfer.«

Wieder war es minutenlang still. Lediglich das leise Knistern der Elektronen im HolOp störte die Ruhe.

»Ich werde es machen. Ich melde mich freiwillig!«

Alle starrten auf den Land, der die leisen Worte ausgesprochen hatte.

»Das gestatte ich nicht!« rief Kutoris energisch. »Wir brauchen Sie an der Front, nicht hier unten.«

»An der Front wird bald niemand mehr gebraucht, wenn wir uns nicht entscheiden können«, gab Land Markow im gleichen Ton zurück. Leiser setzte er hinzu: »Meine Familie wurde vom Feind getötet. Laßt mir einen letzten und endgültigen Triumph. Das ist alles, was ich fordere.«

Betreten sahen sie sich an. Niemand wußte etwas zu sagen. Sie wollten ihn bemitleiden, doch das konnten sie nicht. Es hätte hohl geklungen, denn jedem war bewußt, daß einer von ihnen sich würde opfern müssen, sollte die gesamte drullische Zivilisation eine Chance haben.

Val Haris machte den Anfang. Wortlos verließ er die kleine Gruppe und ging auf das große Tor zu. Andere folgten ihm, bis nur noch Brit vor dem Land stand und in seine traurigen Augen sah. Wie gerne hätte sie etwas gesagt. Ein Wort nur, das dieser Situation gerecht wurde. Aber sie spürte, daß es Worte dieser Art nicht gab. So ging auch sie, langsam gefolgt von Land Markow.

Gemeinsam passierten sie die Wachen und blieben vor dem Schwebelift stehen, wo die anderen warteten. Die Tür öffnete sich beinahe sofort, so daß nicht mehr viel Zeit blieb, um Abschied zu nehmen.

»Machen Sie sich keine Sorgen um die Leute hier unten. Ich werde sie nicht mit hineinziehen«, sagte Markow heiser.

Sie drückten seine Hand, und Brit umarmte ihn. Sanft küßte sie seine Wange. Val Haris umarmte ihn und sagte nur ein Wort: »Danke!« Dann betraten sie den Lift und sahen zu, wie die Tür sich schloß.

Markow würde sich beeilen müssen. Es war nicht nur die Zeit, die drängte. Noch war er überzeugt von dem, was er tun mußte, aber er spürte, daß diese Überzeugung vielleicht auch wieder verschwinden konnte. Ein Zurück gab es nicht mehr, nur aufkommende Unsicherheit, die Fehler in sich bergen mochte, die er nur einmal würde begehen können. Er hatte nur die eine Chance, und die mußte er nutzen.

Er folgte weiter dem Gang, der vollkommen gerade verlief und eine leichte Steigung aufwies. Plötzlich kam ihm eine fantastische Idee, wie er die Bombe zünden und dabei das Risiko für sich relativ gering halten konnte.

Aber zunächst mußte er sich wie versprochen um das Wachpersonal kümmern. Markow wußte, daß dieser Abschnitt des Gangsystems um diese Zeit so gut wie leer sein würde. Er blieb vor einer schmalen Tür stehen, entsicherte seine Waffe und drückte sie so fest er konnte an die Stelle der Tür, an der er das Schloß vermutete. Dann drückte er ab.

Mit einem lauten Krachen sprang die Tür auf. Markow war sich bewußt, daß er Aufsehen erregte. Jetzt mußte alles schnell gehen. Als die Lichtsensoren eine Bewegung registrierten, tauchten sie den winzigen Raum in kalte Helligkeit. Die erste Etappe hätte er bald geschafft.

Land Markow hob die Waffe, zielte auf eines der dicken Rohre, die neben dem eigentlichen Gang verliefen und sich an dieser Stelle bündelten. Ein kleiner Apparat an der Wand zeigte die Druckwerte innerhalb der Rohre an.

Der Schuß riß ein etwa faustgroßes Loch in den Metallmantel. Augenblicklich begannen Alarmsirenen zu heulen, als ein gefährlicher Druckabfall in der Frischluftzufuhr registriert wurde. Die Anzeigen der Kontrollpultes spielten verrückt.

Laut Armeerichtlinien war beim Ertönen dieser Sirene unverzüglich der Bereich zu räumen, bis Trupps in Spezialanzügen ein eventuelles Leck gefunden und abgedichtet hatten.

Zufrieden trat Markow wieder auf den Gang und zog die Tür hinter sich zu. In den schmalen Korridoren wurde es lebhaft. Die diensthabenden Wachleute und Forscher rannten durcheinander, um den schnellsten Weg zu einem der verstreut liegenden Aufgänge zu finden. Markow wußte, daß nicht nur hier unten, sogar gerade auch an der Oberfläche Dutzende von Sirenen aktiviert worden waren und daß in kürzester Zeit die ersten Rettungstrupps erscheinen würden. Also mußte er sich beeilen.

Er wußte genau, wo sein Ziel lag. Erst vor wenigen Wochen hatte er sich abermals die genaue Funktion der neuen Waffe erklären lassen, und er hatte nichts davon gehört, daß man sie an einen anderen Ort gebracht hätte.

Nach wenigen Minuten erkannte er schon an der wechselnden Farbe der Wände, daß er sich im Laborkomplex befand. Mit einem weiteren Schuß öffnete er die Tür eines der Labors. Im schwachen Licht, das ins Innere fiel, sah er einen langgestreckten Wagen, auf dem sich die neuentwickelte Bombe befand.

Nun blieben ihm nur Minuten, bis entweder die Rettungstrupps anrücken oder die Frischluftzufuhr versiegen würde. Rasch griff er das ihm zugewandte Ende des Wagens und zog ihn auf den Flur. Dann schob er ihn über leere Korridore so schnell er konnte zurück.

Nach einigen leichten Biegungen erreichte er den sanft abfallenden Gang, der geradewegs in Richtung der Strategischen Leitzentrale führte. Für Sekunden nur dachte er daran, ob es richtig war, was er hier tat, aber er wußte genau, daß man sogar die mechanischen Truppenteile zumindest für eine Übergangszeit manuell über die mobilen und externen MilOp-Konsolen steuern konnte.

Er aktivierte die Bombe mit wenigen Handgriffen, versetzte dem Wagen einen leichten Stoß und sah ihm so lange nach, bis er sicher war, daß er das Ziel erreichen würde. Dann drehte er sich um und lief los. Hinter sich hörte er das leise Quietschen der Räder auf dem Kunststoffboden und die dumpfen Schläge, wenn der Wagen an einer der Wände entlangschrammte.

Markow wandte all seine Willenskraft auf, um nicht hinter der Bombe herzulaufen und sie aufzuhalten. Gleichzeitig schwand aber auch das letzte bißchen Hoffnung, doch noch einen Weg zurück zu finden.

Keiner der Lifte war in der Nähe, und bis er die Forschungsabteilung wieder erreicht hatte, würden auch dort, gerade bei einem einsetzenden Energieabfall, die Schotten geschlossen sein.

Er zwang sich zur Ruhe. Das Quietschen wurde leiser, gewann aber noch an Geschwindigkeit. Land Markow strich seine Uniform glatt und setzte sich auf den Boden. Aus irgendeinem Grund begann er plötzlich die Sekunden zu zählen. Als er bei sieben angelangt war, schallte eine Explosion durch das Gangsystem, die bei weitem nicht so laut war, wie er erwartet hatte, obwohl sie durch die Enge der Gänge noch verstärkt wurde.

Plötzliche Unruhe befiel ihn, als das Licht zu flackern begann, wieder heller wurde und dann vollständig erlosch. In der nun eingetretenen Stille hörte er deutlich, wie die verschiedenen Systeme hinter den dicken Mauern herunterfuhren. Innerhalb weniger Sekunden verließ der letzte Rest an Energie den ROOM, und die Seelen der zwölf Weisen, die sich aus Angst vor dem Tod hatten auf ewig konservieren lassen, erloschen.

»Für Chromos!« murmelte Markow und schloß die Augen, als das Atmen schwerer wurde.

13

Die folgenden Monate hatten die Einigkeit des drullischen Volkes auf eine harte Probe gestellt. Unmenschliches wurde den Soldaten und Zivilisten abverlangt in diesem letzten großen Kampf gegen das Roboter-Imperium.

Noch einmal hallte die Erde Chromos' wider von Schlachtenlärm und Explosionen, wurde der Boden verbrannt, verwüstet und mit Blut getränkt.

Val Haris und seine Feldherren hatten alles aufgeboten, manuell die Produktionsprioritäten geändert und Einheit um Einheit in die Schlacht geschickt. Es dauerte nicht lange, bis die Schwächen des Feindes spürbar wurden, als er aufgrund fehlender Energie bald nicht mehr jede verlorene Truppe ersetzen konnte. Ohne die Unterstützung des ROOM verlor Titan-Net Schlacht um Schlacht.

Während die drullische Heerführung die noch vorhandenen mechanischen Einheiten gegen feindliche Befestigungen einsetzte, wurde die Überlegenheit drullischen Soldaten den gegnerischen Kampfrobotern gegenüber mit jedem Tag offenkundiger.

Doch leicht waren die Feinde noch immer nicht zu besiegen. Der Krieg dauerte an und hielt seine schreckliche Herrschaft aufrecht, bis der Schnee auch in den höheren Lagen zu schmelzen begann.

Als die Sonne wieder Einzug hielt und die Tage trockener wurden, ungefähr ein dreiviertel Jahr nach den Ereignissen in den unterirdischen Hallen des ROOM, ereignete sich bei Bendhar die letzte und größte Schlacht gepanzerter Einheiten in der Geschichte der drullischen Zivilisation, in deren Verlauf auch Mandar Kutoris ums Leben kam.

Dieser Hauptmacht seiner Landverteidigung beraubt, hatte der Feind bald auch den Luftstreitkräften keine nennenswerte Abwehr mehr entgegenzusetzen, als am ersten Tag des dritten Monats die drullischen Panzerspitzen den gigantischen Titan-Net-Komplex in der nördlichen Hemisphäre erreichten. Kombinierte luft- und landgestützte Angriffe brachen auch den letzten Widerstand, und zwei Tage später war die Festung des mächtigsten Feindes unter den Sternen gefallen.

Dies war der Tag, von dem an die Waffen in diesem Teil der Welt für viele Jahre schweigen sollten. Der Geist von Titan-Net war tot.

Paraden und Feste zeichneten in diesen Tagen das Bild der Hauptstadt Hallwa, die endlich ihre schwersten Tage hinter sich gelassen hatten. Jetzt konnte der Aufbau beginnen.

Brit Darburg schüttelte den Kommunikator. Sie konnte kaum ein einziges Wort verstehen.

»Was sagten Sie?«

Der Sprecher auf der anderen Seite wiederholte seine Nachricht. Len versuchte mitzuhören, was Hauptkatai Quaila ihnen zu sagen hatte, doch er vernahm lediglich ein fernes Rauschen, während Brit wenigstens einige Worte zu verstehen schien. Sie befanden sich weit oben im Nordwesten des Landes, von wo aus sie die Angriffe gegen Titan-Nets Westflanke miterlebt hatten. Dieser Landstrich war gezeichnet vom rauhen Klima. Die Zivilisation hatte sich nie die Mühe gemacht, in diese Ecke der Welt vorzustoßen.

»Val Haris wurde zum offiziellen Herrscher gekrönt«, flüsterte Brit, angestrengt weiterhorchend. »Quaila ist jetzt Benuntai.« Die Verbindung war wirklich außerordentlich miserabel. »Hauptkatai Kandiris ist Oberbefehlshaber der Rebellen, und sie wurden umgeformt in ... was? Ah, ich verstehe, sie bilden jetzt die Eliteeinheit der Armee.« Sie brummte eine Zustimmung. »Und was ist mit Gerr?« fragte sie nach und grinste bei der Antwort übers ganze Gesicht. »Ah, militärischer Berater der Regierung.«

Dann lauschte sie wieder. Nur der Wind, der rauh und kühl über sie strich, begleitete die Wortfetzen aus dem kleinen Lautsprecher. Plötzlich jubelte Brit Darburg. Len sah sie fragend an.

»Man hat uns zu Hauptkatais befördert«, rief sie überschwenglich, »und wir müssen uns erst in zwei Wochen im Bereichskommando Hallwa melden.«

Len brummte wenig begeistert. Dann konnte er ein friedliches Landleben wohl vergessen. Soldat bleiben. Na ja, wenn es denn seine Bestimmung sein sollte ...

»Und was werden Sie tun?« fragte Brit ihren ehemaligen Vorgesetzten jetzt. Als er antwortete, war die Verbindung für einen winzigen Moment vollkommen klar.

»Ich habe noch eine verdammt wichtige Rechnung zu begleichen«, sagte Benuntai Quaila mit seiner tiefen Stimme, und ihnen war klar, was das für ihn bedeutete.

Kurz darauf beendete Brit die Unterhaltung. Wortlos faßten sie und Len einander an den Händen und sahen hinunter auf den tiefblauen Fjord, der sich zu ihren Füßen erstreckte.

ENDE

BATTLE ISLE
2
© 1993 Blue Byte
Blue Byte

BASTEI
LÜBBE
Science Fiction
Bücher mit Zukunft
Die größten Erzähler der SF
holen Ihnen die Sterne vom Himmel
ISAAC ASIMOV
ROBOTER-TRÄUME
und 20 andere SF-Geschichten
ISBN 3-404-24144-4
DM 10,–
IAN McDONALD
REBELLIN DES GLÜCKS
Science Fiction Roman
ISBN 3-404-24147-9
DM 9,80
MARGARET WEIS
DIE STERNENHÜTER
DER LETZTE KÖNIG
Science Fiction Roman
ISBN 3-404-24156-8
DM 12,80
LARRY NIVEN
STEVEN BARNES
DIE WAHL DES ACHILL
Science Fiction Roman
ISBN 3-404-24157-6
DM 8,80
ORSON SCOTT CARD
XENOZID
Der Sprecher für die Toten kämpft um seinen Planeten
ISBN 3-404-24153-3
DM 12,80
ALLEN STEELE
MONDHUNDE
ISBN 3-404-23129-5
DM 9,80